庫

毎日が日曜日

城山三郎著

新潮社版

2577

毎日が日曜日

転勤の朝

東京駅の新幹線ホーム。その中ほどの一カ所に、半円形に十人ほど黒っぽい背広の男たちが立っている。よくある転勤の見送り風景である。

半円の円心のところ、ひかり号のグリーン車を背に、送られる沖直之が、複雑な気持で立っていた。いや、複雑というより、むしろ、茫然《ぼうぜん》といった気分に近い。

その気分は、妻の和代も同じであった。沖から少し離れて立ち、見送りの客に、愛想笑いをつくって、礼を述べてはいるが、客の切れ間には、放心した表情になる。そして、隣りに立つ娘のあけみの首を片手に強くかかえこんで、はっとしたりしている。

あけみは、白いマスクをかけていた。風邪のように見せかけてはあるが、そうではない。言語に問題があるので、話しかけられるのを避けるための工夫であった。それだけに、マスクの上からのぞくあけみの眼は、ひときわ大きく、父親である沖の庇護《ひご》を求めて光った。

隣りホームに、次発のひかり号がすべりこんできた。その音にまぎれるように、和代が身を寄せ、ホームの時計を見上げていった。

「おそいわね。忍はどうしたのかしら」

長男で高校一年生の忍は、いったん学校へ出てから、早退してホームへかけつける約束であった。

「来るのをやめて、勉強を続けてるんじゃないか」

「とんでもない。あの子は、なんとか理由をつけて、一日でも学校を休みたい口よ」

和代は、ぴしゃりといった。

「そんないい方はよせ」

その調子では、先が思いやられると、沖は低い声でたしなめた。

「でも、本当なんだから。むつかしいさかりの子供二人かかえて、わたし、たいへんだわ」

うらみとあまえを半々にこめてつぶやきながら、和代は親指を立て、あけみの頬に押しあてた。言葉を封じられたあけみの瞳《ひとみ》が、白いマスクの上から悲しそうに両親を見くらべる。

京都支店長としての赴任命令。子供たちの学校のことや、家のことなどから、沖の単身赴任と、二人でとにかく話をまとめたはずなのに、ここまで来ても、和代の顔にはまだ未練が残っている。

ホームにアナウンスの声がひびく。その声にかくれて、和代はささやく。

「いいなあ、あなたはひとりで京都。わたし、代りたい」

わざと、やんちゃ坊主《ぼうず》のようにつぶやく。

「まだ、そんなことを。あそびに行くんじゃないぞ」

その声がきこえたのか、一メートルほど離れて立っていた同期入社の十文字が、ふいに長い首をのばし、ぎくりとするような言葉をはさんだ。

「沖君、京都へ行けば、毎日が日曜日だな」

声には、冷ややかなひびきがあった。社内では毒舌家で通っている十文字である。

それにしてもと、気色ばむ沖に、十文字は、

「支店長として勇躍赴任しようとするきみに、まるで水をかけるようなことといって、失敬」

詫《わ》びた形だが、そこでまた、にやりと笑って、くり返した。

「けど、ほんとに、そうなんだ。毎日が日曜日のようなもんだ」

「それは、どういう意味だ」

「まず、仕事の量だ。本社や海外支店にくらべりゃ、問題にならん。その証拠に、総合商社で京都に支店を置いてる店は、数えるほどしかないからな」

沖は黙った。和代も、少しふくれている。夫をけなすとは何事と、とたんに沖の味方になっていた。すかさず、十文字はその和代の顔にも浴びせかけた。

「奥さんを前にしてわるいけど、あの支店の実質は、出張所なみか、それ以下。不況のたびに、閉鎖のうわさがちらついてきた店ですよ」

和代は、やや受け口の下唇をかんで、

「……そうですの。それなら、主人も少しは荷が軽くて」

十文字の向うから、二度、咳《せき》ばらいがした。十文字をたしなめている。

背も首も顔も長い十文字は、鶴《つる》が立つというより、大きな蛇が垂直に立ち上ったように見えた。そのかげに、咳ばらいの主が居た。やや猫背で、ごま塩頭の貧相な男。度の強い眼鏡を光らせ、咳ばらいこそ重ねたが、しかし、何もいわない。部厚いレンズに遮られ、眼の表情もわからない。

十文字は、一瞬、黙った。ホームの雑踏がよみがえる。

転勤の季節ではなかったが、それでも、ホームには、他に二組ほど似たような風景があった。おじぎや握手が交わされ、笑声が散る。それにくらべれば、沖をめぐる輪は、人数も少なければ、物静かであった。超一流の総合商社らしく、とりすましたとも、クールなともいえる。いや、そこに左遷《させん》のにおいがあるとすれば、なおさらである。

黙りこんだ沖夫婦に、十文字がまた首をのばしてささやきかけた。

「けどなあ、奥さん。やっぱり、京都支店長いうのは、栄転かも知れませんぜ」

たしなめられて訂正したかっこうだが、しかし、素直にはきけない。果して、十文字はすぐ、ひとりごとのようにいい足した。

「厳密にいうなら、今度が栄転というより、次の栄転へのチャンスだな。それも、心がけしだいで、大きな出世の道がひらけるかも知れん」

沖は顔をしかめた。いまさら、出世などどうでもよい。持ってまわった言い方が、気にさわる。

見送り人には気をつかいながらも、沖は低く強い声で、十文字にいった。

「どういうことだ。はっきり、いってくれ」

十文字は、単なる毒舌家というだけでなく、社内のあちこちに妙な情報網を持っていて、ときどき、ひやりとするような秘密の情報を伝えてよこす男であった。

長いあごをふってうなずきながら、十文字はいった。

「きみを京都支店長に選んだのは、コンピュータだ」

「……うん」

人事に関する資料は、すべてコンピュータに記憶されている。人事異動に際しては、そのコンピュータが作動する……。

「コンピュータが、どういう条件で、きみを拾い上げたと思う」

「………」

「まず、四十代後半ノ男。これで、六百二十人を拾う。その中から、四級職というので、約三百五十人」

扶桑《ふそう》商事では、大学卒は八級職で入社する。そして、十五年間は競争はおあずけ。同期は一斉に昇格し、十五年目に全員、六級職に達する。そこで、ヨーイ、ドンのピストルが鳴り、はげしい実力競争がはじまる。業績抜群の者は、A級部長である一級めがけて級をかけ上って行くのに対し、落伍者《らくごしゃ》はいつまで経っても、その六級のままで、五十七歳の定年を迎える。

四級職とは、小支店の支店長か出張所長、本社のC級課長などに相当する身分である。四十八歳で四級職という沖の場合、まず可もなく不可もない行程といえた——。

十文字が続ける。まるでコンピュータ室に居て目撃してでもいたかのように。

「次のふるいは、現ポストニ定着ヲ必要トシナイ男。性格条件としては、アイソガイイ、ヨクキガツク、それに、マジメ。そして、とくに決め手となったのは、ムクチという項目だ。コンピュータの磁気ドラムの中に、きみは無口、口ガカタイという風に記録されている。そこで、きみのカードが、いちばん上にとび出してきたんだ」

「まさか」

「うそじゃない。人間のやる人事なら、これまで外国で穀物や飼料の買付ばかりやっていた男を、京都支店長へ選ぶものか。コンピュータだから、前歴にとらわれず、私情にくもらされぬ判断が、できたんだ」

「私情？」

「そう。きみは、五年間の海外生活を終わって、やっと自分の家へ落着いたとこだ。建てたばかりで海外へ出され、これまで住めなかったなつかしの我が家へな。外国帰りの一家四人がはじめてマイホームで暮しかけた矢先、京都へ転勤させるなんてことは、人間の感情ではできんことだ。それが、コンピュータだから、無口ソノ他の必要条件だけで、一万一千人の中から、オキ　ナオユキの名前を、機械的につまみ上げてきたんだ」

十文字のうすい唇は、テレタイプのように動いた。

沖は、おし黙った。「いいかげんなことをいうな」とでも、いい返したいところだが、声にならない。巨大なコンピュータの幻に圧倒された。

ただ、和代が会社のいりくんだ話には興味を持たず、少し離れてくれたのが、救いであった。

沖は、つぶやくようにいった。

「おれは、そんな無口じゃない。いや、仮に無口だとしても、コンピュータは、なぜ、無口ということにこだわるんだ」

「それは、京都支店の特殊性が要求するんだ」

「というと」

「さっきもいうたとおり、あの店の仕事は、ぽちぽちだ。むしろ、仕事以外の仕事が問題なんだ」

「わからんな」

「これほどいっても、まだ、わからんのか。外国へ行って、きみ、少しぼけたのとちがうか」

十文字の唇は、また、コンピュータに接続する端末機のように動き出した。

「京都は、日本の奥座敷だ。外国からのＶ・Ｉ・Ｐ（最重要客）も、キョウト、キョウト。国内の大事なお得意さんも、祇園《ぎおん》で接待されるのが、最高の夢。世間に目立たぬように、その設営をするのが、京都支店長の重要任務のひとつだ。接待役というか、お相伴役には、出張所長という肩書より、支店長の肩書の方が、お客さんも満足するからな」

十文字は、沖を斜めに見て、

「怒るなよ。おれは、ほんとのこと、いったまでさ。今後、接待費が切りつめられると、よけい、接待役の任務はむつかしくなる」

「おれには、そんな役はつとまらん」

「まあ、よくきけ。大事な話は、その先にある。それは、トップの世話だ。京都は、社長や、おえら方たちが息抜きするところ、秘密のあそび場所なんだ。会社の関係者は居《お》らんし、マスコミも追いかけて来ん。安心して羽をのばせる聖域なんだ。京都支店長は、そのお世話をしながらも、見たりきいたりしたことは、一切口にしてはならん。トップの恥部をかくしながら、自分は啞《おし》になれる人間でないと、いかんのだ」

「おれには、とても……」

「まあ、よくきけ。トップの恥部をつかむだけに、忠勤を励めば、そこは、人間と人間。可愛《かわい》いやつということになる。コンピュータを通り越して、抜擢《ばってき》の道がひらける。

左遷どころか、心がけしだいで、大栄転へのチャンスになるというのは、そこのところだ」

茫然としている沖に、

「おれは、いいかげんなこといっとるのとちがう。現に、相談役は社長当時、京都あそびが過ぎて、引退後はそのまま京都に沈没してるじゃないか。いまの社長も、関西での泊りは、大阪でなくて、京都だ」

これほどいってまだわからんのかと、いわんばかりに、十文字はたたみかけた。

沖は、ようやく答えた。

「しかし、なんといわれようと、おれには、そんなお守《も》りはできん」

「また、おれには、か。おれには、おれにはと、自分からきめてかかっては、なにもできん。おれたちには、もう、先はあんまりない。ここぞというチャンスは、目つむってでも生かしておかんと、あとで、ひどく後悔するぞ」

「しかし……」

沖は、体が熱くなってきた。沖の性分としては、目をおおい、耳をふさぎたくなる話である。それに、どこまで本当の話なのかわからぬ。好意だけで忠告してくれているとは思えない。むしろ、そんな風にからかわれ、侮辱されている気もした。その気持が強まって、沖は最後に吐きすてるようにいった。「くだらん」

それと同時に、十文字の向うでも、咳ばらいがした。一度、また一度。十文字は、長い首をひねるようにして、そちらを見た。

「笹上《ささがみ》さん、風邪でもひいたんですか」

「う、うーん」

笹上は、度の強い眼鏡ごと、首を横に振った。

「それなら、なんか、おっしゃりたいんですか」

笹上の眼鏡が、また強く横にゆれた。

「うーん」

十文字は、沖に顔を戻し、声を落として、

「相変らずのウーさんや」

笹上丑松《うしまつ》は、沖たちより、九年先輩である。かつての沖の上司であり、和代との結婚の仲人《なこうど》もしてくれたが、いまは部付で、身分も五級職と沖にさえ追い越されている。あだ名の「ウーさん」は、丑松という名前のせいだけではない。いつも「ウー」というばかりで、イエスかノーか、はっきりしない。決断力のない男というところからもきていた。

笹上は、定年直前であった。沖と同様、東洋物産という別の会社に居て、扶桑商事へ吸収合併された外様《とざま》の身であるが、うだつが上らなかったのは、そのせいより、笹上自身の「ウーさん」ぶりによるところが大きい。少なくとも、沖はそう理解したかった。それに、笹上は、ぐちっぽく、一時は、酒も強かった。社内では孤独である。

ふたたび扶桑商事のコンピュータに即していえば、社員一人一人について、自己診断による性格を五十項目、上司による性格評価を五十項目、合わせて百項目を磁気ドラムが記憶している。その中には、きっと、「シンチョウスギル」「ハンダンガ　オソイ」「フヘイガ　オオイ」などというものが、あるにちがいない。それらが錘《おもり》となって、「ササガミ　ウシマツ」の名を、ついに浮き上らせることがなかった。

十文字が、沖の耳に、なお、ささやきかけた。

「お互い、ウーさんみたいには、なりたくないな」

そのとき、見送り人の輪がざわつき、その一角が開いて、背の高い男があらわれた。十文字より、さらに長身。眼鏡をかけ、学者風だが、背をそらせ、姿勢がいい。沖が帰国後所属していた食料統轄《とうかつ》部の本宮部長である。

本宮は、沖たちよりわずか年上なだけなのに、すでにA級部長として、一級職にあった。役員は目の前であり、群を抜く昇進ぶりであった。定年になって、まだ五級職のウーさんにくらべれば、新幹線とトロッコの開きがあった。

見送り人たちの私語は消え、視線が本宮の一挙手一投足に集まった。本宮と目の合った男たちは、気おされたように、頭を下げた。

本宮は、「やあ」「やあ」と、一々、手をあげて、うなずきながら、まっすぐ大股《おおまた》に沖の前へきて、握手を求めた。すべて、フランス映画のしぶい主役のように、スマートであった。

「ごくろうだね。しっかり、たのむよ」

本宮は、二度ほど強く沖の手をにぎりしめてから、和代に向き直って、軽く頭を下げた。

「帰国まもないのに、申訳ない。なにしろ、先任の支店長が、急に倒れたもんやからねえ」

扶桑商事は、もともと、京の呉服商からはじまる関西系商社であった。このため、社内では、関西弁が羽ぶりをきかせ、一時は関西弁をしゃべらぬと、一人前に扱われぬ空気さえあった。関西以外の出身者も、その空気になじみ、関西風のなまりや表現が、つい、口に出たりする。もっとも、原形となる関西弁も、京都弁・大阪弁・兵庫弁などが縦横に入りまじって、扶桑商事弁とでも名づける他ないものになっていた

――。

和代は、本宮に向かって、最敬礼した。

「お忙しいのに、わざわざ……」

「なに、会社は、すぐ、そこやから、五分もあれば、すぐ、戻れます」

本宮は、「すぐ」を二度くり返した。そういえば、ひかり号も、定刻数分前。すぐにも、発車である。いや、本宮の顔を見たら、定刻前にも、発車してほしい感じであった。

「商事会社は商時会社や」というのが、社長の口ぐせであった。ホームに居るわずかの時間の間にも、百二十を越す海外の支店網から、世界中の経済の動きを伝える最新の情報が、通信衛星により、海底電線により、テレックス網により、刻々、流れこんできている。本宮のような重要人物の不在のため、一分間の判断のおくれが、何億かの損を招くことになりかねない。貴重な時をきざむ秒針の音が、沖夫婦の耳に、はっきりきこえてくる気がした。

ひとの動きが、あわただしくなった。すでに、デッキに向かって移動する見送り人もある。下のホームでは、東海道線の発車ベルが鳴りひびいていた。

和代は、祈るような目で、ホームの時計を見守った。かんじんの息子の忍が、まだ着かない。和代は、夫よりは、はるかに息子のことが、わかっているつもりである。早退するのをやめ、そのまま授業を続けているとは、とても、思えない。国電の乗り方など、まだよくのみこめなくて、どこかで、まごまごしているのだろうか。

ふいに、本宮が腰をかがめ、あけみに話しかけた。和代は、ぎくりとした。

「風邪でも、ひいたの」

「オ、ノー、アイ……」

あけみは、マスク越しに反射的に答えかけ、はっとした目つきで、和代を見上げて、黙った。和代は、その先を、すくいとっていった。

「ええ、ちょっとばかり、風邪気味で。なにしろ、のどをやられているものですから」

あけみの目が、物問いたげに、和代と本宮を見くらべる。本宮は、よく気のつく男である。事情をすぐ読みとった。

「そう。それなら、しゃべらない方がいいね」

ごく自然にいうと、ゆっくり、目を十文字に移した。

「どうやね、十文字君のところは」

さらに、その向うの笹上にも、声をかけた。顔と名前をよくおぼえるのも、本宮の実力のうちのひとつである。

「笹上さんは、今年はたしか……」

「ええ、あと二十日で、定年です」

「永いこと、御苦労でしたな。それで、行先はもう……」

「うーん」

笹上は、また「ウーさん」になった。

本宮は、そこでも、深入りを避けた。

「たいへんですな。今年のうちの定年退職者は、百二人になります」

「承知してます」

「このきびしい時節でしょ。あちこち、斡旋《あっせん》しようにも、とても、とても……。そうですか、あと二十日、すぐですな」

また「すぐ」が出る。その「すぐ」は、少し残酷な感じなのだが、本宮としては、口ぐせとして、つい出た形であった。それに「Aも、すぐ、やめる」「Bも、すぐ、やめる」と、やめることを指折り数えている空気が上層部に漂っている感じもした。

沖は、笹上の表情を、うかがった。部厚いレンズの奥に、小さな目が、ゴマ粒のように、死んでいる。もはや「ウー」とさえ、いわなくなりそうな顔に見えた。

酒が入ると、笹上の眼は、レンズごと、マッチの炎のように燃えた。二十年前、屋根裏部屋のようなロサンゼルス支店で、沖は、毎夜のように、その炎につき合わされたものである。あのころの怒りも、不平も、苦しみも、汗も、それらすべての燃料が、すでに燃えつきてしまった、いまの笹上の眼であった。

本宮は、それだけで、笹上たちを相手にするのをやめた。沖夫婦に顔を戻すと、ついでに、二重あごで、ひかり号を指し、

「これのおかげで、京都は目と鼻の先。くしゃみの届きそうな距離や。ブラジルやレバノンあたりへ別居するのやないんだから、きみも、奥さんも、ひとつ、元気を出して」

くだけた、親しみのある口調であった。それというのも、本宮は、ただの上司というだけでなく、東京の同じ府立中学の先輩で、在学中から知っている仲であった。だからこそ、わざわざ、見送りにきてくれた、ともいえた。

もっとも、扶桑商事では、社内にいかなる派閥もつくらぬため、同窓とか、同郷関係などで、社内で集まったり、グループをつくることは、一切厳禁である。出身校名は、人事カードから消され、コンピュータも、記憶していない。その点では、完全に近い実力主義が行われている形で、そこにも、毎年、全国の学生の就職希望ベスト・

スリーに入る人気の原因があった。

十文字が、思いついたように、本宮に声をかけた。

「部長は、相変らず、早朝出勤ですか」

「そう、七時には来てるな」

本宮は、なんでもないことのように答えた。

「けど、そんな時間には……」

「もちろん、まだ掃除婦も来ていない。だから、あちこち電気をつけながら、部屋へ行くんや」

「たいへんですな」

「いや、なれれば、どうということもないさ」

本宮は、そういうと、反対側に居る男たちのところへ、移って行った。その後姿を見送りながら、十文字は、ため息まじりにつぶやいた。

「うちの会社の忠臣だな」

皮肉をいう気にもならぬ、という顔であった。そのとき、ふいに和代が、おし殺した声で叫んだ。

「あっ、忍」

待ちかねていた息子が、ようやく間に合ったのだが、それにしても、忍の姿は、その場には、不似合いであった。和代は、顔色を変え、次の声が出ない。

風防グラスつきの白ヘルメットに、黒い革のジャンパー、そして、半長靴《ちょうか》。オートバイの爆音が、まだ漂っているような服装である。見送り人たちの視線が、いっせいに、その上に集まった。

忍は、とまどったような笑いを浮かべながら、両親に歩み寄った。和代が顔をしかめて、たしなめにかかる。

「どうして、そんなかっこうで。おとうさんのお見送りだというのに。見てごらんなさい。みなさん、きちんとした……。それなのに、息子のあなたが」

「でも、オートバイにのるには……」

「なにいうの。電車で来るはずだったでしょ。それをなぜ……」

沖が和代を遮り、忍にいった。

「……よく道に迷わなかったな」

「うん。地図《ミャップ》見て、ざっと頭に入れといたんだ。ただ、皇居《パレス》の近くで、うまく、わからなくて」

「忍！　それに、あなたも」

「……………」

「こんな子供たち二人残して、ひとりだけ転勤。男って、いいわね。それに、これからは、毎日が日曜日ですって」

うらむというより、悲鳴に近い声であった。そして、がっくりしたように、

「つまんない。せっかく落着いたのに、また、これで一家ばらばら」

「おれだけじゃないんだ。会社づとめしてりゃ、だれだって……」

発車のベルが鳴り出した。沖は、人の輪に一礼して、デッキに移った。その背に、和代の声が追いすがる。

「ごめんなさい。元気で、行ってらっしゃい」

ふり返ると、すぐ目の下に、マスクをかけたあけみの顔が迫っていた。沖は、その髪を手に力をこめて、なでた。

「がんばるんだぞ。日本語なんか、すぐ追いつける」

沖は、デッキに立った。見送り人を従え、本宮が最前列に出た。そして、最後に一言、ベルに負けぬ強い声で、

「じゃ、しっかり。それに、きみのやりかけの事業計画《プロジェクト》、あちらでも進められるようなら、検討してみたまえ」

それは、沖にはなによりの励ましの言葉にひびいた。

「はい、部長」

沖は、声をはり上げて答えた。ドアがしまった。あけみの泣きそうな眼。忍が白いヘルメットをふり上げる。ひかり号は、ゆっくりと動き出した。

定年の設計

皇居にのぞむ堀ばたの道を、会社に向かって戻りながら、本宮が十文字にいった。

「沖の娘、マスクしてたが、風邪じゃないな」

「そうですか」

けげんな顔をする十文字に、

「あの子は、帰国病だ。日本語が、よく話せないんだ。親たちも、話させたくないんやろ」

「すると、あのマスクは、一種のサルグツワですか。白いサルグツワ、ひどいサルグツワ」

「まあ、それに近かろう」

十文字は、わざとらしく、本宮を見直し、

「それにしても、部長は全くよく気がつきますね。そういえば、沖たちは、ツーソンなんていう、アメリカの片田舎に、五年も出されていましたからね。あそこには、他に日本人も居なかったんでしょう」

「日本人が居なくたって、きみ、日本語の力は維持《キープ》できるはずだ。通信教育の教材だって、毎月、航空便できちんと届いていたはずだからな」

十文字は、一瞬、黙った。海外駐在の永かった十文字もまた、娘たちの教育に、問題を残した。触れたくない話題である。十文字は、話を一般論から沖一家へ戻した。

「沖は放任主義だし、沖の奥さんも、神経質そうに見えて、案外、のんきなところがありますからね」

「息子は息子で、オートバイに夢中のようだな」

「きっと、アメリカでは、勉強の代りに、オートバイばかり、すっとばしていたんでしょ」

「問題だな」

「問題ですよ。まして、これから、家に父親が居ないとなると」

「仮に片親だろうと、孤児だろうと、教育はしっかりやるべきだな」

本宮は、ぴしゃりといった。教育者の家庭に生まれた本宮は、毎朝、家中の雑巾《ぞうきん》がけをやらされるといった、きびしいしつけを受けて育った。小学校も、中学校も、高等学校も、皆勤。大学も、母親の死の前後の三日間をのぞいて、一日も休まなかったという男である。

十文字は、首をすくめた。沖だけでなく、まるで、自分も叱《しか》られている気がした。

「沖は、律儀《りちぎ》だし、まじめなやつだ。それに、ひとがいい。よすぎるくらいや。だから、会社としては、ああいう人間なら、安心して使えるというところがある。けど、そこがまた、問題だな。便利に使われるだけの存在になりかねん」

本宮は、空の彼方《かなた》に、ひかり号の幻影でも見送るような目つきでいった。そこには、沖に対する思いやりが溢《あふ》れていた。

十文字は、うらやましいと思ったが、すぐ思い直した。ひとがいいということは、この社会では、何の美徳でもない。

十文字の胸の中を読みとるように、本宮が少し口調をきびしくしていった。

「沖は自分の女房子供をふくめ、ひとに対して、もう少しきびしくというか、きらわれるところがあっていいな。京都へ行っても、人間関係などに気をつかわず、やりたい仕事をやればいいんだ」

「あいつは、京都では、いくらか羽がのばせると、よろこんでいましたよ。どんな羽だか知りませんがね」

十文字は、無責任にいった。

舌先三寸で、ころころと人間をいじってみるのは、わるくない。十文字に残された数少ない趣味のひとつといえた。

「そうかい、そんなことを」

首をかしげる本宮に、

「日本情緒というか、京情緒というか、そんなところも勉強してくるんだと、はりきってましたよ」

「ほう」

「ここらで、あいつも、大きく人間が変わった方がいいんですよ。部長のおっしゃるように、ただ善良なだけじゃない人間にね」

「うん」

「いつか、あいつ、のみながら、白状したことがあります。永い間、外国に出されていると、何も信じられなくなる。結局、人生にたしかなのは、妻子を愛するということだけだという気がするって。そういうセンチメンタルな亭主だから、子供たちも、あんな風にあまやかされて育ってしまったんですよ」

「そうかな」

「妻子なんて、何ですかね。たしかでもなければ、あてにもなりませんよ。その証拠に、笹上さんを」

十文字は、そういってから、まわりを見た。

前方に、鳩羽色《はとばいろ》をした十二階建の扶桑商事ビルが見えてきた。そのビルめがけ、十文字たちの前に一群、うしろに一グループ、見送り帰りの社員たちが歩く。その中に、やや猫背で度の強い眼鏡をかけた小男の姿はなかった。

「そういえば、ウーさんが居ませんね。どこかへ職さがしにでも、回ったのかな」

「彼は、ひかりが出たあと、もうホームには居なかったな」

「へえー、よく気がつきましたね」

「いや、定年後のことを、少しきいてやろうと思って。あの部では、どこへも世話せんのやろか」

「はっきりしてないようですな。だいたい、御当人が、ウー、ウーいうばかりで、はっきりせんひとだから」

「困るだろうな」

「なにか、自分でごそごそやってはいるようです。いや、こそこそとかな、それとも、細々とかな」

他人の定年をあざ笑って、十文字の舌は、なめらかに回転した。まるで十文字自身には、定年が来ないかのように。先のことは、指先ほども考えたくない十文字の性格であった。


疾走するひかり号の中で、沖は椅子《いす》を倒し、目を閉じていた。

三度の海外駐在をふくめ、もう何度、転勤をくり返したであろう。年々、その疲れが、ひどくなってくる気がする。それに、前夜おそく交わした愛の疲れが、まだ、体の蕊《しん》に残っていた。

「女ざかりって、せいぜい二十年あまりよ。その女ざかりが、別居別居で、めちゃめちゃ。倍求めなくちゃ、ひき合わないわ」

和代は、むさぼるように、はげしかった。

そうした疲れにもかかわらず、神経はたかぶっていて、眠るに眠れない。忍の白いヘルメット、あけみの白いマスクが、まぶたにちらつく。

忍は、帰国して高校二年から一年へ、あけみは、小学四年から三年へと、それぞれ一年下げて、公立学校へ編入したのだが、どちらもうまく行っていない。忍は、ただオートバイに熱を上げるばかりだし、あけみは、日本語がうまくないせいもあって、まともに登校したのは、二カ月間に三日だけ。あとは、欠席と早退のくり返しであった。たしかに二人とも問題児だが、沖は二人を叱りとばす気になれない。いつかは適応して行くであろうと、そっと見守るばかりだが、和代にいわせれば、父親としての責任放棄。今度も、京都転勤をもっけの幸いにしていると、見るわけである。

話をにつめる間もなく、見切り発車に似た後味のわるい出発であった。それに、これからはじまる世界は――。

「無口だから、選ばれた」とか、「毎日が日曜日だ」などという十文字の毒舌が、思い出されてくる。毒舌にいくらかの真実があるとすれば、京都では、いまの沖には、見当のつかぬ気重な世界が、ひらけるはずであった。

東京を思い、京都を思うと、沖は永遠にひかり号にのり続けていたい気がした。

「十二号車に御乗車のオキナオユキさん、おつれさまが、八号車でお待ちです」

いきなり、車内のアナウンスが耳に入った。沖は身を起した。耳をすます。たしかに、自分の名前を呼ばれた気がしたが、信じられない。沖につれのあるはずがないのだ。ついてきたがったのは、和代やあの白いマスク、白ヘルメットの子供たちだが、彼等は、まぎれもなく、ドアのガラス越しに後へ流れて行った。とすると、いったい、だれなのか。だれかのいたずらなのか。

緊張する沖の耳に、アナウンスが、もう一度、くり返された。幻聴でも、いたずらでもない。だれかは知らぬが、尾行者のような男が、現に、その八号車に居て、車掌にアナウンスを依頼してきたのだ。

沖は、席から立ち上った。ともかく、行ってみる他はない。心当りは、まるでなかった。だれか知人が乗車していて、声をかけてきたのか。それにしても、呼びつけるとは——。

期待よりも、不安が先立った。十文字か、十文字の手先のような男が、なお毒舌を浴びせ続けるために、あとを追ってきたのか。十文字は、からみはじめると、それくらいのことは、やりかねない男である。

沖は、ゆれる車内を歩いて行った。列車は、多摩川の鉄橋を渡ったところで、畑や空地をはさみながら、建売住宅の群や、団地風の建物が、見えかくれしている。

指定の八号車にきて、沖は、号車番号の「八」を、もう一度、見直した。そこは、食堂車であった。窓ぎわに細く長い通路が、ひっそりのびているだけである。食堂のドアをあけ、首だけつっこむようにして、中をのぞいてみた。

そこも、がらんとしていたが、窓ぎわに居た一人客が、沖を見て、眼鏡を光らせ、片手をあげた。

「笹上さん！」

沖は思わず、声をあげた。狐《きつね》につままれた気がする。なぜ、笹上が、そこに居るのか。沖の見送りに車内へのりこんで、そのまま、運ばれてきたのにしては、態度が落着きすぎている。テーブルに、お銚子《ちょうし》を一本立て、上きげんであった。にこにこしながら、沖をその前の椅子へ招き寄せた。

「まあ、つき合ってくれや」

声まで明るい。つい先刻まで、ホームで、咳《せき》ばらいや、あいまいな返事ばかりしていた不景気な「ウーさん」とは、まるで別人になっていた。

「いったい、どうしたんですか」

「どうもこうもないさ。おれも、急に京都へ行きたくなったんだ」

笹上は、やんちゃ坊主《ぼうず》のように、答えた。沖は、笹上の顔を、さぐるように見た。

「それにしたって……」

「会社か。会社は、もういいんだ。さっき、車内から、早退すると電話しておいた」

「…………」

「気にするな。きみまで気にすることないじゃないか。どうせ、定年まで、あと二十日。泣いても、笑っても、あと二十日だ。もっとも、おれは、笑って、笑って、その二十日のあとも、笑ってくらすつもりだがね」

「というと」

「やりたいことを気ままにやる。やりたくないことは、一切、やらない。たのしくないことには、見向きもしないんだ」

これが「ウーさん」なのかと、信じられないくらい、笹上は歯ぎれよくいった。仕事がうまく行かぬため、酒乱というか、発狂寸前に追いこまれた笹上の姿を、沖は外地で幾度も見てきている。ここへきて、ついに、気が狂ったのかと思った。

ひかり号は、新横浜の駅を吹きぬけた。沖は、水割りのグラスを手に、笹上の部厚いレンズの奥を、さぐった。

笹上の細い眼は、いかにもたのしそうに、そして、珍しく、いたずらっぽく笑っている。沖は、視線を当てたままいった。

「京都へ何しに行くんですか」

「うーん」と、笹上は一度だけいってから、

「そんなことは考えてない。とにかく、ぽわっと、京都へ行きたくなったんだ。何をするかは、着いてから考えるさ。とにかく、おれは、本当に、毎日が日曜日の身分になるんだからね」

「………」

「毎日が日曜日とは、十文字も、いいこというな。あの男、辛辣《しんらつ》だが、ときどき、うがったことをいう」

答えようがなく、見守るばかりの沖に、

「そうだ。おれが、この汽車にのりこむことになった理由を、強いてひとつだけあげるなら、きみのことを心配したんだ」

「わたしのことを？」

「そう。きみは、十文字の忠告を、浮かぬ顔してきいていたな。しかし、それじゃ、いかんのだ。あいつのいうとおり、京都支店長のポストを徹底的に利用して、トップに密着し、ごまをすっておくんだ」

「しかし、笹上さん、あなた自身は……」

「そのとおり、おれはついに、それができなかった。だから、いま、こんな身分なんだ。なぜ、やらなかったんだと、その点、おれは、後悔している。たとえば、重役と長距離を車にのるとき、新聞紙でも用意しておいて、さっと床に敷き、重役の靴をぬがせ、どうぞ、とやればよかったのに、やろう、やろうと思いながら、ついに、それができなかった。誇り《プライド》があると思っていたんだな。思い上った話だ。もともと、何もありはしないのに。どうせ、たいしたことのない人間、しょぼくれた人生だ。それなら、目をつむって、ごまをすればよかった。それを機会に、別の堂々たる人生がひらけたかも知れなかったものなあ。おれは、三十五年間の教訓として、それを感ずる。だから、きみにだけは、いっておきたいと思ったんだ」

「あなたは、そんなことをいうために、わざわざ……」

笹上は、銚子をふりながら、うなずき、

「おれは、きみの媒酌人として、また、忍君の名付親として、忠告しておく気になった。男の子に忍なんて変な名だと、きみの奥さんに反対されたが、会社員としては、とにかく忍ぶこと、それが第一なんだ。どんなことでも、忍ばなくては」

ウーさんは、ぐちと泣き言の多いひとであった。だが、いまは、ぐちにしては、口調が軽く、雄弁すぎた。表情にも、まるで暗さがない。

「それに、おれはきみに期待をかけている。おれが定年になっても、まだ五級職なのに、きみは、おれより九つ若くて、早くも四級職だからな。おれたちは、東洋物産から吸収合併された残党だが、おれのうだつの上らないのは、残党のせいでなく、おれ自身のせいだ。それは、おれも、よくわかっている。うちの会社のいいのは、吸収したからといって、差別しないことだ。少なくとも、大きな差別はない。その証拠が、きみなんだ」

「しかし……」

「チャンスを生かしてくれ。定年のときになって、後悔しないようにな」

そういう笹上は、いま向かい合って見る限り、決して悔んだり、ふさぎこんだ様子ではない。沖は、抱き続けてきた疑問を、思いきって口にした。

「次の就職先は、きまったんですか」

笹上はすくい上げるように、沖を見た。そして、思いもかけぬ一言を吐いた。

「おれは、再就職なんかしないよ」

「……どうしてですか」

「きまってる。働く必要がないからさ」

予想外の答が重なった。沖が、あっけにとられていると、

「男ひとり食って行くぐらいの設計は、できてるんだ」

「…………」

「みんなは、おれをばかにしてたが、ウーウーいいながら、おれは、もう二十年も前から、定年後のことは考えてきた」

「二十年前というと、ロサンゼルス支店からカラカスへ……」

「そう。四年間も妻子を置き去りに、ロサンゼルスへ出されて、ミシンを売らされた。そのあげく、次はそのまま、カラカスへたらい回し。あのときは、ほんとに泣けたな」

「日本人街のバーで、泣きましたね。仁王立ちになって、泣きながら、笹上さんのいった言葉を、わたしはいまだにおぼえてますよ。『家も家族も、めちゃめちゃにして、輸出だ、輸出！　これじゃ、まるで、人間の輸出じゃないか』ってね」

それは、まだ東洋物産時代のことであった。二人は、アメリカへのミシン売込競争にけんめいであった。日本の輸出商社間には、調整最低価格《チェック・プライス》の申し合わせがあったが、東洋物産では、ひそかに割り戻し《リベート》をつけることで、実質的に安売りをし、売り上げをのばしていた。

その割り戻し《リベート》に当てる金は、補修用品《スペア》として、無為替（無料）で送られる部品を売却することで、まかなった。苦しいし、無理の多い競争であったが、それで輸出をのばしたことも、たしかであった。ロサンゼルスを足場に、笹上は、そうした競争を四年間も続けた。そして、そろそろ日本へ帰るべき時期、やってきたのは、途方もない転勤辞令であった。

笹上への辞令は、帰国どころか、さらにはるか南のヴェネズエラへ行け、というものであった。カラカス駐在員の男が、発狂したため、その後任としての赴任であった。外貨のとぼしい当時、単身赴任のまま、外地から外地へのたらい回しの人事は、珍しくなかったが、四年つとめて、さらに地の果てへ追いやられるのは、あまりにも、悲惨であった。「人間の輸出だ！」という笹上の叫びは、実感そのもので、憤怒《ふんぬ》と絶望が溢《あふ》れていた。

その叫び声は、まだ独身だった沖の耳に、強くやきついた。

当時、笹上は、アパートのマントルピースの上に、妻子の写真を飾っていた。その一枚は、笹上夫婦が、幼い息子と乳呑児《ちのみご》の娘をかかえた写真。日本を発《た》つ直前にうつしたものであった。さらに、いま一枚は、すっかり成長した息子と娘をうつして、日本から送ってきた写真。気のせいか、みんな、さびしい顔立ちに見えた。カラカスへ行けば、さらに子供たちは大きくなり、同時に、さびしさの深まった顔になるであろう。

沖は、そのころひそかに思った。

(おれは、こういう目にあいたくないし、妻子をあわせたくない。できる限り晩婚で、そして、結婚後は、外地へ出そうにない部課へもぐりこもう)

それは、女々しいというより、人間として許される希望だと思った。

扶桑商事に吸収されてから、沖は食料部門を希望した。食料なら、日本は買付ばかりである。外国へ駐在に出されることはあるまいと、計算したのだが……。

ふいに、笹上が頓狂《とんきょう》な声をあげた。

「おや、サギが居るぞ。白サギだ」

部厚い眼鏡を、ガラス窓にくっつけるようにする。相模《さがみ》川か、酒匂《さかわ》川か、ひろびろした河原に、白い鳥が三羽たたずんでいた。

その光景は、すぐ車窓から消えて行ったが、笹上の眼は、なお未練がましく追っている。

「相変らず、動物好きのようですね」

「うーん」

笹上は、にやりと笑った。

忙しかった毎日だが、アメリカではどうしても仕事のできぬ日があった。

たとえば、復活祭。このとき、笹上は沖をサンディエゴの自然動物園に連れて行った。そして、二人でバーボン・ウイスキーを二本あけながら、濃い緑の中の園内をゆっくり見てまわったものだ。

「動物を見るのが、いちばん気が休まる」

そういいながらも、笹上は妻子のことを想《おも》っていた。

「子供たちに見せてやりたいな」

一度ならずつぶやき、ウイスキーをあおったものだ。

クリスマス休暇には、野生動物を見に、モントレー半島へドライブした。灌木《かんぼく》の茂みから、巨大なユーカリの木立ちの中へ、野生の鹿《しか》が走りこんで行く。白い尾がはずんで、小さな白の一点になってしまうまで、車をとめて見送っていた笹上。太平洋岩礁《がんしょう》にねそべるアザラシの群を、時間を忘れて双眼鏡でのぞいていた笹上。太平洋から吹き上げる風が、しぶきを浴びせかけ、沖は早々に車の中へ戻ったのだが、笹上は、背の曲った石像となった。もっとも、このときもまた、太平洋の潮風に、日本の妻子を想っていたのかも知れない――。

笹上の二本目の銚子が空になったのを見て、沖はいった。

「どうです、もう一本、のまれませんか」

「そうだな、あと一本。もっとも、これで、今日の酒は終わりになるな」

「どういうことです」

「おれはね、酒なら、銚子三本、水割りなら三杯と、一日の量をきめている」

「ほう」

「信じられんだろう」

「どこか、わるいんですか」

「一時、肝臓をこわしたが、いまは、わるくない」

「用心のためですか」

「もっと積極的さ」

「というと」

「大いに長生きしたいからさ」

「………」

「何のために長生きしたいかと、ききたそうな顔してるな。理由は、簡単だ。ただ、長生きのために、長生きしたいんだ。これも、なぜかといえば、簡単。人生は一回限りだからさ。だから、結局は、長生きしたやつが勝ちだと思うんだ。いやらしいやつが、一人また一人と死んで行くのを見送るのは、いい気分だと思うな」

ひかり号は、ミカン山に頭を突っこみ、ミカン山を断ち切って、走り続ける。笹上は、自分の言葉にうなずくようにしながら、続けた。

「気ままに生きれば、きっと、長生きするよ。とにかく、おれは、いま、たのしくて仕様がないんだ。三十五年、辛抱してきたおかげで、これからは、糸の切れた凧《たこ》。いや、毎日が日曜日。ただ、のんきに、たのしく、ふわりふわり生きてくつもりだからな」

「………」

「いいかい、ウーさんなどといって、みんながおれをバカにしてきたが、おれは、これまでのそうした人生への復讐《ふくしゅう》として、二つのことを考えてきた。ひとつは、徹底的に長生きすること。そして、いまひとつは、定年をバンザイで迎えることだ」

「復讐」という言葉は、匕首《あいくち》のように、ひらめいた。笹上の表情から、すっかり、笑いが消えていた。

三本目の銚子を傾けながら、笹上は語をついだ。

「アメリカでいちばんショックだったのは、向うの連中が、定年をむしろ、よろこんでたことだな。日本では、定年ともなると、めそめ、しょんぼりだが、向うでは、ハッピイ・リタイアメント、つまり、定年おめでとう、定年バンザイなんだな」

沖も、うなずいた。あのころ、二人でしみじみ眺めたマンガがある。

定年退職の日、その時刻が来たとき、レストランで給仕中の大男のウエイターが、「ただいま定年《ジャスト・リタイアド》」と、にっこり笑って、ささげ持っていた料理を投げとばす――よろこびと解放感ではちきれそうで、日本では考えられぬマンガであった。

「しゃくにさわったな。気ちがいか病人にならんばかりに働いているおれたちにくらべ、連中はのんびり、まことに人間的にくらしていて、そのあげく、定年になって、また、バンザイ、おめでとう、というわけだ。日本では、いつになったら、そんな日が来る。会社も、国も、面倒を見てくれんから、永久に、そんな日は、来ないかも知れん。それなら、おれひとりだけでも、『定年バンザイ』といえる人間になってやろうと思った」

ひかり号は、熱海《あたみ》にかかった。眼下に、高層ホテルやマンションの街がひろがり、その先に、海が光って見える。笹上は、その景色には何の興味も示さず、話を続けた。

「定年で、みんながお通夜《つや》みたいになっているとき、おれだけが、陽気に、手放しで、バンザイをする。ウーさんが王様に昇格して、みんながウーさんに落ちる。これなら、ゆかいだ。途中いろいろのことがあったところで、最後は、おれの勝ちじゃないか。大勝利だ」

もともと、笹上は人づき合いがわるく、社内にも、話相手が少ない。このため、永い間たまっていた話を、旧知の沖をつかまえ、一気にたたきつける形であった。ひかり号にのりこむ気になったのも、そこなら、沖に逃げられる心配がない。たっぷり、話をきかせることができると見たせいもあろう。

「本宮部長たちは、相変らず、おれがしょんぼりしていると見たようだが、とんでもない話だ。あの連中は、コンピュータと同じで、人間をきまった風にしか眺められんのだな」

「…………」

「おれは、ハッピイ、ヴェリ・ハッピイだ。定年の日には、花火を打ちあげ、バンザイして退職してやる。きみも、なんとか上京して、見にきてくれ」

笹上は、酒を殺してのむ男だったが、いまは、酔ったようにしゃべった。酒に酔うより、自分自身に酔っている。

かつて笹上にとって、笹上自身は、ぐちの対象でしかなかったはずなのに、いまは、自分に酔っていた。変身というより、別人にも見える姿であった。沖は眼をみはり、あっけにとられていたが、笹上の熱をさますように、口をはさんだ。

「しかし、ほんとうに、あそんでくらせるんですか」

「もちろんだ。おれが、うそをいう人間だと思うか」

「いや……」

「二十年間、おれは定年後の設計のことばかり考え、ひと知れず、心がけ、努力してきた。おれみたいな、しがないサラリーマンだろうと、無能な人間だろうと、とにかく二十年間、一貫して心がけてくれば、なるようにはなるものだ」

「そこがよくわからない。いったい、何を……」

「ききたいだろうな」笹上は、じらすようにいい、「まあ、いつか、ゆっくり話してやる。いや、きみが東京にきたとき、一々、現場を見せて、説明してやる」

「現場ですって」

沖は、ききとがめた。だが、笹上は、ややあからんだ鼻を鳴らしただけで、答えようとしなかった。この先のおたのしみに残しておこうと、いいたげである。

ひかり号は、長いトンネルをくぐりぬけた。三島の市街が、前方にひらけてくる。

笹上は、また、眼鏡の奥の眼にうす笑いを浮かべて、話し出した。

「おれのもくろみは、成功したよ。すっかり、環境がわるくなってきたからな。今年のうちの定年退職者は、百二人。その中《うち》、いったい、何割が再就職できるだろう。みんな、心もうつろで、あたふたしている。社内に居ても、上役は避けるようにするし、部下には軽んじられて、相手にされない、地獄だねえ。宙ぶらりんで、しかも、針のむしろの上でゆれてるようなものだ」

「………」

「商社は、メーカーとちがって、一〇〇パーセント出資の子会社なんて、ほとんど持っていない。関連の中小企業に無理に押しこもうにも、中小企業自体がいま尻《しり》に火がついているから、平に御容赦というわけだ。それに、もともと、商社員は、この歳《とし》まで、売った買ったばかりやっていて、役職者としての勉強や経験が足らん。人事とか、管理とか、経営者的な仕事は、不得手なんだ。その意味では、関連会社だって、それほど欲しくない人材だ。それでも、高度成長のときは、まだ、もぐりこめる余地もあったんだが」

深刻なはずの話題を、笹上は舌なめずりせんばかりにして話した。（それにひきくらべて、このおれは――）と、何度も、いい足したそうであった。よほど、自分の老後設計には、自信があるのであろう。

部厚いレンズの奥の小さな眼は、沖をじっと見つめていたが、

「これからは、ますます絶望的だよ。あと数年もすると、うちの退職者は、毎年、三百人を越す。戦後、財閥解体で三分割されたとき、三つの会社で、それぞれ負けずに求人したのが、重なり合ってしまうからだ。経済はゼロ成長だというのに、退職者ば

かりが二倍三倍にふえる。最悪だね。いったい、どこへ、どうやって、さばくのかね。売れ口のない大群は、どうなるのだね」

沖が黙っていると、果して、鋒先《ほこさき》が沖に向けられてきた。

「きみも、定年まで、あと九年だな」

「ええ」

「事態のよくなる見込みは、なさそうだなあ」

「…………」

「きみ自身、何か定年後のことは、考えてるかい。たとえば、少なくとも、アパートを経営するとか」

「いや、いや、とてもそんなことまで……。わが家の建築資金を返済するのに、せいいっぱいの有様ですから」

「それじゃ、会社関係で食わせてもらう他ないわけだな」

「……ええ」

「それならそれで、いまから、上層部に蔓《つる》をつくっておかないと……。その蔓つくりには、京都支店長のポストは、十文字のいうように、うってつけなんだ」

「さあ……」

「チャンスだ。本当にチャンスだよ。従業員一万一千人、本社の部課長だけで五百人近くいる会社だ。仕事で目立つためには、よほどのことをしなけりゃいかん。それにくらべれば、京都支店長なら、いや応なしに、社長や相談役におぼえてもらうことができる。なんといっても、東京などとちがって、社長はひとり、こちらも、きみひとり。まわりに見ている目がないのだから、思いきったサービスもできるわけだ。相談役のヒゲのチリも、安心して払える」

「もう、よしてください」

「おれは、からかってるんじゃない。真剣に、心配してやってるんだ」

「いずれにせよ、笹上さんの設計は、よほど、うまく行ってるようですな。そこまでメドがついてるなら、いっそ、再婚でもされたら。二人なら、もっと、たのしいのとちがいますか」

「うーん」

笹上は、ウーさんに戻った。しわの多い、いつものさえない表情になって、

「おれはもう、何にでも、わずらわされたくない。ただ、ひとりで、のんきに生きたい。人生のヤジ馬ですごしたいんだから」

「すると、今日、こうして追って来られたのも、ヤジ馬のはじめ？」

「いや、これは、ほんとの好意からだ」

その間にも、ひかり号は、無心に、西へ西へと走り続けていた。

前社長夫妻

夕方、沖は京都に着いた。

三条河原町にある京都支店に直行する。長細い五階建ビルの二階三階を借り、二十人の男女が働いている。

六千人を越す人間をのみこんだ巨大な十二階建の本社から来てみると、マンモス大学から離島の分教場へ赴任した感じであった。

「すんまへん。お迎えにも出ませんで」

支店次長の藤林が、頭を下げた。

「いや、迎えなどいらん。それに、もともと、時間が知らせてなかったのだから」

東京も見送りなしで発《た》つつもりであったのに、切符を買わせた女子社員の口から、出発時刻が漏れてしまった。そのために、時ならぬ転勤見送りの風景となった。本宮部長がわざわざ来てくれたり、笹上が後を追って、ひかり号にのってくるというおまけまでついて。

笹上は、はじめ「京都へ」といっていたが、「また気が変わった」と、名古屋で下りた。何にこだわることもない自由な人生を、早々に、沖の目の前で演じて見せてくれた感じであった。

沖のまぶたには、名古屋のホームに立ち、右手を小さく上げて見送ってくれた笹上のひとりぼっちの猫背の姿が、やきついている。

名古屋で下り、その先、どうするのか。東京へ、すぐ引き返すのか。その辺のところは、まだ何もきめていない風情《ふぜい》であった。車中、珍しく威勢のいい話ばかりきかせてくれたが、なんとなくたよりなく、あわれな姿であった。

もっとも、笹上は、名古屋のうどん屋の息子である。両親が死に、兄はサラリーマンになって大阪へ移り、いま、その家はないといっても、故郷は故郷である。どこか、寄るところがあるかも知れない。

それにと、沖の頭に、ひらめくものがあった。笹上の別れた細君のことである。彼女もまた、名古屋の出であった。笹上のニューヨーク駐在時代、不貞を理由に離婚され、帰国してひとまずは名古屋の実家へひきとられたはずである。すでに、五年以上も昔のことではあるが。

長い海外生活を重ねる中、笹上の家族は、空中分解した。笹上は、空中分解した破片のような男であった。沖の家族にも、その危険がないとはいえない。自信喪失の妻、白ヘルメットの息子、白いマスクの娘。みんな、ばらばらの人生を歩いて行こうとしている——。

「やっぱ、お迎えに上るべきでしたな」

沖の前で、まだ、藤林次長が、そのことにこだわって、つぶやき続けていた。その声には、申訳ないというだけでなく、むしろ、(調子を狂わされた)と、沖を非難するひびきがあった。

沖は、あらためて、藤林を見た。

藤林は、青黒く、少しむくんだ顔をしていた。いや、不満のため、ふくれてもいた。外様《とざま》の沖とちがい、扶桑商事生えぬきの社員で、年齢も、沖とほぼ同じである。ただ、腎臓《じんぞう》がわるく、長期療養したこともあって、出世はおくれていた。大阪に家があり、海外勤務はおろか、大阪と京都の店以外へ出たことがない。

沖は、東京で人事カードを一読してきたが、そこで、コンピュータが記憶していた藤林の性格は、

「アキラメガ　ワルイ」「コンキガ　イイ」「コマカイ」「ネバリ　ヅヨイ」

藤林が、重ねていった。

「お迎えには、お迎えの礼儀が、ありますよってな」

沖は、やわらかく受け流すことにした。

「……それは、そうだけど、おれには不要だよ」

「そうでっか」

藤林は、一呼吸ついてから、沖に眼をあてたまま、いった。

「どうです。いまから、相談役のとこ、あいさつに行かれまっか」

単純にきくというより、話の脈絡からも、語調からも、すぐ行くべきだというおしつけがましさが、におった。沖は、反撥《はんぱつ》した。迷っている気持が消えた。赴任早々、十文字や笹上の忠告にそむくわけだが。

沖は、ゆっくりといった。

「いや、明日でいいだろう」

藤林は、答えなかった。部屋の空気は、こわばった。支店長と次長の最初のやりとりに、社員たちが、耳をすましている。沖は、その空気をほぐすように、つけ加えた。

「もう、こんな時間だからな」

「時間は、かましまへん。相談役は、夜になるほど、お強いおひとでっせ」
笑い声が漏れた。（あんたは、何も知らん）と、藤林といっしょになって笑ってい
る。先のことが、思いやられた。
（おれは、京都支店長として、赴任した。相談役のお守りにきたのではない。いまは
まず、支店長としての業務を掌握する。形だけでも、事務引継をすます。相談役への
あいさつなど、二の次でいいんだ——）
沖は、どなりたい気がしたが、そんな風にいえば、声にはならぬが、なお冷たい笑
いが返ってくるだけであろう。沖は、感情をおさえていった。
「やはり、明日行くことにする」
「明日いうたかて、午前中は、だめでっせ」
藤林は、自分が相談役のようにいう。沖はさすがにむっとして、
「どうしてだ」
藤林は、のどの奥で、かすれた声を立てて笑った。
「きまってまんがな。相談役は、万年、新婚さんや。若い別嬪《べっぴん》さんと、朝寝してはる
さかいな」
「……それじゃ、午後にでも」

「着任してまる一日後になりまっせ。それでも、よろしうおまっか」

半ば脅迫するように、意地わるく、念をおす。沖は、一瞬、ぐらついた。相談役のヒゲのチリを払うどころか、むしろ、逆鱗《げきりん》に触れかねない。思い直して、いますぐ出かけようか。

ただ、藤林のさぐるような視線が、沖をふみとどまらせた。沖は、目をつむる思いでいった。

「かまわん。明日でいい」

その夜は、九時すぎまで書類などを見てから、岡崎の近くにある独身寮に入った。個人住宅に手を加えたもので、五人の独身者、単身赴任者が、寝泊りしている。

沖には、広縁つきの十畳の間が、用意されていた。床の間には、申訳のように、小さな一輪ざしに、水仙の花が一本。かえって寒々した感じであった。

荷物をかたづけ、風呂《ふろ》へ入る。そのあと、横になっても、なかなか寝つかれなかった。底冷えする部屋の天井を見つめる。和代のことや、子供たちのことを想《おも》った。問題児をかかえていようと、何が起ろうと、和代は、寝つきだけはいい。うらやましいほど、よく眠る女であった。それが、沖には救いにもなる。

それにしても、沖自身、眼がさえるばかりであった。あわただしいようで、ひどく永かった一日。人生の峠のひとつに立たされ続けた思いの一日であった。

沖は、ふと、金丸相談役のことを思った。新しい支店長の着任を、金丸は知っている。それでいて、その日の中にあいさつに来ない沖を、金丸はどう思っているだろうか。

奈良の山林地主の息子で、イギリスの大学を卒業した金丸は、礼儀とか形式にはうるさいひとであった。さらに、性格的に尊大といっていいところもある。二十年も前、金丸が取締役兼名古屋支店長として赴任したときのことである。支店次長以下が、大挙して、駅ホームのはずれに出迎えた。金丸からは、つばめ号の最後尾、一等展望車に乗って行く、という連絡があったからである。当時、重役クラスも、二等車（いまのグリーン車）利用がふつうであり、社長でさえ、一等展望車には、よほどのことがなければ乗らなかったはずである。そこへ、重役になりたての金丸が……。

金丸は、背のびをする男であった。しかし、その背のびが似合ったし、結果的には、その背のび通りにのびてきたわけである。

この日も、多勢にうやうやしく出迎えられ、金丸は悠然と展望車から下り立った。ホームからコンコースへ。金丸は上きげんで、巨体の背をそらせて歩いた。だが、駅の建物を出たとたん、金丸の形相は一変した。迎えの車がないことを、きかされたからである。

当時、扶桑商事の名古屋支店は、駅から道路ひとつ渡っただけのところにあった。いわば駅前ビルである。車にのると、Uターンできないため、一町四方を一周して来ないと、そこへ横づけできない。このため、社長はじめどんな賓客も、駅からは歩いた。

眼前のビルを指し、次長は小さくなって、その事情を説明したが、金丸は受けつけない。

「ばかもン。おれに歩けというのか」

と、仁王立ちになったまま。あわてて車の手配にかかり、そのあげく、一分もあれば着けたところへ、ほぼ十分後、横づけするというさわぎになった。

（お迎えには、お迎えの礼儀がありますよってな）という藤林の声が、耳もとによみがえってくる。まさに、その言葉どおりの事件であった。

その論理で行けば、新任支店長には、新任支店長としての礼儀がある。前社長である相談役のところへは、駅からその足ででも、出かけるべきであったかも知れない。

そう思うと、沖は、ふとんからはね起き、その時刻でもいいから、訪ねて行きたい気がした。

眼は、さえるばかりであった。旅行カバンに、ウイスキーの壜《びん》をしのばせてあったのを思い出し、ストレートであおった。

翌日の午後、そろそろ相談役宅へ出かけようとする矢先に、来客があった。招かれざる客であった。「あんたの着任を待ってたんや」と、いきなり、支店長席の前へ坐《すわ》りこまれた。

扶桑商事が一割程度の株を持ち、融資の面倒も見てきたビニール工場主であった。一時的に金繰りに窮しているので、なんとか五百万円ほど、緊急融資してくれ、という。そうした関係にある中小企業は、本社の関連事業本部の所管である。お門ちがいではないかといっても、それを承知の強談判《こわだんぱん》であった。

その工場主にいわせると、原因は、前支店長の小野にあった。「倒れはったのは、わてらのうらみのせいと、いいたいくらいでっせ」という。

その工場は、成型機械などの設備を、扶桑商事の斡旋《あっせん》と融資を受けてすえつけ、ビニール製品の加工をしていたが、原料も、やはり、扶桑商事の手を経て、八州レーヨンから仕入れていた。すべてに扶桑商事がからみ、扶桑商事のおかげで営業しているようなものだが、工場主側から見方を変えていえば、万事、扶桑商事へ口銭《こうせん》や利子をとられるということになる。

ただ、平常時には、ほとんど何の問題もなく、持ちつ持たれつで動いていた。ところが、一年あまり前、石油危機による物価急騰《きゆうとう》がはじまったころ、珍しいことに、支店長の小野が、わざわざ工場へやってきた。すでに仕入れてあったビニール原料三〇トンを、返品するようにという。といって、現物で返せ、とはいわない。「帳簿上、返品したことにして、そのあと、四割値上げした価格で、あらためて仕入れた形に」というのである。つまり、過去の仕入れにさかのぼって、四割の値上げの強要である。

工場では、扶桑商事との特殊な関係から、断わることも、他から仕入れることもできず、泣く泣く四割よけいに支払ったが、そこで高い原料をつかまされたことが尾をひいて、不況期に入って、いっそう、経営を圧迫している。

その行きがかり上、当然、いま少し資金の面倒を見てくれていい。京都支店長として、責任を持って、善処してくれるべきだという、申し入れであった。

沖は、信じられなかったし、信じたくなかった。だが、もし、事実とすれば――。

小野は、温厚だが、なかなか、やり手という評判の男であった。企画力もあり、京都へ赴任後三年の間に、いくつか、ユニークな新規事業も、はじめていた。その中には、コンピュータによる集団血液検査事業や、病人食の給配食事業といった風変りなものもある。

もっとも、それらの新規事業は、社会性こそ強いが、直ちに利益を計上する性質のものではない。数字に現われた利益によって管理され評価されるシステムの中に居る以上、支店長としては、やはり、現実の利益を少しでものばしておきたい。もともとやり手である上、不採算な新規事業をはじめたため、よけい、そのあせりがあったわけで、そのため、石油危機という好機をつかんで、無理な売上増をはかったと、考えられぬことはなかった。

といっても、ビニール工場側の都合で、実際に返品した可能性もあり、伝票を見ただけでは、実情がつかめない。工場主の言い分を、鵜《う》のみするわけには行かなかったし、一方、これに反駁《はんばく》する材料もなかった。

かんじんの小野からは、真相のきける状態ではなかった。脳血栓で倒れ、救急車で大学病院へ運びこまれたまま。絶対安静で、もちろん面会も禁止。仮に会えたところで、口もきけぬ廃人同然だという。

沖は、当惑した。次長の藤林にきいても、全然、関知しないというし、関係書類に当ってみたが、これといったものは、見当らない。

工場主は、じりじりしたように、

「うちは、生きるか死ぬかの瀬戸ぎわでっせ。もし、誠意見せてくれはらんと、返品強制の一件、新聞社か、どっかの政党に、持ちこんで行きまっせ」

まる顔、まるっこい体つきに似合わぬ、きびしい言葉である。沖としては、返事のしようもなかった。とにかく、情報不足である。

沖は、思いついて、参考までにと、本社の情報管理部へ照会のテレックスを打ち、そのビニール工場と経営者について、コンピュータの記憶するデータの提供を求めた。

データは、精粗の程度に応じて、A・B・Cの三クラスあるが、中程度の情報であるB級のデータを請求した。A級のデータだと、たとえば、当該企業の所有する主要設備の台数からその据付年度に至るまで、細かな技術情報まで投入《インプット》されており、いまの段階では、必要なかった。

この種のデータ利用は有料であり、代金を請求される。同じ会社の中だからといって、データが無料で使えるとは限らなかった。情報管理部は、単なる管理機構の一部として存在するのでなく、社の内外に対し、データを売った買ったの商売をしている。そして、売るに値する情報を、積極的に用意し、整備している。

果して、二分と経《た》たぬ中に、テレタイプが鳴り出した。そのビニール工場について、事業歴・事業内容・当社との取引歴などが、次々に片仮名で打ち出されてくる。扶桑商事に対する代金の決済状況も出た。

三度にわたり、支払遅延があり、一度は、四十日にわたった。そして、このとき、「サイケンキョウリョクノ　ヨウセイ……一〇パーセントノ　シホンサンカ……」と、株を持たされていた。経営陣に対する関係者の評価も出てくる。高くはない。十項目にわたる評定の中に、「C」「D」が目立った。最後に、役員七人についての紹介。コンピュータは、その趣味まで記憶していて、教えてくる。工場主については、「ケイバ　マージャン　ゴルフ　H15」工場主の一族である取締役の何人かが、「ゴルフ　H9」「ゴルフ　H5」などと、シングル・クラスのゴルフ名人であることも、コンピュータは報告してきた。

ほぼ六十項目にわたるデータを打ち出し、テレタイプは止まった。沖は、その用紙《シート》をとって、もう一度、読み直した。

「なんでっか」

けげんな顔をする工場主に、

「本社から、他の用件の連絡です」

そういってから、工場主の肌の色に気づいた。

「よく日やけしておられますな。ゴルフですか」

工場主は、ぎくりとした表情になり、

「いや、このごろは、あんた、とても……」

少しばかり、ひるんだ様子にもなった。沖は調査し善処することを約束した上で、腰強くいって、ようやく、ひきとってもらった。

この出来事のおかげで、金丸相談役を訪問する時間は、さらにおそくなった。

「やっぱ、まる一日後になりましたな」

藤林が、わざとらしく、時計を見上げていう。同情よりも、勝ち誇ったような口ぶりであった。藤林が小細工して、工場主をわざとその時刻にさし向けてきたのではないかと、邪推したくなるほどであった。

御室仁和寺《おむろにんなじ》のすぐ隣りにある金丸邸へ着いたときには、すでに、夕闇《ゆうやみ》が深く下りていた。仁王門、金堂の大きな瓦屋根の輪郭だけが、わずかに浮き上って見える。

沖は、場合によっては、玄関ばらいをくわされるのを覚悟した。そのときは、さっきの工場主をまねて、しばらくそこに坐りこみ、京らしい古寺の屋根でも眺めていることにしよう。

だが、心配は無用で、中年のお手伝いが現われ、すぐ、書斎風の広い応接間へ通された。虎《とら》の皮が敷かれ、インドの仏像や、メキシコの石彫、大きなボヘミアン・グラスの花器などが、無造作に置かれ、いかにも、商社生活で一生を送ったひとの家、という感じである。二つの壁面がすべて書棚になっており、原書とか外国雑誌が溢《あふ》れているのが、少し意外といえば意外であった。

待つ間もなく、大声とともに、赤いカーデガンを羽織った金丸が現われた。

「やあ、ついに来たな」

とげが感じられ、沖は一瞬、気おくれしたが、「……ごあいさつが、おそくなりまして」

「うん」

沖は、言葉もなく、もう一度、頭を下げた。（さて、これから、長いお守り生活がはじまるのか）と、重苦しい気分である。

金丸は、口のはしに、パイプをくわえた。同時に、角縁《かくぶち》の眼鏡のはしから、じっと沖を見つめる。

沖は、心の底まで見すかされそうな気がした。

パイプを持ち直すと、いきなり、金丸はきいてきた。

「きみはいま、どういう事業計画《プロジェクト》、考えとるんや」

「わたしは、京都支店へ来たばかりでして……」

(毎日が日曜日。そして、あなた方のお守りです）とでも続けたいところであった。

金丸の声が、とたんに、いちだんと大きくなった。

「それは、わかっとる。けど、きみは、わずかでも、食料統轄《とうかつ》部に居たのやろ。統轄部に半日でも一日でも居たら、何か、事業計画《プロジェクト》考えたはず。いや、うちの社員なら、どこに居たかて、事業計画《プロジェクト》考えとらなあかんのや」

それなら、もちろん、沖にも答があった。

「わたしは、思いきった大規模養豚場を創設したいと思っております」

「どの程度の規模や」

「できれば、十万頭。これなら、世界にも例がないはずです」

「なるほど、そりゃ、壮観や。ブタでも十万寄ると、迫力があるやろな」

金丸は、顔も体も声も大きいが、何より、大きな仕事が好きである。大きな話さえ持って行けば、きげんがいいといわれたし、当の金丸自身も、「ホラとラッパは、大きく吹くんや」というのが、口ぐせのひとつであった。

もちろん、沖は、そうした金丸への配慮などなしに、十万頭計画を考えてきたのであるが。

金丸が、よくはった膝《ひざ》をのり出して、きいてきた。

「そのねらいは、どこにあるんや」

「国策である畜産振興に、商社として、参加したいということが、ひとつ。それに、大量の飼料穀物を扱う当社としては、その飼料テストもできますし、関連して、飼料効率を最高にするような、品種改良もはかりたいと思います。たとえば、無菌豚の大量飼育実験と、それに伴う改良とか。……だが、それだけでなく、わたしの本心を申しますと、実は、当社のスマトラ農場のとうもろこし《メイズ》を、安定的に買付できる機構を、ひとつでも、自分の手でふやしておきたいと、思いまして」

「そうか。きみは、スマトラ扶桑の開発に当ってたんだな。あれは、えらい苦労やったろ」

　金丸は、珍しく、しんみりした口調でいった。

　沖は、無言で頭を下げた。コンピュータの記憶を借りてか、金丸は沖のことを調べていたのであろうが、沖の人生のいちばんつらかった日々のことをおぼえてくれていて、ありがたいと思った。沖は、ロサンゼルスに四年、ツーソンに五年も居たが、それでも、三年半のスマトラ生活のつらさには、及ばない。スマトラの一年は、他の土地の三年、いや、五年にも匹敵した。

　スマトラに居る間に、沖の同僚である扶桑商事の社員の中、二人が死んだ。一人はマラリヤで、一人は、毒虫にかまれた傷が原因で。戦死も同然の死であった。他に一人が、いまも、病床に在る。金丸の言葉は、そうした仲間たちへのいたわりも感じさせた。

沖は、にわかに気がゆるみ、胸の中が濡《ぬ》れてくる感じがしたが、あまえては居られない。顔を立て直して、

「しかし、苦労は、どの店でも」

「もちろん、そうやろ。けど、あそこは、とくにひどかったようや」

そういってから、金丸は思いついたように、スリッパの足で、虎の頭をけとばした。

「よう、これに食われんで、帰ってきた」

ゆれたとたん、虎のルビー色の眼が、光線のかげんか、燃え上るように光った。沖は、背筋に寒気を感じた。スマトラ農場近くの夕闇の中で、沖は一度、その眼の光と向かい合ったことがある。わずかに紫を帯びたルビー色の二つの眼には、鉱物の冷たさと、あやしいあたたかさが、交互にきらめいていた。逃げようとしても、足が動かない。いや、動かなくてよかった。動けば、たちまち、とびかかられるところであった。ひどく長い時間に思えたが、それは、一分か、あるいは、三十秒ほどであったかも知れない。二つのルビーは消え、ゆっくり、足音が遠ざかって行った。現地人作業

員が食い殺されたのは、その夕方から六日目のことであった——。

金丸が、パイプの煙を吐き出した。金丸のいたわりも、それまでであった。

「ブタの話、もうかるやろな」

すぐ答えられないでいると、

「ブタは食うもんや。ブタに食われたら、あかんで」

「……はい」

採算については、まだ、はっきり見通しがついていない。養豚計画だけで損益を出されては、正直、自信がなかった。それより、スマトラ扶桑のとうもろこしを、安定的に購入する。そのメリットを評価してもらいたかった。とうもろこしが売れ残り、もし一年でも耕作を中止すると、あの農場は、たちまち、ジャングルに逆戻りしてしまう……。

沖のはかばかしくない返事の底を見てとったように、金丸はいった。

「前の支店長も、いろいろ変わった事業計画《プロジェクト》をやり居ったが、どれも、もうからん仕事ばかりや」

「………」

「みんなが、もうからん仕事ばかりやり居ると、うちがどんな大きな会社やろうと、マンモスと同じや。この氷河期を生き残られへんで」

そのとき、邸《やしき》の奥の方から、女の声がした。何か、呼んでいる。沖は、耳をすました。

「パパァ！」

あまえるような呼び声であった。同時に、ドアが開いて、お手伝いが顔を出した。

「あの奥さまが……」

「いま行く」

金丸は、がっしりしたあごをふってうなずき、腰を上げた。

「ワイフが風呂《ふろ》で呼んでるさかい、ちょっと、入ってくる」

「はあ？」

「ちょうど、わしにええ湯加減なんや」

ひとりごとのようにいうと、金丸は、応接間から出て行った。

沖は、あっけにとられた。金丸は、再婚である。四十代半ばで取締役になったとき、まだ二十になったばかりのニュー・フェイスの映画女優と再婚。週刊誌のタネにもなった。その後、二人の娘ができたが、いまは、二人とも、とついでいる。そして、かつてのニュー・フェイスも、もう五十近いはずであった。もっとも、このニュー・フエイスは、美女というより、眼の間隔が開き、口が大きくて、当節風にいうなら、ファニイ・フェイス。当人も、喜劇女優志望であった。陽気で、からからしていて、その意味では、二人はお似合い。パーティなどにも、よく現われて、名流夫人というより、名物夫人でもあった。

それにしても、来客中、新妻のようにあまえた声で、相談役を浴室へ呼びこむとは。

沖は、反射的に、妻子のことを想《おも》った。国分寺にある敷地四十坪に建坪二十三坪のわが家。武蔵野《むさしの》のただ中なので、冷えこみもきびしい。和代は料理好きで、味つけなどもうまいのだが、沖が居ないと、はり合いがないといって、簡単な食事ですますことが多い。いまごろは、母子三人、カレーライスかハンバーグでも食べて、ひっそり母子家庭のような夜を送っていることであろう――。

二十分ほどして、金丸が、あから顔をさらにつややかにあかくし、ガウン姿で戻ってきた。

続いて、その大きな体のかげから、夫人が、バラ色のローブ姿で現われた。長いすそで、スリッパも見えない。

立ち上ろうとする沖に、夫人は、旧知の友人のような口調で、

「ごめんね、わたし、パパの健康第一に考えてるの」

「……はい」

「パパは、これから、ゆっくりのんで、ゆっくり御飯でしょ。入浴時間を動かせないのよ」

「かまいません、どうぞ」

湯上りにつけた脂粉の香が、におった。

沖が息をつめると、夫人はさらにいった。

「あなた、わたしが主人より先に風呂へ入ってて、変に思うでしょ。でも、これも仕方がないのよ。パパの歳《とし》では、新しい湯は体にきついと、お医者さんにいわれたの。だから、いつも、わたしが先に入ってて、パパァ、と呼ぶことにしてるのよ」

わざとか、天性なのか、夫人は歳に似合わず、少し舌足らずのあまえた言い方をする。金丸相談役は、にやにや笑いながら、きいていた。天衣無縫というか、臆面《おくめん》もなくマイペイスで生きる夫婦、という気がした。いやらしいというより、沖は、少しうらやましくさえあった。

夫人が去るのと入れ代りに、お手伝いが、ビールを運んできた。コップは二つあったが、金丸は自分だけコップをとると、ビールを注いだ。大きな口をあけて、一気にのみ干し、

「うまい。なんぼ歳とっても、このビールのうまさは変わらんな」

「……はい」

「きみは、まだ仕事があるやろ。わしだけ、のむからな」

（事業計画《プロジェクト》を考えてもいいのだし、仕事がないとはいわせぬ）といった口ぶりであった。

「ああ、うまい」金丸はまた、のどを鳴らし、にやりと沖を見て、「のみたいやろな」

意地わるしている子供の感じで、沖は腹が立つより、おかしくなった。

金丸は、今度は、ちらっと奥に眼をやって、

「うちのワイフ、なかなか、うるさいよってな。きみも、これから、たいへんや」

「はあ？」

「宴会とか、わしの出張に同行するときなんか、格別に気ィくばらんとあかんのや」

金丸は、立ち上ると、デスクの上に手をのばし、メモ帳をとり上げた。

「昨日今日と気ィついたことや。本社へいうてやって」

三枚の紙片を切りとって、沖に渡す。

最初のメモは、調査部あて。イギリスの小売価格上昇率について、興味のある報告を読んだと、英語をかなりまじえて書いたもので、『ロンドン・エコノミスト』を参

照するよう、その号数とページが付記してある。二枚目は、社長あて。トリニダードトバゴへの調査団派遣についての意見。三枚目のメモは、航機部あて。アメリカの高高度飛行検査機について、新しい情報をとるようにとの提案。これも英語まじりの文章で、参照すべきアメリカの科学雑誌名が記されていた。名前だけの相談役でないことを、それらのメモは語っていた。

帰りぎわ、金丸は、はじめて、小野前支店長のことにふれていった。

「あの男、もう、あかんらしいな。きみも体に気ィつけなはれ」

就学命令

そこは、ふしぎな研究所であった。灰青色や銀色の分析機器の行列。大小無数のフラスコやビーカーの群。それらが、目に見えぬ指導者のタクトにつられ、音のない演奏でも続けているような中へ、赤い血液をのんだ試験管の列が行進してくる。すると、たちまち、その試験管は、回転したり、分析機の中へのみこまれたり、横すべりしたりし、次々と見えかくれしては、また進んで行く。その間に、オッシログラフが動き、コンピュータの端末に連動する。

温湿度とも一定にした広い室内に、人影はない。ただ、ガラス越しに、技師が一人、点滅する計器盤を見ながら、監視しているだけである。

そこでは、一時間に百五十人分の高速血液分析が行われていた。血液型はもちろん、血沈・血糖・血清値……等々、二十五項目にわたる分析が行われ、その結果、血液から見たひとりひとりのカルテが、自動的に作製され、記憶される。船室を思わせる丸窓のつらなりの向うに、ところどころ雪の残る杉林が見えた。

京都の北、鞍馬《くらま》山麓《さんろく》にある血液研究所。広い敷地の中に、クリーム色のしゃれた建物が、新築されたばかりである。スウェーデンの医療設備と、日本の電子頭脳を結合させたもので、これまでの投資額二十五億円。設備を増強しさえすれば、数万人の血液検査を、一日で行うことも可能である。また、これをデータ通信網にのせると、どんな遠隔地、たとえば海外からでも、テレックス一本で、利用できる。

いずれにせよ、扶桑商事のような巨大商社の情報網と資金量の裏づけがあってこそ、できる事業で、医師や看護婦の手不足を解消し、予防医学を大幅に前進させることが期待された。

だが、かんじんのこの事業計画《プロジェクト》の推進者は――。

「手おくれでしたね。ここで小野さんの血液を一足早く検査しておいたら、あんなことにならなかったのに」

銀髪の美しい所長が、つぶやいた。

「あのひとも、多少、不安があったのでしょう。だから、こんな研究所を思いつかれたのでは」

沖は、ただ黙ってきいた。答える材料が、沖にはなかった。

所長は、沖の顔を見ながら続けた。

「それにしても、社内では、相当、反対があったようですな。それで、時期的にも手おくれになったし、同時に、小野さんも、よけいに体を痛められたのでしょう」

その辺のことは、沖には、何もわからなかった。だいいち、扶桑商事が京都にそうした研究所をつくっていたことは、社内報で読んだ記憶がある程度である。一万一千人の社員が、それぞれ事業計画《プロジェクト》を考えているとすれば、同じ社内でも、知らない仕事の方が多い。

ただ、心あたりがあるとすれば、先夜の金丸相談役のぼやきにも似たつぶやきである。(変わっているけど、もうからん仕事ばかりや)

素人目《しろうとめ》に見ても、血液分析などというものが、すぐもうかる仕事とは思えなかった。

膨大な投資額を回収するだけでも、かなり長い年月がかかるであろう。そういう意味では、金丸が反対したか、少なくとも不乗気であったことは、想像できた。

別の日、沖は、七条にある医療食センターへ出かけた。これも、小野前支店長の置土産であった。大小数多くの病院の入院患者や、市内にちらばる在宅療養患者の食事を一手に調理し、配送しようというものである。献立も、病気の種類・症状に応じて、二十五種つくる。病人食専門の栄養士を五人置き、かなりきめ細かく、また変化をもたせた献立ができる。材料が一括仕入れのため、配食費を差引いても、割安になるとあって、約九百人分の注文が集まり、スタートしたところであった。

「小野はんが倒れはったときいてな、またお客が一人ふえた、早速、注文いただきましょうと思いましたんや」

センターの社長は、冗談まじりに切り出したが、すぐ暗い顔になり、

「けど、あきまへんわ。リンゲルの点滴と、あとは、ゴム管通して、なにやら細々と流しこむだけやそうな。あんななったら、もうおしまいでんな」

そのあと、血液分析所長と似たようなことをいった。

「虫のしらせで、こんなこと、思いつかはったんやろうが、でけるのが、おそすぎました。わてら業者仲間の話も、なかなかまとまらんとこへ、会社の方も、すんなりと

は行かんと、苦労してはりましたさかいな」

医療食センターは、扶桑商事の直接的な事業ではない。扶桑商事も一部出資してはいるが、病院給食をしていた五軒の仕出し屋に呼びかけ、会社をつくってもらった。扶桑商事としては、その仕出し屋の一軒の主人であり、運営も仕出し屋仲間で行なっている。扶社長は、センターの建設工事、調理設備の調達、さらに食品材料の供給で利益を上げようというわけだが、一都市だけでは、手間がかかるだけである。せっかく、新事業を組織したものの、全国的なネットにひろがりでもしない限り、利益らしい利益の計上できるはずはなかった。

沖の耳には、また、金丸のぼやきがきこえてくる。（もうからん仕事ばかりや）半ばあきらめたような声であっても、中年商社員の耳には、いつまでも消えぬつぶやきにきこえたにちがいない。

東京国分寺の沖の留守宅では、妻の和代が、憂鬱《ゆううつ》な毎日を送っていた。いや、憂鬱は、いま、はじまったことではない。帰国してまもなく、息子や娘が学校へ通い出すと同時に、頭をかかえることになった。

息子の忍は、アリゾナ州ツーソンの高校二年から、一年ダウンして、小金井の高校一年に編入。中央線の電車で、一区先へ通うことになる。転入学の手続きやあいさつに、和代が連れて行き、帰りには、通学定期券も買い与えて、通学できる段取りをすませた。忍は、日本語もまずはふつうにできるし、一区のるだけなので、電車通学など、なんでもないと思ったのだが、次の朝、家を出てから、一時間あまりして、しょんぼり帰ってきた。

「ママ、ぼく、電車にのれないんだよ」

「どうして」

和代は、忍の全身に眼を走らせた。定期券を失《な》くしたのか。どこか、けがでもしたのかと思った。

だが、忍の返事は、そのいずれでもなかった。

「だって、ものすごい人なんだ。とても、ぼく、のれない」

「なに、いってるの。日本では、電車がこむのは、あたりまえよ。辛抱しなさい」

「でも、まるで、戦争みたいだよ。ぼく、こわい」

「だめなら、次の電車にのれば」

「次のも、次のも、だめなんだよ。ぼく、六つも、電車待ったんだ。でも、どんどん人がふえてきて、ぼくを突きとばしたりするんだ」

和代は、忍を見上げた。

「大きな体して、なんですか」

「だって……」

忍は、ほんとうに、こわがっていた。

考えてみれば、足かけ五年の間、混み合う乗物とは、無縁の生活であった。ツーソンは、アリゾナ砂漠の果てにある地方都市。天も地もひらけた中に、静かに眠り続けているような町で、人口は二十六万。もちろん、電車もない。出かけるには、車か、オートバイ。そして、通学はスクール・バス。たまに、グレイハウンドのバスにのることがあっても、座席がなくて立ったという経験がない。アメリカ駐在中、一度だけ、家族でサンタフェ鉄道にのったが、このときも、一車輌《しゃりょう》に数人の客がのっているだけであった。

そうした五年の経験からすれば、東京の国電は、乗物とは別の物に思えてくるのであろう。無理もないと思ったが、母親として、そうはいえない。「それじゃ、どうするの」半ば叱《しか》り、半ばたずねる形になった。

忍は、首をすくめ、両手を大きくひろげるジェスチアをした。そのあと、英語でつぶやく。「神のみぞ知る《ゴッド・オンリー・ノーズ》！」

和代は、時計を見た。ラッシュの時間帯さえやりすごせば、少しは、乗物らしくなるであろう。

「あと、二、三十分したら、きっと空《す》くから。遅刻していいから、行きなさい」

「怒られないかな」

「先生に事情を話すのよ。はずかしいでしょうけど」

「いや、ぼく、はずかしくないよ。あれじゃ、ほんとに、のれないんだもの」

忍は、平気で毎日、遅刻し続けた。授業は二時間目からと、きめてしまったかっこうである。

和代が訴えると、沖はいった。

「あいつも、なかなか、ずぶといとこがある」

「冗談じゃないわよ。先生には、何度も叱られたそうよ」

「でも、相変らずマイペイスのとこが、いいじゃないか」

「父親って無責任ね。どんどん授業がおくれて行くわ」

「どうせ一年おくれたんだ。いまさら、あわてることはない」

「内心そうは思っていないくせに。あなた、半分ヤケで、そんなこというんでしょ」

「……いや、おれは本気だよ。ずぶといということも、ひとつの財産だ。とくに、あいつにとってはね」

和代も、うなずいた。五年のおくれは、致命的であった。一流校へというコースは、もはや完全に射程外にあった。それならそれで、別の生き方や、別の能力を身につけさせてやるべきだと、夫婦はともに感じていた。

だが、連日の遅刻通学を、学校は許してくれなかった。呼び出しがあって、和代は注意を受けた。だが、忍は変わらない。「ママにはわるいけど、ぼく、毎日、戦争はいやだからね」

和代は、きかぬふりをする。といって、無理強いもしない。こわがったまま行って、もしホームから転落でもしてはと、そちらの不安が強くなる。

また呼び出しがきたが、今度は、叱責《しっせき》ではなかった。学校側が、根負けした。

「忍くんのなみなみならぬ恐怖心に負けました。いや、考えてみれば、こちらまで、こわくなってきそうで」

担任の教師は、笑いながらいったあと、「オートバイで通学しては」と、切り出した。

最近では、忍が叱られるたびに、オートバイ通学を要求していたという。和代には、初耳であった。日本に帰れば、オートバイはあきらめる、という約束であった。このため、和代に相談すれば、当然、反対される。そこでまず、先生に――というわけで、忍の作戦勝ちであった。

オートバイ通学は、原則として禁止されているが、事情が事情だけに、学校側は特例として当分認めようということであった。

和代としては、一難去って、また一難であった。アメリカとは、まるで道路事情がちがう。事故の危険は、電車通学とはくらべものにならぬくらい大きい。こわさも、数倍であった。

毎日、事故が心配である。その心配は、日が経《た》っても、うすれることがない。京都へ赴任した夫は、「毎日が日曜日」かも知れぬが、こちらは、「毎日が心配」であった。憂鬱のタネは、息子だけではなかった。娘のあけみは、小学校へ行きたがらない。一年ダウンして、三年へ入ったのだが、それでも、国語の力は、一年生なみであった。それに、日本語の会話にもおかしいところがあり、すぐ英語がまじる。たちまち、同級生たちに笑われ、からかわれる破目になった。

最初の日、あけみは、泣いて帰ってきた。次の日も、「ノー」「ノー」と首をふり続け、力ずくで送り出そうとする和代に、英語では最低の罵声《ばせい》を浴びせかけた。

和代も、いい返す。

「勝手になさい。ママは、もう知りませんよ」

おどしだけではなかった。和代は、ほんとうに、どうしてよいのか、わからなくなる。

あけみは、外へ出ようともしなかった。一日中、テレビをつけて眺めている。子供番組や、歌やミュージカルが多いが、とくにどの番組が好きというのでもなく、和代が新聞のテレビ欄で教育番組をさがし、チャンネルをまわしておくと、それも、おとなしく見ている。少しばかりの気やすめ。

次の朝になると、また、母娘《おやこ》の間で一騒動。そして、テレビ。あきらめて、また教育番組をつけてやる。ノートも持たせたが、算数が書いてある程度。あけみは、飽きもしないで、テレビを眺め続ける。主婦向けのショー番組を見ているときもある。

和代は、親として、あまくなる。それだけ長時間見ていると、テレビからでも、何か吸収しているのではないか。（どうせ、女の子。これでも、いいのではないか）いいおムコさんさえ見つかれば、学校教育など、何ほどのこともあるまいと、投げやりになり、半ば自分を慰めもする。ふきげんは消え、三時になると、コーヒーをいれ、わざわざ娘の前に持って行き、並んでテレビを眺めたりする。

夕方、スーパーへ買物に出ようとすると、あけみもついてくる。ひとりで家に居て、だれかに来られるのが、いやなのだ。「留守番してなさい」といっても、きかない。

「アメリカでは、ママ、わたしに、ついて来て《カム・ウィズ・ミィ》、いったじゃない」

ツーソンに着くと、英語ひとつ知らぬあけみを、いきなり幼稚園へ入れた。だが、最初の日、あけみは、けろっとして、帰ってきていった。

「ママ、わたし、わかった。ここで、ワチャネムいうのは、名前をいいなさいということなのね」

「ワチャネム？」

よく考えてみると、それは、ホワット・イズ・ユア・ネイムであった。

隣りの子が早速あそびにきて、あけみは日本語、向うは英語でしゃべっている。あそびそのものが共通語といった感じであったが、そうした中で、あけみは、みるみる英語をおぼえて行った。

むしろ、まごまごしてとり残されたのは、和代の方であった。そのあたりには、南部から移住してきたテキサスなまりのひとも多い。「ごきげんいかが《ハウ・ドゥ・ユウ・ドゥ》」を「ハウディ」といったりする始末で、ききとれないし、通じない。気おくれしている中《うち》に、英語はあけみの方が達者になり、買物などには、あけみをつれて行く方が、心強くなった。

沖夫婦は、あけみの英語の上達を、よろこんだ。それは、友達ができ、幼いながらにその社会の中へとけこんで、たのしく生きられることである。異国での最大の懸念《けねん》が消えた思いであったが、そうしたことが、いま日本では裏目に出た。

和代は、自分がたよりなくなる。戦争のあおりもあったが、転校などもあって、もともと和代自身、十分な教育を受けていない。学校教育に代って娘を教育する自信はなかったし、努力して教える気にもなれなかった。いい意味でも、わるい意味でも、教育ママになれない女であった。ただ、母親としては、人間社会での最小限のしつけと、好きな料理だけは、しっかり教えこんでおこう。それだけでも、いまの自分がそうであるように、女の幸福をある程度つかめるのではないか——。

そんな風に考えて行くと、和代は、ひろい世界に、娘と二人だけで生きているような思いがし、つい、肩を抱き寄せたりした。

欠席が続くと、わんぱく小僧といった男の子が、学校からの刷りものを持ってきた。別の日には、眼鏡をかけた意地わるそうな少女が、先生の手紙を届けにくる。はきはきした言葉をきいていると、和代には、そうした子供たちが、みな、敵に見え、よけい、あけみをかばいたくなる。

再三、登校の催促があった。教育委員会の就学命令書の写しが、つけてある。義務教育年限ニアル子女ハ、帰国後、直チニ就学シナケレバナラナイ。その「直チニ」の横に、赤インキで○がふってある。

次の日、和代はタクシーにのせ、強引に、あけみを学校へつれて行った。泣いたあとを残して帰宅したあけみは、その日は忍と二言三言英語でしゃべり合っただけ。和代には、口をきかなかった。

翌日も、タクシーで、学校へ運んだ。その次の日も、また。

正午少し前、担任の教師から電話。気分がわるいようだから、迎えにきてくれ、という。つれて帰って体温をはかると、八度を越していた。子供ながらに、げっそり憔《しょう》悴《すい》している。

和代は、もうそれ以上、あけみを学校へ行かせる気をなくした。夜になるのを待って京都の沖へ電話した。

「わたし、あけみといっしょに病気になる。それがいちばんいいんだわ」

脅迫するつもりはなかったが、追いつめられた気持は、そんな風にしか伝えようがなかった。

「……なんとか、いい方法を考えよう」

沖は、うめくようにくり返した。

その気になって、けんめいにさがせば、活路があるものであった。塾のようなものだが、あけみ向けの施設が見つかったと、沖から電話があり、追いかけて、パンフレットなどが届いた。

帰国児学校、正式には、帰国子女学級。長期海外駐在からの帰国者の子女で、日本語の学力が劣るなどの問題をかかえた者を対象に、普通学級へ復帰ができるような適応教育を行う機関であった。

和代とあけみは、明るい顔を見合わせた。特殊教育そのものより、他に同じような仲間が居ると、心強くなったからである。

だが、問題があった。帰国児学校は、高田馬場にある。男子高校生の忍でさえこわがった国電で通わねばならない。ひとりでは、無理であった。しばらく、和代が送り迎えしなくてはならない。

電車の中では、足をふまれたり、押しつけられたり。そのたびに、あけみは、小声で悲鳴をあげる。「助けて《ヘルプ・ミィ》、ママ」そして、「ダム・イット」「クライスト！」「こんちくしょう」にあたる英語だが、このときは、英語で幸いと、和代は胸をなでおろした。

学校は、かわいい白いビル。一階は、がらんとした倉庫風で、二階に教室があった。

まず、日本語などのテストを受ける。その結果、あけみの書類には、「小三→小一」

と書かれた。小学校三年だが、一年生程度の学力しかない、という評定である。

あけみは、ほんとうなら、小学校四年なので、実に三年間もおくれをとっている、ということであった。日本語は、もともと難しい言葉である。その点では、覚悟はしていたものの、和代は愕然《がくぜん》とした。

だが、それは、序の口であった。

すぐ授業を受けてよいとのことであったが、その時刻にはじまるのは、体育であった。あけみはうれしそうな顔で、(参加する)と、眼で合図を送ってきたが、和代には合点《がてん》が行かなかった。

「体育まで、ここで勉強し直さなくてはなりませんの」

教頭格の年輩の男は、大きな声で答えた。「もちろんですよ、奥さん」

他に女教員が一人。年齢も程度もまちまちの二十人あまりの一クラスを、先生二人がかりで教える、という形であった。

首をかしげている和代に、教頭はいった。

「体育は、帰国児童が最もおくれている科目のひとつ。逆に、日本が進んでいるといっても、いいんだが」

教頭は、あけみに眼をやり、

「いいかね。アメリカの体育では、ボールあそびばかりやってたんじゃないかな。バスケットとか、フットボールとか」

あけみがうなずくと、教頭は和代に向き直り、

「日本はそうじゃありませんぞ。ボール運動の他に、徒手体操からはじめて、リズム運動、マット運動、鉄棒、跳箱。この六種目を、一年のときから、系統的に学習する。これが、日本の体育なんだ。追いつくのは、たいへんだ。だから、ここでも、重点科目のひとつにしている」

「……はい」

ベルが鳴って、女教師が顔を出した。

「どうします」

あけみに、ほほえみかける。

少しひるんだ表情になっていたあけみだが、無言でうなずいて、ついて行った。倉庫に見えた一階全部が、室内体育館であった。

「おかあさんも、見に行きますか」

「いえ、……結構です」

あけみがしごかれるような気がして、和代は、元気をなくした。教頭は、また、こ

わい口調で続けた。

「いいですか、奥さん、音楽だって、そうですぞ。日本では、一年生で楽譜を読み、ハーモニカが吹ける。ところが、アメリカあたりじゃ、三年になっても、ただ、シンバルなどたたいて、わいわい合奏してるだけだ。日本なら幼稚園でやることをやっている。このおくれも、とり戻さなけりゃならん」

「……はい」

「それに、家庭科もおくれてますぞ、奥さん」

「え、家庭科まで……」

和代は、足もとに穴があいて、どこかへ吸いこまれて行きそうな気がした。

教頭は、太い声で続けた。

「アメリカの家庭科じゃ、簡単な料理とか、ミシンの使い方といった、技術だけを教える。ところが、日本では、衣・食・住と、それぞれを体系的に教えた上、家庭生活そのものについての学習もする。同じ家庭科といっても、えらいちがいですぞ」

「……はい」

和代は、うなだれた。あけみが学校をいやがったわけも、わかった。ただ日本語が弱いだけではない。ほとんどあらゆる授業で、おくれがひどく、笑いものにされ続けたのであろう。

教頭の声が、和代の顔を突き起した。

「しかし、奥さん、おかしいじゃないですか。いまごろ、おどろいていたんでは」

「はあ？」

「居られたのは、ツーソンでしたな。たしか、メキシコ国境に近い町。日本人学校などないところでしょう」

「もちろんです。わたしたちの他に、日本人家族は居ないんですもの。日系三世とか、戦争花嫁のようなひとは、居たようですけど」

和代がほっとして話し出す先を、教頭は手をあげて遮った。

「だが、いや、だからですぞ、奥さんには、責任があった」

「責任？」

「そう、親としての責任です。毎年、学期はじめには教科書が、そして、毎月、通信教育の教材が、日本から届いたはずです。教材には、『父母の手びき』もついている。そうですな」

「……はい」

「そういうものを、読まれなかったんですか。子供に通信教育をやらせなかったんですか」

「それが……」

「だめですな、忙しいとかなんとか、いろいろ事情もあったでしょう。だが、いくら事情があったからといって、親としての怠慢が許されることにはなりませんよ」

「でも……」

和代は、涙がこみ上げてきた。

いいたいことがいろいろあったが、いいわけは、すでに封じられていた。残っているのは、〈親としての怠慢〉という一事だけである。睫毛《まつげ》に涙がにじみ、視野の先がかすんだ。その向うに、教頭のがっしりした体が、黒い岩のように見える。

最初、日本からの通信教育があると、きいたとき、和代は、正直なところ、ありがたさより、気重さを感じた。ただ、日本人学校のない土地の日本人子弟は、通信教育を受けるのが原則であり、会社を通して、自動的に送られてくる以上、ことわるわけには行かない。

小学校六年だった忍あての教材がきた。

テストをとじ合わせたようなもので、親が指導できるように、「父母の手びき」がついている。教科書のページを参照しながら、〈勉強のねらい〉〈注意すること〉などが細かく記された一種の教師用書である。算数、理科、社会と読み進んで行くうち、和代は、頭が痛くなった。いちばんやさしいはずの国語でさえも、のみこめないところがある。たとえば、

「部分的に点として理解してきたことを、全体に線としてつなげることができるようにしましょう」

などという〈勉強のねらい〉など、具体的に何を、どんな風にして話せばよいのか、当惑してしまう。

和代は、「父母の手びき」をうらんだ。昨日まで平凡な母親であった者が、にわかに、小学六年の教師を兼ねられるものか。

それでも、いやがる忍を励まして、とにかく各科の答案を書かせ、航空便で発送した。

一月後、答案が戻ってきた。×や△とともに、赤インクの添削で埋まっていた。

忍は、二度と通信教育に向おうとしなかった。それより、英語の勉強に追われた。現地の学校の授業について行くのが、せいいっぱいである。

沖もいった。

「少し余裕ができたら、また、はじめさせればいい」

次の年には、あけみも、現地小学校に入学。同時に、日本からも、一年生用の教科書と教材が届いた。つまり、アメリカの小学生と、日本の小学生と、二人分の勉強をせよ、ということである。

あけみは、受けつけなかった。もう、このころには、すっかり英語になじんでいて、平仮名をおぼえるのも、めんどうくさがっていた。

このときも、沖がいった。

「しばらく放っておこう。おくれても、すぐ追いつけるだろう」

六年生にくらべれば、あけみの教科書や教材は、簡単であった。和代にも教えられるし、沖のいうように、やる気を起させれば、すぐ追いつけそうな気がした。

忍の教材の山のとなりに、あけみの教材も、たまり出した。封も切らず、積み上げるようになる。そして、和代はじめ、だれも手を出さなくなった。

(わたしは、怠慢だったろうか。なまけて、あそんでばかりいたのだろうか)

とんでもないと、和代は思う。早いときには、朝の七時に、ニューヨークからのテレックスや長距離電話が入りはじめる。ニューヨークは、九時であるからだ。そして、主婦にとって、いちばん忙しい夕方の五時が、今度は東京の朝九時で、日本からの連絡が殺到する。

夫の沖は、とうもろこしの買付が主な仕事だが、ただひとりで駐在しているため、食品以外のさまざまな買付や売込も、必要に応じて、手がけなくてはならない。メキシコ領へ何日も入りっぱなしのときもあり、出張も多い。メキシコ系の混血《ハーフ》の女事務員が居るものの、気まぐれで、よく休むため、結局、和代が助けに出る。

会社からの紹介状を持った日本人旅行者の応対もしなければならぬ。大事な客のときには、空港やホテルへの送り迎えから、観光まで、すべて、つきっきりで世話《アテンド》した上、自宅に招き、日本料理をつくって、ごちそうしなければならない。

そうかと思うと、メキシコへの往《ゆ》き帰りの途中の学生や若者が、ふらりと舞いこんでくる。会社関係、近所や学校関係などの人たちとのつき合いもある。いくつかのパーティに出なくてはならぬし、家へも呼ばねばならない。きれい好きな和代は、そのたびに、床に雑巾《ぞうきん》をかけ、浴室のタイルまでみがき立てねば気がすまないし、料理も、サンドイッチ程度ですますということができない。たいした料理でなくても、たとえば、チキンのからあげに、ピーマンをすったのをかけて、苔《こけ》の生えた石のように見せかけたり、あるいはまた、ミンチにサクラエビをまぜ、風味のいいギョウザをつくったりと、一工夫する。それが好評で、客がふえる。次には、よけいにつくらねばならぬし、また、変わった料理を出さなくてはならない。それに、つくり方を教えてくれと、ひっぱり出され、体《てい》よく、お手伝いをさせられたりもする。親しくもない人々を相手に、言葉もよく通じないので、和代には苦痛でしかなかったが、現地に住む税金のようなもので、欠かすわけにはいかない……。

あれが、怠慢な日々だったのだろうか。親として怠慢という点があったとしても、あの当時の自分に、どれだけ余分の力が残っていたのだろう――。

「奥さん、テープはどうしました」

教頭が、和代の顔をのぞきこむようにして、たずねてきた。

「テープですって」

物思いにふけっていた和代には、すぐに、その言葉の意味がのみこめなかった。

「忘れちゃ困りますな。国語とか、社会とか、日本語による学習テープですよ。用意して行かれなかったのですか」

「……もちろん、持って参りました」

会社の人事部の斡旋《あっせん》で、その録音テープも、十本ほど持って行った。あとは、請求しだい、追加して送ってもらうことになっていたのだが、和代は、ついに請求することもしなかった。

その日本語教材テープは、エンドレスなので、かけっ放しにしておくと、子供にきく気がなくとも、くり返し耳に入る。そのうち、ひとりでに日本語をおぼえる、という仕掛けであった。

子供たちは、それぞれ、自分の部屋できくのを、いやがった。無理に持ちこんでも、すぐスイッチを切られるだけであった。このため、居間でかけておいたのだが、子供たちは、同時にテレビを見たり、トランプをしたりして、一向、耳にも入らぬようであった。また、沖が家に居るときは、うるさがって、かけさせてくれない。

「どうせ、日本語で話してるんだ。そこまでやらなくたって」

と、沖は相変らず楽天的というか、無責任であった。夫にそういわれると、和代も、半分、責任をとかれたような気がした。

そうしたツケが、いま一時にまわってきている――。

教頭は、じっと、和代を見つめていた。〈どんな弁解も許しませんぞ〉と、その眼がいっている。

四十分の授業が終わり、あけみが戻ってきた。顔に血の気がさし、いつになく、いきいきとしている。

次の授業は、国語であった。ふつうの学校とちがい、国語の授業だけは、三時間連続である。とっつきにくい国語に入って行って、ある程度おぼえこませるには、その程度の持続が必要、ということであった。

女教師と教頭の二人がかりで、二十人の生徒相手に、授業がはじまった。

女教師は教壇で説明し、教頭が机をまわって、ひとりずつに、小声で補足する。あけみにも、早速、なにか話しかけた。それは、さっき和代と向かい合っていたときとはまるでちがった、やさしい横顔であった。あけみも、あまえたような、うなずき方をしている。

ほっとした気持と、叱《しか》られた口惜《くや》しさが、まじり合って、和代の胸は、あつくなった。

女教師が、黒板に書き取りの問題を書いた。

「一、あめが　ふりました
二、ごひゃくえんで　かえます
三、はやく　がっこうへ　いきなさい」
知っているだけの漢字を書きなさい、という。

あけみが、当てられた。和代は、思わず両こぶしをにぎりしめた。字が書ける、書けないより、あけみがすなおに立つだろうか、心配した。

だが、あけみは、はずかしそうに笑いながら、立ち上った。和代には、ちらと眼を向けただけで、むしろ、まわりの子供たちを見まわしながら、ゆっくり教壇に歩いて行く。

あれほど学校ぎらいだったのにと、和代は、ふしぎな気がした。

和代はあけみについて、ツーソンに行った当座は、適応が早い子だと思っていたのだが、帰国後は、まるで逆であった。向うへの適応が早かっただけに、それだけアメリカ人になりきってしまったとも思える。教室には、その異国のにおいが、残っている。金髪の混血児もいたし、外地に八年間という子供もいる。教室中の子供たちに、外国のにおいが体臭となって、くっついている。それが、あけみにはわかる。ここは、あけみにとって、同類の世界である。だから、わずかの間に、警戒心はなくなり、いきいきし出したようであった。

あけみは、白いチョークを持ち、うすく口をあけて黒板を見上げていたが、第二問のところへ行って、まず「五」と書き、「百」を書きかけてあきらめ、「円」をいれた。第三問もだめで、第一問にもどり、「雨」を少しちがった字で書いて、消した。書けたのは二字だけであったが、「はい、できましたね」女教師は、あけみに大きくうなずいて見せた。

席につく前、あけみはまた和代にウインクした。（どう、ママ？）とでも、いいたげに。和代は、半分うなずき、半分は、身をかくしたい気分であった。三年生なら、ほとんど全部知っていなくてはならぬ漢字ではないのか。

黒板へは、大きな子が出て、二字埋めた。五年ときいていたが、次には、その弟という子が走り出て、残り全部の漢字を書いてしまった。弟はじまんそうだが、兄もしかし、わるびれたところがない。

「アメリカの教育は、ばらつきがある。のびる者はのびるし、のんびりしたやつは、のんびりしたままで通る。けど、学校教育って、本来、それでいいんじゃないのか」

ツーソンに居たとき、沖がそんな風にいったことがある。親としては責任のがれにも聞こえるセリフであったが、そうしたアメリカ的な空気を、ここの教室の子供たちは、まだ身につけている様子であった。ともあれ、あけみには、しばらく落着く先ができたが、おかげで、和代も毎日、高田馬場へ往復しなければならぬ。とても、毎日が日曜日どころではない。

日曜といえば、忍のオートバイ熱はたかまるばかり。休日もほとんどオートバイの遠乗りに出かける。国電がこわいといったのは、オートバイ欲しさの謀略ではなかったかと、疑いたくなるほどである。オートバイの音が戻ってくるまで、和代は休日も気がやすまらない。沖にたしなめてほしいところだが、沖は京都で毎日が日曜日。和代ひとり、海外生活の後遺症に苦しんでいる思いもするのであった。

退職の夜

京都の沖は、ひとつの選択を迫られていた。

気象庁外郭団体の主催で、「世界の長期気象と農業生産」というセミナーが、三日間にわたって、東京で開かれる。食料の開発輸入を自分の課題と考えてきた沖にとっては、ぜひ聴講したい講習会である。このため、その案内を見たとき、すぐ部長の本宮へ申し出て、手続きをとった。京都へ転勤以前のことである。

ところが、金・土・日と予定されたそのセミナーが、あと一週間後に迫ったとき、急に本社秘書課から、同じ週末に、社長の関西出張、そして、京都二泊の予定を連絡してきたのだ。京都へは、秘書は同行しない。歴代の京都支店長が、社長のお相手をし、介添もする習慣である。それが、社長の恥部にわたる世話になるかどうかは、別としても。（忠勤を励めば、そこは人間と人間。可愛《かわい》いやつということになる。コンピュータを通り越して、抜擢《ばつてき》の道がひらける）と、十文字はささやいたが、沖個人の将来を考えるなら、それは、実質的には、いちばん大事な仕事かも知れなかった。だからこそ、笹上がわざわざ、ひかり号で追いかけてきて、忠告をしてくれたのであろう。それだけに、逆に、赴任早々の支店長がその仕事を投げ出したなら、社長にどれほどわるい印象を持たれるか、将来を暗くすることになるか、知れなかった。

だが、沖は、セミナーへの未練が、断ちきれなかった。各種のセミナーが軒なみ不振というときに、そのセミナーには、たちまち希望者が定員五十名を超し、扶桑商事でも、少しおくれて申しこんだ社員たちは、みな、ことわられていた。主催者側では、農業関係者や気象関係者の受講をあてにしていたのに、商社筋からの申し込みが殺到したため、一商社あて二人に制限するなどという声も、きこえてくるほどであった。

それだけに、いち早く申し込んだ沖としては、ますます出席の希望が強まるばかりであった。それが単なる勉強会であっても、沖にとっては、これまでの仕事の延長上に自分を位置づけるという意味がある。京都支店長ではあっても、自分の賭《か》けた仕事からはずれはしないぞと、自らを鞭《むち》うち、自らにあかすることでもある。十文字のような人間に対し、（おれは、一介のゴマすり人間にはならぬぞ）と、自分の姿勢を鮮明にして見せることにもなる。

たとえ、社長の不興を買うことになろうとも、この機会だけは失いたくない。目をつむっても、参加したいと思った。

形式的にいうなら、社長のお守りは、京都支店の仕事ではあっても、京都支店長の仕事ではない。現に、小野前支店長当時も、藤林次長が代行したこともあると、きいていた。今度の場合、沖は赴任早々であって、京都の西も東もわからぬ状態である。もちろん、祇園《ぎおん》へもまだ足をふみ入れたことがない。社長を案内するより、社長に案内されそうで、十分なお守りをするどころか、不便や迷惑をかけかねない。それより、当座は、勝手を知った藤林にやってもらった方が、社長のためにもなるのではないか。さらに、沖のセミナー出席は、食料統轄《とうかつ》部時代の残務整理に類するものと、理解して許してもらえないものだろうか。

沖にはしかし、もうひとつ、その時点で、東京に出たいプライベイトな理由があった。セミナー初日の金曜日が、たまたま、笹上の定年退職の日に当たる。あれほど大言壮語した笹上の退職する姿を見ておきたかった。笹上がほんとうに、「バンザイ！」をとなえ、喜色満面で退社するかどうか、わが目でたしかめておきたい。

金曜日。沖ののった上りひかりと、社長ののる下りひかりは、時間的には、浜松近くですれちがうはずであった。

一瞬とはいっても、下り列車を見たくはない。浜名湖の湖面が光って見えはじめてからしばらくの間、沖は強いて山側だけを見続けた。

会社からあまり遠くないJ会館ではじまったセミナーは、期待にそむかぬものであった。

第一講義は、太陽系惑星間のバランスの変化により、太陽そのものの回転運動が変化し、それに伴って、長期的な地球の寒冷化がはじまるというもの。第二講義は、海洋気象学者によるもので、海流異変についての予測。北半球における寒流の南下現象、南半球における北上現象が、同時に進行し、その結果、アメリカの穀物地帯《コーン・ベルト》はもちろん、アフリカ西海岸にまで冷害が及ぶ可能性が説かれた。ただし、いずれの場合も、沖たちが開発した農場のあるスマトラ周辺だけは、まだ異常気象の圏外にとどまりそうであった。

会場には、たしかに、商社員風の男たちが、多かった。顔見知りのライバル会社の男も居る。ほとんど咳《せき》ばらいもなく、みんな、せっせと、ノートをとり続けていた。ふだんのセミナーとは様子がちがい、重苦しいほどの空気であった。(講師たちのいうような事態になるとすると、そのとき、自分や自分の会社は、どんな役割を果すことができるか)それを頭のすみで考えながら、ノートをとっている顔であった。

講義終了が四時半。沖は、扶桑商事ビルへ急いだ。

三階の食料統轄部へ顔だけ出してから、すぐ九階の軽機械部へ上った。忙しい時刻であった。灰青色のスチール・デスクの列の中を、部員たちがあわただしく動き、あちこちで、電話が鳴っている。

笹上丑松《うしまつ》は、そうしたさわぎから、ひとりだけぬけ落ち、壁ぎわの席で、ぽつねんと腕組みしていた。猫背の背をさらにまるめ、じっと、部内の動きを眺めている。

扶桑商事に移ってから十八年、商社生活三十五年。ほぼ生涯を捧《ささ》げた職場の見納めである。まぶたにやきつけておこうとしているかのようで、どことなく、さびしそうであった。ひかり号の中の大言壮語は、やはり、ウソだったのか。

沖は、眼を当てたまま、近づいて行った。笹上の部厚いレンズが、ゆっくり沖を見た。

「おう、やっぱり、きてくれたか」

笹上は立ち上って、叫んだ。まわりの部員たちがふり返るほど、大きな声であった。いつも、ぼそぼそ話すだけの「ウーさん」である。沖自身も、それほど大きな笹上の声をきいたことがなかった。

笹上にすすめられ、沖は、隣りの空いていた椅子《いす》に、腰を下ろした。笹上の机の上は、すでに、きれいにかたづけられていた。

「いよいよ退職ですね」

沖が神妙にいうと、笹上はまた、きこえよがしに大きな声を出した。

「しんみりするなよ。『退職おめでとう、笹上さん！』と、いってくれ。おれのは、ハッピイ・リタイアメントなんだから」

「……おめでとうございます。送別会、いや、お祝いの会は？」

「部でやってくれるといったが、ことわった。その代り、ちょうどいい、今夜は、きみとのみに行こう」

「しかし、どうして部の送別会を……」

「この時世だ。おれひとりのために、みんなに、わざわざ一晩割いてもらうことはない」

殊勝なことをと、沖は笹上の顔を見直した。だが、笹上は、すぐ、いい足した。

「もっとも、宴会の費用は、別にお祝い金としてもらうことにした。つき合いをわるくして、金を貯《た》めてきたこれまでのくせが、最後にも、出てしまったわけさ。でも、まあ、いいだろう。いかにも、おれらしくって。それに、考えようによっては、みんなのためにもなる」

「どうして」

「退職者は、床の間を背に、しょんぼりしているか、悪酔いして荒れるかだ。だから、みんなも、送りがいがあろうというもの。ところが、おれは、陽気にバンザイばかりするつもりだから、みんな、しらけてしまうよ。やめるおれがよろこんでいては、みんなにわるいじゃないか」

笹上は、眼鏡を輝かせて続けた。

「お別れというか、お祝いは、この部屋を出て行くとき、さっと、スマートに、やってもらう。その方が、お互いに、気持がよくていい」

そういったあと、笹上は立ち上ると、少し先の机までいって、紙カップのようなものを、二つ持ってきた。よく見ると、爆竹のようにはじけて、テープのとび出るクラッカーである。

「部屋を出る瞬間、おれめがけて、これをやってくれんか。女の子にたのんだが、こわがって、だめだし、男子諸君は、気ちがいじゃないかという目で、とり合ってくれん。おれは、きみにもいったように、花火を打ち上げたい気持だ。そのせめてもの代用品が、このクラッカーなんだ。たのむよ」

笹上は、沖の掌にクラッカーを押しこむようにした。

「この世相で、みんなびっくりするといかんから、警備課には一応連絡しておいたし、この階《フロア》の各部にも、ことわってある。だから、きみ、思いきってやってくれよ」

「はあ……」

気のない声で答えながら、沖は壁の時計に気づいた。

「笹上さん、五時ですよ」

とたんに、笹上は椅子の上に立ち上った。そして、両手をあげて、叫んだ。

「バンザイ、バンザーイ。ついに、おれは退職だ。バンザーイ！」

部屋中の視線が、いっせいに、笹上に集まった。とまどった眼、おもしろがる眼、軽蔑《けいべつ》する眼、怒った眼……。だが、若い男女の社員の中からは、ためらいがちの拍手も起った。

笹上は、その拍手に向かって、スターのように何度も会釈《えしやく》した。

かねてたのんであったのであろう、女子社員が二人、紅白のバラの花束を持って、あらわれた。椅子から下りた笹上に向かい、一人は笑い、一人は怒った顔で、花束を手渡す。

笹上は、得意満面であった。また若い社員たちが、拍手した。

「きみ、早く」

笹上は、沖をせかせると、ゆっくり、部屋の入口に向かって歩き出した。沖も、覚悟をきめた。茶番劇に協賛する形だが、仲人であり、苦労を共にした上司のためである。クラッカーぐらいは。

花束をかかえた笹上に向かって、沖はクラッカーの紐《ひも》をひいた。

轟音《ごうおん》とともに、いくすじものテープが、笹上の灰色の髪にふりかかる。続けて、もう一発。

人の気配にふり返ると、廊下には、女たちを中心に、あちこちに人だかりができ、軽機械部の入口を見つめていた。クラッカーの音に、あわてて出てきたというより、笹上の予告をきいて、おもしろ半分に待っていたのであろう。ヤジ馬的な眼ばかりで、拍手はなかった。

そうした人だかりの前を、バラの花束を胸に、テープをまとった笹上が、右手をあげながら、「やぁ、やぁ」と、会釈して通りすぎる。また、スター気どりであった。厚いレンズがプリズムのように作用して、みんなが感嘆してくれているといった風にでも映るのか、自分ひとりで酔っていた。

女の子たちのささやきが、おくれてついて行く沖の耳に入った。

「ちょっと、あのひと、おかしいんじゃない」

「がっくりして、発狂したのよ」

なんということを！　笹上丑松五十七年の生涯を、そんな軽くいっていいものか。笹上の外地での苦労だけでも、拍手のひとつやふたつしてやっていい。

エレベーター・ホールにきた。

軽機械部の女の子数人がそこまでついてきて、笹上がのりこむと、拍手した。その上、ドアが閉じかけた瞬間、二人があわてて、エレベーターにとびこんだ。エレベーターの中で、二人は、笹上の肩についたテープを、ていねいにはがす。笹上は、眼鏡の奥の眼を細め、満足そうであった。

二人は、ビルの外まで見送りに出た。そして、おじぎして、ひき返そうとしたとき、笹上が、バラの花束をつき出した。

「これ、きみたちに上げる」

「あら、どうして」

「うちへ持って帰っても、飾るところがない。それに、水を替えるのが、めんどうなんだ。これからは、もう、めんどうなことは、何ひとつ、したくないんでね」

笹上の正直なつぶやきに、二人は、顔を見合わせた。そのまま信じていいかどうか、とまどっている顔である。沖が、助け舟を出した。

「いまから、あちこち、のみにまわるんだ。結局、どこかで、すててしまうことになるからね」

「そう、そうなんだ」

笹上も、あわてて、いいそえる。二人は、花束を受けとった。

「お元気でね」

「また会社へあそびにいらして」

手をふって、ビルの中へ戻って行く。

「いい子たちだな」

笹上は、棒立ちのまま、いった。バンコックに居る自分の娘のことでも思い出している口調であった。

十二階のビルの窓には、残らず灯がともっていた。五時をすぎても、仕事は残っている。定刻に帰る社員は、一部でしかない。扶桑商事にとっては、まだ、本番の時刻。商事会社は商時会社であって、その日のゴールめがけ、ビル全体が走り出している時間であった。きこえるはずもないテレタイプの音、電話のベル、超大型コンピュータのうなりが、路面にまで伝わってくる感じである。

その時刻、アメリカ大陸でこそ深夜だが、ロンドンは朝の八時、パリは九時、カイロ十時、モスクワ十一時。めざめた情報、新しい情報が、どんどん、とびこんでくる。

そして、カラチでは、午後一時、バンコック三時、マニラは四時である。働きざかりの情報を、送りこんでくる――。

二人は歩き出した。このメカニズムから、永久に無縁になろうとする笹上。そして、いまは、はずされて京都に居る沖。そのとき、二人には、共通の感情があった。

しばらく行ったところで、笹上は立ち止まり、ビルをふり返った。無数の灯のまたたき。美しい光の塔。二人の目に、それは、十二階から成る現代の多宝塔にも見えた。

「バンザイ！」

笹上が叫んだ。先刻ほどの元気がなかった。ビルを離れたからバンザイ、というより、ビルのバンザイを祈っている風にきこえた。

二人は国電にのった。

「祝盃《しゅくはい》を上げよう、行先は、おれに任せろ」

行先は、銀座でも、新宿でも、池袋でもなかった。降りたのは、川口、笹上の住んでいるのは、日暮里《にっぽり》のマンションのはずである。どうして、こんなところにと、けげんな表情の沖に、「すぐ、そこだから」笹上は先に立って歩いて行く。

落ちついたのは、たしかに、駅から目と鼻の先であったが、ただし、二坪とはない屋台風ののみ屋であった。L字型のスタンドに、とまり木風の椅子が、五つ六つ。

笹上が注文したのは、ちくわを肴《さかな》に、コップ酒を一杯ずつ。なんとも妙な祝い酒だが、当の笹上の好みなのだから、致し方ない。

沖は、コップを上げて、笹上のコップに当てた。

「……おめでとうございます」

「うん、ありがとう」

のみ屋のおやじが、口をはさんだ。

「何か、お祝いでも」

笹上は、にこにこして答えた。

「今日、退職したんだよ」

おやじは、とまどった顔になった。笹上の笑顔が本物かどうか、気にしながら、

「それはどうも」といってから、無難につけ加えた。「永い間、ごくろうさんでした」

笹上は、眼を細めて、うなずく。

「よほど、退職金が出たんでしょうね」

「いや、知れてる。どこかのお役人とはちがうから。それに、その退職金は、とっくに前借りして、つかってしまった」

「すると、これからは」

待っていましたとばかり、笹上は、胸をそらせた。

「もちろん、何もしないさ。毎日が日曜日だ。あそんでくらすよ」

「結構な御身分ですな。でも、だんな、何してあそぶんです」

「いろいろと……。これから、ゆっくり考えるさ。たとえば、晴れた日にゴルフ、雨の日は読書とか」

「なるほど、晴耕雨読じゃなくて、晴球雨読ですな」

「俳句などやってみたいし、旅行もしたい。まわってみたいところが、いっぱいある。この東京の中にだって」

「そういえば、だんなは、外国ばかり永かったですからねえ」

おやじは、そういいながらも、眼は、空になりかけた二人のコップを見て、

「だんな、お代りを」

「いや、もういい」

「……でも、お祝いでしょ。一杯だけなんて」

すぐ答がないと、

「よし、今夜は、あっしがおごりますよ」

「……そう、それなら、もう一杯だけもらおうか」

笹上は、そういいながら、ちらと、沖のコップに目をやる。おやじは、さらに、ぶっきらぼうに、

「もちろん、こちらさんにも、おごりますよ」

沖は居たたまれなくなった。

「とんでもない。わたしが払います」

まずい酒になった。笹上は、二杯でよいごきげんだが、沖は酔えない。最後に、だれが何杯分払うかで、三人の間でもめ、結局、沖が全部払った。もちろん、たいした額ではない。そこを出たあと、笹上はいった。

「おれは、第一に健康を考えるよ、沖。空腹に酒はわるい。腹ごしらえしよう」

異存はなかったが、その行く先が、また、意外であり、心外でもあった。笹上は、駅方向に戻り、駅前を通りすぎて、すぐのところの立ち喰いそばへ入って行った。止める隙もなかった。一人でやっているそば屋のおかみも、また顔なじみのようで、笹上には、「おや、いらっしゃい」といい、沖の注文だけをきいた。

笹上は、玉子とじうどん。沖は、天ぷらそば。

これもまた、沖には、味がなかった。今夜は、笹上にとって記念すべき退職の夜である。気のきいたレストランはいくらもある。ステーキでも、たとえ、ハンバーグで

もと、うらみたい気分である。倹約ということなら、沖が払ってもいい。

無言で、早々に食べ終わり、そこを出た。駅に向かって歩き出しながら、笹上は沖の気持を盗みとったようにいった。

「きみも知ってるように、おれは、めん類が好きなんだ。日本にめん類があるのを、神に感謝したい気持だよ」

おおげさな言い方である。沖がとり合わないでいると、

「もちろん、おれが名古屋のうどん屋のせがれということもある。けど、それと関係なく、めんはいい。安いし、消化はいいし、飽きないし、うまいし、冬と夏では、食べ方がちがうし。食料専門のきみにいうのも、なんだが、世界でも傑作な食品じゃないのか」

酔いに軽くなった口で、沖の気持をひき立てるようにいう。沖は、いよいよ、わずらわしい気分であった。

黙っていると、笹上は、また、いった。

「ニューヨーク支店のころ、夏にナイヤガラへ行ったことがある。ナイヤガラ・フォールの町に泊って、まる二日、滝を見てたが、そのうちに、あの滝が、そうめんに見えてきた。もう滝じゃないんだ。白いそうめんが、どっと、次から次へ落ちてくるん

だな」

「…………」

「つばが出てきたよ。猛烈に、そうめんが食いたくて。くそっ、日本へ帰りたいと、そうめんのために、ホームシックを感じたな」

「そのときは、奥さんたちも、いっしょでしたか」

「うん。……そうめんの話をしたら、子供たちに笑われてね」

「奥さんは、笑わなかった？」

「うん。もうあのころは、夫婦の間は、がたがただったからな。笑いなんて、どっかへ行っちまってたんだ。日本へ戻れば、離婚することにきめてたし」

沖は、笹上の表情をさぐった。夜気のためか、笹上のレンズはくもって、その奥の眼がよく見えない。

笹上は、小さなあごをふり上げた。

「いや、よそう、こんな話は。それより、もう一杯だけ、のみに行こう。今度は、もう少し、ましな店だ」

ふたたび電車にのり、赤羽で下りた。今度も、駅に近い横丁。なわのれんの店である。そして、これまた、一坪半か二坪。やはり、L字型のスタンドに、とまり木風の椅子《いす》。川口の店と同じであった。どこが、ましかといえば、壁の色などがまだ新しく、おやじが若く、それに、椅子にクッションがついていることぐらいであろう。

笹上は、最初ののみ屋で交わしたのと同じ会話を、その若いおやじ相手にくり返した。コップが空になったときのおやじとのやりとりまで、同じであった。ただし、そのおやじがおごろうとする酒は、ことわった。

「ありがたいが、限度《リミット》なんだ」

「そうですか。すると、もう、二杯やってきたんですね」おやじは、沖に向き直って、

「えらいですね、このだんなは。絶対、三杯以上、のまないんだから」

言葉ではほめながらも、どこか、鼻じろんだいい方であった。沖は、註《ちゅう》をいれた。

「昔は、そうでもなかった。むしろ、相当なものだったな」

「やはり、弱くなられたんでしょうか」

横から、本人が答えた。

「摂生だよ。おれには、長生きが、第一の仕事だからな。めでたい晩だからといって、例外というわけには行かんよ」

笹上としては、正直に、そして、少しさっそうとした気分でいったのかも知れぬが、のみ屋では、まわりの酒をまずくするばかりであった。

「結構ですな。まあ、せいぜい長生きして、いつまでも、のみにきて下さい」

おやじは、横を向いていった。

沖は、笹上を日暮里の家まで送ることにした。沖自身は、それこそ、ましな店で、もっとのみたい気分であったが、笹上が限度《リミット》を厳守する以上、どうしようもない。さえないというか、みすぼらしい思いになって、電車にのった。

笹上が、口を突き出すようにしていった。

「ちっぽけな店ばかりと、怒ってるんじゃないか」

「……いや」

あいまいに答えると、笹上は、思いがけぬことをいった。

「実は、あれは、みんな、おれの店子《たなこ》なんだ。三軒とも、全部おれが貸している。それに、西川口にも一軒」

「ほんとうですか」

信じ難い、と続けたいところであった。笹上は、大きくうなずき、

「見たとおり、みんな、ちっぽけな店だ。だから、おれでも、ひとつずつ持てたんだ」

沖は声も出ない。ますます、酔いがさめた。

「いつか、おれの老後設計の現場を見せてやる約束をしたね。それを今夜……。これからは、なかなか会えんだろうから、ちょうどいい、この機会にと思ったんだ」

沖は、ただ「はあ」といい、うすく口をあけて、笹上を見守るばかりであった。

笹上は、また、しゃべり出した。

「二十年の心がけの結晶が、あの店々だ。たいしたもののようで、なあに、たいしたことはないさ。いや、きみらにしてみれば、やはり、たいしたものに見えるかなあ」

「もちろんです」

「ともかく、あの店々の家賃が、これからのおれの人生を支えて行ってくれる。それだけは、まちがいない」

「そうでしょうな」

「まだ、なっとくの行かぬ顔をしてるね。いったい、どんな心がけでこうなったか、知りたいんだろう」

沖は大きくうなずいたが、肩すかしをくわされた。

「それは、いつか、ゆっくり教えてやる」

「………」

「もっとも、きみは定年まで、たしか、九年か十年。もう間に合わんかも知れんな」

「…………」

「だから、おれは、くどいほど、いってるじゃないか。きみは、おれとはちがう道を、つまり、一年でも長く会社関係で働けるように、なんとしてでも、トップにとり入るんだ」

「…………」

「どうだ、京都でうまくやってるか。相談役や社長の世話はしたのか」

首を横にふりながら、沖が実情を話すと、笹上は顔をしかめた。

「だめだなあ、きみは。ほんとうに、だめだ」

電車は、日暮里に着いた。笹上について夜道を歩きながら、沖は、しきりに強い酒をのみたいと思った。

駅から十分ほど。暗い崖《がけ》の上にそそり立つビジネス・マンションの一室が、笹上の住まいであった。まばらに、いくつか灯がついている。七階建のそのマンションは、全部がワンルームづくりということで、世帯《しょたい》持ちの猥雑《わいざつ》なあたたかさがないせいであろうか、玄関ホールまで、冷え冷えと静まり返っていた。

小さなエレベーターで四階へ。笹上の部屋は、四〇四号室であった。縁起のよくない部屋番号だが、笹上のことなら、その番号もまた買いたたきの材料に使ったかも知れぬ。

笹上は、スチールのドアをあけ、スイッチをひねった。白い壁と天井。入口に小さな台所。浴室のドア。その奥に十畳ほどの洋間。

沖は、一歩ふみ入れたまま、棒立ちになった。

部屋の広さや構造は、予想どおりであったが、その部屋のいたるところに、細かな動物が、無数にちらばり、ひっかかっていた。野牛《バイソン》、象、虎《とら》、北極熊《ポーラ・ベア》、ジャガー、岩山羊《マウンテン・ゴート》、ビーバー、アシカ……。

カーテン・レールには、猿が群がり、螢光灯《けいこうとう》のコードには、コアラがぶらさがっている。

動物たちは、木彫りもあれば、縫いぐるみもあり、プラスチックやゴム製もある。置物というほどりっぱなものはないが、また、玩具《おもちや》でもない。共通しているのは、どれも、剝製《はくせい》のミニチュアといっていいほど精巧につくられているということ。大小はあっても、生きている模型といった感じのものばかりであった。沖が一瞬、棒立ちになったのも、ミニチュアながら、無数の獣の眼が光り、毛並みのあたたかさが伝わってくるような、異様な感じがあったからである。

「どうしたんですか、これは」

沖がきくと、笹上は、その夜はじめて弱い眼つきになった。

「なんでもない。見たとおりだよ」

「しかし……」

「こういう動物なら、餌《えさ》も要らぬし、運動もさせなくてすむ。世話をする必要がないんだ。ただ、おとなしく、おれの帰りを待ってるだけだからな」

「…………」

「おかしいだろう。おれみたいな中年男が、子供みたいに」

「でも、笹上さんは、動物好きでしたからねえ」

「『それにしたって』とは、いわないのかい」

「いや……」

「ほとんどが、駐在先や出張先で買ったものなんだ。商社に居たおかげで、ずいぶん集まったというわけさ」

そういえば、アメリカではなじみの黒熊《ブラック・ベア》や褐色熊《ブラウン・ベア》も何頭か居るし、ロッキー山脈に住む岩山羊《マウンテン・ゴート》や、大型鹿のエルクやムースも居る。アルパカやジャガーは、カラカスででも買ったのだろうか。象の数も多かった。笹上の娘を、そこへひきとめてしまったバンコック駐在の名残りであろう。ひとつひとつの動物の眼には、そのときどきの笹上の情念や愛憎が投影されてでもいるように見えた。

それにしてもと、動物たちを見ていて、沖が気づいたことがあった。

「みんな、哺乳類《ほにゆう》ばかりですね」

「うん。鳥とか魚とかは、玩具になると、なんとなく、冷たい感じでね」

沖はうなずいた。ひとりぐらしの笹上の気持の底が、その言葉に、ふっと透けて見える気がした。笹上自身も、それに気づいたのか、いい直した。

「いやいや、こんな玩具に冷たいも熱いもないな。要するに、おれの好みなんだ」

「…………」

「だが、おれのその好みが遺伝して、とうとう、息子のやつは獣医になって……。もっとも、おれは動物だって世話するのはいやだが、あいつは一生、女房子供プラス動物の世話が仕事になる」

笹上の声には、感情がこもった。

笹上の息子は、アメリカの大学の獣医コースに居たとき、日系三世の娘と知り合って、結婚した。娘の実家は、カリフォルニア州サンノゼで、牧場とぶどう園を経営しており、息子は、アメリカ市民権をとると、その家に落着き、赤ん坊も生まれたと、きいていた。

「息子さん、お元気ですか」

「そうらしいな。一向に連絡はないが。もう、おれのことなんか、忘れてしまってるんだろう」

笹上は、そういいながら立ち上り、ウイスキーの壜《びん》とグラスをひとつ持ってきた。

「きみは、のみ足りんだろうから」

笹上自身、のむ気はないようであった。摂生も考えているのだろうが、あれほどのんだ男なのに、いまはある程度、酒も弱くなっているように見えた。

ウイスキーは、アメリカのバーボンであった。二人でロサンゼルス駐在当時、よくのんだ銘柄である。当時、浴びるほどのむ二人に、スコッチは高すぎた。バーボンには、とうもろこしのにおいがする。それが、のみなれて行くうちに、広大な穀倉地帯《コーン・ベルト》に照る太陽のにおいになり、強く酔うにふさわしい酒になった。

沖がグラスをあけるのを眺めながら、笹上がつぶやいた。

「ここで、ひとりでのむときは、いつも、バーボンだ。アメリカに十年以上も居ると、どうも、くせが抜けなくなってな」

笹上は、手をのばすと、壁から、格納式のシングル・ベッドをひき出し、その上に、両手を後について、坐《すわ》り直した。そういえば、そうした部屋のつくりも、アメリカのスチュディオ、つまり、単身者用のワンルーム・アパートにそっくりであった。日本酒をのみ、うどんが好きであっても、その他の生活は、すっかり、アメリカ型にはまりこんでいるという感じである。

「そうだ、氷を」

沖のために腰を浮かそうとする笹上に、

「いや、結構ですよ、そのままで」

沖は、酔いが欲しかった。バーボンをもう一杯グラスにつぎ、電灯の光にすかして見る。穀倉地帯《コーン・ベルト》を灼《や》いた太陽の断片なのか、金色の粉のようなものが、その中をきらめきながら上下して、陶酔を約束してくれるかのようである。笹上が、グラスを当てて乾杯してくれないのが、さびしかった。

「のまないんですか」

不審そうに、また、誘うようにいってみたが、笹上は「うん」と答えただけで、兄のような眼差《まなざ》しで、沖を見守る。沖は、妙な気がした。酔って、酔って、酔いつぶれたいのは、笹上のはずである。自分の定年の日の姿を想像してみても、それ以外にない。

「きみ、水を持ってきてやろう」

笹上が立ち上った。入口近くの台所へ歩いて行く。

そのとき、沖は、奇妙なことに気づいた。それまで白っぽい洋服簞笥《だんす》のように思っていたものが、実は、アメリカ製の大型冷凍冷蔵庫であったのだ。いくら、アメリカ型生活から抜けられないといっても、買物便利な日本で、まして、ひとり住まいである。さらに、笹上のような倹約タイプの人間に、業務用にも等しい大型冷蔵庫は結びつきそうにもない。形だけ冷蔵庫でも、中は簞笥にでもなっているのかも知れない。

笹上からコップの水を受けとりながら、沖はたしかめるように、

「すごく大きな冷蔵庫ですね」

「うん」

「必要なんですか」

「いつか、必要になるときがあるんだ」

沖には、その意味がのみこめなかった。再婚でもするとき、それとも、自分で食物屋でも出すときというのか。

「いつかというと」

笹上はにやりと笑った。そして、その唇から、また思いがけぬ言葉が出た。

「おれが死ぬときさ」

「なんですって」

「死ぬとき、あそこへ入るんだ」

沖は、えっ、といっただけで、あとが出ない。およそ、予想もしない用途であった。

笹上の顔を見守りながら、急いで、もう一杯、バーボンを注ぎ、次の言葉を待った。

笹上は、蛍光灯のコードにぶら下っているコアラをいじりながら、一語一語、かみしめるようにいった。

「おれは、断じて長生きするつもりだ。でも、人間、いつか、死ぬときが来る。おれにだって、意外に早く来るかも知れん。そのときの用意なんだ」

「用意といったって……」

「きみらには、わかるまい。だが、これは、おれが十分考えた最良の用意なんだ」

「………」

「おれは、だれの世話もしない代りに、だれの世話にもなりたくない。世話になる資格のないことが、おれには、わかっている。だから、だめとわかったら、ひとの厄介にならぬうちに、きれいに死んでしまいたい」

「しかし、そんなにうまくは……」

「うまく行くさ。そのための用意だ」

「…………」

「致死量の睡眠薬を備えてある。それをのんで、それから、バーボンを思いきりのむ。ふだん節酒しているおかげで、ぐんと効くはずだ。その酔いつぶれた勢いで、冷蔵庫の中へ入る。前後不覚、そのままで、おしまい。おれは、きれいに死ねるわけだ」

笹上は、静かだが、腰の強い口調でいった。

沖は、笹上の顔を見守るばかりであった。あまりに意外な話なので、うまく返す言葉もなかった。なるほど、という思いと、それにしても、という思いが交錯する。きれいな死に方のようである。だが、なぜ、ごていねいに、冷蔵庫入りまでしなくてはならぬのか。ベッドの上で服毒しても、目的は達せられるはずだ。

だが、その疑問を、笹上の次の言葉が、といてくれた。

「クスリをのむ直前、おれは、バンコックの令子と、サンノゼの武男に、電報を打つ。電文は、子供たちと打ち合わせずみだ。『スベテ　オワリ　チチ』とだけ打つ」

「というと、お嬢さんたちは、あなたの自殺の計画を御存知ですか」

「自殺じゃないよ。死ぬとわかったとき、一足早く、きれいに自分を始末するというだけのことだ」

「…………」

「電報を見たら、少なくとも、令子だけは、とんできてくれるはずだ。そして、おれの死体に対面して、なっとくする」

言葉もない沖に、笹上は、コアラをいじりながら続けた。

「子供たちも、向うの生活が永いから、死体はたしかめた上で、埋葬するものと、考えている。アメリカ人は、みな、そうだ。ベトナム戦争の死体だって、ばらばらになったものまで、全部ドライアイスでそのまま保存して、本国へ送り返し、遺族に引き渡した。戦死者が多いだけに、相当な作業だった。さすがに、商社もこの仕事には手を出さなかったが、日本の専門処理業者が、大活躍したものだ。……いや、それは、まあ、どうでもいいことだが、とにかく、向うは、そういうしきたりだ。見ずして信ずるわけにはいかん、というわけさ。人情としても、永い間会わずに居たあげく、茶毘《だび》に付したのを渡されても、果して、父親が死んだかどうか、また、父親の遺骨かどうか、なっとくできまい。だから、迷いの残らぬように、冷凍死体になっていてやるのが、せめてもの父親のつとめだと思ってね」

沖はまた、バーボンをあおった。熱い液体が、のどの奥へ走りこんで行くのに、背筋のあたりは、冷えこむばかりである。

バンコックから八時間の飛行《フライト》。羽田空港から車をとばしてきた娘が、どんな表情でこの部屋に入り、どんな表情で、冷蔵庫の扉を開くのだろうか。そのとき、部屋に満ちた動物たちの眼は、どんなきらめき方を見せるのだろう。

沖は、冷蔵庫から眼をそらせ、窓を見た。眼下には、黒い市街地の海に、家々の灯が、狐火《きつねび》のように、またたいていた。沖は、無性に扶桑商事ビルという光の塔へ戻りたくなった。年老いてすりきれるまで、あの塔でにぎやかにひとびとともに働き、いつまでも、あたたかに、妻子とともに眠りたかった。

私物

国分寺の家では、和代が沖の帰りを待ちわびていた。

「ちょっと会社へ顔出ししてから戻る。夕飯をたのむ」というのが、その日、セミナー会場からの沖の電話であった。一度、会社へ顔出しすれば、どういうことになるか。まして、笹上が退職するという日のことである。あてにはならぬ電話だと思ったが、それでも、二十日ぶりの帰宅である。意外に早く戻ってくるかも知れぬと、和代は、久しぶりに、いそいそとスーパーへ買物に出かけた。

金曜日の午後、主婦たちの間には、一種、色めき立つ空気がある。セットしたばかりの髪のにおい。化粧のにおい。湯上りのにおい。夫との心ゆくばかりの夜に向かっての身づくろい。あまく、なまめかしい空気をまき散らして、主婦たちは歩く。アメリカでも、金曜日の夜には、やはり色めき立つものがあった。ただ、その空気は、もっと開放的であった。お互いに、招いたり、招かれたり。家庭というものが、いっせいに外に向かって開かれるような感じのにぎやかさがある。

ところが、日本の金曜日は、むしろ戸を閉じることを競い合うような、しめった甘《あま》酸《ず》いムードである。ひとり暮しの主婦は肘鉄《ひじてつ》をくわされる。少なくとも、和代には、そう思えた。

かつて沖がスマトラに単身赴任していた当時は、土曜日の夜になると、和代はきまってその思いを味わわされた。このため、買物などはスーパーの閉店まぎわに出かけたものである。その思いを二度としたくないためにも、ツーソン行きの話が出たとき、別居のことなど毛頭、検討してみる気はなかった。子供の教育問題なども、二の次。母親である自分が、精神的不具者になってしまってはと、夫の腕にとびつくようにして、海を渡ってしまったのだが――。

夕食には、鶏《とり》のひき肉をモチ米でくるんだだんごと、茶碗《ちゃわん》蒸しを中心に用意した。

どちらも、夫の大好物。それに、すぐ蒸してあたためることができる。

だが、沖は、九時になっても、十時になっても、帰らなかった。和代は、気をまぎらすため、テレビをつけた。外の靴音を気にしながら、変わりばえのしないホームドラマを眺める。

沖が帰宅したのは、十二時に近かった。

「やあ、笹上さんにつかまってしまってねえ」

夕食は、天ぷらそば一杯ときき、和代はすぐ料理をあたためにかかった。背後で、沖が、笹上について話す。おどろきと同時に、男はどう変わるかわからないぞというニュアンスをこめて話す。棺桶《かんおけ》代りの冷蔵庫の話には、和代は少しはひんやりするものを感じたが、しかし、実感として迫っては来なかった。それよりは、あそんでくらせるという定年設計が、うらやましい。

和代は、食卓をはさんで沖と向かい合うと、つい、口に出した。

「でも、おかしいわねえ。家族のない笹上さんが、将来のことをそこまで考えていて、家族のあるあなたが、何も考えてないなんて」

「……あのひとは、例外なんだ。まして、おれたちの年齢では、まだ、だれだって、それほど深刻に考えてはいない。それより、一級でも上に進むことで、頭がいっぱい。

そうなりゃ、退職金もふえるし、ポストしだいでは、定年ものびる。それが結局は、何よりの定年対策になるからな」

「あなたも、そのつもりなの。十文字さんのいうように、毎日が日曜日でも、うまく行くのかしら」

「日曜日だなんて、とんでもない……」

「それに、いまだって、あなたが病気にでもなれば、うちはたちどころに、お手あげね。わたしは、掃除婦になるか、ホステスにでもなるより他ないもの」

「ホステスだって、まさか」

「なにが、まさかよ。顔なんて、暗いところだから、いくらでも、ごまかせるわよ。それに、歳《とし》だって、このごろは、孫の居るホステスも居るというじゃないの」

沖は黙った。箸《はし》を置き、和代の顔を見直す。

和代は後悔した。二十日ぶりの帰宅というのに、なぜ、こんな話になってしまったのか。あまりおそくまで待たされたため、つい、心がいらだっていたのか。

和代は、話題を変えた。

「五日ほど前、忍の学校で個人面接があって、注意を受けたわ」

「オートバイをやめろ、とでもいうのか」

「そう、それもあったわ。危険だし、非行化する心配もある。それに、いつまでも、特例を認めるわけには行かない、といわれたの」

「ふん」

気のない返事をする沖に、和代はたたみかけた。

「その注意は、わたしも、覚悟してたの。それより、別の注意がこたえたわ」

「なんだい」

「忍が女生徒にやさしすぎる。親切すぎるんですって」

「アメリカの習慣だから、仕様がないだろう。とくに意味があってやってるわけでもないし」

「わたしも、そういったの。でも、先生は、『ここは日本ですからね。やはり、けじめをつけないと』と、いわれるばかりなの」

「いまのままで、だれかが迷惑でもしてるのか」

「迷惑してからでは、おそいというのよ」

「…………」

「わたしが忍に注意しても、だめなの。日本の習慣がおかしいんだといって、とり合ってくれないのよ。男親から、ぴしっといってもらわないと」

和代は、沖の顔を見ながら続けた。

「ツーソンで、やはり、忍をあまやかしたのではないのかしら」

「おれに、そのおぼえはないよ」

「だって、オートバイを買ったあげく、遠出のときは、わざわざ、自動車の屋根にのせて、運んでやったでしょ」

「荒野や砂漠へ連れ出して、思いきり走らせてやりたかった。男らしくって、いいスポーツと思ったんだ」

「男らしいはずが、電車をこわがったり、女生徒にやさしすぎたり。おかしいわねえ」

沖は、また黙った。帰宅早々、こういう話かと、興ざめた気分である。

あのアパートで、笹上はいまごろ、どうしているかと、ふっと思った。ぐちも不平もいわぬ動物たちに見守られ、安らかに、寝息を立てているのではないか。天涯孤独、その自由が、うらやましくも思えた。沖は口重く、

「あけみはどうだ」

「同じような仲間ばかりなので、帰国児学級はたのしいらしいの。でも、通学がたいへんよ」

「まだ送り迎えしているのか」

「もちろん。だって、忍さえこわがった満員電車でしょ。連れて行くほかないわ」

沖は箸をとり、黙々と茶碗蒸しを食べはじめた。和代がつぶやく。

「わが家は、これで、どういうことになるのかしらね。みんな、ばらばらで。笹上さんを笑えないわ。ちっとも、家らしくないもの」

和代の何よりの不満は、もちろん、沖との別居生活にある。それが沖にはわかり、それだけに、口をきく気になれない。わが家での問題の根源――いちばんの幼児性は、むしろ、この妻にあるのではないのか、と思ったりもする。

しばらくして、和代は、気をとり直したように、京都のことをききはじめた。沖には、まだ語るべき話題はない。京都の地名が出るごとに、藤林や金丸のことを思い出す。沖にとっては、日本国内だけでなく、世界中のほとんどの地名が、駐在する男たちの名と結びついていた。全世界のこれはという都市は、扶桑商事の男たちの顔の向う側にある。情報管理室のコンピュータに、ある都市のことをたずねるなら、まず、真先に、駐在員の氏名・職歴・自宅の宛先《ホーム・アドレス》を教えてくれるはずである。だから「まず、社内に取引先をさがせ」といわれるのだし、一方、ツーソンのような僻地《へきち》に居ると、専門の穀物商売だけでなく、あれこれ雑多な仕事に追いまくられることになる。巨大商社は、巨大なるがゆえの利点《メリット》を、末端まで駆使して、休むことがない。いつ、どこにいても、その機構が回転するうなりのようなものが、きこえてくる。

食後の果物に、和代は、パパイヤを出した。

「わたし、はりこんだのよ」

それまでの気まずさをふり払うように、和代は、ウインクして見せた。

沖は、大きくうなずきながら、スプーンをとった。スマトラでのくらしのあと、忘れられなくなった味である。日本へも、びっくりするほどの高値で入荷するようになり、それだけに、沖には、目の毒の果物になっていた。

留守中たまっていた郵便物に目を通し終わると、時計は十二時半。

「お風呂《ふろ》がわいてるんだけど……」

「入ろう」そういってから、沖は声をはり上げた。「おまえも、いっしょに入ろう」

和代は、眼を大きくした。その眼のまわりに桜色をにじませながら、

「……どうして」

「どうしても、こうしても、あるものか。いっしょに入ろう」

せまい湯船の中で、二人は体を寄せ合った。あたたかく、やわらかな体。乳房にも、ふれた。和代は声を殺す。夫婦のたのしみ、わるくはない。ひとりぐらしの笹上には、

無縁のたのしみのはずである。透明な湯ごと、和代を膝《ひざ》の上に抱き上げるようにしながら、わるくはないと、沖はまた思った。不都合なのは、二十日か、一カ月に一度しか会えないことだ。

沖は、反射的に、金丸夫妻のことを思った。つややかな肌。陽気な会話。人生に日没のあることなど、まるで知らぬげな傍若無人の二人。湯船の中で、あの夫妻は、どんなたのしみ方をするのか——。

「何を考えているの」

湯煙りの向うから、和代の上気した顔が光る。

沖は、またはげしく和代を抱きしめた。歳がいもなく新鮮な気分になれるのも、別居生活のおかげである。単身赴任の数少ない恩恵のひとつ。

それにしても、毎日顔つき合わせていて、しかも、いっしょに風呂に入る金丸夫婦のことが、よくわからない。年輩からいっても、日本人ばなれしている。マンモス商社のトップになるには、やはり、ああいう器でないと、だめなのか。

そう思ったとたん、沖には、別の気がかりがよみがえってきた。京都へ行った和地社長のことである。すでに祇園《ぎおん》の夜も終わって、藤林が宿へ送ったであろうか。沖の不在を、藤林はどう説明し、社長はどう理解してくれたのだろうか。そんな風に考え出すと、すぐにも家をとび出し、京へかけつけたい気分になった。

和代が、強い声でいった。

「あなた、また何かを……」

「うん」

「変ねえ、考えごとばかりして」

「……京都支店というのが、そうなんだ。あれこれ、気をつかうことばかり多くて」

「でも、ここは京都じゃないのよ」

「わかってる」

「悲しいわ。もう、わたしに魅力がないわけね」

うす桃色に染まったまろやかな体が、湯船から出て行く。

沖も、あわててあとを追った。

夫婦の間は、わずらわしい。やはり、ひとりぐらし、動物の模型に囲まれてでもいた方がよいと、今度はまた笹上のことを思い出しながら。

和代は、湯上りの体で鏡台に向かい、鏡の中の自分と話した。夫の好きなごちそうをつくり、風呂をわかし、夜ふけまで待ち、それでも、どうして、こんな風になってしまったのか。和代に、いまわかるのは、少しいいすぎたかも知れぬ、ということだけであった。二十日ぶりの夫には、ただ、あまえるだけでよかった。

背後に沖の気配を感じ、和代は小声でいった。

「ごめんなさい」

土曜、日曜と、沖は国分寺からセミナーへ通い、月曜日の朝は、少し寄り道して、あけみを帰国児学級へ届けてから、その足で、京都へ戻った。

支店に着き、藤林に会うと、気がかりな質問が、つい、先に出た。

「社長は、どうだった」

「どうといやはっても……」

藤林は、相変らず、じらすような受けごたえをした。沖は、きき直した。

「……どこへ行かれたんだ」

「お寺はんに、きまってます」

そんなことも知らぬのか、という口調である。沖は、話の腰を折られた。沖のききたいのは、どこの寺へ、他にどこへ、そして、夜はどうだったかといった、それらすべてのことである。

「参考までに、ざっとコースをきかせてくれないか」

不快な気持をおさえていうと、

「正確にお知りになりたいんなら、運転手の日報見させてもらはったら、いかがです。あれなら、まちがいおまへんで」

藤林は、沖の気分をさらに逆なでするようにいった。

たまたま、電話もかかって居《お》らず、部屋の中は静まり返っていた。テレタイプの音だけが、きこえている。二人のやりとりは、部屋の社員たちの耳に筒ぬけである。

沖は、辛抱した。

「……細かなことはいい。ざっと教えてくれ」

藤林は黙って合点《がてん》すると、早口でしゃべり出した。

「まず山科《やましな》へ出て、岩屋寺。次に、勧修寺《かんじゆじ》。そこで一服しはって……」

沖は鉛筆をとり、すばやくメモをとって行った。すると、藤林は、急に話を中断し、ひねくれた口調でいった。

「支店長は、やっぱ鉛筆党でっか」

顔を上げると、藤林の眼が、沖の持つ鉛筆に注がれていた。軽蔑《けいべつ》と譴責《けんせき》をまじえた視線である。

扶桑商事では、その年のはじめから、全社的に、鉛筆に代えてシャープ・ペンシルが用度から支給された。新任の用度課長の提案が採用されたためである。

商社間のはげしい競争にもまれていると、ときには、同じ社内でも他社との競争のない職場をうらやましく思うことがある。「将来は、用度課長にでもなってみたいな」などと、営業の仲間同志で話したこともあった。もっとも、実際にその気はない。つらくても、苦しくても、やはり、第一線の活気がいい。にぎやかな商談や接待の明け暮れから切り離される気はない。

「用度課長では、たまに文房具屋のおやじさんあたりに、おでん屋へでも連れて行かれるぐらいが、関の山だからなあ」などと、そのときも、互いに苦笑して、話を打ち切ったものである。

だが、それは、沖たちの思いちがいであった。扶桑商事に、競争のない部署はなく、野心の持主の居ない職場はなかった。用度課長は女性であったが、彼女は着任と同時に、文房具費の節減にとり組んだ。その第一弾が、鉛筆からシャープ・ペンシルへの切りかえである。

彼女は、全社一万一千人による鉛筆使用の場合の年間コストを計算した。計算の対象は、鉛筆の購入代だけではない。電動鉛筆削り器代、これに要する電気代、また削ることに費される労働時間とそのコスト。微細なことのようだが、それも、一万一千人の一年分ということになると、総計これこれに達するという詳細な計算である。

コストは、それだけではなかった。扶桑商事では、鉛筆の長さが五センチ以下になったとき、新しい鉛筆と交換することになっていたが、その交換に要する用度関係者の手間もまた、全社的に集計計上された。彼女は、ストップ・ウォッチを持ち、鉛筆一本を削る時間、鉛筆一本を交換するのに要する時間を測定して回り、その平均値をとった上で、一万一千人の一年間分を算定したのであった。さらに、鉛筆の削りくずの清掃費、また削りくずが飛散することによるその付近の清掃密度の増大といったものも、コスト計算の対象とした。

鉛筆をやめ、シャープ・ペンシル化すれば、そうした一切のコストが不要となり、全体として、これこれの節約になると、数字を並べて提案した。

彼女の提案は、即座に、社長決裁を得た。折から、世間では、省資源ムードが盛り上っていた。森林資源の節約に寄与するという点で、企業のイメジ・アップにもなるとばかり、広報も動き出した。

もっとも、シャープ・ペンシル化は、社長命令や掛声だけによって行われたわけではない。社内報などで、鉛筆使用がいかに不経済であるかという説明が流される一方、「カタカナにはシャープがよく似合う」というソフトな呼びかけが、くり返し行われた（扶桑商事では、社内の書類はすべてカタカナ書きである）。

社員の間には、心理的な抵抗もあった。とくに、中年層はシャープをいやがった。最後に支給された鉛筆を、まわりからかき集め、短かくなるまで大事に使う者もあれば、沖のように、家から持ってきた鉛筆を使う者もあった。藤林にいわせれば、それが、〈鉛筆党〉だというのであろう。

沖は、藤林をにらみ返していった。

「鉛筆党だから、どうだというのだ」

「いや、わたしでなく、社長が……」

藤林は、気をもたせて、そこで口ごもる。

「社長がどうかしたのか」

藤林は、沖の机を指し、

「ここへ来やはりましてな。まだ、鉛筆を使《つこ》うとるのか、と」

沖のペン皿では、数本の鉛筆が、シャープを押しやっていた。

「社長が、そんなことを……」

藤林は、大きくうなずいて見せる。

「しかし、これは、おれの私物だよ。私物の鉛筆を使って、なぜ……」

いいかけた声が、とぎれた。鉛筆だけの問題ではない。鉛筆廃止によって、鉛筆削り器の電気代や、削りくずの掃除代も節約するのだと、社内報は呼びかけていたはずである。

沖は、黙ったまま、タバコに火をつけた。相談役の金丸とちがい、和地社長は几帳《きちよう》面《めん》な性格ときいている。細かなことにも気のつくひとで、支店長がなお鉛筆を使っていることは見過しできぬと、思われたのであろう。いや、それよりも、沖が社長と行きちがいに東京へ出て行ったことに、腹を立てていて、その下地があって、一言いったのではないだろうか。

「勧修寺の次は、いわんでも、よろしうおまっか」

あざけるような藤林の声がした。

「……いや、いってくれ」

沖は、また鉛筆をとった。藤林の視線が、矢のように刺してくる。

その日の夕方、沖は御室に出かけた。金丸相談役から、帰洛《きらく》しだい来るようにとの連絡があったのである。

すぐ洋間へ通されたが、そこには、金丸だけでなく、虎《とら》の皮の上に斜めに足を投げ出すようにした夫人の姿があった。

夫婦は、そこで何か話し合っていた様子で、金丸がことわった。

「きみ、すまんけど、ちょっと待ってくれへんか。取引のケリをつけるところやさかい」

妙なことをいうと思った。そういえば、二人の間には、伝票のうすい束が二つ、小切手帳が二冊、それに、ソロバンがある。

「も一ぺん、検算や」

金丸の声に、夫人がソロバンをとり上げた。金丸は伝票の束のひとつを読み上げ、夫人がそれを合算する。他の一束についても合計を出し、二つの合計の差額を出した。

そのあげく、夫人がいった。

「パパ、やっぱり、今月はわたしが六十二万の勝ちよ」

「さよか。わしの負けか。仕様がない」

金丸は、ぼやきながら、小切手をとり出し、その一枚に、六十二万という金額を書いて、夫人に渡した。

夫人は、わざと、うやうやしくおしいただいて見せた。そのあと、沖に向かって、にっこり笑って、

「ごめんなさい。これで清算は終わりよ。ああ、もうかった」

立ち上ってから、金丸めがけ、いたずらっぽく、

「毎度、ごひいきに。金丸商事さん」

「くそっ。なにが毎度や。来月は、ごつう、とり返してやるさかいな」

「どうぞ、どうぞ」

夫人は、笑いながら、洋間から出て行った。

金丸は、吐き出すように、

「見たとおりや、わしとワイフの間で、相場をやっとるんや」

「相場というと」

「株を売ったり、買ったり。二人の間で、伝票を切って、売買するんや。その上で、今日みたいに、月に一度、まとめて清算や。負けた方が、負けた額の小切手を切るわけや。この小切手を、年末に、さらに清算する。あそびやない。真剣勝負やで」

「しかし、どうして、そんなことを」

「頭の体操や。人間が鈍うならんためやな」

「…………」

「相場はるのが、いちばん勉強になる。おかげで、ワイフも、よう経済を勉強し居るわ。あれで、度胸もええしな。おかげで、このごろは、わしの負けも珍しうない」

「しかし……」

「また、しかしか。しかしがどうしたんや」

沖は、自らを励まして、たずねた。

「どうして、それをお二人の間だけでやって居られるんですか」

「そう、問題はそれやな。もちろん、以前は、証券会社の上得意やったで。けど、社長に叱《しか》られたんや。このごろは、世間が相場についてうるさいさかい、万事誤解を招かんよう、派手な相場は慎しみなはれ、と」

顔をしかめ、鼻のふちに、しわを寄せるようにしていう。

沖が黙っていると、金丸は一膝のり出して、

「けどなあ、相場はわるいもんやあらへんで。だれが見ても、品不足ときもうとるものを、金に任せて買うのは、あれは相場やあらへん。ただの買占めや。上るか、下るか、わからん、損するか、得するかは、五〇対五〇《フィフティ・フィフティ》というものを、必死の判断で売ったり買ったりする。これが、ほんまの相場や。そういう相場で一通り苦労せんことには、商社の人間は一人前にならへんのや」

そういったあと、金丸は自分の頭に手を当てていった。

「どうや、わしの髪は」

「うらやましいですね。お歳《とし》に似合わず、ふさふさして」

「ワイフにいわせると、彼女の健康管理のおかげやそうやが。それにしても、三十代のころ、わしは、三好《みよし》清海入道のような、はげ頭になったことがあるんや」

「どうしてですか」

「相場のせいや。当時、わしはロンドンに居て、小麦を任されて居たのや。その小麦相場が大荒れに荒れてな。わしの思惑が、次々に狂って行き居った。打つ手、打つ手が、逆になり居る。電報が届く度に、寿命が十年ずつちぢむ思いや。だれも、助けてはくれん。すべて、わしひとりの責任や。夜も寝られへんし、昼は死人も同然や。もう頭かきむしって、ぼうっとし居る。そんな生活が三月も続くうち、髪の毛が茶色になって、ぼろぼろ脱《ぬ》け出したんや」

沖は、思わず、ききほれた。そのころの金丸の凄惨《せいさん》な戦いぶりが、目に見えるようであった。

「いまとは逆で、若いのに似合わず、はげ頭。さすがに、みんな心配してくれたが、どうにもなるもんやない。毒でものむんやないかと、目光らせてくれるのが、精々のところや」

「…………」

「けど、わしは、死ぬ気はなかった。勝つも相場、負けるも相場や。負ける度に死んでいては、命がいくつあっても足らへん。だれかに殺されるまでは、相場にかじりついてやると思うてな」

話しながら、金丸は、こぶしをかためて、虎の頭を小突いた。その度に、鈍くかたい音を立てて、虎の頭がゆれる。迫力があった。二十世紀の武将の武勇伝をきいている雰囲気である。

沖は、ふと、笹上のことを思った。笹上の小さなマンションの部屋には、虎の毛皮ではなく、女の子の玩具《おもちゃ》のような、動物のミニチュア。げんこつで小突いたら、一発で、いくつも吹きとんでしまう。小さな部屋にふさわしい、小さな飾物。そして、笹上は、その部屋にふさわしい小さな人間でしかなかったのではないか。せっせと小金を貯《た》め、小さな小さな店を買い、それで「バンザイ！」を唱えているような人間。金丸とは、一回りも歳がちがうし、活動の舞台も、少しはちがう。それにしても、同じ商社員の晩年の姿にしては、ただ、みみっちいだけであって、金丸の持つ豪快さのひとかけらもない――。

金丸は、そのあとも、虎の頭を突いたり、撫《な》でたりしながら、ひとしきり、相場の話をした。

沖は感心してきいていたが、ただ、小さなことで、ひとつだけ気になることがあった。それは、当の「相場」という言葉である。

扶桑商事では、商社批判がさかんになるころから、和地社長の命令で、「相場」という用語は使用禁止。必要なら、「市況」なり「商況」という言葉を当てることになっていた。そのことを金丸は知らぬはずはないのだが、一貫して、「相場」といい続ける。金丸は相談役だが、取締役も兼ねている。たとえ、社長の先輩だとはいっても、現役に在籍の身だから、社規社命には拘束されるはずである。それなのに、社長命令など、まるで耳にしたこともないといった風で、むしろ、昂然《こうぜん》と禁句を乱発していた。

沖は、ひとつのうわさを思い出した。

和地は金丸の腹心といわれたひとであったが、社長に就任後は、ことごとに新風を打ち出し、金丸との間が冷却。いまは、新風変じて隙間風《すきまかぜ》になっている、という。

たしかに、今度、和地社長が京都へ来ても、金丸に会った様子はなかったし、金丸はまた、和地のことなど一度も口にしない。むしろ、「相場」「相場」と強調することで、和地社長へのあからさまな反撥《はんぱつ》を示している形である。

（社長や相談役にサービスして……）と、笹上も、十文字も、あたりまえのことのようにいったが、そこには、落とし穴はなかったか。社長も、相談役も、というわけには行かない。一方に尽くせば、他方にきらわれることになりはしないか。

沖は、自分が微妙な立場に置かれているのを感じた。金丸の話にうなずきながら、さりげなく、広い洋間の中を見渡した。部屋の隅には、スウェーデン製とも見えるしゃれたデスクがあった。沖は、その上に、さぐるように目を走らせた。

ペン皿には、万年筆と鉛筆が数本。どこにも、シャープ・ペンシルはなかった。社の外のことであり、会社支給のシャープがなくても、ふしぎはないが――。

金丸の話が一段落したところで、沖は何気ない風にきいてみた。

「相談役は、シャープ・ペンシルをお使いにならないのですか」

「シャープ？　あんなもの、なんで使わなならんのや」金丸は、大きな口をあけたあと、「そうか。会社は、シャープに変えたんやな」

「はい……」

シャープの悪口が出てくるかと思ったが、金丸は問題にしていない様子で、

「社長も、たいへんだな。あれもこれもと、気ィばかりつかって。それでも、国会には呼ばれる、マスコミにはたたかれる、もうけは落ちる。あれでは、永生きは、できまへんやろう。わしは、ええときに、社長をやめた」

シャープの話で思いついたというように、金丸は太い腰を上げると、デスクの上か

ら、メモの束を持ってきた。例によって、提案やら、注意やら、十件ほどのメモが書かれている。金丸は、そのいくつかについて説明したが、用件は、それだけではなかった。新潟から舞鶴《まいづる》にかけ、小旅行に出かけたい。原子力発電の問題、日本海貿易の問題などを、現地を視察して考えてみるためで、視察先も、いくつかリストに上げてあった。

「きみ、ついて行ってくれるやろうな」

「……はい」

覚悟の上であった。というより、覚悟してきたことが、いよいよはじまると、心の中がさざ波立った。

「十万頭のブタ飼いの話は、どうなったんや」

今度は、金丸がきいてきた。

格別の進展がないと答えると、ふきげんになったが、次にセミナーの話をすると、金丸は身をのり出した。

だが、そこへお手伝いが呼びにきた。例によって、夫人が浴室で待っている時間であった。

「きみ、ちょっと待ってくれへんか。もっと詳しうその話ききたいんや」

沖は、その口調に、それまでにないさびしさがあるのを感じた。豪放で、気ままで、何ひとつ不満のない生活に見えながらも、社長を離れた身に、一種の空虚さがあるのであろう。

もっとも、先夜のように、湯上りのにおう体で、金丸ひとり気持よさそうにビールをのまれたのでは、沖も話す気がなくなる。

沖は思いきっていってみた。

「そのときは、わたしにも、一杯いただけますでしょうか」

「一杯? ああ、ビールのことか」金丸は沖の顔を見直した。「きみもなかなかいう男やな。しょうもない、のませてやるわ」

随行の身

金丸相談役の北陸旅行は、新潟、富山、敦賀《つるが》、宮津と、四泊五日の旅程であったが、沖としては、まるで半月以上、随行したような疲れをおぼえた。金丸が精力的でよく動き回るだけでなく、とにかく、気ままで、わがままなのである。思ったとおりに事が運ばないと、ごきげんがわるい。湯上りなどにはビールでもいいが、一日の酒のしめくくりは、きまった銘柄の船来のブランデーでないとだめ。このため、沖は、京都で一壜《びん》買ったのを、旅の間中、トランクに納めて、大事に持ち回った。

食物についても、注文がある。一日に二食は、肉料理。うち一食は夕食だが、他の一食は、そのときどきの食欲しだいで、朝のときもあれば、昼のときもある。このため、沖としては、ともかく朝食から、肉料理の出せる段取りだけはつけておかねばならない。その肉も、牛もブタも、やわらかいヒレ肉でないと、だめである。さらに、金丸はじゃがいもが好きで、これも、ふつうのひとの倍の分量でないと、満足しない。肉の酸性を中和するため、アルカリ性食品であるじゃがいもを大量に必要とするというのだが、（それなら、肉を減らされては――）と、いってみたくもなる。

いずれにせよ、行く先々の宿やレストランに、前日まず電話して、そうした手配をたのみ、ヒレ肉の用意のないところへは、買って持参するということもあった。いや、もうひとつ、夫人からの注文があった。

「毎日、ヨーグルトと、どんぶり一杯分のわかめをとらせてくださいね」

夫人手製のヨーグルトを、携帯用アイス・ボックスに入れて、持参することになった。

手荷物がふえ、沖はまるで背広を着た赤帽さんといった恰好《かっこう》である。わかめも、念のため、持参した。いくら海岸とはいえ、洋風のホテルには、その用意がないからで、料理についても、とくにコックにたのんで、サラダ風にこしらえてもらうようにした。ガラス器に山盛りのわかめに、ドレッシングなどかけ、金丸は眼を輝かすようにして食う。

「ずいぶんお好きなんですね」

沖が感心していうと、

「いまは大好物や。けど、昔は大きらいやったな。それが、相場ではげ頭になってから、毛生えグスリや思うて、毎日毎日、御飯の代りぐらいに食うたんや」

「…………」

「何事も努力やなあ。おかげで、大好きになったわ。髪もふさふさしてくるし、ええことずくめや」

もうひとつ、そのおかげで、随行者の苦労がふえることなどは、まるで念頭にないようであった。

世話のやける金丸だが、ひとつだけ助かるのは、金丸が食う材料についてはうるさくても、味については、敏感でないことである。

ほとんど文句をいったことがない。というより、むしろ、味覚が未発達というか、味覚以前に思えることさえあった。富山で、ヒレ肉のとんかつを昼食にとったとき、金丸はウエイターにジャムを持って来させた。パンでもとりよせて、つけるつもりかと見ていると、いきなり、とんかつにたっぷりジャムを塗りつけた。そして、目を細めて食いはじめる。

あっけにとられている沖に、

「きみも、やってみい。これは、わしの発明や。結構、うまいで」

「しかし……」

「なんでも、試してみるもんや。ひとの思いもつかんものを結びつける。これが、商社マンのとりえやないか」

「……はい」

トカゲやミミズを食うわけではない。どちらも、おいしい食品で、要は組み合わせの問題である。食い合わせの心配もない。

沖は、とんかつの一片に、紅色のジャムをつけた。見かけは、蒙古《もうこ》あたりのケーキという感じである。ウエイターの視線が集まる。金丸の目も光る。沖は、大きく口をあけて、ほうりこんだ。イチゴと油と肉とがミックスされ、一種、すえたようなあまみになる。子供のころの安い油菓子に似たような味があった。

「どうや」と、金丸。

「よくわかりました。けど、もう、ごめんです」

「さよか。まあ、食いものは、好き好きやさかい、無理にはすすめへん」

金丸は、またうまそうに、ジャムつきとんかつをほおばって、

「きみの十万頭のブタ牧場の計画な。その中で、ジャムの味が合うようなブタも、開発してはどうや」

「ごめんこうむります。そんなブタでは、とても、もうかりません。相談役が心配されるように、ブタに食われてしまいます」

「そうやろか」

「それよりは、ブタに合うジャムを開発した方が、いいんじゃないですか」

金丸は、軽くテーブルをたたいた。

「なるほど、あまくないジャムがあってもええわけや。トマト・ケチャップの代りに、イチゴ・ケチャップというわけやな」

乗気になって、すぐにもメモして、本社へ具申しそうな勢いである。

敦賀に入るころ、沖は、ひとつ、妙なことに気づいた。

朝刊も夕刊も、金丸はまず社会面を開く。といって、遭難とか汚職とか、大見出しの記事を見るわけではない。目はさっと、下段の死亡記事へ行く。それも、心あたりはないかと、目を通すのではなく、じっくり、くり返して読む。「ふうん」と、息をついたりはするが、深刻そうでも、憂《うれ》い顔でもない。むしろ、生々していて、うす笑いを浮かべることもある。愛読といった感じの読み方なのだ。そして、記事の余韻でも味わうように、しばらく目を閉じたあと、はじめて、国際政治面や経済面を読みにかかる、という習慣であった。

沖のけげんな顔に気づくと、金丸は、にやりと笑った。

「死亡記事に、わしはいちばん興味があるのや」

「興味？」

「そうや。みんな、いくつぐらいで、どんな死にざましたか、興味が尽きんのや」

「…………」

「えらそうなことというてたやつも、結構なくらししてた男も、みんな、先に死んで行きよる。あいつも死んだか、こいつも、くたばったか。ごくろうさんと思うこともあれば、ざまあ見ろという気にもなる。つまり、いろいろあって、おもろいんや」

沖は、似たような話を、いつか、笹上にきいたと思った。ただ、その姿勢というか、ニュアンスが、少しちがっている。金丸が、他人の死を、ゲームの成績でも見るように、屈託なく眺めているのに対し、笹上は、やっと一人死んだ、やっと一人抜いたと、長いマラソン競走をはじめたばかりで息を切らしている感じである。前者が陽性なら、後者は陰々滅々である。

金丸は、諸事、傍若無人であった。よく笑い、よく怒る。まともに受けとめていては、身がもたぬことが、随行してまもなくわかった。精力的に、よく動きもした。関連会社や取引先、倉庫や港湾施設などまで、一日にいくつも見て歩く。その間に、名所見物もはさみ、一刻もじっとして居れぬ性質であった。富山では、地域経済問題で、地元大学の教授に講話を依頼してあったが、教授会の都合とかで、三十分余おくれるという連絡があったときには、「もう、ええわ」と、怒気を帯びて一言。少しも待つ気がない。このため、沖は代りのスケジュールを組み、その教授にも、詫《わ》びを入れねばならなかった。待つこと、待たされることをきらい、車の手配など、寸分の無駄なく、できていなければならない。

訪問を終わって、駐車場から車を呼び出すときにも、アナウンスの終わるころには、すでに車のエンジンが始動していないと、「あかんな、あの運転手は」と、金丸は足を踏み鳴らした。

沖は、金丸にふり回され、きりきり舞いさせられる思いであった。かつて、金丸が来るというと、扶桑商事の海外にある各支店が恐慌《きようこう》状態に陥った、という話が、いまになって実感としてわかる気がした。

沖がツーソンに居たとき、金丸がダラスへの途中立ち寄る、という連絡のあったことがある。

所管のロサンゼルス支店長からは、短時間にも似合わぬ数多い訪問約束《アポイントメント》の手配依頼があり、また、宿や食事についても、こと細かな注意を、くり返し伝えてきた。このため、沖は、和代を動員して、その訪問ルートを二度にわたって時間を測って回り、緊張して到着を待った。

金丸の予定が、直前で急にダラスへ直行と変更になったときには、和代とカリフォルニヤ・ワインで思わず祝盃《しゆくはい》を上げた。その反面、予定より早く金丸にのりこまれたダラスは大さわぎで、金丸が去ったあと、駐在員が二日ほど寝こんだほどであった。

もっとも、金丸は、世話されたことを、よくおぼえていて、一々、礼状を出して、ときには、帰国した駐在員を細君ごと食事に招いたりし、そのときは、金丸夫人も出て、上客のようにもてなし、駐在員夫婦をすっかり金丸ファンに変えてしまうのであった。

北陸旅行の最終日は、丹後の宮津へ来て、雨になった。

夕方、海岸に面した旅館に着き、一風呂《ふろ》浴びて、二人はくつろいだ。次の日、近くの漁網工場を見るだけで、全旅程は終了の予定である。沖はほっとして、体中の疲れが、一度にふき出てくる感じであった。

金丸にも、それがわかったのか、大きな声で問いかけてきた。

「どや、疲れたか」

「……いえ」

「無理せんでええ。疲れましたと、顔に書いたるで」

「いえ……。ただ、もし疲れたとすれば、はじめてのお伴《とも》ですので、手落ちはないかと、柄にもなく気をつかったためでしょうか」

「気ィなんか、つかうことあらへん」

金丸は、あっさりいう。気をつかわせているつもりはないかも知れぬが、しかし、沖にしてみれば……。

沖は、光沢のよい金丸の顔を見た。同年輩の老人たちとちがい、生気や若さが、まだ消えていない。見方によっては、十五歳年下の笹上より若く感じられる顔でもあった。「定年バンザイ」はいいけれど、笹上はこれから先、さらに一気に老いこんで行くのではないか。それとも逆に若返って行くのだろうか。

沖は、金丸にきいてみた。

「つい最近、定年退職した笹上という男を、御存知ですか」

「ササガミ?」

金丸は、太い首をひねり、

「思い出せんなあ。何か大もうけでもしたことのある男かいな」

笹上に、苦労はある。ロサンゼルスやカラカスでのミシンの売りこみをはじめ、苦労の連続であったともいえよう。ただ、大もうけといわれると……。

「直接、大もうけというわけではありませんが、ニューヨークの支店長代理のとき、ひとつ、特筆すべきことがありました。いまから、六、七年前のことですが、おぼえて居《お》られませんか」

「知らん。どういうことやった」

沖は、金丸の反応を見守りながら、説明した。

それは、金丸社長の最晩年の時期で、たしか第二次の中東戦争がはじまったときのことであった。

当時、ニューヨークには、イスラエルの国民より多い百万人を越すユダヤ系市民が居り、ユダヤ商社の動きも活発であった。このユダヤ商社が、大手の日本商社に対し、アラブ諸国との取引を即時、全面的に中止するよう、申し入れてきた。さもなければ、日本との取引を中止するという。イスラエルをとるか、アラブをとるかと、踏絵を迫ってきたわけである。

ユダヤ系商社は、日本の繊維・雑貨・食品などの大口の買手であり、アメリカ市場への窓口である。取引を切られれば、たちまち、輸出の何割かが、だめになる。各社の支店長クラスは、頭をかかえこんだ。

このとき、扶桑商事では、支店長が帰国中、支店次長がブラジルへ出張中で、三人目の男である笹上が留守を預かっていた。

笹上は、ウォール街のユダヤ人クラブに呼び出されたりして、連日、回答を迫られた。このとき、笹上は、いつもと同様、ただ、「ウー」「ウー」というばかり。「ウーさん」ぶりを、遺憾《いかん》なく発揮した。笹上は、もともと、決断のできる性格でなかったし、そのつもりで勉強したこともない。ニューヨークでも三人目のポストであり、かつて決断の場に置かれたことがなかった。このため、そうした難問に対しては、なおさら、「ウー、ウー」という他なかったのである。

戦争は、イスラエルの一方的優勢の下で展開しており、当時の国際舞台における経済力も、ユダヤ系が圧倒的に強大であった。このため、日本商社の中には、ユダヤ系商社に対し、色よい回答や口約束を出すところが出てきた。

だが、扶桑商事では、本社の指示を請《こ》いながら、笹上支店長代理が、むやみと「ウー」「ウー」をくり返すばかりであった。

半月と経《た》たぬうちに、戦争は、イスラエルの圧勝で、あっけなく終わった。ユダヤ系商社は、圧力を解いた。諸取引は、ふたたび戦争前の状態に戻った。

だが、圧力に屈して、早々にアラブ側との契約破棄などに動いた商社筋は、困った。アラブ側が、敗戦の腹いせもあって、そうした日本商社との取引再開を拒否したり、石油の利権交渉などを拒否する動きに出てきたからである。

ウーさんのウーさんぶりのおかげで、扶桑商事は、無傷であった。ユダヤ系とも、アラブ系とも、戦争前と変わらぬ取引が続いた。事情を知らぬ他の日本商社の中には、ユダヤとイスラエルの両方を手玉にとった男として、ウーさんに讃嘆《さんたん》の眼を向ける者もあった。もちろん、社内の関係者の間でも、「人間、だれしも使い道があるもんだよ」などと、苦笑まじりで、笹上を評価する声も出た。けがの功名ではあったが、ともかく、はじめて笹上の株価は上った。その意味では、ウーさんが、商社マンとして、生涯にただ一度、男を上げた事件といってよかった――。

この問題は、当然、当時の金丸社長に緊急の裁断を仰いだはずであり、その収拾過程も記憶にあるはずと思ったのだが、そこまで説明しても、金丸の反応は、はかばかしくなかった。

「そういえば、そんなことがあったような気ィもするな」

金丸は、興味もなさそうに、そういっただけであった。

沖は、その当時の笹上の心中を思ってみた。外面的には、たしかに、いつもの「ウーさん」であったかも知れぬが、ただ、地のままで、ぬらりくらりやりすごしていたとは思えないし、また、それで通る相手でもない。重大問題にひとりさらされた笹上は、連日連夜、人知れず、苦悶《くもん》し続けたであろうし、その苦渋が深いだけ、ウーさんぶりも、いっそう冴《さ》えたのであろう。

戦争がいま少し長引いたなら、笹上は、かつての金丸同様、髪がすべて脱《ぬ》け落ちてしまったかも知れなかったのだが、そうした一社員の苦しみなど、金丸にとっては、一万一千分の一以下の重みしかないのかも知れない。

考えこむ沖に、屈託のない声で、金丸はきいてきた。

「その男、定年でどこへ行ったんや」

子会社か関連会社へ入ったものと、きめてかかった口調である。

沖は東京で見てきたばかりの笹上の生活設計ぶりについて話した。金丸は、がんじようなあごをふって、「ふん」「ふん」と、うなずきながら、きいていたが、沖が少し感心した口調で話し終えると、すかさずいった。

「そういう男ばかりやと、会社も苦労せんですむなあ」

ただ、金丸は、そのあと、すぐ、いい足した。

「けど、在社中から、そんなことを考えとるような男は、どもならんな。こんな性根《しようね》の男がふえては、会社の活力《バイタリテイ》が無《の》うなってしもうわ。まるで病原菌のようなやつや。早《はよ》う見つけて、つまみ出さんと、あかんな」

沖は、すなおに「はい」とはいえなかった。大もうけこそしなかったにしても、「病原菌」と、ただ一語でかたづけられては、笹上が哀れすぎる。いや、そうした哀れさを、早くから本能的に察知したからこそ、笹上は自衛の手を打ってきたまでではなかったのか。

とはいっても、沖は沈黙すべきではなかった。無言でいるのは、金丸の言葉に異議を唱えることであった。果して、金丸は、急に命令口調になっていった。

「きみは、和地社長がきめた我社のモットーを知っとるやろ」

「……はい」

「いうてみい。大声でいうてみるんだな」

「はい……。ワタシハ、アリニナレル。ワタシハ、トンボニナレル。シカモ、ワタシハ、人間デアル」

それは、社内から募集したものの中から、和地社長が選び、自ら筆を加えたといわれる新時代の社訓であった。

商社マンは、アリのように勤勉で、どこへでも出かけて、骨惜しみせず、働かねばならない。商社マンはまた、幅広い勉強をし、トンボのような複眼で、物事を考えるようにならねばならない。しかも、アリであり、トンボであると同時に、人間でなくてはならない。教養も積み、常識もある人間。市民社会の中に受け入れられる人間になるよう努力しよう――という呼びかけであった。

「もう一度、いうてみい」

金丸は、子供のようにくり返させたあげく、いった。

「ええ文句のようやけど、わしにいわせると、一点、問題がある」

「問題といわれますと」

「最後の句や、なにが、人間や。あまったれたことや。時代におもねりすぎるんと、ちゃうか」

「…………」

「人間味豊かな人間いうんやろうが、そんなもん、くそくらえや。そんな精神やから、老後のことばかし早うから考える人間が出てくるのや。笹上とかいうような男を、ののうのうと生かせてしもうたことになってしもうたんや」

口先だけでなく、金丸は、肚《はら》の底から、そう思っている様子であった。

沖は、また黙った。沖は、いい社訓だと思っていた。感覚が新しいし、スマートでもある。事実、若い社員の間でも、人気があった。金丸の非難が、むしろ、遠いものにきこえた。

沈黙している沖に、金丸は浴びせかけた。

「わしなら、あのモットーは訂正させる。シカモ、ワタシハ人間デアル、なんてものは、とっぱらって、シカモ、ワタシハ鬼デアル、といわせるのや」

「鬼ですって」

「そうや、鬼や」

沖は、身ぶるいしそうな気がして、きき返した。

「どういう鬼ですか」

「きまってるやないか。仕事の鬼、商売の鬼や。アリデアリ、トンボデアリ、シカモ鬼デアル。どや、ええやろう。土性骨が、ぴんと通っとるやないの」

「………」

「わしらは、みんな、この気持でやってきたんや。どのひとつが欠けても、今日の扶桑商事は、あらへんで。人間なんてこと考えてたら、うちの会社はとっくにつぶれてた。いや、日本の今日かてあらへん。きみらだって、輸出立国の鬼のつもりで、がんばってきたはずや。みんな、そうや。みんなのそういう気持が重なって、この何にもない日本が食って行けるようになったんや。あまったれた気持では、たちまち、一億が飢え死にせんならん。その最前線が、われわれ商社や。毛唐を相手に、鬼にならんと、とって食われてしまうんや」

　沖は、まだ黙っていた。金丸のいわんとしていることは、わかった。たしかに、沖たちにも、そうした気持の時代はあった。廃人になった男、家族を失った男、熱病に倒れた男。自殺した男も居れば、黒人街へ入ったまま消息を絶った男も居る。みんな、「人間」なら、とっくに逃げ帰っていたはずである。それでも、ふみとどまっていたのは、ただの「人間」を越え、「鬼」になろうとするものがあったためかも知れない。それも、商売の鬼、もうけの鬼というだけではつとまらない。日本のためになるという気持が、どこかになければ、耐えられなかったはずである。その意味では、経済戦争の中での新しい護国の鬼の姿ともいえるのではなかったか。

ただ、いまはもう、「鬼」を公言できる時代ではなくなっていた。世間全体が、そうであった。和地社長の訓辞などでも、ただの一度も「鬼」という言葉を使ったことがなかった。

扶桑商事では、「鬼」も「相場」と並んで禁句であった。「鬼」が「相場」と格闘するのではなく、「人間」が「商況」を眺める時代なのだ。それが、この先、会社にとって、また日本にとって、どういう結果をもたらすかは別としても。

会社にとっても、日本にとっても、先行きは暗い。戦後のあの困難な時期とちがって、先へ行くほど暗い。食料も、資源も、エネルギーも、世界的規模で窮迫して行くばかりである。そうした悪環境に向かって「人間」が「商況」を眺めているだけで、食って行けるのだろうか。むしろ、これからは、ますます「鬼」になって、「相場」にでも何にでも、むしゃぶりついて行かなくてはならないのではなかろうか。

そう思うと、沖は金丸の気持もわかってきて、ただ時代おくれときき流しては居られぬ気分になってきた。

沖は、小声でいってみた。

「ワタシハ、アリニナレル。ワタシハ、トンボニナレル。シカモ、ワタシハ、鬼デアル」

金丸は、目を細めて、うなずいた。

窓の外には、こぬか雨が降り続いていた。おだやかな海面をへだてて、天の橋立に続く半島の緑が煙っている。宿のまわりも、静かであった。ほとんど、車の音もきこえない。

金丸も、外を見たが、すぐ声を上げた。

「おや、お稲荷《いなり》さんがある」

宿の右手に、まばらな松林があり、その先に、赤い鳥居がいくつか並んで、雨に打たれていた。

「ここは、縞《しま》の財布が空になると、うたわれた土地や。空にしようと祈るのか、それとも、空になって目がさめて、あらためて大もうけしようと、祈るんやろか」

金丸は、ひとりごとのようにいってから、

「そういえば、本社ビルの改築のとき、お稲荷さんのことで、社長との間で一悶着《もんちゃく》あったな」

沖には、初耳であった。

「どういうことでしょうか」

「きいとらんのか」

「ちょうどそのころ、ツーソンに居ましたから」

「なるほど。なあに、ちっぽけなことや。新しいビルの屋上に、お稲荷さんをのせるかどうかいうんで、わしと社長がやり合った。どうでもええようなことやが、わしも折れんし、社長も折れん。そういうところを、どこかの週刊誌が、おもしろおかしうゴシップに書いたものやから、社内で評判になったのや。前社長対現社長の宗教戦争や、いうてな」

何よりも、もうけなくてはという金丸。昔ながらに男度胸の相場をやるには、つい、お稲荷さんに、拍手《かしわで》のひとつも打ちたくなるのであろう、と思ったのだが、それは、沖の考えちがいであった。

金丸はいった。

「お稲荷さんを残したいいうのは、社長の方や。わしは、もともと、神仏なんか、信じては居らん。そんなものは要らへん。全員、鬼になればええ、いう主義や」

「社長はどういう理由で……」

「昔からあったものを、新しいビルにしたからといって、とりのぞくことはないというのや。いわば、保守的なんやな」

「………」

「あれこれ、かっこええこというても、あの男も、本心は、もうけたいんや。みんなを『人間』にしたのはええが、採算が心配になった。よけい、お稲荷さんにたのみたい気になったんやな」

金丸は、そういってから、沖の顔を見て、

「きみは、社長のお伴したことあるんか」

「いえ、まだ」

「いずれ、わかるやろうが、あの男は、結構、古くさいところのある男や。京都へ来ても、夜の祇園《ぎおん》は別として、お寺ばかり歩き居る。考えも、昔気質《かたぎ》や。わしに殉死するいうたこともある」

「殉死？」

沖は思いがけぬ言葉をきく気がして、問い返した。

「そうや。生きるも死ぬも、わしといっしょ。わしに命預けます、いうのやな。そういうとこが、また、あの男のええところなんや」

「………」

「あの男が、うちの会社へ入社させてくれというてきたのは、不況続きで、会社が苦しうて、どうもならんときやった。新人を採用するどころか、首切りをやり居った最中や。もちろん、募集なんかしとらん。それでも、あの男は、給料は要らんから、入れてくれというて来たんや」

「無給でいいというのですか」

「そうや」

「どうしてまた」

「そこが、あの男のええとこや。当時、会社の創設者の扶桑《ふそう》又兵衛さんが、関西でずいぶんと奨学資金を出して居られた。あの男も、それをもろうて、高等商業を出ることができた。その恩を返したいいうのやな」

「…………」

「奨学生は、他になんぼも居たのやが、そんなことというてきたのは、和地君ひとりや。結局、採用することになったんやが、まさか、無給というわけにも行かん。出すには出したが、他の会社の三割か四割にしか当らぬ額やった。けどな、それから五年経たんうちに、糸で大もうけやり居って、他へ行った同期生の五十倍か百倍の賞与もろうたはずや」

金丸は、たのしそうに話した。別世界のひとに思えた相談役や社長が、身近に感じられてくる。沖もおとなしく、きいた。金丸は続けた。

「昔の商社は、そんなもんやった。もうけさえすりゃ、天国やが、まずけりゃ、地獄。天国と地獄の間を、急行のエレベーターで上り下りしてたようなものや」

「…………」

「新入社員のあの男が、最初に仕えた主任が、わし。それ以来、いろんな形で、わしとあの男は、同じエレベーターにのり合わせた。気性はちがうと思うのやが、それでかえって気も合ったのやろう。ぴったり、わしにくっついて来よった。わしのエレベーターが、地獄へ落ちかけたときは、みんな、あわててとび下りて行き居ったのに、あの男だけがとびのってきたこともあった。あれは、そういう男なんや。妙に昔気質なんや」

「…………」

「それでいて、あの男は、妙に新しがり屋なんや。いろんなアイデアをよく出す男やった。もっとも、それも、わしの影響によるところがあるのかも知れん。わしは、いまになっても、毎日提案を出して、きみらを困らせて居るくらいやから」

まんざらでもなさそうな口調であった。

ているだけ。和地がどんな新しい衣裳《いしょう》をつけても、本質は鬼の落とし子なのだ、とでもいいたげであった。

　外の雨脚がしげくなり、半島が見えなくなった。しぜん、その部屋だけが、世間から切り離されたものに見えてくる。商社のメカニズムも、身分の差も、つい、忘れてしまいそうである。むしろ、父子二人が気ままな小旅行に出て、北の海辺の宿屋で、ひっそりくつろいでいる、といった感じである。

　沖は、ふしぎな気がした。商社マンである自分の生涯に、こうした時間が訪れようとは、夢にも思ってみたことがなかった。その意味では、商社員としての現役勤務からはずされた感じであり、その一方では、前社長と親しく向かい合うことで、思いがけぬ新しい道がひらけそうな気もしてくる。左遷《させん》のようでもあり、また、十文字たちのいうように、出世の糸口にも見えた。

　だが、沖は、そうしたことは、深く考えないことにした。ここで、とくに気をつかってても、また、気をつかわなくても、人生において、たいした変化はないような気がする。すでに、金丸はエレベーターから下りた身である。沖が同乗すべきエレベーターはない。いや、たとえあったとしても、沖は、金丸が居るからといって、そのエレベーターへとびのる気はない。問題は、仕事しだいである。仕事が要求するなら、どんなエレベーターにものるであろう。

だが、人間関係では、左右されたくない。幸か不幸か、おそらく不幸であろうが、それほどまで沖をとらえた人間は居ないし、沖はまた、それほどまでとらえられていない人間に対し、身を軽くして忠勤を励む気にはなれない。十文字や笹上にいわせれば、そこが沖のあまいところかも知れぬが……。

沖は、ごく人間的な問題を一先輩にきくといった調子で、たずねた。

「相談役御自身は、どうして商社に入られたのですか」

「動機か。それは、パラソルや」

「パラソル？　あの日傘のパラソルですか」

「そうや」

「どうして、また……」

「わしの故郷は、吉野《よしの》の山奥やが、その辺一帯にいくつも山を持つ大地主の娘が、アメリカに留学してたのやな。まだ大正のはじめというのに、あの山奥に似合わぬ新しい好きやったのやろう。日本の女子留学生の草分けのひとりやな」

「…………」

「ある年の夏、その娘が三年ぶりにアメリカから帰ってくることになり、村中総出で、峠まで迎えに出たのや。当時、わしはまだ十二、三やったな。みんなの中にまじって、待ってた。暑い日やったな。あちこち、大きな松のかげに、ひとかたまりずつになり、醤油色《しょうゆいろ》した手拭《てぬぐ》いで、汗ふきながら、待ってたものや」

「…………」

「よく蟬《せみ》が鳴いてたことも、おぼえてるな。やがて、そういう蟬しぐれの向うから、『お嬢さんのお着きやでえ！』という叫びがきこえてきた。峠の麓《ふもと》の方から、その声が、波のようによってくる。男も、女も、年寄りも、子供も、みんな、背のびした。いま月から帰ってくるひとを見る以上のさわぎやな。わしも、背のびした。それだけで足らずに、何度もとび上った」

「…………」

「そのうち、わっというおどろきとも、叫びともつかぬ声が湧《わ》いて、峠のはしに、白くきれいなものが浮かび上った」

「それが、パラソルだったというわけですか」

「うん。コウモリ傘さえ珍しい村のことやったからな。みんな、ぽかっと口をあけて、その白い西洋の傘を見つめた。晴れてる日に、傘をさす。それも、きれいな、きれいな傘を。そんなことがありますかいなと、化かされてでもいるような顔やった。その白いパラソルの下で、お嬢さんは、レースのついた白い洋服を着て、白い靴をはいて……。きれいやったな。みんな、ため息をついた。膝《ひざ》をついて拝まんばかりやったな。舶来の天女が舞い下りた、という感じやった」

沖にも、その場の光景が、目に見えるようであった。窓の外の雨音に代って、峠の蟬しぐれがきこえてくるような気さえする。金丸は、遠くを見る目で続けた。

「わしも、『すてきや、すてきやあ！』と、大声で叫びたい気分やった。その声をこらえていると、体中が燃えそうになって、汗がふきこぼれる。その汗をふく気にもならんのや」

「…………」

「峠から村まで、お嬢さんの白いパラソルを先頭に、わしらは、ぞろぞろ歩いた。そういうお嬢さんについて行くというだけで、じまんというか、幸福というか、胸がはずみ出すような気持やったな」

「…………」

「子供心に、お嬢さんを恋するようなものもあったかも知れんが、ハイカラってええなあと、骨の髄にしみて感じたのや。そのうち、わしも男や、海の向うへ行って、ハイカラな人間になってやるぞと思いはじめたんや。わしの家は、小さな山林地主やった。ひそかに心に期するところがあって、わしが猛烈に勉強する。それを見て、親はわしをイギリスの学校へやってくれることになった。日本の円が強い時代やったが、それでも、山林を売っただけでなく、借金までしてな。その金を返すために、わしは、イギリスの学校を出ると、そのまま、商社へつとめることにしたのや」

「…………」

「わしの前には、いつもあの白いパラソルがちらついていた。いつか、きっと、みんなを峠へ迎えに来させる人間になってやる。そう思いながら、イギリスでがんばったのや」

金丸は、目を沖に戻して、いった。

「どや、おかしいか。滑稽《こっけい》な話と思うやろう」

「いえ、……いいお話です」

沖は、お世辞ではなく、いった。童話か、少年読物にも出てきそうな話だが、たしかに日本にそういう時代があり、その中から、こういうひとが出てきたのだと、理解できる気がした。金丸との距離が、また少しちぢまる思いでもあった。

「いま、わしは、ぶかっこうな体ながら、どうやら、白いパラソルの似合う身分にはなった。けど、わしが村へ帰っても、いまの村の連中には、昔のわしらのような気持はない。『ふん、商社の社長かいな。それなら、公民館つくる金出してもらおやないの』と、まあ、そんなところや」

金丸は、苦笑しながら、しめくくるようにいうと、懐中時計を見た。その瞬間、金丸の感傷は消えた。

「夕飯がおそいやないの」

急にそわそわして、調理場へでも下りて行きそうな気配であった。

「催促してみましょう」

沖は、やんちゃな老父をなだめるようにいい、受話器をとった。

単身赴任

四泊五日の最初のお守り旅行は、終わった。金丸相談役を御室《おむろ》の邸《やしき》へ送ってから、沖は支店へ一度寄り、夜ふけに、トランクをさげて、独身寮へ戻った。

だれも出迎えぬ玄関。人声のない廊下。そして、出かけたときのままで、かすかにかびくさくなっている部屋。

トランクを投げ出し、タバコをくわえた。海外での単身生活にくらべ、今度の方が、よけいわびしい感じがする。ひとつには、年齢のせいもあるだろうが、それより、海外には、あきらめと緊張があったし、さらに、一種、使命感に近い心の支えもあった。それにくらべれば、いまは……。

沖は、大きくタバコの煙を吐き出した。

その煙の向うに、金丸の顔がちらついた。まずまずの旅行であった。金丸にゴマをすったという思いはないが、それでも、気疲れがひどかった。

もちろん、得るところもあった。金丸とともに、めまぐるしいほど人に会い、さまざまな問題にふれて、生きた情報が一度にどっと流れこんできたし、また、金丸の人間そのものに、親しく触れることができた。相場で髪が脱《ぬ》け落ちた話や、洋行帰りの白いパラソルに魅せられて商社員になった話などは、沖の心の励ましとなり、また、ほほえましい灯にもなった。それは、京都支店長ならではの収穫であったかも知れぬ。このまま、なお金丸にのめりこんで行けば、いつか、金丸の強い腕が、沖を大きくひきあげてくれそうな気もする。

沖の胸の中には、そうした期待で動き出そうとする部分がある。だが、それよりさらに大きい部分が、冷えて空虚になっていた。

（この四泊五日間、自分は何をしたか。どれだけの戦力となり、どれだけの実績を残したか。ノー、ノー、ばかりである。商社マンとしての軌道からはずれ落ちたところで、ただ空転していただけではないか）

タバコの灰が、畳の上に落ちた。指先でつまもうとしたとき、電話のベルが鳴った。

独身寮の中で、とくに沖の部屋にだけは、外線との直通電話がある。受話器をとると、いきなり、

「お帰りなさい」

耳のすぐ向うで、和代の声がした。

「今日はお帰りになる日だと思って、さっきも、一度、電話したのよ」

「そうかい、それは……」

和代の声にふれていると、三分の一か、五分の一か、家庭に戻ったような気がしてきた。

和代が、少しいたずらっぽく、きいてきた。

「おみやげあるかしら。すぐ、もらえなくて、残念だけど」

「そんなものはない。ひたすら相談役のお守りをしてきたからな」

当の金丸は、例によって、夫人といっしょに風呂《ふろ》に入り、いまごろは、豪快ないびきをかいて眠っているころかも知れぬと、沖は思った。少しばかり、いまいましい気もする。

「たいへんだったんでしょうね」

「うん。……そちらは、どうだ」

「みんな、変わりはないわ。ただ、ちょっと……」

「何かあったのか」

和代の声が、低くなった。

「危なかったのよ。忍がオートバイでころんで」

「けがしたのか」

「幸い、すり傷だけですんだけど、間一髪で、後の車にひかれるところだったそうよ」

たいしたことではないと、沖は思った。女親ひとりで、さわぎすぎる。忍と和代を二人まとめてたしなめるように、

「あいつのミスなんだろう」

「いいえ、道路に油か何かが、こぼれていたんですって。ぼくは十分気をつけてたの

に、日本の道路がわるいと、憤慨してたわ」

「それにしたって……」

「ただ、わたし、心配だわ。今度はよかったけど、いつか、大きな事故にぶつからないかと。アメリカとちがって、車が多すぎるものね。やっぱり、オートバイを与えてはいけなかったんじゃないかしら」

「しかし、他に通学の方法がないんだろう」

「そのことじゃないの。それ以前の問題よ。アメリカに居たとき、オートバイをおぼえさせなければ、よかったのよ」

　和代は、よく話をむし返す。沖は、ふきげんになった。

「その話は、もう終わってるじゃないか。オートバイがなかったら、あいつは、ツーソンで完全に神経衰弱になってた。向うへ行った以上、ああするより仕方がなかったんだ」

　とどめをさしたと思ったのだが、和代はさらに、むし返した。

「つまり、アメリカへ行ったことが、わるいのね」

「えっ」

「あの子も、同じようなことといってるわ」

「忍が何をいうんだ」

「『ぼくね、ママ、子供のために、絶対に転勤のない会社へつとめるんだ』って」

思いがけぬ方向から、いきなり頭をなぐられた感じであった。沖は、受話器を畳に投げ出したくなった。

かろうじて、沖はいった。

「世の中は、あまくないんだ。転勤以上につらいことが、いっぱいある。忍にそういってやらんと、だめじゃないか」

和代の答はなかった。和代には通じない文句であった。沖は、それ以上たたみかける気をなくした。それに、忍についての話題は、もう結構である。

「あけみは、どうしてる」

「元気よ」

そっけない声。わざと突き放していっている感じである。何かありそうに思えた。

沖は、念を押した。

「問題はないんだな」

切り口上が返ってきた。

「ないことないわよ」

「なに！」

和代は黙った。

「何だか、いってみろよ」

沖は強い語調で、しかし、声は押し殺していった。寮の中は、静かであった。わずかに、斜め上の部屋あたりから、ステレオでもきいているらしい、低い音楽がきこえてくるだけである。沖の電話の声は、うすい壁や天井を越し、寮の全部の耳に届きそうな気がした。

「……なんでもないの」

和代は小さな声になり、さらに、そっけなくいう。

沖は、舌打ちしたくなった。電話は不便だと思った。向かい合って居れば、手首などつかみ、ときには抱き寄せることで、会話が一気にあまく、なめらかに進行することにもなるのに。沖は、低いが、腰の強い声で、

「さっき、問題がないことはないと、いったじゃないか。それを、はっきりいったらどうだ」

「……あけみの学校のことよ」

「帰国児学校がどうかしたのか」

「あの学校そのものはいいわ。あけみも、気に入っているし」

「それじゃ、何が問題なんだ」

「教育委員会から、また呼び出しがあったの。就学命令をなぜ守らないかって」

「しかし、帰国児学校へちゃんと行かせているじゃないか」

「ところが、いまになってわかったんだけど、あそこは、文部省で正式に認めた学校ではないんですって」

「そんな……」

「だから、教育委員会にいわせれば、あけみは義務教育を放棄したままになっているというの」

「じゃ、どうすればいいんだ」

沖は、ため息をついた。

「お役所仕事め、官僚の石頭め」と、沖は罵《ののし》りたい気がした。国際化する環境の中で、そうした教育施設は、むしろ文部省自体が設置すべきである。その努力もしないばかりか、せっかく民間が設けたものまで、不認可という形で否定しにかかる……。

沖たちが身にしみて感じてきたのは、国際化時代の流れに対して、日本の政府が極端に対応のおそいことである。それは、外交だけでなく、教育に至るまで、そうであった。だから、民間が、商社が、何も彼《か》も、自分たちの手でやらなければならなくなる。やればまた、商社のくせにと、たたかれる……。

和代の弱い声がきこえてきた。

「認可のことは、いま学校の方で、文部省におねがいしているところですって。せめて、就学猶予《ゆうよ》ということにしてくださいって」

おねがい？　おねがいなんかする筋じゃない。こちらが黙っていても、公僕だったら、進んでやってくれるべきじゃないか。

沖は、そんな風にいいたいのをこらえた。

「あの子は、いまは、とてもあの学級が気に入っているの。わたしも、それをよろこんでたんだけど……」

和代はつぶやくようにいってから、

「いちばんいいのは、あけみが、早く公立学校へ行ってくれることだけど、とても、その見込みはないわ。それどころか、あの子は、半年だけでなく、一年も、二年も、ずっとあそこに居たそうだわ」

「冗談じゃない」

沖は、あけみに対しても、ふきげんになった。（忍といい、あけみといい、みんな、だめじゃないか。あまえて、だらけてしまっている。それに、こんな電話を長々とかけてくる和代もまた——）やつあたりしたい気分であった。

「他に何か用事はないのか」

和代は答えない。

「じゃ、切るぞ。電話代がバカにならないからな」

とたんに、電話が向うから切れた。沖も、手荒く受話器を置いた。寮中の男たちの耳に、その音が届いたようでもあった。

沖は、またタバコをくわえた。電話は、中途半端《ちゅうとはんぱ》であった。和代には、まだ何か話したいことがあったかも知れず、無言で切ったことを詫《わ》びて、すぐ、かけ直してきそうな気がした。いい争いはしても、和代は、きまって詫びてきた。そこが、和代のいいところであった。もっとも、その詫びるタイミングが、最近では少しずつ、おそくなってきている。女も、四十をすぎると、いつまでも、すなおばかりで居られなくなるのか。すなおになることが、沽券《こけん》にかかわると思うのだろうか。

別居生活では、こじれなくていいものまで、こじれてしまう。向かい合っていれば、詫びるきっかけのつかめたものが、電話という壁が介在することで、のり越えられなくなる。

寮中が耳をすましていると思うと、沖の方から電話をかける気にはなれなかった。私用の長距離電話代は、各自、申告して精算することになっている。料金を知るためには、ダイヤルではなく、交換手を通して申しこまねばならない。それがわずらわしいし、といって、支店長自ら、素知らぬ顔をして、十桁《けた》のダイヤルを回すわけには行かない。沖は待った。だが、タバコを一本吸い終わっても、電話のベルは鳴らなかった。

国分寺の家では、和代が、黒い受話器を見つめて、ぽつんと坐《すわ》っていた。遠い海外からではない。本宮部長の言い方を借りるなら、京都は、「目と鼻の先」、「くしゃみの届きそうな」距離である。夫が思い直して、すぐかけてきてくれそうな気がした。というより、夫から、やさしく声をかけてきてほしい。別居している妻に許されるのは、その程度のあまえしかないのではないか。

だが、電話は一向に鳴らなかった。和代は、何度も、自分から電話に指をのばしたい衝動に駆られた。なぜ、いきなり電話を切ってしまったのかと、悔みもした。「用事はないのか」という沖の事務的な口調が、悲しく、腹立たしかったためでもある。電話代は高いかも知れぬが、まるで用件がなければ話してはいけないとでもいわんばかりである。夫婦は、用件だけの関係なのだろうか。和代が話したかったのは、その意味では、用件ではなかった。相談すべきことではなく、ひとつの話である。それは、いい話ではないが、しかし、少なくとも、いまの沖夫婦にとっては、少しは心の慰めになり、励ましにもなる話であった。

「でもね、わたしたちより、もっと困っているひとがあるのよ。それも、あなたのよく知ってるひとで。だれのことか、わかる」

和代は、そんな風に切り出すつもりでいた。不謹慎だが、少し声もはずむはずであった。

それは、沖と同期の十文字についての話である。二日前、いつものように、あけみを高田馬場の帰国児学校から連れ帰る途中、和代は、新宿駅のホームで、ばったり、十文字夫婦に会った。あいさつしたのは、和代からであったが、実は、十文字の方が先に気づいていて、しかも、知らぬ顔でやりすごそうとしていたようで、声をかけたとき、十文字の細長い顔には、珍しく狼狽《ろうばい》の色が走った。

和代は、おや、おやと思った。沖が赴任するときにもそうであったが、十文字は、自分の方から積極的に話しかけ、からんでくるタイプの男である。沖の妻なら、いいカモのはずである。さりげなく話しかけ、皮肉のひとつでも投げかけていいところである。それなのに、なぜ和代を避けるようにしたのだろうか。

その秘密は、すぐにとけた。十文字の背後には、和代も会ったことのある彼の妻が居た。眼鏡をかけ、たしか伸子という名であった。彼女は、ちょうどあけみくらいの娘の手をひいていたが、その娘の様子がおかしい。焦点の定まらぬ目をし、口をぽかんとあけたままである。和代に向かって、会釈《えしやく》もしなければ、また、身をかくす風でもない。反応がない。ただ、うつろな目をしているばかりである。

マイクが鳴り、中央線の下り電車が、轟音《ごうおん》とともに走りこんできた。十文字たちは、三鷹《みたか》に住んでいる。和代と同じ方向である。

「じゃあね」

伸子が十文字にいった。十文字の顔には、一瞬、ためらいが見えた。何かいおうとして、うすい唇がふるえたが、声にならなかった。おそらく、妻子を和代たちと同じ電車にのせたくなかったのであろうが、細工する間がなかった。まわりの客に押されるようにして、二組の母子は、下り電車にのった。動き出した電車の窓の向うで、十文字は軽く手を上げると、くもった横顔を見せて歩き出した。会社をぬけ出して、その近くで妻子と落ち合い、また仕事へ戻るのであろう。

中野まで来て、和代は十文字伸子と並んで腰を下ろした。和代が、あけみや忍に手こずっている話をすると、伸子はうなずきながらきいていたあと、ぽつりといった。

「でも、そんなことですんで、まだ、お幸せよ」

十文字の娘は精神障害を起し、その日も、大学病院の精神科へ診断を受けに行ったところだという。病気のきっかけは、やはり、海外生活にあったが、その病因が、和代をおどろかせた。一言でいうなら、伸子が英語ができすぎたためなのだ。

和代とちがい、伸子は、女子大の英文科出身であった。家柄もよく、Pホテルにおける結婚式は、社員たちをうらやましがらせ、また口惜《くや》しがらせた盛大なものであった。新婦は、仲人《なこうど》のいうとおり「才媛《さいえん》」であった。女子大の教授や友人たちによる称賛は、お世辞だけでなく、英語のスピーチ・コンテストでの優勝記録なども、披露された。

十文字伸子は、英語ができただけではない。幼いころから、ピアノのスパルタ教育を受けたということで、何度かお色直しをしたあと、黒いコスチュームでショパンとドビッシーを演奏し、拍手の波に、まるでピアニストのように落着き払って、深々と頭を下げたりもした。

「なんだ、ボーフラみたいな女のくせに」

和代の横で、沖がつぶやいた。シャンペンとワインとビールを、ちゃんぽんにあおって、酔いのまわった目をしていた。それは、悪口というより、一種のひがみを感じさせる声であった。

やせて長身、そして、大きめの眼鏡をかけた伸子の姿は、そういえば、ボーフラに似ていた。だが、和代にいわせれば、黒いタキシード姿、長い顔、眼鏡をかけた十文字の方が、もっと、ボーフラに近かった。

ホテルからの帰り道では、和代もいっしょになって、新夫婦ボーフラ論をくり返した。さもなければ、圧倒され、おし黙る他ない気分であった。

十文字伸子の商社員の妻としての評判は、上々であった。日本では、外人客をよくその家に招いて、もてなすし、海外でも同様で、その地域社会のサロンの花形になる名ホステスぶりだったという。だが、そのことがなぜ……。

伸子は、片手で娘の肩を抱き寄せながら、いった。

「カナダへこの子を連れて行ったときは、二歳ぐらい。ちょうど、言葉をおぼえかけていたところなのね。もちろん、わたしは、この子には、日本語で話すようにしてたわ。でも、電話がかかってくる、お客がくる、そういうときには、英語で応対するより仕方がないでしょ」

和代は、うなずいた。伸子なら何でもなかったろうが、ツーソン駐在の初期には、和代は電話のベルが鳴る毎《ごと》に、心臓の止まるような思いがしたものである。

だが、伸子は、続けて意外なことをいった。

「でも、いまになって、病院の先生方にいわせると、それが、まずかったんですって」

「どうして」

「せっかく、この子がわかりかけた世界に、ぴしゃっと戸を閉じて、放り出してしまう結果になったといわれるの」

「……どういうことかしら。相手が英語しかわからないのだから、こちらも英語で……、もっとも、わたしは、うまくいえなくて、困ったけど」

「でも、その方がよかったのよ」

伸子は、眼鏡をはずし、左手の指で、眼のふちをおさえた。

伸子の顔は、もう「才媛」のそれではなかった。不幸な娘を持つ同年代のごく平凡な母親の顔であった。

「この子にしてみれば、電話のたびに、自分のものだった母親が、まるでわからぬ別世界の人間になってしまう。その理由がのみこめない。変だなと思い、子供ながらに絶望してしまう。幼い頭でそういう混乱をくり返しているうち、おかしくなってしまったというわけね」

高架線上を、電車はうなりを立てて走っている。まわりに人声もあったが、和代は伸子と二人、しんと静まり返った世界に連れこまれた気がした。おそろしい話であった。しかも、和代にとって、全く無縁の話ではない。むしろ、危うくその危険をまぬかれた感じの話である。しばらくは、ただ黙りこむ他はなかった。

ふいに、十文字の娘が、言葉にならぬ声を出した。伸子が、やさしく頭をなでてやる。和代は、ようやくいった。

「……無理な話ね。他にどうしようもないじゃないの」

「あなたも、そう思うでしょ。いいえ、だれだって、そう思うわよねえ」伸子は勢いこんでいってから、「でも、それではいけないんですって」

「じゃ、他にどうすればよかったの」

「先生方は、いまになって、こういう注意をおっしゃるの。英語で話す前に、一言でもいいから、『これからはママは、ちがった言葉でお話しますからね』とか、『わからないでしょうけど、あとで教えてあげますからね』などと、必ず日本語で子供にことわっておきなさいって」

和代は、ため息が出た。

「……むつかしい話ねえ。電話がかかってきてるんでしょ」

「そうなの。でも、それをしなければ、だめだって」

「………」

「いまになって、そんな注意をきいたって……。前にきいていれば、どんなにむつかしくたって、わたしはそうしたのに」

和代も、大きく相槌《あいづち》を打った。隣りのあけみに、つい、いってみたくなる。

(危なかったわねえ、あなたも)

あけみは、その危険からまぬかれた。あけみが、その娘より少し年長であったせいもあるが、同時に、和代が英語ができなかったおかげである。ケガの功名であった。

電話に自信のある「才媛」とちがい、和代は、電話の度に、うろうろした。「困ったわ、また電話」とか、「ああ、また英語でしゃべらなくちゃ」などと、あけみの前で、つい、ぼやいた。来客の英語が通じなくて、「このひと、少しぐらい、日本語わからないものかしらねえ」と、傍《そば》のあけみに日本語でこぼしたこともあった。

英語の世界にすぐとびこめず、その入口で、いや応なしにまごついていたのが、和代であった。そして、結果的には、そうした母親の居る家庭が、あけみにとっては、海水と淡水のまじり合う河口のようなものになったのであろう。あけみは、安心して新しい海へ泳ぎ出しては、また戻ってきた。そして、むしろ母親より早く、新しい海になじんで行った。（ママは、だめねえ）といいながら、見かねて英語を助けてくれるようにもなった。

　そのおかげで、いま帰国児学校に通わねばならぬとしても、十文字の娘の不幸にくらべれば、とるに足りぬ副作用といえた。

「お嬢さん、学校はたのしい？」

　十文字伸子の声に、

「ええ、とっても」

　あけみは、はずむように答え、ほほえんだ。

　あけみは、いままた、別の河口に来ていた。英語と日本語の二つの流れが、ごくおだやかに往《ゆ》き来している環境の中で、しだいに日本語になじんできている。もう口にマスクをかけさせる必要はなかった。

　十文字伸子が、娘とくらべるような目で、あけみに見とれている。和代は変な気がした。帰国してからというもの、子供のことについては、他人をうらやむばかりであった。その自分たちが、うらやましがられている。不幸は相対的なものだと、あらためて感じた。元気が出てきた。むしろ、十文字の娘のために、できることがあれば、してあげたい気がしてきた。

三鷹の駅で、十文字母娘《おやこ》は下りて行った。眼鏡をかけた伸子は、片手にしっかり娘の手をつかんで、ホームを歩いて行く。ひっぱられるようにして歩きながら、娘は相変らず、うつろな目をしていた。

「わたしたちは、まだ幸せね」

スピードをあげる電車の中で、和代は思わず、あけみにつぶやいたものであった——。


京都の沖への電話で、和代が何よりも話したかったのは、そのことである。

(あの娘をかかえて生きて行く苦しさにくらべれば、別居生活も、忍のオートバイも、あけみの通学難も、みんな、たいしたことでないわ。わたしは十分耐えて行けます。あなた、安心してがんばって——)

そんな風に、明るく結ぶつもりであったのに。「用事はないのか」といわれれば、和代は黙る他はない。だが、それは、用談以上に大事な話ではなかったのか。ちょっとした行きちがいが、傷を残す。和代は、沖をうらみ、別居生活をにくんだ。そして、黒く黙りこんだ受話器を見つめ、じっと坐り続けていた。

世話《アテンド》の報酬

笹上丑松にとって、「毎日が日曜日」の生活が、はじまった。

(好きなときに好きなことをし、食べたいものを食べたいときに食べ、ねむいときに寝る)

それが、生活指針である。むつかしいことは、なにもなかった。気ままにくらし、長生きしようというだけのことである。この世は、天国のはずであった。

まず、朝寝のたのしみ。目ざましをセットすることなく、床に入る。朝は時間知らずで、たとえ日が高くなっても、こんこんと眠れるだけ眠るつもりでいたのだが、どの朝も、六時前後には、きまって一度、目がさめる。前夜、わざとおそくまで起きていても、結果は同じである。

「体は、まだ退職したことに気づかないんだな」

笹上は、苦笑しながら、つぶやいた。

バンコック駐在中、娘の令子に去られたが、それでも、まだ家に使用人が居《お》り、また、令子の家出の原因となった現地人の家政婦も居た。このため、笹上が完全な孤独生活に入ったのは、帰国してそのマンションに住んでからのことであり、まる一年と経《た》ってはいないのだが、それでも、ひとりごとをいうくせが、すっかり身についていた。もともと、ぼやきぐせのある笹上としては、ひとりごとが性に合ってもいた。

「もう一回、ねてみるか」

かけ声をかけるようにして、目をつむる。そして、一時間でも二時間でも、まどろむことができると、自分だけが特別の拾いものでもした気がした。

シャッターをあけ、明るい光が、部屋に溢《あふ》れる。空気は一度に黄金色になり、笹上の体も、金粉にまぶされた思いがする。

無為にして、怠惰。それは、三十五年の苦労のあとでは、黄金の色であっていい。アメリカ人たちのいうように、退職後のいまは、「黄金の年齢《ゴールデン・エイジ》」、その黄金の味を、おれひとり満喫しているのだと思う。

ベッドの上に、パジャマ姿の半身を起し、大きく両手をのばして、あくびをする。そのついでに、窓の外に向かって、つぶやく。

「バンザイ。ざまぁみろ、バンザーイ」

会社に残っている仲間たちは、あたふたと職場にかけつけ、定年退職の仲間たちは、おずおずと第二の職場にさえない顔を出しているころであろう。家に居ても、お先まっくらで、憂鬱《ゆううつ》な朝なのではないか。それにくらべれば、おれは王様。だれにも気がねはないし、何の心配もないと、あらためて、自分に自分の幸福をいいきかせる思いである。

笹上は、ガウンを羽織って、小さな台所に立ち、コーヒーをわかす。かつては、インスタントばかりであったが、退職後は、アメリカ風のやや酸味のあるコーヒーを本格的にいれることにしていた。

その日の気分で、ベーコン・エッグやハム・エッグ、あるいは、オムレツをつくり、動物のミニチュアに見守られながら、ゆっくり朝食をとる。そのあと、ヨーグルトをとり、さらに、みかんひとつでも、リンゴ半分でも、必ずフルーツをとる。

長生き作戦に向かって、しっかり足がためするためである。そのための毎朝欠かせぬ儀式であり、行事であった。ひとつには、朝から外食するのは、いかにも気分的にわびしいということもあり、朝の黄金の時間を、わが家でじっくり味わおうというためでもあった。

ただし、これは朝だけのこと。自炊はめんどうだし、とくに、つくるより、洗うのが、たいへんである。炊事ということに、使役されたくない。このため、昼食も夕食も、外食することが多い。ただし、そのバラエティに注意し、昼は、めん類。夕食は御飯類とする。パン、めん、御飯——片仮名と平仮名と漢字と三通りの主食をとることが、きわめて健康にいい、という意見を何かで読んだためである。それに、和食にせよ、中華にせよ、酢のものを加えることを忘れない。

朝食が終わって、一服したあと、

「さあて、今日はどこへ行ってみるべえか」

ふざけて、ひとりごとをいう。商社生活の惰性で、部屋の中で一日じっとして居られぬ人間になっている。

新聞や週刊誌の案内欄や催しもの欄などを、舌なめずりするようにして見る。わるい気分ではない。時間はすべて自分のものであり、大げさにいうなら、世界中どこへでも、すぐ出かけられる。だれにも、じゃまされないし、だれにも、命令されない。

「おれは自由な王様なんだ」

と、自分自身に呼びかけ、酩酊《めいてい》する思いである。

天気がよければ、多くは、荒川か多摩川の川べりにあるゴルフ場へ出かけた。河川敷を利用したコースのため、わりに安い料金で、まる一日、たのしんで運動ができる。ゴルフに出かけぬときは、朝食が終わると、まず、腰に万歩計をつける。雨が降ろうと、嵐《あらし》になろうと、必ず一万歩以上歩くことを、日課とした。

よほど悪天候のときは、東京駅から地下道に入り、東京・大手町・二重橋前・日比《ひび》谷《や》・銀座と、五つの地下鉄駅の区間を、全部、地下道を通って歩いてみる。丸の内のビジネス・センターの空気がにじんだ地下道で、その途中に、扶桑商事ビルへの入口も、口をあけている。

笹上は、扶桑商事ビルの入口の前まで行ってみたが、中へは入らなかった。古巣に恋々としているように見られでもしては、不本意であった。会社には、一分の未練もない。大股《おおまた》で引き返し、地下道の人ごみの中にまぎれこんだ。

もっとも、笹上は、地下道は、できるだけ歩かないことにしている。外気や太陽にふれられぬという不健康さを敬遠するだけではない。地下道には、たのしみがない。ヤジ馬をよろこばすような出来事は、ほとんどない。

笹上は、これから先の長い人生、無責任な傍観者として、ヤジ馬に徹して生きたいと思っている。それには、大都会の混雑する路面を歩くに限る。そこには、デモもあれば、けんかもある。乞食《こじき》もいれば、青い目のお上りさんもいて、ひまつぶしに観察する対象に事欠かない。笹上は、人だかりを見つけると、必ず、かけ寄って首を突っこんだ。いや、人だかりはなくても、何かトラブルはないかと、度の強い眼鏡を光らせて歩く。

大手町の交差点で、赤信号に変わるところを走りぬけようとする車があった。警官が笛を吹いたが、車はそのまま、そ知らぬ風で走り去った。だが、五十メートルほど先に、たまたま別の警官がいて、その車を制止した。

大都会のただ中では、珍しくもないことである。ほとんど、だれも気にとめようとしない。しかし、笹上にとっては、待っていました、の事態であった。方向を変えると、足早にその車の脇《わき》へ歩いて行った。

運転者は、笹上とあまり歳《とし》のちがわぬ頭髪のうすい男であった。免許証をさし出し、警官に何かいわれる度に、ムチ打ちにならんばかりに頭を下げている。どこからどこへ、何をしに行くのか。なぜ、それほど急ぐのか。急いで何があるというのか——いまの笹上にとっては、ふしぎな気さえした。

腕組みして見守っていると、若い警官が気にした。笹上に向き直って、

「あなた、関係者ですか」

立ち去りなさいとの意思表示であった。それ以上かかわり合えば、ヤジ馬がヤジ馬でなくなってしまう。ヤジ馬は、分を心得なくてはならない。

笹上は歩き出したが、すぐ今度は別の方向から声がかかった。

「あなた、笹上さんじゃありませんか」

笹上がふり返ると、食料統轄《とうかつ》部長の本宮が、微笑して立っていた。

「あ、部長」そういってから、笹上は、「本宮さん」といえばよかったと思った。年齢からいえば、「本宮君」だっていい。いまいましいことに、まだ、会社づとめのころの惰性がぬけない。向かい合って立つと、やはり、位負けしてしまう。五十になるうちに一級職になった本宮と、五級職のまま定年を迎えた笹上との貫禄《かんろく》のちがいのようなものが、いまだに残っているのを、認めざるを得ない。

「どう、元気そうやね」

「はあ、部長も相変らずで」

やはり、「本宮君」とか「本宮さん」とか、いえない。

「あなた、悠々自適の生活やそうやね」

そうですよ、といばって答えていいところだったのに、

「うーん、まあ……」

相変らずの「ウーさん」になってしまっていた。

「うらやましいな」

口ではいっても、しかし、本宮の表情は少しもうらやましそうではなかった。本宮

は続けて、

「時間は、たっぷり、あるんやろうね」

「ええ、時間だけは」

「ぼくに少し分けてほしいな」

「すると、部長は、いまも午前七時に会社へ出て居られるんですか」

「そうや」

「ヒゲは前の晩そって」

「うん」

朝七時から夜十二時近くまで扶桑商事ビルの中で「忠臣」の生活を送る本宮は、家へは、寝に帰るだけ。深夜、風呂《ふろ》へ入ると同時にヒゲをそる、といううわさであった。次の朝、一分でも多くねむっておきたいためである。かつての笹上とくらべれば、同じ会社につとめながらも、まるで別の軌道を走っている男であった。

笹上は、小さくため息をつきながら、きいた。

「これから、どちらへ」

「毎週いつも、この先の銀行で会議があってね」

「いつも……」

「そう、いつもや」

笹上は、苦笑してきいた。

本宮は、社内では、「いつもの男」としても、有名であった。いつも、だれよりも早く会社へ来る。いつも、まっ白なワイシャツを着ている。だれに対しても、いつも、にこやかに声をかける。会議では、いつもメモをとり、いつも発言する。電車の中では、いつも、本を読んでいる……。例外のない男であった。その「いつも」ぶりに、だれもが圧倒され、うなだれる思いである。そのうち自然に、本宮のための一級職への道がひらけて行ったという感じであった。

「あなたは、これからどちらへ」

本宮にきかれて、笹上は思わず灰色の頭をかいた。

「うーん、ちょっと、ぶらぶら」

ヤジ馬ぶりを目撃されたかも知れないが、そうかといって、（ヤジ馬に徹して、街を歩いている）などと壮語する気はなかった。残念だが、（ぶらぶら）としかいいようがない。

「それじゃ」

片手をあげて歩き出そうとする本宮に、笹上はあわてていった。

「京都の沖君は、どうしてますか」

「元気でやってるようですな」

「……社長や相談役の気に入っているでしょうか」

「それは、どういう意味」

あらたまってきかれると、笹上には答えようがない。

「うーん、まあ」

「スマトラへ行ったときもそうやけど、沖君は、万事よく辛抱する男やから、心配は要らんでしょう。この前は、セミナーへも出てきたし、勉強もしてるようや」

実は、そのセミナー出席を兼ね、沖は笹上の退職祝いに出てきてくれたのだが、さすがの本宮も、そこまでは気づいていなかった。

笹上は、沖に祝いのクラッカーを打ち上げさせることからはじめて、駅前のそば屋やのみ屋をひき回し、みごとな生活設計ぶりを見せつけることで、すっかり沖を悪酔いさせた。

沖は律儀《りちぎ》にハガキの礼状だけは送ってきたが、その後の連絡はなかった。

沖としては、当てはずれでもあったのだろう。定年退職者らしく、少しはしょんぼりしたところを見せればよかったのに、バンザイ、バンバンザイで、いばって見せて回るばかり。少し刺戟《しげき》が強すぎたかも知れぬ。しかし、そのおかげで沖が発奮して、社長などへの忠勤を励んでくれたらという、老婆心《ろうばしん》も働かせたつもりであった――。

本宮が、つけ加えるようにいった。

「ぼくは、沖君に京都でもちゃんとした事業計画《プロジェクト》づくりを進めるようにいってあるんや」

「事業計画《プロジェクト》ねえ……」

「いまはもう、売った買ったのサヤかせぎでもうけるだけの時代やないからねえ。若いひとは、何か後に残る事業計画《プロジェクト》をやらないと。事実、みんな、やりたがってるんやけど」

笹上には、少しばかり、耳の痛い話であった。

笹上は、貸店舗づくりなど、自分個人の事業計画《プロジェクト》にこそ、ひそかに、そして、せっせと励んだのだが、その反動で、会社のためには何ひとつ残したものがなかった。残すつもりなど、はじめからなかった。

本宮が、続けた。

「沖君のスマトラ開拓は、わが社としても、後世に残る事業のひとつやろう。それだけに彼は、いまも、あの仕事につながる事業計画《プロジェクト》をやりたがっている。部内には、感傷的な発想やという声もあるけど、感傷的であろうとなかろうと、ちゃんとした事業計画《プロジェクト》なら、やらせたらええのや」

　笹上は、黙ってきいていた。いまの笹上には、もう月世界の話のように、遠いものにきこえてくる。

「神戸に食品コンビナートをつくった男などは、いまだに関西出張というと、時間をやりくりして、神戸港へ足をのばし、コンビナートを眺め、ひとり胸を熱うしてくる、というている。これも感傷的やろうが、でも、そうした感傷は、男としては、りっぱなものやないかね、笹上さん」

「それはまあ、うーッ、りっぱなものでしょうな。うーん」

　笹上を「ウーさん」に突き戻すと、本宮は歩き出した。いつものように胸をそらし、堂々とした貫禄で、「いつもの男」は立ち去って行く。

（待ちなさい、本宮君。わたしは、会社にこそ何も残さなかったが、いまは、貸店舗四軒、それに、マンションの部屋と、これだけのものを、わたしひとりに残している。しがない男としては、りっぱなものやないかね、本宮君）

　追いすがって、そんな風にいうべきかも知れぬが、その元気はなかった。高層ビルの立ち並んだそのかいわいの風景の中では、そんな話は、一笑に付されそうであった。

それよりは、大コンビナートでもつくる話の方が、よく似合う。

たしかに、扶桑商事が推進した神戸の食品コンビナート計画は、男として、やりがいのある仕事ではあったろう。

それまでは一万トン級貨物船にたよっていた穀物輸送のために、五万トン級穀物専用船の接岸できる専用埠頭《ふとう》を設け、巨大なサイロをつくる。そして、その背後の二十五万坪に及ぶ埋立地の前面に、製粉・製油・精糖・冷凍などの各企業を配置し、さらに、それにパイプで接続して、製菓・製めん・食肉加工などの企業を並べる。各企業は縦横にパイプやコンベアーで結ばれ、流通経費は、ほとんどゼロに近くなる。また、汚水や排煙なども集中的に管理防止されるシステムであった。

このコンビナートの誕生によって、それまでの五倍の大型船が利用でき、さらに、ハシケやトラックなどの運賃や労務費、包装費などが不要になる。この結果、小麦粉の段階においてさえ、一〇パーセントの価格引き下げが、可能となる計算であった。このため、コンビナートに進出した二十社が連名して、扶桑商事社長あてに感謝状をおくる始末であった。

食品コンビナート計画について、扶桑商事は、計画者であり、組織者であった。それに見合う若干の利益こそあったが、コンビナートが本格的に動き出してしまうと、商社本来のうまみのある仕事は、なくなってしまった。原材料なり半製品なりを、一つの会社から次の会社へ引き渡すごとに、それまでは口銭が入っていたのに、コンビナートでは、すべてが相互の企業間で自動的に流れて行ってしまうからである。

このため、当初、この計画の立案段階では、金丸などが難色を示した。これに対し、社長の和地が、「これが時代の流れです」と、説得。

「時代というやつが、感謝状をくれるのかいな。いや、社員たちが感謝状を食って生きて行けるのかいな」金丸がからむと、和地はやんわりと受けて、

「そうなんです。いつか、感謝状がうちの会社を食わせてくれる時代が来るんです」

などとやり合い、それが経済誌に「感謝状も食品か」などと、皮肉まじりのゴシップですっぱぬかれたこともあった。

感謝状には、もちろん、その計画を実際に推進した社員の名前など、のってはいない。彼等は名を残すこともなく、いまはまた次の仕事に携わっている。スマトラでの沖の場合もそうだが、会社あての大統領の表彰状はあっても、社員たちの名を刻むものは何もない。記録もやがて失われ、彼等は無名のままで忘れ去られて行く。

ただ、彼等の感じている手ごたえの大きさだけは、いまの笹上にもわかる気がした。笹上も男である。うらやましくないとはいわないが、笹上には、その機会がなかった。

その気構えもなかった。気構えがない人間だから、機会が与えられなかった、ともいわれそうだが、どちらが先か後かわからない。

それに、そうした壮大な事業計画《プロジェクト》に取り組めるのは、商社の中でも一部の人間である。彼等は精鋭を集めた一種の前線部隊であって、その後方には、補給や兵站《へいたん》、それに、戦費づくりに当たる膨大な営業部門、さらに管理部門がある。そうした綜合《そうごう》戦力があってこそ、前線部隊も活躍できるのであって、その意味では、前線の戦士たちが無名で終わるのも、当然かも知れない。それに、戦士たちの失ったものや、暗い部分を、笹上は身にしみて知ってもいる。ひとりの人間が、時代とやらのために何かを残し、会社のために何かを残し、しかも、自分のために何かを残すという風に、同時にうまく行くものではない。二兎《にと》も三兎も得ようとすれば、一兎さえ得られなくなる。笹上は、自分のために残すことだけを考えた。そして、残すべきものは残した。そのひとつを残すためだけにさえ、失うものがあったのだが――。

笹上は、少し足早に銀座方向へ向かった。本宮に会ったおかげで、ヤジ馬の気分をみだされ、考えないでいいことまで考えさせられた。これからは、できるだけ丸の内かいわいを散歩コースからはずすことにしよう、と思った。

いちばん、よく出かけるのは、上野動物園である。手近だし、平日なら会社の関係者に会う心配がない。もともと動物好きなので、飽きることもない。もっとも、中年男がひとりぽつねんと動物園を歩くのは、あまり体裁がよいものではない。このため、カメラをぶらさげて行く。何年も使ったカメラである。ときどき、もっともらしくシャッターを切るが、フィルムは入れてない。

浅草や池袋の三流館へ、アメリカ映画も見に行く。永年苦労したアメリカは、いまは、第二の故郷の趣きがあった。アメリカが身にしみついている。

退職後、東京でそうした生活を送ること自体が、アメリカ生活の産物であった。アメリカでは、孤独な退職者たちは、ニューヨークなどの大都会へ集まる。スモッグの谷底でベンチに坐る老人たちの姿は、最初はあわれなものに見えた。だが、アメリカの事情に通じてみると、地方ぐらしの老人や、地方からぬけられない老人たちの方が、もっと悲惨で、やりきれない生活をしていることがわかった。孤独な退職者たちにとって、スモッグ以上におそろしいのが、退屈さである。さまざまな刺戟に満ち、雑然とした大都会は、退屈さをまぎらわせてくれる。孤独な退職者には、大都会こそよく似合った。

このため、笹上は、老後を過す土地としては、東京以外を考えたことがなかった。動物園や盛り場の他、公園や百貨店、有料無料の各種催し物。ときには、横浜へ足をのばし、ふらりと羽田空港へ行ってみることもある。

別れた妻である三千代らしい女を見かけたのは、空港の帰り、モノレールで浜松町へ出たときのことであった。貿易センタービルの中を歩いて行き、ビル内の郵便局に何気なく目をやったとき、その女を見た。小柄で、少し頬がはり、髪を褐色に染めているのも、ニューヨークで別れたときのままである。水玉模様のワンピースを着ていたが、それは三千代が好んだ柄でもあった。

笹上は、棒立ちになると同時に、思わず叫んでいた。

「三千代！」

距離もあり、ガラス窓越しなので、きこえるはずはなかった。

笹上は、窓へかけ寄ったが、そのとき、女は、反対側の街路に面した口から出て行った。笹上は、あわてた。笹上の居る廊下からも郵便局へ入る口があったのに、すぐには目に入らなかった。

ようやく、手近の出入り口に気づき、郵便局の中へとびこみ、素通りして、街路へ出たときには、もう、その女の姿はなかった。

幻か錯覚かとも思ったが、そこで、三千代に出会ったとしても、おかしくはなかった。京都へ赴任する沖に同行してひかり号にのり、名古屋で下りたとき、笹上は、自分の実家のあとはもちろん、足をのばして、別れた妻の実家の前へも行ってみた。（未練ではない、ヤジ馬根性のせいだ）と、自分にいいきかせながら。

その家の様子は変わり、標札もちがっていた。近所の雑貨店できくと、二年前、一家をあげて東京へ移った。「たしか、東京タワーの近くときいてたけど」ということであった。もし、そうなら、三千代がその郵便局を利用する可能性があった。

別れた妻の行末を見届ける——これは、ヤジ馬としては、最高の趣味ではないか。そう思いながらも、笹上は、心臓の鼓動が早くなっているのを認めざるを得なかった。簡単には通行人には戻れず、風の強い超高層ビルの麓《ふもと》で、しばらく、ぼんやりたたずむことになった。

三千代に対する笹上の最大の不満は、浪費癖にあった。渡した生活費を早目につかい切るだけでなく、生活費以外の買物だからと、別途請求する。

アメリカの主婦たちは、あちこちのスーパーの値段を細かく見くらべて買物に出かけるのに、三千代は最寄《もよ》りのショッピング・センターへしか行かなかった。そのショッピング・センターの値引き券を、笹上が根気よく新聞から切り抜いて集めておいてやるのだが、失《な》くしたり、面倒くさがったりして、ほとんど役立てたことがなかった。そして、毎年のように、生活費の増額を求めてくる。こうした妻を相手にしながら、貸店舗づくりの資金をひねり出すのは、容易なことではなかった。義理やつき合いを欠き、その上、三千代にまで「ケチ」と罵《ののし》られながら、笹上は、金を残し続けた。もっと早く離婚していたら、貸店の数は、二倍にもなっていたはずであった。

当時、笹上たちは、ニューヨークから少し離れた郊外に住んでいた。やや若いウェッブという夫婦が隣人であったが、そのウェッブ夫人が、笹上にいわせれば、理想的な賢夫人であった。すらりとした北欧系の美人であったが、なかなかの買物上手で、生活費は笹上家の半分近くでまかなっている。二人の子を育て、その子供や自分の服はもちろん、カーテンなども自分で仕立てる。その上、週に三日、スーパーのレジスター係をつとめ、卓上計算機のセールスもやっていた。

笹上は、三千代に少しは見習わせたいと思い、意識的に、ウェッブ一家と家ぐるみで親しく交際するようにした。

夫のウェッブは、お坊《ぼ》っちゃんタイプのあまい顔つきの男であった。家具会社のセールスマンであったが、テニス・クラブで女の子を次々に口説《くど》いているといううわさもあった。

ウェッブは、愛想がよかったが、そのうち、三千代との間が、おかしくなった。三千代にも、乗ぜられる隙《すき》があった。ウェッブにちやほやされることで、ウェッブ夫人を見返そうという気になった。それは、また、ことごとにウェッブ夫人をほめる笹上への腹いせでもあったのだろう。

笹上の反対をおしきって、三千代は髪をちぢれさせた上、褐色に染めるようになった。ウェッブの好きな髪の色だという。笹上としては、もう少し用心すべきであったが、まさか、年長でもある隣りの異邦人の妻にまで、ウェッブが手を出すとは、考えなかった。

ある週末、ウェッブが、にやにやして、話を持ちかけてきた。

「どうだね。こうなったら、いっそ夫婦交換《スワッピング》あそびをやらないかね。ミチヨも承知してるんだ」

笹上は、小さな体中の血が逆流する思いであったが、かろうじて平静を装って、きいた。

「……きみのワイフは、どういってるんだ」

「いまのままの関係よりは、夫婦交換《スワッピング》あそびという形をとった方がいいかも知れんと、彼女もいっている」

「とんでもない、断わる。もう、きみの家とは絶交だ」

笹上は、机をたたいて、どなった。すぐマンハッタンにアパートをさがして、引き移った。だが、そのあとも、三千代はウェッブと密会している様子で、二人がニュージャージー有料道路《ターンパイク》をドライブしているのを、扶桑商事の社員が目撃し、支店内で評判になった。

夫婦は口を開けば、いさかいをするだけの関係になってきており、笹上としては、もはや離婚する他なかった――。

未練のないはずの三千代であったが、笹上はその姿を求め、家並みのかげなどに目を配りながら、東京タワーまで歩いてみた。(ヤジ馬根性。それに、少し退屈を感じはじめているのだ)と、またしても、自分自身に弁解しながら。

日暮里《にっぽり》のマンションに戻ってからも、笹上は、妙に落着かぬ気分であった。その部屋が、にわかに安住すべき家ではないような気がしてくる。もうひとつ、どこかに本当の家がありそうな気分である。また街に出て、浜松町あたりを歩いてみたくなった。

「おかしな話だよ、全く」

笹上は、コアラの人形をいじりながら、顔をゆがめて、つぶやいた。そのおかしな気分について、だれかと話したいのに、これから先も、話相手のない生活ばかりである。

一日、マンションの部屋に居ると、ひとり暮しの退職者にも、来訪者があった。

多くは、「退職金の運用を」という銀行や証券会社の勧誘である。マンションに居るのに、マンションを売りにくる男もあった。都内での買い換えをすすめる者もあれば、熱海《あたみ》や伊東《いとう》などの老後用マンションの売りこみもある。それらは、一室の購入費一千万円前後、それに、月々の食費および管理費が五万円前後かかる。看護婦常駐、健康管理付きということだが、よくきいてみると、看護婦は居住者全員のものということから、寝たきりになった場合は、別に付添婦をやとうか、退居しなければならないし、食費など毎年のように、二、三割ずつ値上げしている様子であった。もっとも、一括払いこみで、死ぬまで食事も医療もすべて面倒を見るという有料老人ホームもあったが、これもよくきいてみると、ホーム側では平均余生を五年と計算し、それ以上生きれば、厄介者扱いされそうな心配があった。ひたすら長生きだけをめざす笹上にとっては、問題にならぬ話であった。

それでも、少し目新しそうな話だとか、退屈しているときには、笹上は相手になって話をきいてやった。あれこれ、もっともらしい質問もして、ヤジ馬根性を満足させる。そして、さんざん、しゃべらせておいた上で、

「実はね、退職金は全部前借して、投資してしまったんだよ」

セールスマンたちの半分は、がっかりし、しらけた顔になるが、なお半分は、くいさがってくる。

「どんな投資ですか。解約できませんか」

　そこで、笹上は、舌なめずりせんばかりにして、四軒の駅前貸店舗の話をする。セールスマンたちは、ますますしらけ、落胆する。むしろ、うらやましがる者もある。

「うまい話ですなあ。どうやって、そんな風に」

　と、逆に教えを乞《こ》われたりした。

「アメリカ生活の副産物だよ」笹上は、得意な顔でいって煙に巻く。「商社マンとして、永年向うに居たおかげで、自然に勉強したんだなあ」

　興がのったときには、その手法の一端を披露してやった。

　最初のうちは、日本に居る三千代にいいつけ、せっせと株を買わせた。証券ブームのおかげで、これはこれで、よい利殖になった。

　そのうち、はじめてニューヨークへ出張したとき、人通りのはげしい地下鉄駅構内での黒人のホットドッグ屋に強い印象を受けた。

　このとき、はずかしいことに、笹上の注文が、すぐ、その黒人に通じなかった。くり返していうと黒人は、「おお、ハッダか」といった。「ホットドッグ」などという悠長な発音でなく、「ハッダ」それが、いかにも、その場の雰囲気に合った。

　鋼鉄とコンクリート。地下鉄《メトロ》のひびき。靴音。そうした中での焼き立てのホットドッグの味は、格別であった。安いし、時間もかからない。それに、りっぱな身なりの紳士や、若い女性たちまで、平気で次々と立ち寄り、すばやくホットドッグの食事をすませる。それが、いかにも大都会らしく、スマートでさえあった。

その後も、そこを通る度に、笹上は、ホットドッグ屋に注目した。黒人は陽気で、疲れを知らない。客は流れ寄り、また流れ去り、次から次へと回転する。笹上は、これだと思った。当時、日本では、立食いは、場末の露店などに限られ、客層もまた限定されていたが、遠からず、このアメリカ的な駅構内の立食いが流行するだろうと思った。これなら、小資本でも開業できるし、その店の権利をとっておいて、高く貸すこともできるであろう。

その後、いろいろ調べてみると、日本では、国鉄駅は国鉄の外郭団体、私鉄駅は私鉄の関連会社と、駅構内の出店はそれぞれ関係者に限られることが、ほとんどであった。とすると、次善の策として、駅に最寄りの場所をねらう他はない。

もっとも、アメリカに居て、東京の土地や店を物色するわけには行かない。三千代にたのめる仕事でもなかった。そうしたとき、本社から紹介状を持ってきた観光客の中に、上野の不動産屋が居た。紹介状の符牒《ふちよう》によると、世話《アテンド》の指示は、昼食でもごちそうしてやればという程度であったが、笹上は昼食はもちろん、二晩も夕食をおごり、夜おそくホテルへ送りこむまで、細かい面倒をみてやった。そして、その間に、駅前の立食屋についての意見をきいてみた。

不動産屋は、首をかしげながら、

「いい着想かも知れんが、そういう物件の売りものが、まず、ほとんど出ないんでね」

「そこを、ひとつ」

「たとえあったとしても、駅前のそうした小さな土地には、いろんな権利関係が入り組んでいるところが多くて、なかなか厄介なものだよ」

「そこを何とか、多少、弁護士代がかかっても構いませんから」

不動産屋は、笹上の顔を見直し、うなずいた。そこまでやる気があるのかと、考え直す表情であった。弁護士というものが、平凡な市民にとっても、重要な存在であり、平常から親しくしておく必要のあることを、笹上はアメリカ生活の中で痛切に感じてきていた。このため、やはり観光に来た弁護士を、これも本社からの指示以上に手厚く世話《アテンド》しておいた。弁護士はよろこんで、帰国後も、よく便りをよこし、「何か役に立つことがあるなら――」と、いってきてくれている。安く気軽に、笹上のために骨折ってくれそうであった。

笹上は、不動産屋の息子にアメリカ留学の希望のあることを知ると、取引先関係の中から、身元引受人になってくれそうな人をさがし出し、外貨のやりくりの道もつけて、留学を実現させてやった。その息子が渡米してきてからは、やはり、会社関係のルートから、下宿先をさがしてやり、アルバイトの口も世話してやった。

こうしたことから、不動産屋は、笹上のため、親身になって、駅前の小さな店を物色してくれるようになった。

この間、(会社に無関係なことを、何をこそこそやっているんだ)といった類《たぐ》いの非難を、同僚から受けることはなかった。扶桑商事の社風は、その点では、ルーズというか、おおらかであった。それに、商社の仕事には、同僚でもわからぬようなところがあり、また、一見、無関係に見えることが、ある日突然仕事に結びつくといった面がある。

そうした空気にまぎれ、笹上は、直接間接、自分の貸店づくりに役立つ限りのものを利用して行った。

やがて、川口駅前に、まず一軒の店が手に入った。これを銀行の担保に入れて金を借り、次の店の買収費に当てた。二つ目の店を買うと、それを担保に、さらに三つ目の店を……。

どの店も、借り手はすぐに見つかった。吹けばとぶような小さな店であっても、賃貸契約書は、きちんととり交わし、しかも、それを公正証書とした。そして、その中に、たとえば、「強制執行の認諾」という一項目を入れておく。家賃不払いなどの場合には、直ちに冷蔵庫などの差し押さえの本執行ができるというとりきめである。権利金については、「身元保証金」という名目にした。「権利金」としてしまうと、借り手にある種の権利が発生する心配があるためである。家賃はすべて銀行振込み、集金の手間がかからず、契約書も不要。これらは、弁護士の知恵を借りただけでなく、笹上自身、勉強した成果であった。トラブルを起す余地がないよう、あらかじめ法的に押さえこんでおく。外地ぐらしの多い身としては、よけい、そうしておく必要があったが、同時に、それはまた、永いアメリカ生活の中で、市民生活における法律や契約の効力といったものを、身にしみて痛感してきたおかげであった――。

こうした話をすると、投資の勧誘に来たセールスマンたちは、一様に大きくため息をつき、

「えらいもんですなァ」

感心すると同時に、すっかり意欲を失い、肩を落として、帰って行くのであった。

笹上の話に感心しながらも、それでもなお反撃して来る者は、笹上の生活設計につ

いてではなく、いまの暮し方について、いや味などをいった。

「いまはもう何の御心配もない生活ですなあ」

「そうだよ。何の苦労もないさ」

「しかし、そこが問題じゃありませんか。かえって長生きできないのでは」

「どうしてだ」

「ある医学者の意見を読んだのですが、人間はストレスで病気にもなるが、また、ストレスに刺戟《しげき》されることで、生きているものなんだそうですよ」

「それが、どうした」

「ハツカネズミを使った実験で、生まれたばかりのネズミを、そのまま、そっと育てる場合と、一日に十分間ぐらい、いじくり回して育てる場合をくらべると、いじめられたネズミの方が、強い体質になって、はるかに長生きすることがわかったそうですよ」

「だから、わたしは、毎日のように街へ出て……」

「いや、出かけて行って街の空気にふれる、つまり、こちらから向かって行く場合は、ストレスにはならんのだそうですよ。街の方から、押しかけてくる感じにならなくちゃ」

「じゃ、どうすればいいんだ」

「たとえば、お住まいですよ。ここは、三方が墓地で、前に崖《がけ》。都心にもかかわらず、たいへん閑静な場所ですが、それが、かえっていけません。もっと、街の騒音のただ中に住むという風にされないと」

日暮里のそのマンションは、谷中《やなか》墓地のはずれにあった。広大な墓地の一角に、小さな集落があって、その崖寄りに立っているマンションである。都心の真空地帯とでもいった静かなところで、それが気に入って買ったのだが、一方、駅へ行くにも、買物に出るにも、すべて墓地の中の道を通らねばならなかった。

マンション会社のセールスマンは、笹上の気持を見抜くようにして、続けた。

「率直にいって、まわりが墓地なんていうのは、わたしには、とても、たまりませんね。目の前に墓場だけが待っているという感じで」

「おいおい、縁起でもないことをいう」

「そうですよ。棺桶《かんおけ》に片足つっこんでいるような人ならともかく、だんなのような働きざかりで、こんなところに居られるなんて、縁起でもありませんよ。それに、だんな、商社の方というのは活動的で、休みの日だって、じっとして居られぬというじゃありませんか。やっぱり、もっと活気のある街の中へお住まいになるべきですよ。ハツカネズミの話じゃありませんが、退職後は、よけい、そうされないと、老《ふ》けこんでしまいますよ」

セールスマンは、さらに、たたみかけた。

「大都会の空気が、ひたひた押し寄せてくるようなところに、お住まいにならなくっちゃ。どうです。ビジネスセンターの一画で、国鉄・地下鉄・新幹線・高速道路と、すべて足もとにそろっている。しかも、夜には銀座の灯が見える、というようなところは」

「そんなところに、マンションがあるのかい」

「ございますよ」

「どこだ」

「浜松町」

笹上は、「うーん」とうなってから、念を押した。「貿易センタービルの近くかい」

「そうです。あの超高層ビルのすぐ麓《ふもと》です」

三千代に似た女の姿を見かけたのは、そのビルの一階にある郵便局であった。

笹上の気持は動いた。浜松町の話が出たことに、偶然だけでなく、一種の因縁を感じたい気分が働いた。ヤジ馬に徹するにも、そちらの方が便利ではないのか。

セールスマンは、言葉づかいをていねいにしながら、さらに、ささやきかけてきた。

「だんなのようなお方は、御退職なさっても、きっとまた海外へお出かけになることが多いのとちがいますか。そういうときには、モノレール一本で羽田へ行けますし、お帰りだって、モノレール一本」

「うーん」

笹上は、今度は、娘のことを考えていた。

自分が大型冷蔵庫で安楽死したあと、バンコックからとんでくるであろう令子の気持を思った。その陰気な旅行を早く終わらせるためには、空港からの距離ができるだけ近い方がよいであろう。浜松町なら、まさに最短距離である。

「第二の人生に臨んで気分を一新されるにも、やはり、お住まいをお変えになった方が……。いかがでしょう、一度、見るだけでも」

脈があると見たのか、セールスマンは、パンフレットをひろげ、買い替えをすすめにかかる。

現在の場所は、会社のある丸の内と、貸店舗のある赤羽や川口方面とのちょうど中間にあたった。その便利さが気に入ってもいた。浜松町へ移れば、赤羽方面から少し遠ざかるわけだが、しかし、毎日、貸店舗へ通うわけではないし、また、毎日が日曜日の身には、そちらへ行くための時間は十分にある。いまとなっては、少しでも退屈しない、そして、少しでも長生きに役立ちそうな場所を選ぶべきであった。

笹上は、部屋の中を見渡した。

ひっそりと控える色とりどりの動物たちのミニチュア。そうした中に居る自分が、だれにもいじめられないハツカネズミのような気がしてきた。部厚い眼鏡をかけた好奇心旺盛《おうせい》なハツカネズミ。そこに居ては、ミニチュアの動物と変わりなくなってしまうかも知れない。それに引越しをすれば、少なくとも、しばらくの間は退屈を感じないですむであろう。そう考えるだけでも、体内の血が生き生きしてきそうであった。

職務外の職務

京都の沖は、笹上から手書きの転居通知を受けとった。ふつうなら印刷するところだが、いまの笹上には、時間の余裕があるだけでなく、印刷して配るほどの通知先がないのであろう。

マンション住まいは同じだが、日暮里《にっぽり》から浜松町へ移った、という簡単な文面であ

ったが、その終わりに、

「おれはヤジ馬に徹する。きみも悔いを残さぬよう、京都におけるきみの道に徹するように」

と、書いてあった。「きみの仕事」ではなく、「きみの道」である。つまり、トップに密着しろ、ということであろう。

沖は苦笑して読んでから、細かく引き裂いて、屑籠《くずかご》にすてた。

相談役の金丸からは、旅行のあと、しばらく呼び出しがなかった。「密着」を心がけるなら、呼ばれなくても、進んで、ごきげん伺いに行くべきかも知れなかった。京都支店長というのは、かなり時間が自由になるポストである。その気なら、いくらでも忙しくなるし、逆に、手を抜くつもりなら、いくらでも時間ができ、それを、たとえばトップとの「密着」に捧《ささ》げることもできる。

京都へは、重役たちが立ち寄るだけでなく、部課長クラスが、内外の取引先を案内してくることが多い。京都支店では、その設営を手伝ってやるのだが、支店長自ら案内に立ったり、宴席に同席して、ホスト役をつとめることもある。客は、丁重にもてなされたと、よろこぶし、支店長としては、そうした客に顔をおぼえてもらえるだけでなく、当の部課長連中に恩を売ることになる。それだけ人間関係をなめらかにするわけで、将来のための布石ともなる。

ただ、沖は、この種のつき合いには、あまり顔を出さなかった。その取引なり、取引先なりに、格別の興味でもあれば別だが、社内の人間関係をうまくやるために、漫然と接待役を買って出ようという気にはなれなかった。それよりは、前支店長の残した血液研究所や医療食センターなどへ出かけた方が、たのしいし、いかにも仕事をしている実感があった。所長などから、その後の事業の進捗《しんちょく》ぶりをきき、必要なものをきき出して、手配する。金や人が足らなければ、本社にかけ合ってやる。そうした事業が少しでも芽をのばすよう、及ばずながら加勢したい気持であった。それというのも、沖の中で、沖自身の事業計画《プロジェクト》が形を整えつつある。それを成功させるためにも、前任者の残した芽を実績あるものにしておきたかったからである。

十万頭養豚計画について、沖はまず地元の養豚業者に協力を求めることにした。和地社長になってから、地域社会との協調性ということが、強く打ち出されているためである。どんな事業計画《プロジェクト》にせよ、地元への根回しが前提となる時代であった。

沖は、本社の情報管理部へテレックスを打ち、京都かいわいのめぼしい養豚業者のリストをとり寄せた。さらに、本社飼料部と連絡をとり、取引関係のある養豚業者あての紹介状をもらった。

沖としては、スマトラ扶桑でとれるとうもろこしに向かって、太いパイプをのばすことができればよいのであって、養豚そのものが目的でなく、また、その養豚場の経営主体を扶桑商事に限る必要もなかった。商社が単なる組織者《オーガナイザー》として機能するだけでもよかった。

このため、できれば、地元の養豚業者に事業主体になってもらう。あるいは、いくつかの業者で、新会社をつくってもらう。いずれも、扶桑商事が資金面、建設面などの面倒を見るが、それらが不可能な場合、第三案として、扶桑商事が主体になり、地元養豚家にも参加してもらう。そして、最後に、すべての協力が得られないとき、扶桑商事単独で経営に当たるという、四つの案を考えた。

沖は、時間をつくっては、養豚業者や農協幹部に会い、説得に当たったが、反応はかんばしくなかった。

第一に、規模が大きすぎる。常時十万頭飼育、つまり、年間二十万頭出荷などというのは、世界にも例がない。せいぜい、千頭単位どまりの飼育をしている養豚業者たちには、話が大きすぎ、雲をつかむような話にきこえる。相談にのりようがない、という顔である。

「アメリカでも、せいぜい、三、四千頭というところやないの。さすが、日本の商社や、めっそうもないことを、よういうてきやはるで」

感心するというより、鼻じろんだいい方もされた。

沖としては、実は、ニワトリの話を出したい。戦前の日本では、養鶏といえば、副業が主。専業でも、せいぜい千羽単位であったろう。それが、いまは、十万羽の養鶏場は珍しくなく、六十万羽飼育というところさえある。こうした大規模飼育を、陰に陽に推進してきたのも、商社であった。ブタについても、同じことが起り得る。ニワトリで実現できたことが、ブタでできないはずはないと、いいたいところだが、それは、話題として、適切ではなかった。

というのは、諸物価こぞって騰貴《とうき》する中で、卵の値段だけが、二十五年余、上ることがなかったからである。それは、消費者にとっては、たいへんな福音であったろうが、生産者側の受けとり方はちがってくる。

卵の値の上らない部分は、大規模経営による生産性の向上によって、カバーしてきたとはいっても、生産者側に不満が残ったはずである。このため、ブタについても、うっかり大規模化することで、卵の二の舞いを演ずるのではないかとの懸念《けねん》を持たれた。

養豚業者が不乗気な第二の理由は、この価格問題に関係がある。一貫して安定していた卵の価格とちがい、ブタの値段は、暴騰《ぼうとう》暴落といった荒っぽい波を、くり返してきた。値が高いとなると、いっせいに増産にかかり、その出荷期には、反動で極端な値下りが起る。逆に値が低ければ、そろって手を出さぬので、結果は、品不足から暴騰を招く。養豚には、そうした投機的要素がつきもので、ブタ固有の景気循環を「ピッグ・サイクル」と呼ぶほどであった。そこに、ギャンブルに似た妙味もあるのだが、循環《サイクル》の谷の部分が、近年では、大きく、かつ頻繁に現われてきているため、確率のいい投機ではなくなっていた。このため、十万頭という大規模でのり出せば、赤字幅は巨大なものとなり、一度で命とりになりかねない。

養豚業者たちのそうした不安に対して、沖は説明する。商社の持つ情報収集機能をフルに活用して、ピッグ・サイクルをむしろ戦略的に利用する形で、頭数を増減する。そうすることで、消費者のためには、むしろ少しでもブタ肉価格の安定をはかろうというねらいもあるが、これは話さない。そして、万一、過剰生産恐慌《きょうこう》に巻きこまれたときには、これも商社の機能を生かし、関連の冷凍業者、食肉加工業者とタイアップして、危険の分散をはかる計画である。

「とにかく、ブタは生きものやからな、そう、うまいことは行かへんで」

「ニワトリだって、生きものでしょう」

「そうやない。いまのニワトリは、半分は生きもので、半分は工業製品のようなもんや。早い話、生まれ方から、もうちごうとる。ニワトリは、受精卵にして、一週間も十日も寝かしておいて、まとめて、いっせいにヒヨコにすることができる。けど、ブタのやつは、かけたと思ったのが、かからんこともあるし、生まれてくる日も数も、まちまちや。それに……」

沖には反論もあるが、ブタ対ニワトリ論争をやるのが、目的ではない。商売は、口で負けて、金で勝てばいい。商事会社としては、時を失ってはならない。とにかく、いまは、相手に逆らわず、相手を引きこむことである。ニワトリがいいというなら、養豚だけでなく、養鶏も組みこむ。ブタを減らして、ニワトリを大幅にふやしてもいい——という代案を出す。とうもろこしを食うことについては、ニワトリも同様だからである。

養豚と養鶏を兼ねることには、積極的な利点もある。ニワトリの砂ぎも以外の内臓部分は、食用に適さないが、これがすべてブタの餌《えさ》になる。また、ニワトリの羽毛は、乾燥させて「フェザー・ミール」と呼ばれる餌になり、骨もまた乾燥し粉砕して「ボーン・ミール」となり、ブタのための蛋白《たんぱく》源、カルシウム源になる……。

だが、こういう話をしても、養豚業者たちは、やはり、浮かぬ顔をし続けた。彼等に二の足をふませる第三の問題は、立地条件、いいかえれば、公害問題である。都市化の進む中で、かなりの養豚場が住民の批判にさらされていた。養豚業者の方が先住者であり、それを承知で、まわりに住宅を建てたくせにといっても、通用しない世の中になっている。このため、養豚業者たちは、あれこれ公害防止を試みながら現状を維持するのが、せいいっぱいというところである。とても、新しい、しかも、桁《けた》はずれに大きな養豚場をつくる気にはなれぬ、という様子であった。

　これに対して、沖は励ますようにいう。

「だからこそ、山奥に新天地を求めて、打って出るのですよ」

「こんな狭い日本に、新天地も楽天地もありますかいな。机の上で地図見ていうんでなく、足で歩いて見なはれ」

「もちろん、歩きます。いや、歩きかけてます」

「脈がありますかいな」

「……あると思います。それに、公害の点では、いくらもまだやりようがあると思うのです」

「そりゃ、金さえあればでしょうな。冷暖房完備のデラックス・ホテルででも飼うつもりなら、ブタも公害出しませんやろ」

いいた沖は、(できれば、そうしたい。ブタだって、きれいな動物だからね)と、いいところであった。沖は、それまで、さまざまの研究所や実験的な養豚場を見てきたが、設備しだいでは、ブタは、可愛《かわい》らしく美しい愛玩《あいがん》動物になる、といえた。うすい桜色を帯びた子ブタなど、縫いぐるみが動いているようで、抱き上げて、頰ずりしたくなるほどであった。動物好きの笹上を呼べば、よろこんで管理人になってくれそうな気もした。

問題は、ブタ小屋にある。ブタ小屋でなく、ブタホテルで飼えばいい。もっとも、採算上、公害防止にかけられる費用は、ブタ一頭につき、一万円が限度であったし、最も望ましいのは、ゼロに近い方がいい。最適なのは、農業地帯、とくに水田に近く、ボロ出し費用つまり屎尿《しにょう》処理費がゼロのところ。農民がタダでとりにきて、有機肥料として田畑へ還元してもらうわけである。

養豚業者と接触を続けながら、沖は土地さがしに歩いた。休日は、ほとんど田舎に出た。水田地帯に近く、しかも、周囲一キロ以上にわたって人家のない環境で、少なくとも、三万坪の土地が必要である。適地は、なかなか見つからなかった。沖は、どこか山村の村長たちが手をひろげて迎えに来てくれたり、海の中に大きな埋立地が現われたりする夢を見たりした。

土地さがしの旅費は、自腹を切った。これは、京都支店長としての職務以外の仕事である。拘束されたくなかったし、気がねなく取り組みたかった。生涯の仕事として、体当りしたいほどの気持である。

野や山に、ツツジが咲きみだれる季節になった。観光客でにぎわう休日の京都を後にして田舎へ出かけると、むしろ、ほっとする気分にもなった。

だが、ある週末、この日課がくずれた。

和地社長が、香港《ホンコン》の銀行家を京都へ案内してくることになったためである。扶桑商事は、香港においてこの銀行との合弁で紡績会社を経営している他、東南アジア各地になおいくつか合弁事業を出す予定であり、きわめて重要な国際的な協力者といえた。

もっとも、その銀行家自身は、すでに京都見物は再三すませているということで、観光は抜き。昼間は、尼ヶ崎の製鋼会社を見学し、夜の祇園《ぎおん》の接待だけ。次の朝には、大阪空港から香港へ戻るという予定であった。

茶屋は、佐平次ときまっていた。元禄《げんろく》時代からの店といい、祇園でも指折りの茶屋である。狭い祇園には珍しく、白砂を敷きつめた中庭もある。ぼんぼりの灯が入り、香港の銀行家は、大よろこびであった。

「こんばんは」

美保と歌栄という二人の芸妓《げいこ》が入る。四十前後と三十前後。和地社長の席に、いつもきまって呼ぶ妓である。さすがは祇園と思わせる整った顔立ちで、遠来の客をよろこばせるに足るあでやかさもあった。

目を細める銀行家を見て、沖は、ほっとした。祇園の空気が、すっかり気に入った様子である。設営役としては、まず一安心というところであった。一流の茶屋と一流の妓をそろえるのは、簡単なことでなく、ただ金さえはずめばすむ、というものではなかった。

銀行家がはしゃぐのに対し、社長が、いかにもうまそうに酒をのむ姿が、沖には印象的であった。

その夜、二人をホテルへ送り届け、岡崎の独身寮へ戻ったのは、十二時近かったが、翌朝八時には、また銀行家をホテルに迎えに行った。大阪国際空港まで送るためである。

すると、その予定ではなかったのに、和地社長まで、身支度を整え、ロビーに下りて来ていた。見送りに同行するという。

「わたしは、早起きなので、休日といっても、眠ってては居られない。それに、朝の国際空港の空気が、大好きなんだから」

朝寝坊の金丸相談役とは、対照的な感じであった。

銀行家を国際線ゲートまで見送ってから、二人は京都へ引き返した。洛西《らくせい》を少しドライブしてみようと、和地はいう。車の中で、沖は、しばらく落着かぬ気分であった。

いつか笹上にいわれた注意を思い出したのだ。

（長時間のドライブのときには、車の床に新聞紙をさっと敷き、社長の靴を脱がせて、どうぞ、というんだ。たいしたことではない。目をつむってやるんだ）

寮を出るとき、新聞は持ってきていた。たしかに、一瞬で、できることである。沖は迷った。何度か、それとなく和地の表情をうかがった。だが、ついに切り出せなかった。

西山から高雄へかけての道を、車はゆっくりと回った。ときどき、車をとめて、石段の道を寺へ上ったり、展望台風のところへ坂道を登ったりした。ただ、和地は、社寺や名勝を眺めているだけではなかった。彫りの深い顔の中のややくぼんだ目を光らせ、あらゆる事物に関心を示す。川の水量や、造林の状況、人出の具合、車の種類……。サイクリングの学生をつかまえ、自転車をいつ、いくらで買ったのか、などということまできく。興味は飛躍し、そうしたあとで、いきなり、「太秦《うずまさ》へ弥勒《みろく》を拝みに行こう」などといい出す。「わたしの好きな仏さまのひとつだ。京都ならではの精神安定剤《トランキライザー》なんだよ」

広隆寺の弥勒は、たしかに、心の底までしーんとするような静かな仏であった。右手の指を軽く頬に当て、深い思索にとらわれている風情《ふぜい》で、ロダンの「考える人」を思わせた。広隆寺は、往時、このあたりに農業と織物の技術をもたらした帰化人秦《はた》氏の建てた寺というが、そうした文明の先進性のようなものが、仏の知的というか近代的な表情に表われて、しかも、謎《なぞ》めいた微笑に、慈悲のやさしさがこもっていた。

和地が好きになる気持がわかった。仏像に趣味のない沖でも、魅せられてしまう仏であった。

昼食は嵐山《あらしやま》。河畔の料亭に予約してあった。

席は四人分。つまり、二人の客を迎えるわけだが、沖たちが着いたときには、すでに、その客たちは先着し、座敷に待ち構えていた。

「今日は、ありがとさんどす」

前夜の芸妓たちであった。ただし、この席では接待役ではない。

「今度は生き仏、活性の精神安定剤《トランキライザー》だ」

和地社長は、冗談などまじえながら、またうまそうに酒をくんだ。

京都駅へ向かう途中、和地は腕時計を見て、いった。

「まだ時間がある。もうひとつ、精神安定剤《トランキライザー》だ」

車は駅近くで東へそれ、緑に包まれた長い坂道を上りつめた。泉涌寺《せんにゅうじ》という大きなお寺が現われる。その境内に入ったところにこぢんまりした御堂があり、灯明の向うに、やさしい仏の顔がのぞいていた。頭の上に中国風の飾りをつけ、あでやかでもある。楊貴妃観音《ようきひかんのん》と呼ばれ、かなり昔、中国から渡って来たものだという。派手なつくりながら、どこかに孤独な感じがする仏であった。

ハプニングが起ったのは、その仏を見つめている最中であった。美保という年長の芸妓が、突然、泣き出したのである。

「この仏さん見てると、なんだか、悲しうて、悲しうて」

酒の入っているせいもあったが、これでは慰めようもなかった。ただ、駅に向かって車が走り出すと、美保は、はっとして、泣き顔を改めた。「すみません。かんにんどっせ」を、くり返す。

この女も孤独なのだろうと、沖は思ったが、そのことから、笹上を思い出した。かつて泣き上戸でもあった笹上だが、いまは「定年バンザイ」だけで、もう泣くこともないのか。生活の安定はともかく、孤独な時間は確実にふえている。いや、二十四時間、孤独ばかりのはずである。それに、どこまで耐えて行けるのか。棺桶《かんおけ》代りの冷蔵庫を眺め、動物のミニチュアに向かって、涙を浮かべることはないのか。そんな風に考えているうち、沖は、ふっと、笹上と美保とを結びつけたら、と思った。年恰《かっ》好《こう》も似合いのはずである。気性も、案外やさしくて、笹上と合うかも知れない……。

唐突のようだが、何でも結びつけて考えるのが、商社マンの習性である。

沖の視線を感じたのか、美保がいった。

「わたしに何か……」

「いや、何でもない」

「おかしなひと。ひとの顔見て、うす笑いしてなはる。泣いたんで、ばかにしてはるんでしょ」

沖はとり合わなかった。ふたたび、笹上のことを考えた。

だれとも、まるで口をきくことのない生活。たとえ毎日が日曜日だとしても、そこに、たのしみがあるものなのだろうか。

沖の気持が通じたかのように、その夜、笹上から長距離電話があった。

「別に何も用事はないんだけど、きみの声が、ききたくなってね」

「ほう！」

沖は思わず、うなった。珍しいというか、意外なことであった。倹約家で、つき合いのわるい笹上が、そうした電話をかけて来ようとは、思ってもみなかった。

「どうだ。トップには、うまくとり入ったかい」

「……ちょうど、昨日今日と社長が来られて、先刻、京都駅で見送ったところです」

「うまくやったんだろうな」

「何をですか」

「いつか、いったじゃないか」

「たとえば、車の中で新聞紙を敷き、社長の靴を脱がさせるということですか」

「そう。その類《たぐ》いのことだ」

「やりません。わたしには、できないのですよ」

「仕様がないなあ。それで、社長をあちこち案内したのかい」

「いや、社長の指示に従って、お伴《とも》しただけで」

和地は、金丸にくらべれば、まるで、手がかからなかった。このため、沖としては、多少、気をつかいはしたものの、むしろ、社長といっしょに二日間をたのしんだような思いさえした。その反省をこめて、

「考えてみりゃ、京都については、社長はよく勉強されてて、ずいぶん、いろいろ教

えて頂きました。何しろ、わたしは、ほとんど何も知らないのですからね」

「だめだなあ、そんなことでは」笹上は嘆息し、「なぜ、きみは、京都を勉強しておかないんだ」

「まるで、興味が持てないんですよ。すべて、ちまちました感じで」

「興味の問題じゃない。将来の保身の問題だ」

「…………」

「毎日、何をやってるんだ」

「支店長としての仕事が、あれこれと」

「それだけか」

「あとは、ブタですよ。十万頭の養豚計画」

「まだ、そんなことを」

「まだといったって、これから、はじめるんですよ」

「やめるんだ。海のものとも、山のものとも、わからん。そんなことより、将来のことを考えるんだ。何度いったら、きみはわかるんだ」

沖は黙ってきき流した。

スマトラ扶桑のとうもろこしを日本へ――。京都へ来て、つまらぬ仕事にかかわれば、かかわるほど、沖の中で、その夢はふくらむばかりであった。それは、スマトラでの沖の深く生きた記憶と結びついている。説明してわかってもらえるものではなかった。

沖は、話題を変えた。

「転居の御通知頂きました。新しいマンションの住み心地は、いかがです」

「わるくはないね」

「そちらこそ、毎日、何をなさってますか」

「いろいろと……」

「お元気なんですね」

「うーん」

はりのない声にきこえた。沖は、念を押すように、きいてみた。

「定年バンザイですか。その気持に、変わりありませんか」

「……むろんだ」

「おさびしいでしょう。いや、退屈じゃありませんか」

「……そんなことはない。とにかく、あちこち出歩いているから」

「結構ですね」

沖は一呼吸ついてから、斬《き》りつけるようにいった。

「どうです。再婚でもなさっては」

「なんだって。どうして、きみ、そんなことを……」

笹上の声は、みだれた。明らかに、狼狽《ろうばい》していた。沖は、たたみかけた。

「その気がおありなら、京美人の候補者をさがしておきますよ」

「なんだ、そんなことか」

「京都の女性は、割につましいというから、案外、気に入るんじゃありませんか」

「余計なことだ」

「その気はありませんか」

「ない。全然ないよ」

沖は、ちょっと、とまどった。笹上は、軒昂《けんこう》としている。クラッカーを打ち上げさせ、「バンザイ!」を叫んだ退職の日の余勢が、未《いま》だに残っているのであろうか。

沖は、さぐるように、きいた。

「毎日、だれかと話をされますか」

「話?」

「口をきかれない日が、多いんじゃないかと思って」

「うーん」

「毎日の話相手というと、結局は、奥さんのようなひとが居るのが、いちばんいいんじゃありませんか」

「もういい、その話は。それより、きみ、自分のことを考えろ。ごまをするんだ。せっせと、ごまをすれ。ブタのことなんて、忘れてしまえ」

今度は、沖が、「もういい、その話は」と、いいたいところであった。

そのまま、電話は切れた。東京のマンションの一室で、久しぶりにしゃべったあと興奮している笹上の姿が、沖には想像できた。

その時刻、まだ、あそびに出ている独身者もあれば、家族のもとへ帰っている妻帯者もあって、日曜の夜の寮は、いつもより、さらに静かであった。少し離れたところを走る市電の音が、はっきりきこえてくる。

部屋の中は相変らず殺風景で、壁には、ひびが走り、床の間の一輪ざしは、花が枯れたままである。前夜の祇園の華やかさを思うと、同じ街続きとは考えられないほどの味気なさであった。

こうした生活が、あと三年も四年も続くかと思うと、思わずため息が出たが、そのとき、また電話が鳴った。受話器をとると、

「いま、お話中だったわね」

和代の声。沖は、ほっとした。

「うん。珍しく、笹上さんから電話があった」

「何か御用」

「別に用件はない。ただ雑談さ」

「雑談って、どんな……」

またはじまったかと、沖の気持はさめた。

「おい、長距離電話だぞ。先に用をいいなさい」

和代は黙っている。少しでも話をしたいのに、その気持をふみにじってと、不満そうである。

「早くいうんだ。用件を」

「……あけみたちに、義務教育の就学猶予《ゆうよ》が、やっと認められたの。必要な期間、帰国児学校へ通っていていいと、文部省が許してくれたのよ」

「そりゃ、よかった」

「でも、よろこんでばかり居られないわ。あけみは、それなら、わたし、ずっと、あの学校へ行く、などといってますからね」

「困ったやつだ」沖は、吐き出すようにいってから、和代をも叱《しか》りつけるように、

「そういうあまえた人間をつくらぬために、短期間、集中的な教育をして、一刻も早く、ふつうの学校へ戻そうというのが、あそこの特色じゃなかったのか」

和代の返事はない。沖も、もうそのことを話題にしたくない気分であった。

「忍の方はどうだ。少しはしゃんとしたか。女生徒へ親切すぎるということは、なくなったか」

「つらいけど、女の子には、口をきかないようにしてるんですって。でも、その分だけ、よけいオートバイにこり出したんじゃないかしら。これで、夏休みにでも入ったら、ますます心配。遠出するでしょうしね」

「…………」

「女親ではだめね。あなたがこわい顔して、『もうオートバイはやめろ。勉強しろ』っておっしゃれば、少しはきくと思うんだけど」

繰りごとである。電話料が、かさむばかりである。

「よし、わかった。……もう用件はないのか」

和代は答えない。

「いいか、切るぞ」

そのとたん、電話は向うから切れた。

空白の日課

笹上は、天気のよい日には、つとめてゴルフ場へ行くようにしていた。何よりも、長生きのためである。

よく行くのは、多摩川の中流にあるゴルフ場で、河川敷のため、料金は安い。ただし、それだけよく混雑する。スタートするまで二時間以上待たされることもあるし、もう一度回ろうとすると、また二時間前後待たされることも珍しくない。もっとも、笹上には、時間はたっぷりある。いまは、人生そのものが、待ち時間の連続のようなものである。近所を歩いたり、雑誌や新聞を読んだり、コーヒーをのんだり、練習をしたり。

安いゴルフ場のせいか、笹上同様、ひとりで来ている退職者風の客も少なくなかった。適当に四人一組に組まされて回るわけだが、そのうち、知り合いができた。舟崎という老人である。小柄で貧相なところも、笹上に似ている。ただし、声だけは大きい。従業員十人ばかりの小さな鉄工所を経営していたが、いまは息子の代になり、毎日のようにゴルフ場に来ているひとであった。よく来ている割りに、打つ恰好《かっこう》はわるいし、腕前もよくない。旋盤工をふり出しに、四十年たたき上げてきたというだけに、腕っぷしだけは強く、とにかくボールをなぐりつけて走らせて行くといった感じのゴルフである。

その舟崎老人が、ある日、見かねたように笹上にいった。

「あなたも、かなりの我流ですな」

つまり、不恰好で、下手なゴルフということである。

「……おっしゃるとおりです」

苦笑しながら、うなずかざるを得ない。舟崎はうなずきをくり返し、

「やっぱり、お互い、最初が大切でしたな。金をかけ、時間もかけて、基礎からじっくり先生について勉強すべきでしたな」

舟崎老人は、話好きというより、話相手に飢えている感じがあった。いったん口を開くと、とめどなくしゃべり出す。おかげで、笹上も退屈しない。

「あなたも、わたしも、体もないし、若さもない。その上、基礎ができてないんだから、これはもうどうしようもない。ただ、ゴルフのまねごとしてるというだけで、永

久にうまくなる見込みはありませんな。それでも、体にはいいし、時間つぶしにはなる。うるさいじいさんが、ここであそんでいてくれるというので、家内安全にもなる。やっぱり、年寄りには、これがいちばんですな」

笹上は、もっぱら聞き手に回っていたのだが、やがて舟崎からたずねられるままに、簡単に自分の身もとを話した。

「ほう」

舟崎は、少し身をひくと、あらためて笹上を見直した。この風采《ふうさい》の上らぬ男が――と、信じられぬ表情であった。

舟崎は、首をかしげながら、きいてきた。

「外国でも、ゴルフをやられたんでしょうな」

それなら、もっとうまくなっていていいはずだと、いわんばかりであった。

「ニューヨークでやりました。もっとも、そこで、はじめておぼえたわけですが」

「なるほど、ニューヨーク仕込みですか。それなら、よけいに……」

「いや、だめなんですよ。まるで、不熱心でしたから」

「どうしてです。結構おもしろい運動なのに」

「おもしろいから、だめなんです。病みつきになっては、たいへんなことになる。なにしろ、日本のゴルフ場はひどく金がかかるときいていましたから、帰国したあと、サラリーマンの身では……」

（とても貯金などできなくなる）といおうとしたのを、笹上は、心にもないうそで置き代えた。

「のむとか打つとか、他のあそびが一切できなくなると思いましてね」

「のむ打つ、ねえ。やっぱり、商社は派手なんでしょうなあ。……けど、とにかく、ゴルフは続けて来られたわけですね」

「無理にやらされた時期もありましたからね」

ニューヨーク支店で、たて続けに二人、ノイローゼ患者が出た。このため、支店長が音頭《おんど》をとるようにして、日曜日は、支店をあげて、ゴルフへ出かけることになった。マンハッタンの超高層ビル群の中で、夜ふけまで灯のついているのは、きまって日本商社。そして、日曜日の早朝、高速道路《ハイウェイ》を郊外へ向けて突っ走るのも、きまって日本商社マン——などといわれた時期でもあった。

一方、笹上個人にとっては、三千代との間がうまく行かず、休日は家に居ても、落着けなかった。ゴルフをやらなければ、浴びるほど酒をのみ、その勢いでピストルを買って、三千代の頭に撃ちこみかねない思いのしていた時期であった——。

それに、いまひとつ。当時は、現社長の和地が、常務のままニューヨーク支店長を兼ねていた。そして、その和地夫人が、日曜日の夕食には、日本からとり寄せたそばをたいて、ごちそうしてくれる。ゴルフ帰りに、何台もの車を連ねて、そのまま、支店長宅にくりこみ、天ぷらそばなどをすする日課であった。夫人が側面からそうした手当てをすることで、夫婦力を合わせて、社員をまとめてひっぱって行こうとする。「出世するひとは、奥さんまでちがうなあ」などといいながら、笹上たちは、そばをすすったものである。

とりわけめん類好きの笹上としては、そばにつられてゴルフに出かけたようなところがあった。志が卑しいのだから、上達するはずはなかった――。

「お互いに、絶対にうまくなりっこありませんな。けど、いつまでもゴルフ場で顔を合わすことにしましょうよ」

そういうことで、笹上と舟崎の意見は、一致した。

だが、そうした話をした二、三日後から、舟崎老人は、ばったりゴルフ場に姿を見せなくなった。

それまでほとんど毎日来ていたひとである。病気にでもなったかと案じていると、半月ほどして、元気な顔を見せた。

「いやあ、自動車事故に巻きこまれましてなあ」

大きな声で、にこにこしていう。

きけば、御当人ではなく、息子が追突されて、重症のムチ打ち症になった。半年ほどは、温泉療養など続けねばならぬ、という。

「おかげで、わたしは現役復帰。あなたのいわれたような、毎日が日曜日でなく、毎日が工場ですな。この歳《とし》をして、いや、つまらんことですわ、ハハハ」

言葉とは逆に、愉快でならぬという顔つきである。「復職バンザイ！」とでも叫び出しそうであった。そっぽを向きたい気分であったが、笹上はそれをこらえて、

「すると、しばらくゴルフはお休みですか」

「おそらく、そうなりましょうなあ。日曜日は、ここはおそろしく混むので、来る気にもなりませんし」

「…………」

「息子には、ゆっくり静養させたいし、それに、わたしが隠居してる間に、工場のタガがかなりゆるんで来てるので、これから奮発して締め上げにゃなりません。だから、半年どころか、もっと永くかかりそうですよ。せっかくお知り合いになれたというのに、まことに残念なことですが。いや、弱りました。毎日が日曜日のあなたが、うら

やましい」

笹上は、押し黙るばかりであった。

舟崎老人は、そこで猪首《いくび》をすくめると、わざとらしく声を落として、つけ加えた。

「今日なんか、あまりに天気もいいことだし、あなた方に御無沙汰《ごぶさた》のお断わりもしなくてはいかんと、うちの連中の目をかすめるようにして、脱《ぬ》け出てきたんですよ。この歳をして、情けない話ですなあ、ハハハ」

笹上は、いっそう不愉快になった。いっしょにプレイしていても、その思いはつのるばかりで、川の中へ突き落としてやりたいほどである。そうした気分を逆なでするように、舟崎はさらに話しかけてきた。

「考えてみりゃ、笹上さん、わたしなんかが連れでは、うまくなりっこありませんよ。時間のあるあなたは、わたしの留守の間に、ひとつ専念して腕を上げて、わたしをアッといわせてくださいな」

それでいて、その日の舟崎のゴルフは、いつになくうまく行き、笹上を口惜しがらせるばかりであった。

マンションに戻ってからも、笹上の不愉快な気分は、消えなかった。舟崎の顔が、白い壁に浮き出てくる。「毎日が日曜日でなく、毎日が工場ですな」という笑い声も、きこえてきそうである。いまいましかった。そのまま、じっと部屋に居る気になれなかった。

笹上は、国電に乗り、川口へ出た。いつか沖を連れて行った駅前ののみ屋へ行き、とまり木のはずれに腰を下ろした。例によって、コップ酒を一杯。三人づれの客が居て、しきりに上役の悪口をいっていた。

「どうです、だんな、お変わりありませんか」

おやじが仕方なさそうに、声をかけてくる。

「うん……」

「だいぶ、ゴルフは上手になられたでしょう」

「いや……」

ゴルフの話はしたくなかった。舟崎のことを思い出す。

話のつぎ穂をなくし、おやじは黙りこんだ。これといって肴《さかな》をとるわけでなく、酒も一夜に三杯以上のまない男。しかも、家主とあっては、あまりありがたい客とはいえない。これ以上、サービスする必要はないと、おやじはそっぽを向く風情《ふぜい》である。

笹上は、もう一杯たのんだ。

おやじは、「へーい」と長い返事をしたが、とくにまた話しかけてくるのでもない。

三人組は、会社の仲間の悪口を続けている。みんな、かなり酔っていたが、それでも、その中の一人が、ちょっと笹上を気にしている様子であった。

おやじとしては、笹上にちびちび一杯のまれるより、その三人に威勢よくのみ食いされた方が、商売になる――そうした気配が、笹上には、痛いほど感じられた。

笹上は、珍しくコップ酒を一気にあおった。ぽかんと口をあけるおやじに、千円札を突き出し、きちんと釣り銭を受けとった。

不快さは、つのるばかりであった。歩きながら、だれかと猛烈に話したくなる。沖が東京に居るなら、呼び出すところである。いや、ひょっとして、何かの用で帰京しているかも知れない。

笹上は、内ポケットをさぐり、手帳をとり出した。退職以来、予定欄は、ほとんど真白になったまま。いまはほとんど必要のない手帳だが、末尾の住所録が役に立つ。万一、外出中、笹上の身に何かがあったときなど、そこに出ている電話番号でまず連絡がとられ、笹上の身元もわかることになるであろう。

住所録のトップに、沖の京都支店、寮、そして国分寺の自宅の電話番号が書いてあった。

笹上は、赤電話を見つけ、ダイヤルを回した。ベルが二度鳴り、「もしもし、沖ですが」男の声。沖が帰っていた。よかった、バンザイだと、笹上は叫びたくなった。

「笹上だが、どうだね、これから出て来れんかね」

「笹上さん？」

「そうだよ。ほら、例の川口駅前ののみ屋へ来てるんだ。今夜は、おれ、少し羽目をはずしてもいい。のみ歩きたいんだ。ぜひ、つき合ってくれんか」

反応はない。笹上は、考える隙《すき》を与えぬよう、たたみかけた。

「何なら、おれがそっちへ行ってもいい。新宿でも、いや、国分寺まで行ったってい い。おれの方は、いくらでも時間はあるんだから」

「あのう、ぼく……」

電話の相手は、そこで「ママ！」と叫んだ。沖ではなく、息子の忍だったのだ。笹上は、冷汗をかく思いがし、そのまま、受話器を置きたくなった。

和代の声が出た。

「すみません、主人は京都なんですが」

「ああ、そうでしょう。そうだろうとは思ったんだけど」

「何か急の御用でも」

「いや、何も……。ひょっとして、戻って居られるんではないかと思って」

「沖に連絡いたしましょうか」

「いや、何もいわんでください。用事らしい用事じゃないんだから。……ちょっと気まぐれで。いや、おさわがせしました、奥さん。ほんとうに、沖君には何もいわんでください」

笹上は、電話を切った。額に汗がふき出ていた。

駅前を通りすぎ、立喰いそばへ入った。

「おや、いらっしゃい」

おかみは、いつもと同じ機械的な声で迎え、玉子とじうどんをつくった。笹上とはほぼ同年輩。夫が鋳物《いもの》工場でけがして以来、一家を支えている。働き者である。おしろい気ひとつなく、性的な魅力はない。

それでも、笹上は、おかみ相手に何か話したかった。だが、おかみは見向きもしない。どんぶりを洗い、玉子の数を数え、入ってきた客の注文をきく。

汗をおさえながら、笹上は、うどんをすすった。他の客のすする音、入ってくる客。「いらっしゃい」出て行く客。湯のたぎる音。玉子を割る音。釣り銭の音。「おや、いらっしゃい」靴の音。車の音。電車の音と地ひびき。

その中では食事をしているというより、工場の一隅に立ち、自分の口や胃が機械の一部となって動いている感じであった。

笹上は電車に乗り、赤羽で下りた。そしてまた、沖と行ったのみ屋へ入った。

そこは混んでいたが、客の間にカバンなどのせてある椅子《いす》がひとつあった。笹上を見て、客たちが荷物をとって、あけてくれた。

若いおやじは、ちらっと笹上の顔を見ると、無愛想にいった。

「今日も一杯だけですな」

「うーん」

笹上をはさんで、酔客たちの一群は競馬の話、他の一群は仕事の話をしていた。どこへ行っても、会社の話がついて回る。夜になっても、日本中が仕事のにおいに満ちている。日本はおくれていると、笹上は思った。外国の酒場なら、競馬の話はともかく、会社の話など、ほとんど耳にしない。ミュージカルや推理小説の話、テレビ・スターやフットボールの話、ときには、国際情勢の話……。いや、話をするより、黙ってひとりでのむ客も多い。いまの笹上のように。

その意味では、笹上は進んだ社会の人間であった。退職後の身の振り方もそうだが、日本へ新しい社会の風を運んできている人間のはずであった。のみ屋でも、堂々としていていい。

それなのに、川口ののみ屋では、遠慮がちに端っこへ坐《すわ》り、こののみ屋では、はさまれて小さくなっている。「外国ではこうなんだ」とはいえない。「だんな、難しい話は、ここでは、かんべんしてくださいよ。銀座やニューヨークの一流クラブとはちがうんだから」と、皮肉まじりにたしなめられたこともある。といって、身のまわりのことを話すと、離婚とか、ひとり暮しだとか、話題がしめっぽくなり、「泣きのウーさん」になってしまう。結局、ひとり黙々とのむ他はないが、笹上の風采のせいもあって、いかにも陰気な客と見られ、いい顔をされない。むしろ、煙たがられてしまう。

笹上は、早々に腰を上げた。釣り銭を、きちんと受けとる。

のみ屋の若いおやじがいった。

「だんな、お元気で。せいぜい長生きしてくださいよ」

すなおには、受けとれなかった。

酔客たちは、笹上を見た。まだ長生きうんぬんという歳ではないのにと、けげんな顔である。なわのれんから笹上の小さな姿が消えると、おやじはきっと笹上のことを肴にするにちがいない。

「いやな客ですよ。大家面《おおやづら》して、そのくせ、細かくって、長生きすることだけが、趣味だっていうんだから」

客たちが笑う――そんな様子が、目に見えるようであった。電車に乗った。窓の外を、家々の灯が走る。笹上は、ふと、沖の妻がいまごろ京都へ電話しているかも知れぬと思った。そして、そこでも、自分がまた肴にされていることであろう。ヤジ馬に徹するつもりが、まわりがヤジ馬になって、冷笑とともに、笹上を見つめている。少しも目立つつもりはないのに、その目立たない生き方が、笑いものにされる――。

「日暮里《にっぽり》、日暮里！」というアナウンスに、笹上は、あわててホームに下りた。うつ向きがちに階段を上りきったところで、下りる駅をまちがえたのに気づいた。

笹上は、一度は立ち止まった。

だが、そうしたぶざまな様子をだれかに気どられまいと思い、そのまま改札口を出た。そして、以前住んでいたマンションへの道を歩き出した。それは、谷中《やなか》墓地経由の道である。

墓地の中へ入ると、しめっぽい土や苔《こけ》のにおいがした。人通りはない。大きな墓の前で、抱き合っている男女が居た。さらに、墓地の奥へ行くと、重なっているアベックの姿があった。住んでいたときには、何とも思わなかった光景だが、笹上は腹が立ち、石でもぶつけてやりたい気分になった。その思いをこめ、大きくせきばらいして、身をひるがえした。

浜松町のマンションへ戻る。

酔いは、かなりさめていたが、気分的には、宙づりにでもなっている感じである。落着かない。舟崎老人に別れてそこへ戻ったとき以上に、いらだたしいものがあった。

窓の向うには、高速道路を越して、はるかに銀座の灯が見えた。いまも、扶桑商事の何人かが、その灯の下で、酒をくみ、にぎやかに談笑していることであろう。英語をはさもうと、外国の話をしようと、屈託なくくつろげる世界が、そこには在る。ただし、そこへ行くには、会社につながる身分でなければならない。

広い東京の夜の中に、笹上は自分にふさわしい場所がほとんど無いのを感じた。

夕刊の社会面を開くと、

「また孤老の死、十日目に発見」

という見出しが、目にとびこんできた。笹上は、そのニュース自体には、おどろかなかった。あり得べきことと思っている。

ただ、笹上は、その「孤老」という文字にひっかかった。まだ五十代だというのに、その日一日の笹上の姿は、「孤老」という形容にふさわしかった。笹上自身の意識がどうあろうと、世間は笹上を「孤老」としか見ない。「孤老」だからこそ、東京の夜の中にふさわしい場所がない。「孤老」たる者は、小さな部屋にとじこもり、むさくるしい恰好《かっこう》で、テレビの時代劇でも飽きもせず見ていればいいのかも知れない。

笹上は、部屋の中を歩き回った。動物たちのミニチュアには、目もくれなかった。

そのうち、大型冷蔵庫の前へひき寄せられるようにして、足がとまった。ドアを開く。がらんとした内部から、冷たい風が溢《あふ》れてくる。笹上は手をのばし、小さな棚の奥に、小型のクスリ壜《びん》が二つあるのをたしかめた。どちらも、強力な睡眠剤。重症でも服用は三錠以下となっているのに、二壜合わせ、百錠そろえてある。しかも、苦しんだり、吐いたりという副作用のないものである。

海外駐在のありがたさで、そうしたクスリを、じっくり選んで手に入れることができた。その点では、商社生活に感謝してもいい。醜い副作用なしに、いつでも完全に自殺することができるのだ。

睡眠薬の壜にふれていると、笹上は気分がひきしまり、また、たかぶってくるのを感じた。こうしたしゃれた訣別《けつべつ》の準備は、ふつうの「孤老」たちにはできまい。やはり、おれは「孤老」などではない。おれは、全く新しい日本の老年なのだ……。

電話のベルが鳴った。

笹上は、ぎくりとしたが、また、まちがい電話かと、うっとうしい顔になった。

定年後は、笹上のところへは、めったに電話がかかって来なくなった。とくに、夜間は皆無に等しい。このため、笹上の部屋の電話機は、その形をした置物同然になっていた。

物うく受話器をとり上げると、沖の声が、耳の中におどりこんできた。

「おそいお帰りですね」

「うーん、ちょっと、のみ歩いていたからな」

「のみ歩きですって。三杯が限度《リミット》のはずだったでしょう」

「おれだって、たまには羽目をはずすさ。今日は、その倍のんだ」

虚勢をはった。

「今日、何かあったんですか」

「いや、何もないよ」

「でも、家の方へ電話を頂いたそうで」

「なんだ、奥さんがきみに連絡したのか。何でもないといっておいたのに」笹上は、考えながら、いい足した。「たまたま、あちらの方へ行ったんで、もしや、きみが帰京してるんではないかと、ためしに電話してみたまでなんだ」

「お元気なんですね」

「うん、元気だ。すごく元気だ」

そういったあと、笹上は、ふいに胸が熱くなってきた。泣き出したいような気分である。不覚とでもいう他なかった。久しぶりに、人間的な対話というか、心のこもった声にふれたせいであろうか。

危うく「泣きのウーさん」になりかけるところを、沖の次の言葉が、ひきとめた。

「やっぱり、話相手が要るんじゃないですか」

「また、よけいなことをいう」

そういいながらも、笹上のまぶたには、ビルの郵便局で見かけた三千代らしい女の姿が、ちらついた。そのことを、沖相手に話してみたい衝動さえ感じる。

そうした思いをふり払うように、笹上は口調も変えていった。

「相変らず十万頭のブタの尻《しり》を追っかけ回しているのか」

「ええ」

「きみは、どうしてそんなにブタにこだわるんだ」

「ブタそのものじゃなくて、スマトラのとうもろこし《メイズ》なんですよ」

「同じことだ。なぜ、スマトラにこだわる。まるでスマトラ扶桑の亡霊にとりつかれているみたいじゃないか」

「……そうかも知れませんねえ」

笹上には、亡霊が出るほどとりつかれた仕事の記憶がない。もともと、商社の仕事はその場限りで、後には残らず、あえなく忘れられてしまう。そこがまた粋《いき》だとも思っていた。

「事業計画《プロジエクト》なんて、くそくらえだ。とにかく、一にも二にも、定年後の保身だ。せっかくのチャンスだ。夢中になって、目をつむって、トップの懐《ふところ》へとびこんで行くんだ」

返事がない。しかし、返事がないことも、この場合、ひとつの手ごたえである。久しぶりに人間を相手にやり合っているという快感がある。笹上は、しゃべり続けた。

「スマトラなんて、何だい。利益が上ってるわけじゃないし、もうみんな忘れてしまっている。スマトラの方でも、きみを忘れている。とんだ片想《かたおも》いかも知れないんだぜ」

死の駐在

「なぜスマトラにこだわる」

「スマトラなんて、何だい」

「きみは、スマトラの亡霊にとりつかれている。スマトラへの片想いなんだ……」

等々。

笹上には、いろいろいわれた。

だが、それは、笹上に限ったことではない。これまで沖は、社の内外から、どれほどその種の言葉を浴びせられたことであろう。それは、言葉では、説明しにくい事柄であった。どんなに詳しく話してみても、あの生活の重みや深みは、伝達できるものではない。

たとえば、闇《やみ》の深さ。

日本には、「漆黒の闇」という表現がある。黒い漆を塗りこめたような闇――スマトラの闇を表わすには、いちばん近い言葉だが、それにしても、あの闇の持つ密度だけでなく、ひろがりや深さを思うと、ごく一端を伝えるものでしかない。スマトラの闇は、呼吸のできぬほど濃く厚く立ちはだかる黒い壁であるばかりでなく、どこまで行っても果てることない大きく深い海であった。数キロ、数十キロ、いや百キロを越す先まで行っても、光を発するものが何ひとつない。マッチでもすると、たちまち闇の太い手に襲われ、永遠にその奥深くへさらわれてしまいそうな恐怖さえ感じる。そうした闇の海にもし光るものがあるとすれば、晴れた夜の月と星、それに、野獣の眼と夜光虫ぐらいのものである。広大なジャングルのところどころには、現地人農民の小さな部落《カンポン》がないわけではない。だが、そこにはやはり灯ひとつなかった。闇の下りるとともに、彼等もまた、獣に戻ったように眠りこんでいる。天地万物が、原始に戻ってしまう。原始時代の闇、漆黒の闇、海のような闇、……。どれだけ闇という言葉を重ねようと、あの闇のことは、伝えようがなかった。

スマトラ島は、赤道直下にあって、世界で六番目に大きな島である。日本の二倍の面積があるのに、人口は六分の一。都市らしいものは、北部のメダンと、南部のパレンバンの二つ。石油基地があり、太平洋戦争中、落下傘《らっかさん》部隊が降下したパレンバンが、わずかに日本人になじみの地名である。このため、沖たちも、「落下傘で現地へとび下りた」と、まことしやかに、うわさされたものである。

そこはまた、そうしたうわさの出るほど、交通不便な土地であった。いや、交通以前の土地といいたいほどである。沖たちとしても、冗談でなく、できるものなら、パラシュートでとび下りてたどりつきたい気持であった。

パレンバンとは、三百キロも離れていて、しかも、そこへ通じる道路ひとつない。

現地への道は、小さな港町パンジャンからはじまるのだが、そのパンジャンへは、ジャワ島から、フェリーまがいの船にのり、海峡を渡る。船齢を過ぎたような、旧式の汽船。鍋釜《なべかま》持った難民のようなインドネシア人でいつも満員であり、船足もおそく、十二時間かかって、スンダ海峡を渡る。この間、船のゆれと人いきれとで、ほとんど一睡もできない。

ようやくたどりついたパンジャンから、草原の中の小さな町まで、ジープで三時間。そして、その小さな町から、道なき道を、さらにジープで十一時間。まさに、地の果てであった。

そこには、ジャングルの間に、チガヤによく似た丈の高いアランアランの生い茂った草原がひろがる。野獣だけでなく、毒虫毒蛇の巣であり、マラリヤのホームグラウンドでもある。闇の深いのも当然であって、戦場にさえならない土地であった。

だが、人間の住めぬ土地にも、恵まれすぎる自然があった。赤道の真下である。燦々《さんさん》とした陽光。乾期はあるが、雨期も比較的長く、この豊かな雨の流してくる自然の肥料のおかげで、土地は肥えていて、肥料を必要としないほどである。この自然条件のおかげで、アメリカ大陸でも、アフリカでも、とうもろこしは年一回の収穫に限られているのに、南部スマトラでは、年三回の収穫が可能と見られた。農業機械の償却なども、それだけ早くできる計算だが、それにしても、長期かつ大規模な農業開発は、国際機関か政府の仕事であって、民間の一商社向きの仕事ではない。少なくとも、十年間の赤字が予想された。

果して、この事業計画《プロジェクト》に対する社内の反響は、「バカじゃなかろうか」の一語に尽きた。

事業計画《プロジェクト》を推進したのは、当時、食料統轄《とうかつ》部の開発課長をしていた本宮を中心とするプロジェクト・チームであった。沖はそのころ名古屋支店に居たが、本宮からの呼び出しに上京してみると、このチームへの編入であった。

「きみは、食料関係を希望している。まだ若いことやし、しょっぱなに大きな仕事に取り組むのがええのや」

大きすぎた。しかも……。

(殺生《せっしょう》です。わたしが食料を希望したのは、二度とみじめな海外生活をしたくなかったからなんです。それを……)

沖は、本宮にむしゃぶりついて訴えたかった。

愛する妻子とくらす平凡な家庭生活。人生に、それ以上大切なものはあるまいと、そのとき、沖はひそかに思いつめていた。それなのに、スマトラの土になれといわんばかりの指令である。しかも、十年間は利益が上らぬとあっては、苦労しても報われることがない。またしても、滅私奉公である。後方勤務を選ぶため、輜重兵《しちょうへい》を志望したのに、いきなり特攻機にのせられ、体当り攻撃に送り出される感じであった。

「いったい、これが商社の仕事になるんですか」

うめきとも、悲鳴ともつかぬ声を、沖はあげたが、本宮にがっしり受け返された。

「そうだ。これからの時代は、そこまでやらな、あかんのや」

戦後の日本では、畜産の振興に伴って、とうもろこし需要が年々ふえ続け、そのほとんどが輸入によってまかなわれている。その輸入を預かる商社としては、原料切れにならぬよう、安定した輸入ルートを確保しておかねばならない。

最大の輸入先は、アメリカ。アメリカは、世界のとうもろこしの半分を産出しており、日本では、年によって変動はあるが、平均して輸入の約七割をアメリカにたよっていた。

だが、このアメリカ依存の輸入体制には、問題があった。アメリカ名物の港湾ストが起る度に、積み出しが止まり、輸入がストップする。急いで、他の国から輸入の手当てをするのだが、そのときには、足もとを見られて、高値のものをつかまされる。あるいはまた、アメリカに葉枯病《リーフブライト》などが蔓延《まんえん》すると、まず日本への供給が、大幅にカットされる。

このため、アメリカだけにたよらず、供給源をできるだけ多様化しておくことが、日本の畜産業にとって必要であった。

日本政府はその努力をせず、代って、いくつかの商社が動き、タイ、アルゼンチン、ブラジル、南アフリカなどからの輸入が進められた。とりわけ、タイでは、タイ国自体の国際収支改善というねらいもあって、とうもろこしは、十五年間に十倍という大増産がはかられた。これによって、タイからの輸入は目立ってのび、年間総輸入量の一〇パーセントから二〇パーセントの間を占めるようになってきていた。

だが、タイにも、問題があった。生産方法が、前近代的である。人工灌漑《かんがい》が未発達の上、在来からの収奪農法に近い耕作のため、天候の変化をまともに受け、収量も品質も安定しない。タイをさらに補うものが、求められた。

こうして、タイに近く、すぐれた自然条件を持つ南スマトラに目が向けられた。

南スマトラには、実は、当のインドネシア政府が、すでに目をつけていた。

インドネシアは、ジャワ島における一平方キロ当り五六〇人という極端な過密（日本の全国平均は、二八一人）と、スマトラ、カリマンタン（ボルネオ）など外領における過疎《かそ》に悩んでいた（スマトラでは一平方キロ当り三九人、カリマンタンでは、九人。西イリアンに至っては、二人）。ジャワの耕地率が四六パーセントという高率なのにくらべ、外地の耕地率は、わずか四パーセントにすぎない。しかも、そのジャワ島農業は、零細規模に加え、過度の耕作のため、行きづまり状態にあった。

こうした状況の下で、ジャワ島の過剰人口を農業移民として南スマトラへ移すことが、インドネシアにとって、人口問題・失業問題・食糧問題などを、集中的に解決する重要国策のひとつになった。

その尖兵《せんぺい》として、インドネシア独立のため戦った旧学生義勇軍の中から開拓団がつくられ、百人単位での入植が、はじまった。斧《おの》と鍬《くわ》だけをたよりに、ジャングルとアランアランの大草原に立ち向かったのだが、そうした開拓努力には、限界があった。原始林の奥の孤島のような畠《はたけ》では、収穫があっても、商品化する道がないし、不作のときは、他にまるで生計を立てる途《みち》がない。このため、畠をつくるより、その畠が再びジャングル化する勢いが速く、開拓義勇軍はジャングルの海にのみこまれ、潰滅《かいめつ》寸前にあった。

インドネシア政府は、国際機関や主要国政府に援助を要請した。世界銀行が腰を上げ、西ドイツ政府もこれに応じたが、日本政府は動かなかった。このために、その話は、大手の総合商社に持ちこまれてきた。もともと、開発途上国に共通しているのだが、農産物の買付は、電報一本ではできないし、相手国の港へ行っても、できないことが多い。港への道路がないし、ときには、港そのものがない。農民たちは、自給できる程度のものを細々とつくっているだけで、品種としても劣ったもの、不揃《ふぞろ》いなものが多くて、買付の対象にならない。

このため、実験的な農場などを開発することで、周辺の農業技術を改善するだけでなく、灌漑施設から道路港湾の建設まで行わねばならない。南スマトラの場合、そうした環境基盤が、ほとんどゼロに近い上、要求される開拓の規模が、桁《けた》はずれに大きなものであった——。

そうした事情が明らかになるにつれ、社内の反対は、弱まるどころか、強くなる一方であった。

「バカじゃないか」

という声こそ、さすがに薄れたが、それにしても、一商社として、赤字が十年も続く事業には耐えられない。あくまで政府がやるべき性質の仕事である、という強硬な反対である。

外貨事情がまだ窮屈な折であり、海外投資には厳重な規制があって、大蔵省が認可をしぶるという不安もあった。

役員会の大勢は反対。当時社長であった金丸も、不乗気であった。これに対し、和地専務から本宮課長に至るラインが、説得に説得を重ねた。社外の老財界人からの声援もあった。

扶桑商事の主要な事業計画《プロジエクト》は、年一回、都内のホテルに全役員をカンヅメにして行われる経営戦略会議にかけられるのだが、スマトラ扶桑問題は、まる一日、その会議をゆさぶり続けた。そのあげく、ようやく予備調査を認めるという結論が出た。

農業学者や土木技師を加えた七名の予備調査団は、一カ月の予定で、南スマトラへ向かった。沖もその一員であったが、それは、惨憺《さんたん》たる旅になった。

交通の不便さは、覚悟はしていたものの、ひどすぎた。寝泊りする原住民の家は、半ば廃屋と化したもので、クモの巣と南京虫《ナンキン》の巣窟《そうくつ》であった。食料の多くは携帯して行ったが、かんじんの水がない。折から乾期で、川は浅い泥の流れに変わっていた。その泥水をすくって、米をたく。泥まみれの御飯である。しかも、その同じ川で、顔や体を洗い、原住民たちは用便もすます。このため、団員の一人は、三日目ぐらいから、全身にあぶら汗を流し、一切の食事を受けつけなくなった。食べないのに、顔や手足がむくんでくる。当人は「毒虫に刺されたせい」といっていたが、もちろん診療すべき医者も居ない。そのうち、言語までおかしくなったため、急いでジャワへ後送し、さらに日本へ送り帰したのだが、帰国後まもなく、病名もはっきりしないまま、死んでしまった。犠牲第一号である。

調査報告の結論は、「GO《ゴー》」であった。

依嘱された学者や技師たちは、報告だけ出せばよく、彼等自身望まなければ、二度とかかわることのない土地である。これに対して、同じ調査団員でも、沖たち社員の場合は、深刻であった。次には、本格的に、その死の土地へ送りこまれることになる。気持としては「GO《ゴー》ではなく、NO《ノー》」といって欲しかった。

現地では調査団の動きを歓迎し、なお強い期待を寄せてきた。当時、扶桑商事は、インドネシア領内で、通常の貿易活動の他に、石油開発・森林開発・漁業基地の建設など、いくつかの巨大事業計画《プロジエクト》を抱えていた。その点でも、南スマトラの期待にも応《こた》える必要があった。調査団がもう一度出されたあと、役員会は、ついに、この計画を認めた。金丸社長は和地専務に向かい、最後に吐き出すようにいった。

「きみの新しもの好きに負けたよ。今度は、わしが、きみの地獄行きエレベーターに乗る番や」

本当に地獄行きエレベーターに乗せられたのは、現地行きを命じられた沖たちであった。

この計画は、扶桑商事が決めたからといって、すぐ着手できるものではなかった。現地からの要請がありながらも、正式にインドネシア政府の許可をとらねばならず、このために一苦労があった。さらに、日本政府、とくに大蔵省から外貨割当を受けるのが、難事業であった。沖たちだけでなく、扶桑商事の関連する各部門が、活発に工作に動いた。

農業技術者集めが、また、たいへんであった。もともと、熱帯農業の研究者が少ない上、ほとんど官庁関係の研究機関に属している。農林省にたのんでも、「一企業のために斡旋《あっせん》することはできない。たとえ一週間でも、貸すわけにもいかん」と、まるで、とり合ってくれない。（本来、政府でやるべき仕事なのに）と、いいたいところだが、「一企業」の社員としては、ただ頭を低くして、懇願する他なかった。

そのうち、この事業の意義を理解し、二人の農業技術者が、政府機関を退職して、身を投じてくれることになった。他に土木技術者一名、林業関係者一名、そして、沖たち扶桑商事社員三名、メンバーは変わったが、ふたたび、七人の侍である。

短期の予備調査でさえ、死者の出た事業である。マラリヤなどの悪疫に加え、交通の不便さを思うと、大げさでなく、万一のときの覚悟をしておかねばならなかった。盲腸炎ひとつ起しても、それで一巻の終わりとなる。

妻帯者たちは、水盃《みずさかずき》を交わす思いで、日本を発《た》つ前、それぞれ妻子を連れて、伊豆《いず》や信州へ別れの旅に出た。現地は、ないないづくしの土地である。あるのは、ジャングルとアランアランの大草原のみ。このため、ありとあらゆる道具や機械を持ちこまねばならない。トラックやジープ、トラクターはもとより、発電機も要るし、材木をつくるための製材機も必要である。河原の石を砕いて道路や建物の基礎をつくるための砕石機も、持って行かねばならない。その調達から積み出しも一仕事なら、さらに、通関が問題であった。その上で、ふたたび現地まで、まちがいなく輸送しなければならない。現地到着までに、心身ともに疲れ果てた感じであった。

沖たちは、今度こそ本心から、戦時中の落下傘部隊がうらやましくなった。荷物のひとつひとつに白いパラシュートをつけ、沖たちもまたパラシュートで、緑の樹海へとび下りたい。インドネシア空軍に、真剣に相談したい気持であった。

先の予備調査のときと同様、空軍ではなく、陸軍の兵士たちが、護衛のため同行した。ジャングルの奥深くは、政府でもわかっていないことが多い。一部に兇暴《きようぼう》な種族が居て、襲撃を受ける心配もあるとのことであったが、現地到着後まもなく、兵士たちは引き揚げてしまった。

農場予定地に最も近い村は、ジャワから移住してきた開拓民が住んで居り、その中には、義勇軍の兵士だった人たちも居て、当座は安全と判断したためであった。事実、危険は、人間よりも、蚊《か》や南京虫から虎《とら》に至る動物たちが運んできた。

現地人を雇い、彼等といっしょに川の水をのみ、同じ川で水浴びする生活がはじまった。宿舎ができるまでは、村の廃屋に泊ったが、猛烈な南京虫のため、野宿の方がよく眠れた。褐色を帯びた飯をたき、おかずは、豆を煮たり、干魚をかじったり、それに、そのあたりにふんだんに居る猪《いのしし》や鹿《しか》の肉。鹿はうまかったが、猪肉はくさいので、ショウガをきかせて食べた。

だが、猪や鹿が多いというのは、それらを獲物《えもの》にする猛獣もまた多いということであった。沖自身も、一度、夕闇《ゆうやみ》の中で、猛獣の眼と向かい合ったし、五メートルを越す錦蛇《にしきへび》に出逢《であ》ったこともある。現地人たちは、日によって、本能的に猛獣の出現を感じとり、作業を拒んだ。作業員の一人が食い殺されてからは、とくに夜間作業をこわがった。

しかし、乾期のうちにできるだけトラクターを動かしておく必要があり、三交代で夜間作業も進めねばならない。トラクターの轟音《ごうおん》におどろいて、虎など近寄るはずはないと思うのだが、作業員のおびえは消えない。このため、五台のトラクターを一列に並べ、ヘッドライトを全開して、作業を進めさせたこともあった。

現地へとけこむという方針から、ピストルその他、武器は一切持たなかった。食料やセメントなどは、十一時間、車に乗って、町まで買いに出るわけだが、あるとき、帰り道でジープが故障したときには、沖はこれで終わりかと思った。

虎か、ジャガーか、獣の吠《ほ》える声がジャングルの闇にこだまし、まわりの草むらが、しきりにゆれる。息もできぬほどの藪蚊《やぶか》の大群が、まといついて離れない。しかも、手にあるのは、懐中電灯だけ。一時間足らずで故障は直ったが、それが、沖には、三時間にも、五時間にも思えた。

作業の進め方については、現地人の指導者たちと、夜を徹して議論した。「ムシャワラ」といい、議論を尽くして意見が一致したとき、はじめて強力な行動を起すというのが、彼等のしきたりであった。

問題があるときには、作業を中止して、「ムシャワラ」を重ねた。

一度、日本人技術者と現地人の間に、なぐり合いのけんかがあったが、これも、「ムシャワラ」で、その二人は、無二の親友となった。義勇軍の元兵士たちは、なかなかの愛国者であった。

「独立を得たいま、われらは何をなすべきか。理想とすべき国の姿は、何なのか」日本の例についてたずねられたりしながら、そうした熱っぽい議論が、南十字星の輝く下で、夜のふけるまで続けられたこともあった。

沖は、国はちがうが、維新の時代に生きている気がした。それに、置かれた環境は、江戸時代にも似ていた。たとえば、通信手段にしても、電話も、電信も、郵便さえもない。このため、扶桑商事のジャカルタ支店へ連絡をとるにも、飛脚を仕立てねばならない。手紙を書いて、村の若者に持たせ、ジープで港まで送り、船に乗せ、ジャワ島へ渡らせる、というわけで、片道二日半かかった。

そうした環境の改善も、仕事のひとつであった。草原の開墾と並んで、道路の改修も進めた。その結果、町まで十一時間の道が、九時間にちぢまった。

三キロほど離れた泉から、農場へだけでなく、村へも簡易水道をひき、モーターや水道管などすべて寄附した。さらに、町の近くに、戦争中、日本軍のつくった飛行場の跡があるのを見つけ、小石を敷きつめた滑走路に手を入れ、ようやく、ジャカルタから小型機が着くようになった。椅子《いす》は板ばりの半ば軍用機のような旧式機である。

農場の開場式には、ジャカルタから、大統領夫妻と閣僚五人が、わざわざやってきた。インドネシア側の寄せる期待が、また痛いほど感じられた。

ただ、開場式直後、沖は倒れた。食欲が全然なくなる。予備調査に来て死んだ男を連想させる症状であった。急性肝炎ということだが、それまでの肉体的精神的疲労が、一度にふき出た形でもあった。

ジャカルタで入院し、三カ月間の静養生活を送った。アルコールを断つのは、つらかったが、しかし、このとき、沖は自分でもふしぎなほど、ホームシックにはかからなかった。むしろ、一日も早く、スマトラへ戻りたい。銅色の肌をした男たちと、いかにも男らしい生きがいのある仕事に取り組みたい。満天にきらめく星を仰ぎ、野獣の声をききながら、密林の中に新しい天地をつくって行きたいと、むやみに気持がたかぶるばかりであった。

農場では、一日に百人から二百人の現地人を雇って、働かせた。

他に現金収入の道が全くなかった土地のことである。求職者が殺到した。仕事についた者と、あぶれた者とでは目に見えて所得の差が出てくる。このため、一戸から一人に限るなどして、できるだけ公平に働いてもらうことにした。

沖がジャカルタでの静養から戻って数日後の夕方、現地人の従業員が、沖を呼びにきた。

「変な男が、妻子をつれてやってきた。五十キロも先の密林の奥から歩いてきた。ぜひ日本人に会わせてくれ、といっている」

半ば警戒するような顔つきである。

沖が行ってみると、すみれ色の夕闇の中に、ぼろぼろの服を着た小柄で瘦《や》せた褐色の肌の男が立っている。その背後に少し離れて、女と三人の子供が身を寄せ合うように、ひっそり立っていた。何キロも何十キロも先から、はるばる職を求めにくる例は珍しくないし、とくに変わった様子も見えないと思っていると、その男が叫びながら、かけ寄ってきた。

「あなた、ほんと、日本人ね」

日本語であった。

「日本人が農場つくったいううわさきいて、わしは……」

男は、沖の腕に両手でしがみついた。目には涙が溢《あふ》れてくる。坂という名の元日本兵であった。沖は、とりあえず宿舎へ案内し、羊羹《ようかん》の罐詰《かんづめ》を出した。

坂は一口ずつ口にいれては、目をとじて味わう。そのまぶたの縁からは、涙が溢れ続けていた。

「ぜひ、ここで働きたい」

坂は哀願した。だが、沖たちには、即答できなかった。たとえ、日本人でも、いまは、現地人である。現地人の採用については、現地人幹部と相談することになっていた。

早速「ムシャワラ」を開いた。事情はわかるが、とくに技術があるわけではないから、特別の待遇は認めない。とりあえず、警備員として採用する――ということになった。

沖は、ほっとした。この元日本兵が、妻子四人とともに、また五十キロ先のジャングルの奥へとぼとぼ帰って行く姿は、想像しても胸が痛んだからである。

坂は、警備員として働きながら、日本人らしい勤勉さと器用さで、トラクターの運転をいち早くおぼえ、まもなく運転技術者になった。トラクターで土を深く掘り返し、畦《うね》をつくり、最適の間隔に種子をまく。肥料も投入する。種子には黄色で粒が大きく、高収量の品種を選び、さらに、これを年三回のスピードで、現地向けに改良したものを、次々に使って行った。

すべてが大規模かつ科学的に運ばれて行く。

もともと、附近の村人たちも、とうもろこしをつくってはいたが、品種がわるい上に、太古そのままの焼畑耕作。土の表面をひっかいて種子を気ままにばらまいておくだけといったやり方なので、収量も低く不安定なら、実り具合や、粒の大きさも、不揃い。色も、黄、赤、白とさまざま。貯蔵するにも、皮をとって、軒下に積み上げておくだけなので、虫にくわれたり、雨にぬれてくさったりし、商品価値は、きわめて低かった。シンガポールあたりから、華僑《かきょう》の商人が買い集めに来ても、こうしたとうもろこしでは、一方的に買いたたかれるばかりであった。すると、村人たちはますます耕作意欲を失ってしまい、貧困の悪循環の中に落ちこんでいた。

仕事にあぶれた村人たちは、毎日、農場の傍《そば》にやってきて、土の上に腰を下ろし、一日中、ぼんやり農場の作業ぶりをながめていた。そのうち、深く土を掘り返し、畦をつくりという風に、耕作のやり方を変えはじめた。農場からは、改良された品種の種子をわけてやり、つくったとうもろこしは、農場のそれと同じ値段で売れるようになった。

農場は村にとけこみ、沖たちは、村の結婚式に招かれたりした。もっとも、これは、正直なところ、ありがた迷惑であった。賓客扱いで、いちばんいい席に坐《すわ》らせてくれるのだが、そこには、きまって、南京虫の大群が待ち構えていて、五分と経《た》たぬうちに、踵《かかと》から脛《すね》、さらに腿《もも》へと、いっせいにはい上がってくる。あばれ出したいほどかゆいのだが、お客さまとして注目を浴びているのだから、じっと、がまんしている他はない。

第一期として、百ヘクタールの土地がひらかれた。さし当っての目標は、三千ヘクタールである。港へ行く道路も改修されたし、五〇トン程度の船しか着かなかった港が、四万トン級まで着岸できるようになった。これによって、それまで割高についた運賃が大幅に下がり、有利に輸出できるようになった。

雨期に入ると、毎日、雨が降り続く。修理工場の中にとじこもったり、村のとうもろこしを買い集めたり。それに、ようやく、電波の割り当てがとれ、ジャカルタへ無線電話が通じた。ニューヨークからテレックスでジャカルタ支店へ送られてくる穀物相場を、無線電話できく。地の果てにも等しい緑の闇の中。雨音に妨げられながらも、そのときだけは、一瞬商社員らしい心のときめきをとり戻す。

「ああ、おれは商社から来ていたんだな」

嘆息と苦笑をまじえてつぶやき、世界全体の穀物市場の動きにつなげて、その生まれたばかりの農場の運命を考えてみたりもした。

すべてが順調に行くかに見えたが、農業、とくに、こうした土地での農業は、水ものであった。

まず、野ネズミの大群が襲来し、一夜のうちに、とうもろこしの半分近くが食われてしまうという災難に見舞われた。病虫害も、入れ代り立ち代り、やってきた。とりわけ、ベト病の勢いはすさまじく、十センチぐらいのびたところで、いっせいに立ち枯れてしまう。有効な農薬もなく、畠は全部サラ地に戻し、しばらく赤道直下の太陽にさらしたままにしておく他はなかった。

三年目の雨期の終わりには、すさまじい集中豪雨に襲われた。村人たちにいわせれば、経験したこともない大雨だというが、川は泥色の海となって溢れ、農場はすべて水面下に消えた。そして、水の去ったあとは、倒木や石が散乱する荒地に変わり果てていた。機械力を駆使した大農場も、熱帯の大自然の前では、嬰児《えいじ》のように無力であった。

農地づくりは、また、ふり出しに戻った。苦労の連続、苦労のやり直しである。そうした中で、まず、農業技師の一人が、マラリヤに倒れた。

担架にのせたままジャカルタへ送り、さらにシンガポールの大病院へ転院させたが、設備、技術とも完備した病院へ落着いて、最後の気力もぬけたのか、入院して三日目に息をひきとった。

このあと、沖たちは、一時、マラリヤ恐怖症にとりつかれた。そして、扶桑商事の若い社員は、予防薬のキニーネをのみすぎて、かえって肝臓障害を起し、みるみる黄色くむくみ出した。本人の希望もあって、早々に日本へ送り帰したが、一度痛んだ肝臓は旧《もと》へは戻らず、仕事のひまな子会社へ移された。そして、いまだに半病人の生活を送っている。

その意味では五体満足なまま戻れたことを、沖は神仏いずれにともなく感謝したい気分であった。

帰国した沖に対し、十文字がいった。

「ようやく刑期が明けたな」

刑期か、なるほど。沖は、大きくうなずいた。十文字一流の皮肉は、感じなかった。むしろ、ずしりと胸にこたえる言葉であった。

「熱帯の一年は、日本の三年だ。都合、十年の刑期をつとめてきたわけだな」

十文字の言葉に、沖は素直に、うなずき続けた。

年数はともかく、自分の人生のいちばんいい部分が、そこで燃え尽きてしまった感じであった。空《むな》しく、ではない。たしかな手ごたえを感じさせる形で。いわば、自分の人生とひきかえにしたその大きな手ごたえを、沖は永久に失いたくない思いであった。

万一の事態

一

沖は、よくスマトラ扶桑の夢を見る。黄色だったり、ときには無色のとうもろこしの山。あるいは、視野一面のとうもろこし畠《ばたけ》。それらが、急に海の中へのみこまれたり、みるみる遠くへ運ばれて行ってしまったり。あるいは、アランアランの草原の中を、どこまで行っても、あるべきはずの農場が見当らなかったり。

「すみません、教えてくださいよ。たしかに、農場があったはずですが」

しきりにたずねるのだが、現地人も、日本人も、むっつりして教えてくれない……。

現実の農場は、すでに三千ヘクタールにひろがっていた。農繁期には、臨時雇を加えると、三千人近い現地人が働いている。それでもなお、熱帯の大自然の力に、ゆさぶられ続けていた。病虫害などにも、周期的に襲われ、採算上は、いぜんとして、赤字のままである。

だが、自然条件以上にこわいのは、人間の側が、手を抜き、意欲を失うことであった。少しでも、耕作を休もうものなら、大農場も、たちまちジャングルやアランアランの大草原に戻ってしまう。その点では、熱帯農業とは、温帯のそれ以上に、勤勉かつ継続的に取り組まねばならぬ代物であった。どんな理由があるにせよ、休耕などということをしてはならない。そのためには、つくられたとうもろこしが、必ず売れる必要がある。極端にいうなら、世界中にどんなにとうもろこしがだぶつこうとも、必ず、スマトラ扶桑のとうもろこしを買ってくれるところがあることが必要であった。

三千ヘクタールからのとうもろこしの収量は、年間、一万五千トン内外と見られる。これは、十万頭のブタによって十分に消化できる量である。十万頭の養豚場のある限り、スマトラ扶桑のとうもろこしは、売れ残る心配はない。休みなく耕し、休みなく黄色い実をみのらせ続けて行くことが、できるはずであった。それに、農場と養豚場を直結させることで、スマトラのとうもろこしの生産の推移や、その改良の程度などを、内地に居て、文字どおり、手にとって知ることができる。また、需要者側の動きを、直接、農場に伝えることもできる……。

スマトラ扶桑という壮挙を、空《むな》しいものにしてはならない。そのために、沖の考えでは、何としても、養豚場が必要であった。沖個人の感傷のせいと、いわれるかも知れない。だが、その程度の感傷は、スマトラ扶桑のために働いてきた無数の人々のために、許されてよいと思った。

沖は、休日などには、相変らず、養豚場の適地探しを続けた。京都府下だけでなく、若狭《わかさ》や比良《ひら》山地、近江《おうみ》盆地などへも足をのばした。

そうした一日、また、和地社長が京都に来た。土曜の夜は京都泊り。日曜日には、琵琶《びわ》湖畔へ出る。沖と、芸妓《げいこ》二人が伴《とも》をした。

二つばかり古い寺を見たあと、モーターボートをとばして、沖島、竹生島《ちくぶしま》も見ようということになった。若い方の芸妓である歌栄が、ねだった。ほぼ一時間の予定という。

年長の美保は、船に弱いので残る、という。沖も残った。たまたま、その近くの比良山麓《さんろく》に、養豚場の候補地があった。和地の舟遊びの間に、その土地を見て来たいと思ったからである。

「せっかく二人になったというのに、ブタの土地見に行くなんて、つや消しもええところでっせ」

わざと顔をしかめて見せながら、それでも、まんざらでもなさそうに、美保も車にのりこんできた。

後の座席に二人並んで坐《すわ》ると、にわかに、脂粉のにおいが強く漂ってくる感じであった。美保は、沖とほぼ同年輩。陽気にふるまってはいるが、いつか楊貴妃《ようきひ》観音で泣き出したように、さびしい、心の弱い女なのであろう。沖と夫婦のように並ぶことに、ひそかに、ときめきさえおぼえているのではないか。その証拠に、車の震動にゆさぶられる恰好《かっこう》で、沖に身を寄せてきている。

沖の胸は、かわいた。すでに二十日以上も、家へ帰っていない。土地さがしのせいもあるが、本宮部長のいう「くしゃみの届く距離」も、世帯《しょたい》持ちの中堅サラリーマンの身には、気楽には帰れぬ距離であった……。

たずねて行った養豚場候補地は、はかばかしいものではなかった。土地の傾斜がひどすぎるし、集落がかなり近くに在った。しかも、琵琶湖の湖面が近すぎて、汚水処理に難点があった。

沖は、車を戻した。美保がまた、あたたかな膝《ひざ》を寄せてくる。

「さびしそうだな」

「わかるの」

沖は、美保の膝を軽くたたき、

「この膝が、そういってる」

「あら、いややわ」美保は色っぽく笑ってから、「ええひと居たら、紹介して」

「それが、居るんだよ」

沖は、思いきって、笹上の話をした。

いまは、定年バンザイの身、四軒の貸店舗を持つ。マンションのひとりぐらし。部屋に溢《あふ》れる動物のミニチュア、棺《ひつぎ》代りの大型冷蔵庫……。手短かに説明してから、沖はいった。

「どうだ、興味はあるか」

美保は、うなずいた。

「もちろん。けど、悲しいおひとでんな。うち、きいてるだけで、何やら、のみとうなってきたわ」

「のんで、また泣くのか」

「いやなひと。からかわんといて。うち、真剣にいうとるんよ」

「それじゃ、こちらも真剣な話だ。ひとつ、その男に会ってみる気はないか」

「だめよ。会ったところで、わたし、こんな歳《とし》やもの」

「歳は関係ない。それに、あの男は、長生きするのにけんめいだ。百歳以上生きるかも知れん。結婚なんて話は別にしても、その男の部屋をのぞいて見るだけでも、おもしろいんじゃないかな」

「ええ、それは、ぜひ……」

美保は、得意客へのあいさつや、踊りのおさらいなどに、月に一、二度は上京している。沖が本気に望むなら、その折りにでも、笹上を訪ねることにする、といった。

沖は、うれしくなった。孤独な笹上に対し、思いがけぬ功徳《くどく》を施すことができる。祇園《ぎおん》の芸妓に訪ねて来られ、度の強い眼鏡の奥で、どぎまぎする笹上の姿が、想像できた。美保の運びこんだ脂粉のにおいによって、部屋の空気は一変し、動物のミニチュアなど、たちまち色あせたものに見えてくる。

笹上も人間である。ヤジ馬だなどといって居れなくなって、ふたたび、女を愛し、人間を愛する日々がはじまるかも知れない――。

二人をのせた車は、湖畔へ戻った。天候がくずれ、湖面も空も、鉛色に煙り、雨が降り出していた。比良の山々も、麓《ふもと》を残し、見えなくなっている。風まで出はじめ、三角波の白い舌が、ちらついていた。

「こんな天気になって、モーターボートは、大丈夫かしら」

美保が、心配そうに、沖の腕をつかんでいう。そういえば、船頭は、天候の変化などとくに気にする様子もなく、二つ返事で船を出して行った。海とはちがい、危険なときには、すぐに近くの岸に戻れるせいであろうが、それにしても、約束の一時間半をすぎても、一向に、モーターボートの現われる気配もないし、連絡もない。

その間に、雨は、ますます強くなってきた。雨具の用意もないボートの上で、和地たちは、雨に打たれるままであろう。沖は、船着場の先にホテルを見つけ、とりあえず部屋を予約し、着替えなども、準備させた。

二時間経《た》った。

「ひょっとして、遭難したんやないやろか」

美保がつぶやく。ぎくりとさせる言葉である。

「冗談いうな」

「でも、もし、そうとしたら、たいへんやわ。一流商社の社長さんと芸妓が、モーターボートで遭難なんて。マスコミは、大さわぎや」

「こわいことをいうな」

たしなめながらも、沖は、あらためて事の重大さに気づいた。

寄り道でもしているか、エンジンの故障とでも考えたいが、転覆などの事故がないとはいいきれない。新聞、週刊誌、テレビなどに、センセイショナルなニュースが流れるのが、目に見えるようである。

沖は、居たたまれぬ思いになった。失態である。同行すべきであった。同乗できないなら、万々一の事態に備えて、別にもう一隻《せき》仕立て、後に従うべきであった。トップのお守りをするとは、そういうことなのである。そこまで用心し、気をつかうべきであった。

その意味では、沖は、京都支店長として、軽率であり、怠慢であった。沖は、随行の身であることを忘れ、自分の事業計画《プロジェクト》に気を奪われていた。養豚場候補地のことで、頭を占められてしまっていた——。

悔んでばかりは居れなかった。沖は、店仕舞いをはじめていた船頭たちに交渉し、二隻のモーターボートを仕立て、その一隻に、自分も乗りこんだ。

「危ないわ。二重遭難になるやないの」

「それなら、警察にいえというのか」

美保は黙った。もし警察沙汰《ざた》にでもなれば、姐《ねえ》さん格の芸妓として、美保も監督不行届きを責められることになる。

波にゆれながら、ボートは走り出した。沖は、ボート屋から借りた雨合羽《あまがっぱ》をつけ、仁王立ちになって、目を見開いた。雨と水しぶきが、顔をたたいて来る。

もしも二重遭難になるなら、沖は、それも運命だと思った。あれこれ責め立てられるより、いっそ、その運命を選んだ方がよいのかも知れない。ただ、口惜《くや》しいのは、どうせ会社のために命を落とすなら、こんなところでなく、スマトラで死にたかった。それなら、商社員として、名誉の戦死といえる。子供たちに説明もつき、恥ずかしくない死となったはずである——。

だが、思いわずらうほどのことは、なかった。走り出して二十分と経たぬうちに、雨に煙る前方の湖面に、一隻のモーターボートが見えてきた。スピードが出ないらしく、波にゆさぶられながら、近寄ってくる。船頭が叫び声をあげると、向うの舟からも、叫びが応《こた》えた。

二隻のモーターボートは、その舟を両側からはさみこむような形で、近づいて行った。

和地たちのボートは、島めぐりを終わって帰る途中、エンジンの調子がわるくなり、一時間近く漂流。ようやくまた動き出すようになり、微速で戻ってくるところであった。

ずぶ濡《ぬ》れの和地と歌栄を、沖たちのボートへ移した。用意してきたタオルで顔など拭《ふ》かせ、雨合羽を着せた。その間にも、ボートは、波の上にはね上るようにして、岸に急いだ。

はるかに船着場が見えてきた。雨中だというのに、二十人あまりの人影が立って、こちらを見つめている。和地のボートの行方を気にして、他の船頭や近所の人たちが、集まってきたのであろう。

沖は、まずいと思った。社長に別にやましいところはないが、世間の口はうるさい。妙に気をまわされたり、勘ぐられたりしては困る。それには、まかりまちがっても、社長風の男の浮気といった感じに見られないことである。

沖は、とっさに思いつくと、タオルなどをまるめ、社長の手におしつけた。

「社長、恐縮ですが、これを持ってください。それに合羽の頭巾《ずきん》を深めにかぶって、わたしの後から、ついてきてください」

和地は、一瞬けげんな顔をしたが、すぐ、沖のねらいを読みとった。

「そうか……。それでは、できるだけ、伏し目がちで、しょんぼり、ついて行こう」

沖は、歌栄にもいった。

「ぼくの恋人のように……。ぼくの腕にぶらさがるようにして、歩くんだ」

ボートが着くと、人々が寄ってきた。その中を、沖は、頭をかき、しがみつく歌栄をひきずるようにして、大股《おおまた》に歩いた。人々の視線が、自分に集中してくるのがはっきりわかり、沖は満足した。

人の群から離れ、ホテルの玄関先にさしかかったとき、背後で和地が何かいったが、雨音に妨げられ、沖の耳には、「ニュース」という言葉だけが届いた。

「ニュースにならなくて、よかったですね、社長」

ふり返って、沖がいうと、

「うん」和地は苦笑して、「いや、ぼくがきいたのは、舟で出ている間、何か変わったニュースはなかったか、ということなんだ」

「あ、それは……」

「なかったんだね」

沖は、頭を下げた。

「申しわけありません。ボートに気をとられてしまっていて」

和地社長は、いつも、ニュースに耳をすましている。新聞やテレビを見るのはもちろん、車の中でも、低くラジオを流させている。定時のニュースは、和地自身がきけぬ場合には、周囲の者がきいておいて、重要な事件があれば、すぐ報告するしきたりであった。そのことは、たとえ自分の身に非常事態が起っていようと、例外ではない──と、和地はいいたげであった。

和地は、またいった。

「ベルは鳴らなかったろうね」

「はい」

和地が社外に居るときは、随行者がポケット・ベルを携帯する。扶桑商事本社へは、毎月四億円を越す通信費をかけ、四十万キロを越す専用回線を通して、刻々、新しい情報が流れこんでくる。その中から、緊急を要する情報があれば、超小型受信器へ呼び出しのサインを送ってくることになっていた。

歌栄と美保を一室に入れ、沖は別の部屋へ、和地を案内した。バスルームへ入って着替えてもらおうとすると、和地はいった。

「このホテルには、岩風呂《ぶろ》があるようだな。そちらへ入ろう」

廊下を歩いてくる途中で、そうした案内を目にとめたようであった。和地も金丸に似て、好奇心旺盛《おうせい》である。

「きみも、よかったら、入りたまえ」

「はあ……」

「ベルのことは、心配せんでいい」

サインがあって応答がないときは、十分間隔で、そのサインが、くり返し送られてくるはずであった。

沖は、和地について、岩風呂へ行った。素裸になり、浴室へ入ろうとして、二人は鉢合わせしたが、そのとき、和地の腹部に、異様に大きな傷あとのあるのが、沖の目に入った。

長さ二、三十センチもあろうかと思われる傷が、刃でも組み合わせたように、交差している。それは、手術あとというよりも、日本刀で深々と斬《き》りつけられたあと、といった感じに近かった。

沖の視線に気づいて、和地はいった。

「二度、腹を切られてね。一度は胃潰瘍《いかいよう》、一度は胆嚢《たんのう》だ」

「それにしても」

「自業自得《じごうじとく》だよ」

「いつごろ……」

和地は、傷を指さし、

「これは、戦後まもなく、うちの会社が三分割されたころ。こっちは、朝鮮動乱のころ。なにしろ、どちらも、毎日、生きるか死ぬかの思いの連続だったからね。酒でものまなけりゃ、やりきれなかったんだよ」

それにしても、よほどの酒量だったにちがいない。沖は、たしかめるように、

「強かったのですか」

「毎晩、ウイスキーを一壜《びん》ずつ、あけたな。手に入らぬときは、合成アルコールに着色してのんだ。浴びるというより、まるで、ウイスキーの中で泳いでいるような毎日だった」

沖は、うなずきながら、きいた。それらの凄絶《せいぜつ》な日々の様子が、沖にも想像できた。

「よく死ななかったものだと、いまから思うと、ぞっとする。もっとも、ぼくの代り

に、女房が死んだようなものだが」

和地の最初の夫人は、動乱ブームの最中、肝臓で倒れた。当時、和地をどうしても必要とする仕事があって、その夜通夜、次の日には茶毘《だび》に付し、その足で和地はアメリカへとび、一週間後帰国して、はじめて形ばかりの葬式をすませる、という有様であった——。

湯気のこもる浴場へ入ると、時間が早いせいか、老人客が一人居るだけ。

湯につかったあと、洗い場に並んで坐ると、沖の口から、自然に言葉が出た。

「背中を流しましょうか」

和地は、おや、という目で、たしかめるように沖を見た。そして、一呼吸すると、うなずき、

「そうか。たのもうか」

和地の背中を流す姿は、笹上などをよろこばせるかも知れない。（そのごますり精神で行け）と、声をかけられそうである。

だが、沖には、そうした気持はなかった。

和地の背に向かっていても、沖の目には、見たばかりの和地の大きな手術あとがちらついた。悪戦苦闘してきた先輩、しかも、沖たちの生活の基盤をつくった一人であ

る。その背を流したくなるのも、人情の自然ではないか、と思った。

沖は、子供のころから、よく父親の背中を流した。小判のように大きな灸《きゆう》のあとが二つある、なじみ深い背中である。流す間、父親は、すべてを息子に任せたというように、いかにも気持よさそうに、目を細めている。沖の手には、ひとりでに力が入った。働き疲れた父親が、こんなことでよろこび、また休まるものなら、何時間流し続けてもいい、という気がした。そうした習慣もあって、その後も沖は、銭湯などで、父親ぐらいの年輩の孤独な老人を見ると、背中を流してやりたい衝動をおぼえた。

和地に対しても、その衝動があった。しかも、見ず知らずの老人ではない上に、はげしい苦労のあとを目撃した直後とあっては、背中にとびつきたいような思いがした。その気持に素直に従ったまでであった。

「ありがとう。これで、すっかり日本の垢《あか》が落ちた。おかげで、明日は、身軽になって、とび出して行ける」

和地は、笑顔でうなずきながらいった。

その夜、東京へ帰ったあと、和地社長は、次の日の午後の便で、アマゾン流域の開発交渉に出かけるはずになっていた。

ふたたび湯につかって、手足をのばしながら、和地は、しみじみした口調でいった。

「日本の風呂はいいなあ。心まで休まる。それにくらべると、洋風の風呂《バス》は、白い棺《かん》桶《おけ》に湯をためたようなものだ。何百回入っても、好きになれぬな」

「歳を召されると、海外旅行も、おっくうになるんでしょうね」

「仕事で行く旅行は、だれにとっても、おっくうなものさ。もっとも、昔にくらべると、飛行機も、ずいぶん速くなった。それだけ楽になったといえそうだが……」

「そうは行きませんね」

「うん。それに、もともと、ぼくは金丸相談役とちがって、あまり飛行機が好きな方じゃないからなあ」

金丸が東京へ出るのも飛行機なのに、和地はほとんど新幹線を使っていた。

「それにしても、海外へよく……」

「うん。秘書課に物好きな女の子が居て。いや、物好きといってはわるいな、外国行きの手配ばかりやらされるので、ためしに、去年一年のぼくの飛行距離を計算してみたらしい。すると、一年間で、ざっと四十万キロという数字が出たそうだ」

「四十万キロ……。ちょうど、わが社の通信回線の総延長と同じ長さですね」

「そうなんだ」

湯煙りの中で、和地は顔を拭《ぬぐ》った。そのあと、ふっと息をついて、

「うちも、大きくなったものだな」

「はあ？」

いつの間にか老人客は居なくなり、浴場の中は、二人だけである。

和地は、静かな口調で続けた。

「きみらには信じられんかも知れんが、戦後うちが再出発したときには、会社中に電話が三台しかなかった。なにしろ、分割された会社の資本金が、わずか十九万五千円だったからね。商社にとっては、電話は命だが、その三台の電話が、いつも鳴りっ放しだし、社員の間でけんか腰の奪い合いだ。一方、お客さんからは、いつかけてもお話し中だと、文句をいわれづめだった」

「…………」

「だが、闇《やみ》電話を買う金もなかった。結局、金丸さんやぼくらが、親類筋から、あまり使っていない電話を強引に借りてきて、やっと命をつないだものなんだ」

湯にのぼせながらも、沖は和地の話にきき入っていた。

一　部屋の主

笹上の住むマンション一階には、居住者の郵便受け箱が、白い巣箱を重ねたように並んでいる。

笹上の巣箱の中には、広告などの印刷物が、ときどき入っているだけ。ごく稀《まれ》に、手紙らしい手紙が入っていると、思わず胸に抱きとるような形になった。

そのひとつが、京都の沖が思い出したように書き送ってくる短い便りであった。いつも、ハガキなのだが、ある日、珍しく封書が届いた。笹上は、無造作に読むのが惜しい気がして、部屋に入ると、手早くコーヒーをわかし、ソファに腰を下ろして、一口すすってから、ゆっくり封を切った。

手紙はいつもながらの短い近況報告。そのあとに、思いがけぬ用件が書かれていた。(祇園《ぎおん》に、四十半ばの気立てのやさしい芸妓《げいこ》が居る。ひとり暮しだが、笹上の生活ぶりを話したら、非常に興味を持った。上京した折り、一度マンションを訪ねてみたいなどといっているが、会ってみる気はないか)

といった趣旨である。

笹上は、コーヒーを注ぎ足してから、また読み直した。差出人が沖でなかったら、いたずらか、冷やかしに思えたかも知れぬ内容であるが、読めば読むほど、沖がまじめにすすめてくれているのがわかった。心の中に、何かが動き出す。

目を上げて、外を見る。天気は、快晴に近かった。浜離宮の緑があざやかに光り、高速道路は、珍しく車がよく流れていた。高架線上を、山手線、京浜線が並んで走っている。その若草色と水色の二つの電車をのみこむように、反対方向から、新幹線のクリーム色が流れてきた。

すべてが順調のようであった。笹上は、幸先《さいさき》のよい時間、といったものを感じた。祇園の芸妓といえば、美しいひとというひびきがある。その上、やさしいといえば……。

先には、三千代らしい女を見かけたことでもあり、笹上は、身辺が急にはなやいで来そうなのを感じた。

もちろん、笹上は、そうしたことに、いまさら幻想や期待を抱く歳《とし》ではない。笹上を動かすのは、むしろ、変化への期待といったものであった。死んだようになって続くともなく続いている毎日が、そうした出会いによって、よくも悪くも、にわかに躍動し、新しく流れ出すような気がするのだ。いまの笹上には、その辺のところが、何よりうれしい。

笹上は、すぐ返信を書いた。

「意外なお手紙拝見。きみも、祇園にそれだけ馴染《なじ》みができたとは、御同慶の至りだ。きっと、ぼくの忠告をきき入れ、トップへの忠勤などに励んでいることであろう」

まず先輩らしく満足そうな評価を書いたあと、筆をおさえるようにして、書き進めた。

「美保なる女性、上京の件は、いつでも歓迎する。もっとも、きみがどんな風に説明したかは知らぬが、おそらくその女性は、失望するだけに終わるだろう。ただ、それでも当方としては、構わない。ちょっとしたひまつぶしになるから」

「ひまつぶし」という言葉は自然に出てきたが、笹上は少し気になった。毎日毎日が充実して、相変らず定年バンザイだといいたいところであった。毎日が日曜日であることをエンジョイしている風に見られないと、おもしろくない。

正直なところ、少しばかり、毎日が日曜日の生活に飽きてきていた。毎日が日曜日をもてあます気分が出てきた。その辺のところを、不本意だが、せめて沖だけには、正直に伝えておきたい。さもないと、勝手にしなさいとばかり、沖に見放されそうな不安がある。沖から手紙をもらい続けるためにも、強気で調子のいいことばかりいうのではなく、ときには、弱気のところも見せておいた方がいい。

　手紙を書き終えると、笹上は、すぐその足で、投函《とうかん》に出かけた。

　ポストは貿易センタービルの前にあったが、投函したあと、さらにビルの中へ入り、郵便局の前へ行ってみた。広いガラスの窓越しに、局内を眺める。三千代らしい女の姿はなかった。だが、笹上は、いつもほど失望しなかった。女は三千代だけではない、京都からもやって来る……。

　うわつくような気分で足を戻したところへ、いきなり浴びせかけられた。

「笹上さん、なんだか、たのしそうですな」

　扶桑商事の十文字であった。笹上は、ぎくりとしながら、

「きみは、どうしてここへ……」

「この上に、取引先がありますからね」

　十文字は、指で上を指していい、

「ところで、笹上さんは、この近くのマンション住まいだそうですね」

「うん……」

「どんな生活をされてるか、ちょっと拝見したいものですな。後学のために」

笹上が返事しないでいると、十文字は大げさに腕時計を見て、

「珍しく時間がありますから、ちょっと、寄らせていただけませんか」

強引であった。

笹上は、すぐには、うなずかなかった。ひとも口もわるい十文字のことである。ヤジ馬としても、かけ出しの笹上にくらべ、はるかに年期が入っている。ふいの出会いゆえ、とくに魂胆はないとしても、笹上の生活を肴《さかな》にして、きっと、ヤジや毒舌をまきちらすにちがいない。たとえ退屈しているにしても、ありがたい客とは思えなかった。

答える代りに、「うーん」とうなって考えこんでいると、十文字は、うすい唇をゆるめて笑った。（相変らずのウーさんですな）と、冷笑する形である。これが、笹上の癇《かん》にさわった。

長年かかって設計してきた生活である。十文字如《ごと》きに対し、ひけ目を感ずるものは何もない。それに、たとえ、目にふれる物すべてをけなされたとしても、いまの笹上には、三千代の幻や、京都の芸妓の話など、目に見えぬふくらみの部分もある。ゆとりを持って向き合えるはずであった。

十文字は、マンションの部屋に入るなり、いった。

「やっぱり、ワンルームですな」

そのあと、声を低くして、ひとりごとをいう。「蟹《かに》は甲羅に合わせて、穴を掘るか」

ききすてにできなかった。

「やっぱりとは、何だね」

十文字は、のどの奥で、かすれた笑い声を立て、

「いや、ぼくは、商社マンとは、本来、ワンルーム向きの人間だと考えているんです。家へは、夜おそく帰ってきて、寝るだけ。朝早く起き、飯を食うと、とび出して行く。リビング・ルームや書斎を必要としない生活なんですね。そして、それをふしぎと思わない。人間そのものが単純で、ワンルームなんですよ。ただ馬車馬のように働くだけ。物事を深く考えたり、趣味や教養にふけるという時間がない。つまり、3LDKとか4LDKなどという余裕のあるタイプの人間でなく、一部屋だけですんでしまう単細胞人間だと考えているんですよ」

笹上は、口をあけて、十文字を見守った。怒るよりも、むしろ感心した。毒舌も、そこまで徹底すると、ひとつの芸である。反撥《はんぱつ》する気を失わせてしまう。

笹上は、念を押してみた。

「すると、ワンルームは、単細胞人間の象徴というわけか」

「笹上さんのことをいってるんじゃないですよ。一般論として、そうだということなんです」

「しかし、おれには……」

貸店舗が四つもあって、いまや悠々自適の生活だ。馬車馬のように働くだけの単細胞人間にできることではない——と、続けたいところであったが、そこで口ごもった。

相手が十文字では、内心で感心しても、決して、それを表に見せることはない。必ず、からんでくるし、どこかに難くせをつける。せっかくの努力の結晶を、そうした毒舌で汚染されたくはなかった。

笹上は、話をそらすように、腰を浮かした。

「コーヒーでも、いれようか」

「いや、結構。わたしは、紅茶しかのみません。それに、笹上さんも御承知でしょうが、仕事をしていると、その紅茶だって、次々と相手を変えて、一日に十杯ぐらいはのまされますからねえ。たまったものじゃありませんよ」

笹上を目のはしで見ながら、高らかにいう。（いまのあなたは、一日一杯か二杯、それも、ひとりでぼそぼそと、あわれなものですな）と、言葉の裏でいっていた。

十文字のよく動く目は、ついで、部屋の中のミニチュアの動物たちに移った。それは、ふつうの人間でも、つい一言いいたくなる光景である。まして、十文字ともなればば……。

笹上は、耳をふさぎたくなった。果して、十文字のかん高い声が、部屋の白い壁にひびいた。

「なんですか、この玩具箱《おもちゃ》をひっくり返したようなのは」

笹上が口重く説明すると、

「なるほどね。笹上さんが動物好きだとは、沖からきいていたが、あげくの果ては、こんな風になるんですかねえ」

「うーん」

「ぼくには、わからん心理だなあ。心理学者をつれてきたら、どう分析するでしょうかねえ」

まるで病人扱いであった。

十文字は、近くにぶら下っていたコアラのミニチュアをつかむと、大きくふりかぶって、投げた。コアラは、紐《ひも》の長さいっぱいにはげしくとび出し、くるくる回転した。

(ひどいことを)笹上は、思わず目をつむった。笹上自身がコアラになって、目が回りそうであった。あわれなコアラは、かつてない仕打ちに、黒い目をみはり、紐から落とされまいと、必死につかまっている。笹上は、手をのばして、コアラを救ってやりたかった。

笹上も、ときどき、コアラを動かしてやることがあったが、それは、むしろ、愛撫《あいぶ》の一種であった。ごくおだやかに、ゆりかごでもゆするようなやり方であり、紐の先のコアラは、いかにも気持よさそうにゆれ、黒い目も、あまえるように、柔和に濡《ぬ》れていたものだ。

ようやく、ゆれがとまりかけたとき、十文字は、今度は、指先ではじきとばした。コアラの声にならぬ悲鳴が、笹上にきこえる。笹上は、コアラのようにやわらかくなった自分の体が、十文字の爪《つめ》にはじかれた痛みを感じた。

コアラは、また、ふっとんだ。笑いながら、それを見ている十文字の目に、笹上は残忍なものを感じた。胸が波立ってくる。

ゆれがおさまった。だが、十文字は、また指をまるめて、はじいた。

「やめろ!」

笹上は思わずどなった。同時に、手をのばし、紐をつかんで、ゆれを止めた。

コアラは動かなくなったが、笹上は後悔した。果して、十文字が口もとをゆがめるようにいった。

「どうかしたんですか。こんなことで、血相を変えて」

「な、なんでもない」

「ちょっと、いらいらされているようですねえ」

十文字は、見くだすようにいうと、また、猟師に似た目を、部屋の中に向けた。そして、次に獲物《えもの》となったのが、大型冷蔵庫であった。いわれをきかれた笹上は、とっさにうそがつけず、自殺用兼死体冷凍用であることなどを話した。

十文字は、別に感動する風もなく、「ふん」「ふん」と、鼻を鳴らしてきいていたが、笹上の遠慮まじりの話が終わったとき、投げ出すようにいった。

「ごていねいなことですな、そこまで気をつかわれるとは」

問題が問題であるだけに、さすがの十文字も、本気でそう思ったのか。それとも、次にまた何かが来る伏線なのか。

十文字は、感情のない声で続けた。

「それなら、もうひとつ、御忠告を」

「何だね」

「冷蔵庫入りされるとき、大きなポリ袋かビニール袋に自分をくるむようにされた方が、いいですな。そのままだと、肉が乾燥しすぎたり、冷蔵庫の内部にくっついたりして、出すときに、手間をくいますからね」

「うーん」

うなったあと、笹上は、あえぐような声で、

「なるほど、そこまでは気がつかなかった。ありがとうよ」

だが、十文字は、さらに追いうちをかけてきた。

「しかし、ビニール袋も、うまく使わないと、凍死する前に、窒息しちゃいますよ。みぐるしくあばれて死ぬ、などということにならないかなあ。いや、半ば昏睡《こんすい》状態だから、その心配はないかも知れん」

「…………」

「凍死が先か、窒息死が先か。それが問題《ザット・イズ・ザ・クエッション》だ、というわけですね。大事なことですから、一度、それとなく、医学の専門家にきいてみられたら、どうですか」

凍死のプランは、笹上としては、かなり思いつめた末、たどりついたもの。笹上にとっては、人生最後の壮大な事業計画《プロジェクト》といってよい。しかも、死と生という大問題に、かかわっている。それを、まるで、理科の実験か、料理の実習なみに議論されようとは——。

感心してもらわなくともいいから、その問題の重みにふさわしい受けとめ方をして

ほしい、と思った。だが、そんな風にいえば、ますます十文字の冷笑をまねくばかりだし、一方、黙りこんでいると、それはそれで、笹上の立場をいっそうみじめなものにした。

すくんだ獲物に、十文字は襲いかかってきた。

「もし何なら、わたしが、きいてみて上げましょうか。失敗しちゃ、お困りでしょうからな。いや、笹上さんはともかく、後から取り出す人が困りますから」

「その話は、もう結構」笹上は、手を振って、遮った。「おれが、どんな死にざまをしようと、きみの世話にはならないよ」

怒りで、体の中が熱くなってきた。そうした笹上の思いを余所《よそ》に、十文字は、長い顎《あご》を振って、うなずき、

「考えたくない気持は、よくわかります。それに、いずれにせよ、まだまだ先のことですからねえ。うっかりするなら、こちらが先に死んでしまうかも」

「…………」

「たしか、いまの笹上さんの目的は、できるだけ長生きすることだそうですね」

「うん……」

笹上は、警戒しながら、うなずいた。

果して十文字は、また、じわじわと、笹上をゆさぶりにかかった。

「しかし、こんな風に、ひとりぼっちの優雅な生活をしていて、長生きできるものですかねえ」

「その手の忠告は、もうわかっている。ある程度のストレスが必要だというんだろう。だから、ひとつには、この都心のマンションへ引越したんだ」

「それじゃ、ここへは、かなりお客があるというんですか」

「客？　そんなものは……」

「客はあまりありませんか」

「うーん」

笹上は、とっさにうまくうそのつけない男であった。もともと、商社マンには向いてなかったのかも知れない。十文字は、三白眼を光らせて、たたみかけてきた。

「そんな風じゃ、だめですよ」

「何がだめなんだ」

「長生きしようにも、まず、神経的にやられてしまうんです」

「どうしてだ」

「現代の都会人というのは、少なくとも、一日に三十人以上の人間に会わないと、情緒不安定に陥ってしまうものだそうです。一種の精神病になるわけです」

「まさか……」

「本当の話ですよ。医学関係のニュースで読んだのですから。そうそう、それに、一日中、人間に会わないでいると、たしか、人間の脳細胞は十万個とかが、死滅してしまうというような話も、ききましたね。つまり、目には見えないけれど、脳がぼろぼろになって行く、ということですね」

いやな話であった。しかも、現実感があった。笹上は、自分の脳が、ぼろぼろになりかけているような強迫感をおぼえた。むやみに、人に会いたくなる。人の中でもまれてみたいような気分が、湧《わ》いてくる。そういえば、ゴルフ場でよく会った舟崎は、息子の事故によって、ゴルフができなくなったことを悲しむのではなく、「毎日が工場だよ」と、現役復帰がいかにもうれしそうであった――。

十文字が、舌なめずりせんばかりに、たたみかけてきた。

「わたしなんか、人を食って生きてるといわれるぐらい、よく人に会ってますから、その種の心配は、まず、ありません。もっとも、だからといって、情緒が安定しているとも、脳細胞が活発だとも、思えないのですが……」

黙っている笹上に、十文字は、もっともらしくいった。

「笹上さんも、こんなところへひっこんでおられないで、どこへでもいい、笹上さんを必要とするところへ出るようにされては、いかがです」

そういって、じっと、笹上の顔を見つめる。（あなたには、そういう場所のあるはずがありませんね）と、いわんばかりである。

笹上は、目をつむるような思いで、いった。

「……うん、そうしよう」

「すると、どこか、心あたりが」

笹上は、「黙《シャルアップ》れ、余計なお世話だ《ノット・ユア・ビジネス》！」といいたいのをこらえ、

「……ないことはないさ」

そういうと、笹上は十文字から逃れるように、窓の外を見た。先刻は、あれほど滑らかに流れていた首都高速道路は、いつの間にか、いつもと同じ渋滞におちこみ、車が数珠《じゅず》つなぎになっていた。十文字の声が続く。

「会うべき人間の中には、もちろん、女性もふくまれていますが、笹上さん、その方面は、どうされてます」

笹上は、今度こそ、大声で「黙《シャルアップ》れ」と叫びたくなったが、実際には、「うーん、別に」と、言葉を濁しただけであった。

「長生きの秘訣《ひけつ》は、女だそうですよ。よくいうじゃありませんか。独身者は、短命だと。それに、つれ合いが居れば、苦しみは半分に、よろこびは倍になるともいいますね」

「逆の場合だってあるよ」

「それじゃ、実例で行きましょう。笹上さんは、トーマス・パーというおじいさんのこと、御存知ですね」

「ウイスキーに名前の残ってる男のことか」

「そう、そのじいさん。シェークスピアと同時代のひとですが、彼は百五十歳まで生きてたことが、はっきり記録されている最初のひとだそうです。そのじいさんの不老長寿の秘訣が何だと思いますか。女です。すさまじいほどの色欲なんですよ」

　笹上は、返事をしなかった。きき流そうにも、小さな部屋では、十文字の声は耳に入って来ざるを得ない。

「パーじいさんは、百二歳のとき、強姦罪《ごうかんざい》で牢獄《ろうごく》へぶちこまれています。いいですか、百二歳で強姦をやっているんです。この罪で、十八年間服役して出てきてから、別の女性と結婚。つまり、百二十歳で何度目かの結婚をし、それから三人の子供をつくって……」

「まさか」

笹上は、はき出すようにいった。やりきれない。傍若無人の話ぶりで、傍若無人の話をきかされると思った。

十文字は、長身をのり出して続けた。

「本当なんです。あまりにも長寿で達者だというので、百五十歳のとき、イギリス女王に招待された。ところが、見たこともないすばらしいごちそうが出たため、パーじいさんは、欲を出して食いすぎて、それが原因で、数日後、あっけなく死んでしまったんですよ。女王にも会え、最高のごちそうのおかげで死んだのですから、まさに極楽往生だったかも知れませんがねえ」

無言の笹上に、とどめをさすように、

「長生きなんて、ただまじめに健康法だけ心がけていればいい、というものじゃないようですな、笹上さん」

「うーん」

十文字は腰を上げると、また、コアラを指ではじいた。今度は軽いはじき方であったが、当りどころがわるかったのか、コアラは独楽《こま》のように回った。笹上は、また自分が目が回る思いがした。

十文字は、その笹上を見下ろし、つぶやいた。

「ひとりぐらしだと、とかく感傷的になるようですね、笹上さん」

「うーん」

何かいい返そうと思っている中《うち》、十文字の長身はドアから消えた。終始、いわれ放しであった。

連れて来なければよかったと、笹上は後悔した。

扶桑商事時代にも、年齢も仕事もかけちがっており、沖を通して知り合ったという程度でしかない。ふつうなら、断わったところなのに、乗ぜられてしまったのは、やはり、話相手が欲しかったせいであろうか。毎日が日曜日に飽き、孤独にも飽きて、つい、防備《ガード》があまくなっていたのだろうか。仮に、つれ合いといっしょに暮らしていたなら、きっと十文字など寄せつけもしなかったであろうにとも思った。

それからまた、来客のない日が続いた。そして、京都の美保なる芸妓《げいこ》が訪ねてきたのは、半月ほど後のことであった。

美保は、スーツも、ハンドバッグも、靴も、あじさい色で統一していた。その姿が、部屋に入った瞬間、棒立ちになった。同時に、部屋いっぱいに、化粧のにおいが散った。その部屋はじめての出来事である。

美保は、名のると、深々と頭を下げた。

「おおきに。よう呼んどくりゃあす」

「うーん、……それより、どうぞ」

笹上は、少しうろたえながら、椅子《いす》に案内した。

部屋の中はきれいにかたづけ、管理人にたのんで、掃除もすませてあった。一輪ざしに、バラかカーネーションでもいけておきたい気分であったが、それではかえってあまく見られると、思いとどまった。

笹上は、久しぶりに、部屋のたたずまいに気を配った。あまりに子供じみて見られてはと思い、動物のミニチュアも、半分ほど、かたづけておいた。

それでも、美保は、ひとつひとつの動物に目を移し、うなずきをくり返した。最後に、その目が、大型冷蔵庫に向かい、そのまま釘《くぎ》づけになった。

「これが、例の冷蔵庫どすか」

緊張したいいかたであった。

笹上は微笑し、ゆっくり、うなずいて見せた。

美保は、笹上と冷蔵庫を見くらべ、何かいいかけようとして、やめた。沖から説明をきいてきたのだろうが、現物を目にして、さらに強い衝撃を受けた様子であった。

笹上は、内心、満足した。そういう反応を示してくれてこそ、人間である。その点、十文字は、人間を失格している。

美保相手なら、初対面とはいえ、久しぶりに人間らしい会話がたのしめると思った。笹上は、窓から見える景色を説明し、子供のことや、海外生活の経験などを話した。

美保は、大きくうなずきをくり返して、きく。匂《にお》い立つような、白い衿足《えりあし》。色白で、鬢《びん》の毛の濃い横顔。

笹上は、胸の中に、かわきが走るのを感じた。それに、これは、女の方から興味を持って訪ねてきてくれた、一種のお見合いのはずである。成り行きしだいで、自分の妻になるかも知れぬと思うと、そのかわきは、強まるばかりであった。

といって、笹上は、女心を惹《ひ》くようなことがいえない。口説《くど》き下手というか、色道修行不足であった。そうかといって、また、十文字の話したパーじいさんのように、強姦罪も覚悟で、美保に襲いかかる元気もない。どちらもできぬままに、あたりさわりのない話を続けていたのだが、やがて美保は、少し居ずまいをただすようにしていった。

「お店をいくつかお貸しになってはるそうどすな。ひとつ、拝見できまへんやろうか」

しすぎた。

笹上は、とまどった。

二人の仲が進むようなら、いずれ貸店舗も見せようと思っていたが、初対面の日に案内して行く勇気はなかった。交通便利な駅前店とはいっても、どの店も、見すぼら

笹上は、頭をかきながら、いった。

「お見せするようなものじゃありませんよ」

「どうして」

「店とは名ばかりで……」

ちっぽけな、と続けようとして、笹上はいいかえた。

「すごく、小さなお店なんです」

「すごく小さな」という方が、「ちっぽけな」というより恰好《かっこう》がいいと、笹上は思った。

「結構やおまへんか。わて、小さな小さなお店大好き。そんなお店持つのが、生涯の夢やさかい」

美保は、訴えるように、笹上を見つめた。熱っぽい視線であった。もし断われば、そのまま、もう二度と会えそうにない気がした。

イチか、バチか。吉か、凶か。とにかく、赤羽の店へでも案内する他はない。四軒のうちでは、まだましな部類だとしても、周囲はごみごみしているし、その店自体も、きれいではなかった。祇園《ぎおん》の芸妓をよろこばせるとは思えないのだが、あとは賭《か》けである。

笹上は、案内を約束した。ただし、その前に、銀座へ出て、夕食をいっしょにとることにした。折から、日の長い季節である。赤羽行きの時間をできるだけおそくし、あらの目立たぬ夜に入ってからにしておきたかった。それに、久しぶりに、ひとなみに、美しい女を連れ、銀座の一流のレストランで、豪華な夕飯を食べてみたかった。

ワインをのみ、その店じまんの料理をオードブルからとった。まわりの客やボーイたちが、ちらちら二人を見るようで、笹上は、まず気分的に満たされ、料理の味は、ほとんどわからなかった。多少はおせじもあろうが、美保は、「おいしうおすな」と、何度もいった。それに、美保は、笹上の言葉を、いつも、「へえ」と、笛の鳴るようなひびきの声で受け、何かというと、「おおきに」といった。会話のすべてが、なめらかで、まろやか。笹上は、くすぐったいほどであった。パトロンにでもなって、かしずかれている気分、祇園の茶屋をそのまま運んできたような空気が漂い、わるい気はしなかった。

食事を終わって、街へ出る。夕映えがビルの上の空に残り、街灯が淡くともりはじめている。二人づれが多く、いちばん人恋しい時刻でもある。

笹上は、久しぶりに、ヤジ馬ではなく、主役の気分で歩いた。これも、いい気持であった。それまで見馴《みな》れたというか、見飽きた銀座の街が、どこか外国の街なみのように、新鮮に見えてきた。

その気分は、赤羽まで続いた。ローマの裏街でも歩いている思いで、美保を従え、貸店であるのみ屋へくりこんだ。

「いらっしゃ……」

美保を見て、若いおやじの声は、そこでとまった。勤労者風の男ばかりのせまい店内に、美保は一瞬たじろいだが、男たちは、すぐ二人に席をあけてくれた。

注文をきいたあと、おやじは前かがみになり、笹上の耳にささやきかけた。

「だんな、いったい、どういう風の吹き回しです」

「うーん、どうなってるのかなあ」

笹上としても、多少、夢心地であり、その気持を正直にいったつもりなのだが、おやじは、笹上のひじを軽くつつき、

「とぼけないで、だんな。にくい、にくい」

陽気にウインクして見せる。いつもは、まるで野犬でも見るような目つきだったのに、スター扱いであった。

さかなは三種類とり、酒も二人で四本のんだ。そして、帰りは、タクシーを呼び、丸の内のホテルまで美保を送り届けた。

「おおきに、おおきに」をくり返す美保。笹上は、それ以上のことを求めたり、約束するのは避けた。スマートであることで、さらに美保の気をひく計算であった。

マンションの部屋に帰ると、笹上は、しばらく茫然《ぼうぜん》と、ソファの上に横になっていた。めまぐるしく、多彩な一日であった。白黒映画ばかり見続けてきたところへ、いきなり色あざやかな天然色映画を見せつけられたような昂奮《こうふん》と陶酔が、まだ残っていた。しかも、観客なりヤジ馬に徹するはずの自分が、その映画では、思いがけず華やかな主役を演じていた。そして、そのことで、決してわるい気がしない。

むしろ、退職の夜以来、久しぶりに、心のたかぶりと充実を感じた。この日のために生き、この日があってこそ生きた実感がある、とさえ思った。疲れにもかかわらず、体中が、みずみずしく若返った気もする。十文字流にいうなら、一日で、脳細胞が十万個も二十万個も、生き返った感じである。生きて行く上での最も快適で適量のストレスを与えられたのでもあろう。

笹上は、白い壁と天井にかこまれた空間に、髪の毛の濃い美保の顔を思い浮かべた。まるで天女でも舞い下りるような形での出現であったが、沖という信頼すべき部下の紹介である。単なる白昼夢ではない。今日のところは、一日亭主であり、一日主役であったが、これから、本物の亭主となり、主役となる可能性がある。そして、そのことは、少しでも長生きしようという笹上の目標に、むしろ役立つはずである……。気分は昂揚《こうよう》するばかりであった。いまは部屋いっぱいに花でも飾り、その中に寝ころんでいたい気分であった。

こまごました動物のミニチュアなど、むしろ、わずらわしかった。

笹上は、目の前に垂れ下っているコアラを、強く指ではじいた。二度、そして、三度。コアラは、はねとび、くるくる回った。紐《ひも》からはずれて、部屋の隅へふっとんでしまえとばかり、笹上ははじき続けた。

社長との夜

支店長席の電話が鳴った。

沖がとると、控え目な女の声がした。美保である。東京へ出かけたという日から、三日目の午後のことであった。

「おおきに。おかげで、たのしうおした」

「そうか、それはよかった」

「笹上さんも、ええおひとでンな。親切にあちこち案内したり、御馳走《ごちそう》したりしてくらはりました」

「印象はどうだね」

「印象なんて、そんなン」

美保は、なまめかしく鼻にかかる声を出した。

「わるくなかったか」

「もちろん、わるうはおへん」

「それじゃ、これから、つき合ってくれるか」

「つき合う？　それ、どんな形でっしゃろ」

「……いろいろ、あるだろう」

「それは……。けど、やっぱ、お茶屋さんを通していただかんと」

「え？」

「このお電話したのも、実はそのことでんがな」

「そのこととは、どういうことだ」

「今回の東京行き。一日は笹上さんに、夜までお伴しましたでっしゃろ。その遠出の花代、どちらへ請求したらよろしか思うて」

「花代だって」

「さいです。お茶屋さんに断わって出かけましたさかい」

「……いくらだ」

「それは、お茶屋さんに、きいとくりゃあす」

「………」

「交通費やホテル代は、次の日呼んでくらはったお客さんが、みんな出してくらはりました。そやさかい、そちらの請求はしません。けど、花代だけは、これはお茶屋さんとのことですさかい……」

「わかった。じゃ、きみは、もう笹上さんとつき合う気持は、ないんだな」

「また、つき合うといやはる。どんなおつき合いでっしゃろか」

沖は、もう、それ以上しゃべりたくない気分であった。ビジネス・ライクな先方に対し、見当ちがいの哀願でもするようで、腹立たしかった。自分のあまさを、思い知らされもした。美保が笹上のことをあれこれきくので、女性として笹上に興味を持ったものと、勘ちがいした。いや、仮に興味を持ったとしても、そうした個人的興味だけで、祇園《ぎおん》の女が動いてくれると考えたことが、そもそも、世間知らずであった。

いまいましい思いをかみしめながら、沖はいった。

「きみには、笹上さんと、男と女としてつき合う、いや、平たくいって、将来、後妻にでもなってやろうといった気は、ないんだね」

受話器越しに、即座に美保の声が戻ってきた。

「へえ、それはおまへん」

「まるで、ないんだな」

沖が強い声で念を押すと、美保は「へえ」といったあと、「沖さんも、ちと、ひどいやおまへんか」

「何が……」

「あの方、お店を四つも貸してはるいうて」

「事実、そうだろう」

「けど、そのお店いうたら……」

「ああ、そのことか」

沖は、退職の後、連れて行かれた露店のような小さな店々を思い浮かべた。あまりにも、ちっぽけな店である。なるほどと思ったが、すぐまた、うすい怒りが、こみ上げてきた。小さいとはいえ、あの店々は、笹上の生涯の努力、サラリーマンの分を超えた努力の結晶である。

沖は、叱《しか》りつけるように、

「小さくても、店は店じゃないか」

「そりゃ、そうどす」

沖は、それ以上、何をいえばよいか、わからなくなった。いや、何をいっても空《むな》しいと感じた。

沖は、すぐ茶屋に電話をかけ、花代をきいた。四万円弱の金額であった。

とても、笹上には請求できないし、笹上も払いはしないであろう。なんとかやりくりして、沖が払う他なかった。

もとはといえば、沖の早とちりから起ったことといわれても、仕方がない。祇園は、日本の中の日本、その最も古い奥座敷である。そのしきたりやルールについて、まだ勉強不足であった。というより、養豚の事業計画《プロジェクト》などに関心を奪われ、祇園について勉強する気がなかった。そのため、足をすくわれた感じであった。

沖は、祇園に対して、一種の緊張を感じたが、その緊張をすぐ忘れさせてしまうのも、祇園の特徴であった。

本社秘書課から、Q銀行の浦相談役の上洛《じょうらく》を知らせてきた。久しぶりに、金丸相談役と京都でくつろぎたいという先方の希望だという。

浦は、十年余にわたる頭取職を最近退いたばかりのQ銀行の実力者だが、扶桑商事の金丸とは、お互いに若くてロンドンに在勤したころからの悪友の由《よし》であった。

巨大なマンモス商社も、いずこも借金経営で、扶桑商事も、六千億を越す銀行借入を抱えこんでいた。そのうち、三分の一近くが、Q銀行からの融資である。そうした融資なくしては、今日の扶桑商事もなかったわけで、金丸が出世した背景のひとつが、浦を通し、Q銀行からの太い資金パイプをとりつけた功績にあると、いわれた。いずれにせよ、扶桑商事としては、足を向けて寝られない相手であり、お気に入るだけの接待をしなくてはならなかった。

七十を越した二人の相談役は、いずれも元気であった。まず、上賀茂《かみかも》にあるゴルフ場でワンラウンド。そちらへは、藤林がお伴《とも》をした。

一風呂《ふろ》浴びたあと、祇園へくりこむということで、沖は、その時刻より少し早目に、茶屋の佐平次へ出かけた。

道路からやや奥まった玄関先まで、きれいに水が打たれていた。枯山水のある中庭に面した座敷。一隅の石灯籠《いしどうろう》には、すでに灯がともっていた。

「おいでやあす。毎度おおきに」

沖とほぼ同年輩のおかみが、折り目正しく、三つ指ついておじぎをする。そのあと、笑顔になって、あたりさわりのない世間話。客を笑わせ、たのしませる術《すべ》を心得ていた。美保の一件で、いまいましい思いをしていたが、切り出すきっかけがない。

そのうち、藤林を伴に、二人の相談役が現われ、宴席となった。

舞妓《まいこ》が一人、芸妓《げいこ》が二人。いずれも、金丸の指名によるもので、和地社長とは好みがちがい、歌栄も美保もふくまれていない。踊りがあり、浦たちが小唄《こうた》をうたう。沖にとっては、ねむいような時間が流れた。テンポのおそい日本のおどりや唄は、沖の好みではなかった。ただ睡気《ねむけ》をこらえて、目をみはっていた。

もっとも、ねむいのは、沖の方で、かんじんの老相談役二人は、夜ふけになるにつれ、元気になるばかりで、芸妓の一人を加え、麻雀《マージャン》をやろうということになった。

ただし、佐平次では、その座敷は都合がわるく、別の部屋を用意するまで、少し待ってくれという。すでに果物もとり、茶ものんだ。舞妓と芸妓の一人はさがり、なんとなく宙ぶらりんの時間となった。老人二人は、思い立つと、もう子供のように、少しも待てないといった感じで、じりじりしている。

そのとき、藤林が沖にささやいた。（近くに知っている旅館がある。そこなら、すぐ部屋の手配ができる）と。

沖が金丸たちに話すと、二人は、すぐ腰を浮かした。ただし、藤林自身は家も遠いので、そのまま帰し、代りに沖が案内に立った。麻雀相手もつとめる。京都にくわしい藤林の意見を、何の気もなく活用したわけだが、これが後で問題を残すことになった。

盆地のせいもあり、京都の夏の暑さは、ひとしおであった。

その暑さが、峠にさしかかろうとするころ、本社秘書課から、また連絡があった。ヨーロッパへ行っていた和地社長が、予定より早く帰国できたので、休養がてら、大文字の送り火などを見るため、京都へ行く。――当夜の茶屋その他、至急に手配をたのむ――というのである。

沖は、佐平次に電話した。だが、座敷がないと、あっさりことわられた。はじめての経験であった。

本社へ連絡すると、「これまでも、祭りのときなど、急に行っても、何とか部屋を都合してくれた。あそこだけは、どんな無理もきいてくれると思っていたが」と、社長が漏らしていたという。

そういえば、扶桑商事も、和地個人も、佐平次の上客のはずであった。いまになって沖にもわかるのだが、日曜日などに、和地が歌栄たちを食事や遠出に連れ出したのも、和地自身のたのしみだけでなく、歌栄たちへのサービスのためであった。客のないときにも、花代をつけ、ごちそうをしておく。そうすることによって、一流の茶屋と、一流の芸妓を確保することができ、いざ大事な客を呼ぶときも、恥をかかないですむ。そうした配慮と布石を、和地としては、十分やってきたのに――というニュアンスが感じられた。

沖は、頭をかかえた。和地のために、じっとして居られぬ気分である。電話だけでは足らず、佐平次に足を運んだ。

無理な注文とはわかっていたが、おかみはそれはいわず、ただひたすらに「かんにんどっせ」をくり返した。みごとなほどの恐縮ぶりなので、沖は、かえって拍子抜けした。客のきげんを損じないよう、ことわり方まで洗煉されていると思った。

だが、最後に、おかみは、ふっといった。

「どこかのお宿にええ部屋が、おますやろ」

先回、佐平次の麻雀用の部屋が空くのを待てず、藤林の紹介した旅館の部屋へ移ったことをいっていた。それは、不用意に口をすべらせたように見せて、実は、おかみの本心であった。客が勝手なことをするなら、こちらも尽くしきれませんよ——と、たしなめていた。

支店に帰って、沖がこのことを藤林に話すと、藤林は軽くうなずいて、いった。

「茶屋というのは、そういうものでっしゃろな」

心外な言葉であった。

「それなら、きみは、なぜ、あのとき、そういってくれなかったんだ」

「急いで麻雀をやりたい様子やから、見かねて、こういうところもあると、申しただけでっせ」

沖は、またしても、足をすくわれた気がした。次の言葉が出ない。

藤林は続けた。

「お客さんは、そんな下情は御存知ない。どちらをとるかは、支店長、あなたが責任持って判断されたんとちゃいまっか」

むしろ、沖をとがめてきた。（事業計画《プロジェクト》やらに熱を上げとらんと、もっと、京都支店長らしく、細々と尽くしなさい）とでもいいたげであった。

叱られながらも、沖はまだ、わるい夢でも見続けている気がした。それほどの失態をしたとは思えないのだ。その思いをこめて、沖はつぶやいた。

「たかが、麻雀をしただけのことなのになあ」

別に同調を求めたわけではなかったが、藤林には、さらにたしなめられる結果になった。

「支店長、あんまり、麻雀、麻雀いわん方が、よろしいのやおまへんか」

「うん？」

沖は、ころんだところへ、さらに水を浴びせかけられた気がした。藤林をにらみつけたまま、押し黙る。

十文字も、口がわるく、辛辣《しんらつ》なことをいうが、まだ、どこか間接的であり、話の通じる部分がある。だが、藤林という男は……。

どこの商社でも、麻雀はさかんである。扶桑商事でも、金丸の社長時代、「麻雀は、社員相場の勘を養う」などといい、金丸自身が無類の相場好きだったこともあって、社員たちの間で麻雀が大はやりであった。

それほど好きでもない沖は、ツーソンへ赴任した当時、日本から上司がやってくる度に、夜は麻雀の相手をさせられ、はるばるアリゾナ砂漠の果てまできて、なぜ東京の夜そのままに麻雀をやらねばならぬのかと、頭をかかえたものである。

だが、この風潮も、和地が社長になって、とどめをさされた。社内麻雀禁止の社長談話が出された。麻雀には賭《か》けが伴い、取引関係がからむと、不明朗なことが起りやすい。それに何より徹夜などして、健康によくない。社員一人一人の自覚において、きびしい健康管理を行い、激動の時代に耐え得る戦力であり続けるように——との趣旨からであった。ただし、例外として、得意先の接待上、やむを得ないときと、家庭内で家族のたのしみとしてやる場合を除く、という指示であった。

この社長談話に、社員たちは、最初のうちは、たかをくくっていた。

例外規定は拡大解釈されたし、おおっぴらに「麻雀」という言葉こそ使わなくなったが、それぞれの仲間で暗号や符牒《ふちょう》をつくって、誘い合った。

「建前だけでっせ。和地社長がマスコミにええ顔したいんや。前社長とはちがういうとこ、見せたいんや」

社内の麻雀好きたちは、そんな風に批評した。事実、扶桑商事の麻雀禁止令は、新聞や週刊誌の話題にとり上げられた。そして、建前は建前だとしても、その建前が、しだいに重いものに感じられるようになってきた。

新社長下の最初の役員人事で、金丸と並ぶ麻雀好きといわれた専務が、アラスカの関連会社の社長に出された。代って、麻雀ぎらいで通っていた若手常務が、専務に抜《ばっ》擢《てき》された。偶然のことかも知れぬが、これは、麻雀好きの社員には、かなり意味のある人事として、身にこたえた。

その人事を追いかけるように、コンピュータの人事カードの中に、

「マージャン好キカ」

「マダ　マージャンヲ　ヤッテイルカ」

というデータが組みこまれたとのうわさが流された。

このため、実態はともかくとして、表面的には、自粛ムードが急速に強まった――。

藤林の言葉は、沖を責めていた。藤林自身同席し、麻雀用の部屋を世話したにもかかわらず、(支店長の沖が、すべてにうかつであった)と、いわんばかりである。

大文字の日、和地社長は、香港《ホンコン》からの飛行機で、夕方近く、大阪国際空港に着いた。あきらかに、大文字の夜を祇園で迎えることをたのしみに、海外の出先からまっすぐ京都へ向かってきた感じであった。

沖は、小さくなって、出迎えた。何度も頭を下げながら、佐平次の座敷がとれなかったことを、目をつむる思いで報告した。

「秘書課から、ちょっとそんな風なことはきいたが、行けば、何とかなるだろう」

和地は、あまり気にとめていないようであった。佐平次のきっぱりした拒絶を、沖

が伝えておいたのに、本社の秘書課は、社長の耳には、ごくあいまいにしか、とりつがなかったようであった。沖は、ますます身がすくむ思いがした。

京都に入り、ホテルで一服すると、和地はすぐ沖を連れて、祇園へ出かけた。

待ちかねた夏の終わり。浴衣《ゆかた》姿をまじえたひとびとの往来が多い。京都盆地の暑く長かった夏も、これで峠を越すとばかり、どの顔も、明るく、軽やかである。そうした中を、沖だけが、冬外套《がいとう》を二着も三着も着せられた思いで歩いた。

ふだんよりも、さらに打ち水がたっぷりまかれた佐平次の玄関先に立った。おかみが、すり足で走り出てきた。二人の姿を見て、ひざまずく。

その一瞬、射るような視線で沖を視た。沖は、矢が首を貫くのを覚悟した。

だが、おかみは、沖についても、麻雀の件についても、ただの一言もふれなかった。

「ほんま、かんにんどっせ」

と、平謝りに謝る。

「今年はどういうわけか、早目早目に、ぎょうさん予約いただきましてな。社長はん、外国に居やはると思いましたやろ、今年こそは、とび入りもあらへん思うて、とっときの部屋も回してしまいましたんや」

いい回しは多少変えながらも、ただただ、その線で詫《わ》びをくり返す。

「至らぬことで、ほんま、かんにんどっせ」

みごとであった。ひたすらに恐縮するばかりで、ただの一分も、沖を傷つけることがない。祇園という土地のプロ精神に徹した姿を見る思いがした。

和地は、あきらめた。

「仕様がないな。もともと、こっちが無理なんだから」

おかみは、路上まで送りに出ていった。「これにこりずに、また、よろしう」

沖は、ほっとした。懲罰の打ち止めを意味する言葉であった。

それにしても、その夜一夜は、沖にとって、お仕置きを受ける思いの時間が続いた。祇園《ぎおん》から先斗町《ぽんと》へ。送り火を見るひとびとで、加茂の河原を中心に雑踏は増すばかり。その中を、首うなだれる思いで、社長の供をして歩いているうち、夕闇《ゆうやみ》は濃くなった。そして、最後に二人が腰を下ろしたのは、ホテルの屋上のビヤガーデンであった。しかも、混んでいるため、浴衣姿の幼女を連れた若夫婦と相席である。ことわりをいって、腰を下ろす。

先方は、もちろん、和地が日本で指折りの総合商社の社長とは気づかない。

京都支店長としては、失態の極みであった。藤林の言い分ではないが、事業計画《プロジェクト》がどうのこうのといっている時間があったら、佐平次の前に連日坐《すわ》りこむか、祇園かいわいかけずり回って、どこでもいいから座敷を確保しておくべきではなかったかと、沖としては、全身に冷汗をかく思いであった。

ふいに、ポケット・ベルが鳴った。

ビールの注文をすませてから、沖は公衆電話へ走った。社長の日程について本社秘書課からの連絡があった。（次の日、オーストラリヤの羊毛業者団体との懇談予定を、先方が三十分くり上げることを希望している。一列車早い新幹線で帰京されたい）という。京都を八時前に発《た》たねばならないが、和地は承知した。

その返事のため、もう一度、公衆電話をかけに行って戻ってくると、和地が浴衣姿の幼女に、たどたどしい言葉で話しかけられていた。

ビールをのみながら、和地は、うるさがりもせず、相手になっている。和地にも、その年ごろの孫がいるが、ロンドンに離れている。和地の娘が、船会社の社員と結婚し、ロンドン在勤のためである。ついでにいえば、和地の息子は、アメリカの大学を卒業。一度は日本の会社に就職したが、思わしくなく、またアメリカへ帰った。異国での気分転換にと、和地がすすめたゴルフに熱中し、在学中にシングルの腕前になったが、それが裏目に出て、いまはサンディエゴあたりで、レッスン・プロともキャディともつかぬ生活をしている由であった。形こそちがうが、二人の子供に海外に去られている点では笹上と同じで、和地の泣きどころであり、このため、社長の前で子供の話は禁句とされていた。

大文字がはじまった。

黒い山腹に緋《ひ》の色が走り、やがて、赤々と燃え立った。幼女がはしゃぐ。

ビヤガーデンの喧噪《けんそう》の中に、パイプ椅子《いす》にきちんと腰かけた和地社長のシルエットが浮かぶ。かつて見たことのない窮屈そうな姿であった。外国から帰ったばかり。翌日には、また、早朝から上京して会議がある。この夜一夜こそ、祇園の座敷でゆっくりくつろがせたかったと、沖はまた悩んだ。京都支店長失格である。トップの懐《ふところ》にとびこむどころか、トップを蹴《け》り出した形である。笹上がきけば、小さな顔中を皺《しわ》にして嘆くことであろう。

送り火は終わった。

沖は、何ひとつ、いう元気もなく、和地に従って、屋上から下りた。人ごみから離れ、二人だけになったとき、和地がふり向いていった。

「今夜は、いい芸妓さんが、お相手してくれたよ」

「はあ?」

「先刻《さっき》の子供さ。少しおしゃまだが、かわいい子だった」

微笑を残した顔でいう。沖は、ようやく話しかけるきっかけがつかめた気がして、

「申訳ありませんでした。あんなところで……」

「いや、気にするな。こちらが、無茶な注文だったんだ。その代り、来年はたのむぞ」

「はい、もちろん……」

支店長不信任だけは、かろうじて免れたようであった。沖としては、その足で、佐平次に出かけ、一年先の予約をすませておきたい気分であった。

和地をホテルの部屋へ送り、だれも居ない支店へ寄ってから、沖は岡崎の寮へ戻った。

闇の中に、赤い送り火の残像だけがむやみと燃えているような感じで、気分は滅入《めい》り、足どりは重かった。寮の門を入ったところに、植えこみに寄せるようにして、オートバイが一台とめてあった。若い社員のところへ、友人でもあそびに来ているのだろうと、沖は思った。

玄関の戸を開ける。とたんに、奥の部屋から、だれかが走り出てきた。何か急用かと思ったが、その男の顔を見て、沖は棒立ちになった。

「忍じゃないか」

おどろきとうれしさで、思わず大声になった。同時に、不安も突き上げる。顔いっぱいに笑っている忍に向かって、

「いったい、どうしたんだ」

「ぼく、大文字というのを見たいと思って」そのあと、いいわけのように一気に続けた。「大文字の火のこと、歴史で習ったんだ。見れば、少しでも日本史に興味が湧《わ》くと思って、ママも許してくれたんだ」

「それで、いつ着いた」

「夕方……。朝、家を出て、東名をずっと走ってきました」

沖はまた、とび上りそうになった。

「なんだって。じゃ、あのオートバイは」

「ぼくのですよ。わからなかった?」

「うん」

沖は、あらためて、忍の体を見直した。

「大丈夫だったか」

「もちろん。だから、こうして……」

「それにしたって」

「ぼく、慎重なんだよ。途中で、四回も休んだし、絶対に九〇キロ以上出さないようにしてきたんだ」

「九〇キロか……」

まだまだ速い、といいたかったが、父親めがけてひたむきに走ってくる息子のヘルメットが、目に見える気がした。いとしさが一度にふき出て、大きな息子をその場で抱きしめたくなった。その思いをこめて、沖はいった。

「よく来たな」

忍は、また、にっこり笑った。

「よかった。ぼく、怒られるかと思って」

父子《おやこ》は、部屋に入った。

忍は、夕食は、ドライブインのカレーライスですませ、大文字の火は、街角に立って眺めた、といった。かわいそうな気がしたが、仮に事前にわかっていたとしても、その夜は、相手をしてやれなかった。そうした思いの中から、沖はいった。

「それにしても、突然だな」

「電話しようかと思ったけど、反対されては、いやだし……。それに、ママも、パパは突然だって構わない。たまには、おどろかせてやりなさいって」

「ママが、そんなことを」

「うん。パパは、よく、突然『どこそこへ行くぞ』といって、旅に出たりしたでしょ。だから、今度はこちらから……」

沖は苦笑した。新婚まもないころから、突風のように思い立って、旅やドライブに出た。とまどいながらも、和代はよろこんでついてきたものである。

沖には、少々、むら気なところがあったかも知れない。だが、そのせいだけでなく、不規則で忙しい商社の仕事の性格上、チャンスがあれば、即座に利用しておかねばという一種の焦《あせ》りに似た気持も働いていた。同僚たちを見ていると、家族旅行のために何カ月も前からじっくり予定を組んでおいても、突発的な用件で海外へ飛んだり、仕事が押せ押せになったりして、予定がつぶれてしまうことが多い。そこで妻子をがっかりさせるよりは、予定など立てず、拾いものでもしたように旅に出る方が、沖としては気楽であった。

だが、息子までが、そうしたことをやり出すとは……。

忍に旅を許しながら、にやにや笑っている和代の姿が、目に見えるようであった。それに、意地わるく考えれば、ふいに沖のねぐらを急襲させれば、沖の生活の実態がわかる。万一、女関係でもあれば、しっぽをつかむこともできる。母親としては、心配もあったであろうが、「日本史への関心を持つため」という忍の殺し文句と、そうしたさまざまの思惑《おもわく》から、長途のオートバイ旅行を、あえて許す気になったのであろう。

　幸か不幸か、沖には、つかまえられるようなしっぽはなかった。それに、その夜は、まるで脂粉のにおいのないところに居て、沖としては、早目に帰ってくることができた。社長にはわるかったが、茶屋からはじき出されたおかげである。ビヤガーデンの混雑の中から見た味気ない大文字の火……。

　沖は、ふたたび、その夜のことをはじめから思い出し、めいるような気分になった。それが表情にも出たのか、忍が心配そうな顔になっていった。

「パパ、どうかしたの。どこか、わるいの」

「えっ、どうして」

「だって、顔色がよくないもの」

「どこもわるくないさ」

「……じゃ、仕事がうまく行かないの」

「よけいな心配するな」

「でも、ママが、ときどきいってるもの。パパは京都で馴《な》れない仕事で苦労していらっしゃるって」

「……もう仕事には馴れた。ただ……」

「ただ、どうしたの」

「……あれこれ、少し忙しすぎたな」

「気をつけてよ、パパ。ママも、あけみも、みんな、心配してるんだから」

沖は、うれしかった。ありがたいとも思った。それを口にしたかったが、照れくさくてやめた。

沖のことを、親身になって心配してくれる人間が、地球上に三人は居る。だれにも、何物にも代え難い、たしかな味方が三人。そう思うと、にわかに気強くなり、また心があたたまった。

それにしても、一家が同じ屋根の下でくらしていれば、こうした思いを、折にふれて、ふんだんに味わうことができるのにと、残念でもあり、悲しくもなった。人生の大切なところで、損をしている感じである。

もともと、妻子とともに密度の濃いくらしをすることが、沖の人生のささやかな目標であった。だからこそ、あえて、アリゾナ砂漠の果てまで、妻子を伴って行ったし、また、男の子が中学一年になれば、受験戦争に備えて日本へ送り帰す例が多い中で、先のことには目をつむるようにして、忍をそのままツーソンの中学へ行かせもした。帰国後、子供たちに多少の後遺症が出るとしても、親子が肌寄せ合ってくらすことから生まれるものの方が、人生にとって貴重だ、と思っていたのである。

いまも、その考えに、変わりはなかった。京都と東京に離れて住んでも、本宮部長のいう「くしゃみの届く距離」のことだから、ごく頻繁に往来して、別居の感じを持たないですむと考えていたが、やはり、別居は別居でしかなかったと、あらためて思い知らされた感じであった――。

息子へのいとおしさで、沖はまた、胸の中がかわく思いがした。

「どうだ、腹は空《す》かないか」

「うん」

忍はそういいながら、部屋の中を見回した。もちろん、食いもののもなければ、調理すべき材料もない。沖は急いで、

「どこかへ食いに出ればいいんだ」

「こんなにおそく」

（祇園あたりへ）といいかけようとしたのをのみこみ、

「ホテルにでも行けば、深夜レストランがやっている」

もう少し大きければ、いっしょにのみに行きたい気分であった。

忍は、ゆっくり首を横に振った。

「もう食べなくていいよ」

その目が、坐机の上にとまった。

「おや、パパ、シャープ・ペンシルを使ってるの」

「……うん」

沖は、口ごもるようにいった。（使おうと努力している）と答える方が、正確であった。藤林の言い分に負けるようでいまいましいが、会社が決定した以上、個人的な好みはすてて、シャープを使う習慣を早く身につける方が、結局は賢明だと、沖は考えるようになり、会社の支給品と同じシャープ・ペンシルを二本買ってきて、机の上に置いておいた。

だが、沖の指は、いつも、反射的に鉛筆をつまんでしまい、ほとんどシャープを使うことはなかった。

忍は、シャープの一本をとり上げ、立てて眺めたり、指の腹でくるくる回したりした。

「なかなか、いい感じだね、パパ」

「そうかい」

沖は気のない返事をしてから、ふと思いついて、

「よかったら、一本やろうか」

「いいの？」

「うん。……そうだ、あけみにも、一本持って行け、パパは、まだ、会社に何本も置いてあるから」

忍は、沖の顔を見つめていたが、

「じゃ、もらいます」

沖は、少しばかり父親らしい満足感を味わいながら、うなずいた。

翌日、沖は、一度、支店へ顔出ししたあと、休みをとった。二条城、御所のかいわい、金閣寺、銀閣寺と、高校日本史に出てきそうなところを選んで、忍を案内した。

昼食は、南禅寺境内で京の味を、夕食には、四条のグリルで、ステーキを食べさせた。

そのあと、街を歩きながら、「何か欲しい物はないか」

忍は、思い当らぬようであった。遠慮というより、アメリカ暮らしの永かった若者には、古都の土産物が、まるでセンスに合わぬ風であった。結局、沖は、一万円を渡した。

「帰ったら、好きな本か、レコードでも買いなさい」

あまい父親といわれるかも知れぬが、（どんなにあまずぎようと、構わぬではないか）沖は、そんな風に開き直りたい気持である。（よく会いにきてくれた）と、感謝と慰労の思いもある。

和代とあけみには、西陣織の財布を買ってやった。夏休みに入り、学校への送り迎えの苦労がなくなって、和代は、ほっとしている様子。ただし、あけみを公立学校へ戻す準備を、そろそろはじめねばならない。このため、近所の子供たちとあそばせようとするのだが、あけみは、よほどいじめられたり、ばかにされたりしたのであろう、おびえるようにして、顔を合わそうともしない。そして、ほとんど毎日、一日中、テレビを見ている。とりわけ、英語で放送しているアメリカの子供番組「セサミ・ストリート」がお気に入りで、再放送をふくめ、日に二時間も見ているという。

「アメリカへ逆戻りするって、ママは怒るんだけど、だめなんだなァ。スイッチを消しても、あけみが泣きべそをかいているのを見ると、また、つけてしまうんだ」

その場の情景が、沖には、目に見える気がした。

忍は、斜めに沖の顔を見て、

「ママが怒るのも、当然だよ。ぼくも、見ているうち、すっかり日本に居ることを忘れて、あけみと英語でしゃべったりしてしまうから」

「なんだ、おまえも見ているのか」

「うん。でも、いつもじゃないよ」

忍は頭をかいたあと、あわてていい足した。

「ママとしては、ぼくには、オートバイに乗られるより、テレビを見させておいた方が、安心らしいんだ」

「仕様がないなァ」

沖は、吐き出すようにいった。

子供たちへのいとおしさが、にわかに、さめる気がした。あけみだけでなく、忍まで、あまったれているのではないか。このままでは、和地社長の息子のように、大学を出ても、キャディしかできぬ男になってしまうのではないか。

そう思うと、不安というより、腹立たしさがこみ上げてくる。

（海外駐在のせいがあったにしても、そこまでは、親の責任はない。おまえたちは、おまえたちで勝手に生きろ！）

と、いきなり、そんな風に突き放したい衝動も感じた。

しばらく歩いてから、二人は市電に乗った。暑さの退いた瓦《かわら》屋根の街。並木の緑がゆれ、夕風が吹きこむ。吊革《つりかわ》につかまり、忍は黙って街を見つめていた。ただ広漠としたアリゾナ砂漠と、箱庭のようにせせこましい日本の街と、その二つの世界の間で、いまだに立ちくらみしているような姿であった。

いとおしさが、また、よみがえってきた。沖は、忍の耳にささやきかけた。

「帰りは、オートバイをやめて、新幹線にしたらどうだ」

「どうして」

「やはり、心配だからな」

「でも、オートバイはどうするの」

忍は、目を大きくした。そのまま売り払われてしまうのではないかと、案じている。

沖は微笑して、

「何とか、送る方法を考えてみよう」

商社のことである。その気になれば、いろいろ手だてが見つかるであろう。最悪の場合は、トラックに積んで送ってもいい。

「送るって、たいへんだよ」

「うん……」

「ぼく、日本の交通機関《トラフィック》は、きらいなんだ。オートバイで帰る。その方が、たのしいよ」

忍は、きっぱりといった。

沖は、うなずいた。やはり、そのままオートバイで帰ってくれた方が、わずらわしくなくていい。交通事故を心配すれば、際限がないし、見知らぬ道を無事に来たのだから、帰りはより安全に行けると考えることにした。

次の朝、忍は、入念に単車をチェックしたあと、白ヘルメットを朝日に輝かせて、東京へ向かって旅立って行った。姿が消えてからも、爆音がなおしばらく沖の耳にこだましてきこえた。

趣味のひと

曇り日の昼下り、笹上は、古ぼけたカメラひとつぶらさげ、上野動物園の中を歩いていた。

夏もさかりをすぎ、園内には、けだるいような空気が流れている。見物客の足の動きはにぶく、獣たちの多くも、ぐったりしたように寝そべっている。その中で、蟬《せみ》だけがしきりに鳴き、また、夏休みの宿題なのか、写生をしている子供たちの姿が、目につかいた。

動物園は、笹上のよく来る場所のひとつであった。動物園全体が好きであって、とくに、目あての動物があるわけではない。強いていうなら、部屋にミニチュアを置いている動物たち、笹上の駐在先と縁のある動物たちが、好きといえば好きといえた。それに、スターでない動物、つまり、人だかりがなく、じっと向かい合って居られる動物がいい。鹿《しか》の類《たぐ》いとか、穴熊《あなぐま》とか、狼《おおかみ》とか、その種の動物は、いくらでも居た。

じっと見つめていると、彼等は一度は視線をそらすが、そのあとも、横目でいつまでもちらちら笹上を見ている。そして、笹上が歩き出すと、檻《おり》のはしまで追ってきて、立ち止まっている。半ば警戒し、半ばさびしそうな彼等とのそうしたかかわり合い方が、笹上には、慰めにもなった。デラックスな部屋のまん中で、多勢の視線を浴びてひっくり返っているパンダのような獣には、目もくれたくなかった。

歩いて行く先で、何かがぶつかり合う音がした。続いて、「けんかだ、けんかだぞ」という子供たちの叫び。

笹上は、度の強い眼鏡の奥の目を大きくした。ついでに、カメラを持ち直す。ヤジ馬根性の血が、湧《わ》き立ってきた。

その声の方向に、二、三歩走り出したとき、別の子供の声がした。「牛がけんかしてるぞ」

笹上は、がっかりして、立ち止まった。一瞬だが、笹上は、大の男同士が音を立ててなぐり合う姿を、想像していた。それなら見物のしがいもあると勇み立ったのだが、考えてみれば、花見どきでもないのに、動物園の中で、大人がけんかするわけがなかった。獣同士のけんかなら、見る気はなかった。争いは、人間の間だけで結構。動物たちまで争い合わなくてもいいじゃないかと、牛をにくみ、蔑《さげす》みたい気分であった。

それにしても、牛同士は、かなりはげしいけんかをしているようで、足もとに、地ひびきまで伝わってくる。柵《さく》の前には、みるみる人垣ができ上って行った。笹上も、たぐり寄せられるように、その人垣の中へ立った。

争っているのは、茶褐色をしたアメリカ野牛のバイソンであった。小山のように肩の盛り上った巨大な二頭が、白くまるい目をむき、角をぶつけ合っている。少し大きい方が押され気味だが、そのバイソンは、目の下に、黒いやにに似たものがはりつき、肩の毛は、古綿のかたまりのようにもつれて、生気がない。

これに対し、攻撃側のバイソンは、皮膚につやがあり、みごとなたてがみをしていた。そして、全身を三角の穂先のようにして、ぶつかって行くのに反し、中年のバイソンは、白い目のはしで、ときどき、人垣をうかがう気配がある。それは、余裕があるためではなく、「こんなことは、やめさせてくれ。おれは、やる気がないんだ」と、訴えているように、笹上には思えた。

一度はげしく突かれて後退したあと、しかし、中年のバイソンは、思い直したように、四つ足をふんばり、頭を下げ、かち上げるようにぶつかって行った。若いバイソンは、よろめいた。いま一突きと思ったのだが、中年の足は、そこでとまってしまった。

すると、若者は、すかさず、また全力で突き当ってきた。中年は、よろけて横を向き、二歩も三歩も、後退した。笹上は、なんとなく、少し前までの自分の姿を見せられているような気分になった。

「おじさん、どうして写真をとらないの」

隣りに居る子供に、ふいに声をかけられた。

「……うーん、そうか」

笹上は、ゆっくりカメラを構えた。

「早く、早く、おじさん」

ゆっくりシャッターを切って、カメラを下ろす。

「おじさん、もう一枚。絶好のチャンスじゃないか」

小学校六年ぐらいの子供であった。歯がゆそうに、カメラを横どりしかねない勢いである。笹上は、仕方なく、また、カメラを構えた。

「だめだな、おじさん。フィルム、巻いたの」

「うーッ、そうか」

巻くしぐさだけして、またシャッターを押す。写す気はないし、だいいち、フィルムが入っていない。カメラは、中年男のひとり歩きを、妙な風に勘ぐられないための小道具にすぎなかった。いまの日本で、笹上のような年代の男が、ひとりで堂々と歩き回り、ひとりであそびに行ける場所は、意外に少なかった。それは、笹上が定年後になって、身にしみて思い知らされたことのひとつである。孤独な中年男が多いのは、競輪場や競馬場だが、これは、笹上には関心がなかった。笹上が気がねなくひとりで行けるのは、メンバーになっているゴルフ場ぐらいしかない。あとは、どこへ行っても、程度の差こそあれ、肩身のせまい思いがするのだった。——

動物園の係員が来た。

「早くとめてやってよ」

若い母親たちが、口々にいう。それに対し、人垣の最前列に出た係員の冷静な声が、返ってきた。

「とめない方がいいんです。あれが、自然なんですよ」

「それ、どういうこと」

「世代の交替というものなんです」

その場とは不似合いな、まるで哲学者の言葉とでもいったひびきがあった。

女たちは、ちょっと黙ってから、「それ、なに」

「押されているのは、おやじ。若い方は、息子なんですよ」

「父子《おやこ》げんかなの。それなら、よけい……」

係員は、母親たちのわめきを封じこめるようにいった。

「動物って、ああいうものなんですよ」

笹上は、うなずいた。ついでに（人間だって……）と、唱和したいところであった。

小柄な後姿しか見えないが、笹上は、その係員に、息子の武男に通じるものを感じた。

笹上から見ると、武男は、虚無的といっていいほど、さとりきったところのある息子だった。早くから、父親を距離を置いて眺めるくせがついていた。それは、性格的なものというだけでなく、環境によるところも大きい。出生のときにも、笹上は海外に居たし、物心つくまで、ほとんど別居生活であった。何年ぶりかで家に帰ったとき、母親の三千代に教えられていたにもかかわらず、武男は笹上に疑わしそうな目を向けていった。「おじさん、どこのひと」

夜おそくまで、武男は三千代の側に小姓のようにがんばっていて、「泊るの。泊らせていいの、ママ」などともいった。

そして、翌朝、家を出るときには、「今度いつ来るの」（おじさん）と続けて出るのを、のみこんだ顔でいった。そのとき、笹上は、（自分は生みの親ではあっても、育ての親ではないのか）と、強い衝撃を受けたおぼえがある。その衝撃は、笹上の心にかなり後まで残り、息子に向かってふみこめない父親にさせてしまった。

武男が動物好きになったのを、笹上は自分の血を引くものとよろこんだのだが、武男にしてみれば、はじめから、父親の存在を期待せず、父親に代る血のあたたかな存在として、動物に近づいて行ったのかも知れなかった。

成人して、父子の間で、動物のことが話題になることがあった。そうしたとき、武男はよく、

「それは、人間の目から見れば、そうなんだ」

というい方で、笹上の観察を批判した。そして、黙りこんだ笹上に、動物園の係員と同じように、

「動物って、そういうものなんだよ、パパ」

と、きめつけるのであった。このため、動物が二人にとっての共通の世界になるよりも、あらためて父子の距離を感じさせる世界になった。

両親の離婚についても、武男は令子にくらべれば、かなり冷静であった。それは、アメリカでは離婚がありふれており、武男の友人にも離婚した親を持つ者が多かったせいもあるが、同時に武男が、両親の関係をさえ、自然科学者のような目で見ているのを、笹上は感じた。（動物って、そういうものなんだよ）と。そうした武男が、父にも母にもつかず、獣医となって、カリフォルニアの牧場に落着いてしまったのも、ある程度、予想された成り行きといえた——。

喚声が起った。

中年のバイソンが、また逆襲に転じていた。地にすらんばかりに頭を下げ、じりじりと息子を押し返して行く。まるい目が、血走っていた。

「がんばれ」「負けるな」

子供たちは、息子を応援している。かなり広い運動場の一方の隅に、やや小型の二頭のバイソンがいた。牝《めす》たちである。すました顔つきで立ち、父子の間に決着がつくのを待っている。

数歩押し返したところで、父バイソンの攻撃は、息切れした。目の色まで弱まる。とたんに、息子が猛然と突き返しにかかった。角をぶつけ、一気に押しまくる。

「おじさん、写真、写真！」

また、おせっかいな子供の声。

笹上は、物うくカメラを構えたが、そのときには、父親は運動場の隅にある空堀のところまで追いつめられていた。

「危ない、やめさせて」

母親たちが叫ぶ。次の瞬間、小型の地震のような地ひびきを立てて、父バイソンは堀へ転落した。骨でも折ったのか、前足をついて、二度三度起き上ろうとしたが、立てない。体を斜めにしてうずくまってしまった。大きな茶褐色の風呂敷《ふろしき》包みといった恰好《かっこう》である。息子は、その父親を見下ろし、荒い鼻息を立てながら、堀のふちを回っていた。

笹上は、それ以上見ているのが、つらくなった。小さく身を翻《ひるがえ》して、人垣からぬけ出したが、そのとたん、声をかけられた。

声は、ほとんど笹上の頭上から降ってきた。

「よう、ウーさんじゃないか」

登山帽をかぶり、長身で年輩の男が、笑いかけていた。よく日やけした顔に、白い歯。懐《なつか》しい顔だが、とっさにだれだか思い出せない。出会った場所も場所だし、とまどっていると、その男は、人なつっこい笑顔のまま、自分から名のった。

「住井だよ。昔、きみといっしょに東洋物産に居た……」

「あっ、住井さん」

笹上は、思わず声を上げた。

はじめて商社に入ったとき、机を並べた先輩であった。笹上より七つか八つ年長であるが、当時から風変りな男であった。釣りが好きで、商社に入ったのも、世界中を釣り歩きたいためだといい、最初に志望したのが、南洋勤務。パラオ島に三年出ていて、仕事の合間に、カジキの一本釣りなどやったが、どうも大味すぎて……と、そんな話ばかりしていた。すでに戦争がはげしくなり、外地へ出るあてがなくなったこともあって、まもなく退職し、ヘラブナの本場とかいう富士五湖周辺にひっこんでしまった。

それ以来の再会であるが、住井についてのうわさはきいていた。住井魚仙と名のって、本なども書き、釣りの世界では、かなり有名な人物になり、趣味の釣りだけで悠々と食っている。「あいつが、いちばん、うまいことやったよ」などと、東洋物産時代の仲間の中でうらやましがられている人間でもあった。

　笹上は、住井の姿を見直した。ベージュの登山ズボンに、細かな白い魚の散った紺色のスポーツシャツ。いずれも洗いさらしたものだが、しかし、さっそうとした若づくり。それを、みごとに着こなし、とても、六十半ばの年輩には見えない。

「おひとりですか」

「うん、きみは」

「わたしも、ひとり……」

「じゃ、帰っていいのかい」

「はい。しかし、住井さんは……」

「おれは、いいんだよ。水族館をのぞきに来ただけなんだから」

　笹上も、自分のことを説明しなくては、と思うのだが、明快な言葉が浮かんで来ない。歩き出しながら、住井に、「きみは?」ときかれ、

「うーん、わたしは別に……」

　なんとなく、体の中が熱くなる。わるいことをしているわけではないのに、後めたさがある。

　木蔭《こかげ》を縫って歩きながら、住井が、長い顔をかしげるようにして、きいてきた。

「しかし、どうしたんだね。いまごろ、こんなところへ、ひとりで。夏休みかい」

「いや、定年退職したんですよ」

「ほう。すると、ウーさんは、吸収された先の扶桑商事で、定年までつとめたということかい」

「そんな、ふしぎそうにいわないで下さいよ」

「しかし、きみがねえ……」

「おかしいですか」

「いや、怒らんでくれよ。おれは、とても、きみには、商社はつとまらんと見てた。おれも別の意味でそうだが、きみは商社向きじゃなかったよ」

「どういうところが」

「つまり、一言でいえば、ウーさん的なところさ」

「………」

「商社というのは、目から鼻へ抜けるというか、機敏でなくちゃいかん。決断が早くなくっちゃね。ところが、きみは、いつも、うーっ、うーっ、だったからな」

「うーん」

「東洋物産はまだいい。つぶれるだけのことはあって、人使いこそ荒かったが、どこか間の抜けたところのある会社だったからな。だが、扶桑商事は、関西系のトップ商社だ。とても、ウーさんには……。いや、失敬。よく、つとめたよ。皮肉じゃなく、敬意を表するね。ところで、いまは、どうしている。第二の職場は」

失職しているのではないかと、いいたそうであった。笹上は、そこで急に生気をとり戻した。四軒の貸店舗を持ち、ひとりで悠々自適の生活をしていることを、わざとさりげなく話した。

「ふうん、なるほど」

住井は、何度も笹上の顔を見ながら、うなずいた。

男二人は、動物園を出た。住井は、北海道の釣りの旅を終わり、精進湖《しょうじこ》のほとりにある家へ戻る途中で、上野駅に荷物を預けてあるという。

ガード近くの喫茶店に、二人は向かい合って腰を下ろした。

「それにしても、よく、わたしがわかりましたね」

笹上があらためていうと、

「背恰好と眼鏡だよ。きみは、ずいぶん度の強い近視だったからな」

他人の目に自分の姿がそういうところでとらえられているのかと、笹上は少々味気ない気がした。

住井は、微笑していい足した。

「それに、きみが動物好きということも、思い出してね。なにしろ、おれが釣りに誘ったら、そんな残酷なことはできませんと、身ぶるいするようにして、ことわったからね」

「そんなことがありましたか」

三十数年も前のことである。茫々《ぼうぼう》たる歳月の彼方《かなた》にかすんで、笹上には記憶がない。ただ、その歳月を忘れさせるのが、目の前の住井の若さである。日やけした屈託のない笑顔は、記憶の中の面影そのままである。

「あなたは変わりませんねえ」

「そうかなあ。そうだとすると、生来、のんきなせいだろう。成長がとまっているのかも知れん。ただ魚ばかり釣ってて、他のことを考えんからな」

笹上にはレモンティ、住井にはコーヒーが運ばれてきた。住井はまず一口味わってみてから、クリームをつぎ、スプーンに軽く一杯だけ砂糖を入れて、ゆっくりかき回した。その仕種《しぐさ》も、三十数年前のままである。

「相変らず、コーヒーがお好きなようですね」

「うん、ありがたいことに、いまは世界中のコーヒーがのめるからな」

東洋物産を中途退職したあと、住井は京橋の裏通りに、小さなコーヒー店を出した。すでに代用コーヒーの時代であったが、商社時代の顔を生かして、本物のコーヒーを工面してきてのませるという評判であった。笹上も、二、三度、行ったことがある。穴倉のようなせまい店だが、しゃれたつくりで、そのまん中に、細君の白いまる顔がぽっかり夕顔の花のように咲いている、といった感じであった。それだけに、新聞記者風の男たちのたまり場になり、笹上などには異質なものを感じさせた。それに、かんじんの住井が、いつ行っても、釣りに出かけていて会えない。すでに精進湖に半分は腰をすえた生活のようであった。

その店も、しかし、一時のことで、じきに統制がきびしくなったため、細君も精進湖へひきあげたときいていた——。

（このひとは、何もかも変わらない。昔から、幸せなやつだと、みんなにうらやましがられていた。いつまで続くかなと、冷笑する向きもあったが、しかし、みごとに、いままで続いているようだ。このひとは、何も変わらない……）

そうした思いで見つめていて、笹上は、ふと、ひとつの変化に気づいた。住井の前の灰皿が、きれいなままなのだ。住井はタバコ好きであった。あの時代でも笹上の知らぬ外国タバコなどを、どこからか手に入れてきて、吸っていた。

笹上は、きいた。

「タバコは、やめられたのですか」

「いや、やめないよ」

「しかし……」

笹上が眼を灰皿にやると、住井もそれに気づき、

「いまだけ、一時的にやめてるんだ」

「どこか、おわるいんですか」

「いや、問題はこれだよ」

住井は、ライターをとり出した。少し大き目のもので、かなり年代が経《た》ち、黒ずんでいる。ただし、何度やっても、火がつかない。

「故障ですか」

「油がなくなったんだ」

「それじゃ、マッチで……」

「いや、もう吸わない」

「どうしてです」

笹上は首をかしげて、きいた。趣味人だけに、お気に入りのライターで点火しない

と、タバコもうまくないのだろうかと思ったが、住井の口からは、意外な答が返ってきた。

「いつも、このライターいっぱいに油をつめて、旅に出る。そして、油のある限り、気ままに釣り歩くことにしているんだ。その代り、油が切れたら、おとなしく、旅を打ち切る」

うらやましい話である。目の前の住井が、笹上には、スポーツシャツを着た仙人の姿に見えた。

「油は、何日間保《も》つんですか」

「吸い方にもよるが、四十日前後だな。今度の旅も、だいたい、それくらいだろう」

「だいたいですって」

笹上は、ききとがめた。商社員として、永年、分秒を争う仕事をしてきた惰性で、日数についてまで、「だいたい」などといってのけられると、頭がおかしくなりそうであった。住井は、コーヒーをすすり終わると、ゆったりした口調で、

「日付など、おぼえてはいない。その必要もないからね。ただ、家内が家計簿の余白に、出発と帰宅の日付をメモしておくので、それでわかるわけだ」

そうか。そういえば、いまの笹上自身も、日付の記憶など必要のない生活である。

日数も、月数も、年数さえおぼえる必要がない。ただ、むやみに長く生きのびて行くことだけを考えて行けばいい。ただ、むやみに長く……。

まぢかで見ると、住井の髪には、白いものがまじり、また日やけした肌に、小じわも目立っている。ただ、それでも、顔全体の感じが若かった。目が澄んでいるし、笑顔に屈託がない。

「奥さんは、お元気ですか」

「うん」

「いつも山奥で、留守番ですか」

「そう。もっとも、いまじゃ、山奥という感じじゃないがね」

「それにしても、何十日も……。えらいものですねえ」

「まあ、昔から、そういう習慣になってしまったからね。だから、こちらとしても、約束は守る。こっそり油を補給したりしないで、まっすぐ帰る。その上、帰る途中のタバコは、辛抱する。そうすりゃ、タバコがのみたい一念で、寄り道ができなくなるからね。どうだ、愛妻家だろう」

「うーん、四十日も放っておいて、そういうのを、愛妻家というんですか」

「まあいいさ、当人が、そう思っているんだから」

「お幸せそうですね」

「さあ、どうかな」

「お子さんは」

「みんな独立して、東京や大阪に住んでる」

「やはり、同じように、釣りかなんかで？」

「いや、みんな、それぞれ会社づとめ。おやじの姿を見てると、釣りは趣味だけで結構。とても、まねはしたくないといってね」

「じゃ、相当つらいこともあるのでしょうね」

「さあ、どうだろうね。もともと、釣りが好き、文章を書くのも好き。好きではじめたことだからね」

住井は、もう一度ライターをいじってから、

「ところで、きみは、ひとりぐらしといってたね。いいなあ、それじゃ、油が切れても、帰らなくていいわけだ。理想的じゃないかね」

「本気で、そう思われるんですか」

答える代りに、住井は腕時計を見た。

「さあ、そろそろ腰を上げなくては」

新宿へ出て、富士吉田《ふじよしだ》行きの直行列車に乗るという。

笹上は、いっしょに上野駅へ出た。一時預り所へ行き、住井の受けとる荷物を見ておどろいた。屈強な山男がかつぐにふさわしいリュックサック、それに、釣り竿《ざお》をいれた大きな袋。

「そちらは、ホームまで、わたしが持ちましょう」

住井は、手を振った。

「だめ、だめ。とても、きみには持てないよ」

「まさか」

たかが釣り竿と思ったのが、まちがいであった。釣り竿も束になると、相当な重みであった。片手では微動だにしない。両手で横抱きにするにも、足をふんばらなくてはならない。フルセットをつめたゴルフバッグよりも、持ち重みがした。

「若いひとが、親切に網棚に上げてくれようとしては、悲鳴を上げるんだよ」住井は、おかしそうに笑い、「これには、コツがあってね」

かがんで、腰を振るようにすると、一気に肩にかつぎ上げた。

笹上は、面目ない顔で、ついて歩きながら、

「ほんとに、釣り竿だけなんですか」

「そうだ。ただ、数が多いだけさ」

「そんなに要るものなんですか」

「書く以上は、考えられる限りの道具、仕掛けを、試してみなくちゃいかんのでねえ」

たいへんなことなんだなと、笹上は、あらためて、住井の長身を見上げた。気楽な趣味人などではない。そう思うと、にわかに住井に親しみを感じた。

笹上は、そのまま別れたくない気がして、いっしょにホームへの階段を上って行った。住井の声が、頭上から降ってくる。

「どうだね。きみも釣りをはじめないか」

「うーん」

「釣りは残酷だからいやだ、ということだったが、いまのおれは、よほどの場合は別として、釣った魚は、全部放している」

「それで、おもしろいんですか」

「うん、だんだん、おもしろみがわかるようになる。きみは知ってるかどうか。いま、ヘラブナ釣りは、放すことが当りまえになっている。それでも、たいしたブームなんだ。あれだって、おれたちがいい出したときには、すぐにはわかってもらえなかったからねえ。おもしろみというものは、つくり出すというか、やってるうちに出てくるものなんだよ」

大きな荷物を持った住井は、モダンなかつぎ屋といったかっこうで、ホームを歩く。ひとびとは、顔をしかめるようにして、道をあけた。

新宿へ向かう山手線内回りの電車が、入ってきた。

「一度、うちの方へもあそびに来たらどうだ」

住井が竿袋の横から、見下ろしていう。笹上が大きくうなずくと、

「もっとも、来る前に電話してくれないと、また四十日の旅に出ているかも知れんからな」

そのとき、ふいに、稲妻でも走るように、笹上の心はきまった。いま、このまま、ついて行こう！

ここで別れて、マッチ箱のようなワンルーム・マンションに帰ったところで、住井のことをあれこれ想像して、頭を空転させるばかりであろう。それよりは、いっそ……。

到着した電車に向かい、笹上は住井魚仙と並んで足をふみ出した。

「このまま、お伴《とも》していいですか」

「なんだって」

住井は、目をまるくしたが、問答する間もなく、二人は車内に送りこまれた。住井が、竿袋を下ろす。笹上は、すばやく手をのばし、足をふんばって受けとると、自分の胸に抱えるようにして持った。とにかく、役に立っている形である。

電車は走り出した。住井はまるく口をあけて、笹上を見つめていたが、

「きみは、このまま、精進湖へ来るというのかい」

半信半疑というより、否定の答を期待した顔できく。笹上は、にっこり笑ってうなずいた。

「ほう、そうかい……」

住井は、次の言葉が出ない。仙人をおどろかしたと思うと、笹上は、たのしくなった。

ただし、口調だけはいんぎんに、

「すみません。このごろ、思い立ったら、そのとおりにすることにしてるものですから」

「ほうっ」

仙人は、また、おどろき、笹上を見あらためる。古い記憶の中の「ウーさん」とは、

どうしてもつながらぬと、首をかしげている。

笹上は、ゆっくり、註をつけ加えた。

「いまのわたしには、それができるんです。それだけがとりえかも知れませんが」

「……なるほど、それは結構だねえ」

仙人は、まだ宙づりになったような顔をしていた。それ以上の言葉が出て来ない。相手が住井でなく、扶桑商事の社員であったなら、たちまち社内に評判がひろがることであろう。笹上には、すでに、転勤する沖の列車にとび乗った前科がある。「ホームのウーさんに気をつけろ」などと、いわれかねないところである。それまで居たか居ないかわからなかったような笹上の存在が、そうした形で、たしかなものにもなる。それも、ひとびとにうらやましがられる存在として――。

わるくはないと、笹上は、ますます胸をはるような気分になった。落着き払って、念を押す。

「お伴して構いませんね」

「うーん」

今度は、仙人が「ウーさん」になりかけ、「まあ、いいだろう」

まだまだ笹上の変身が信じられぬといった風で、登山帽をかしげたままいう。笹上

は、なだめるように、

「もっとお話をうかがいたいし、それに、ホームグラウンドも拝見したい気になりましてね」

住井は、とまどったように、

「……別に何もありゃしないよ。山と湖だけさ」

「それがいいんです。そうした中にいるあなたと、そして、奥さんの姿を見たいものです」

「……きみも、かなり物好きだなあ」

「そう、そうなんですよ」

仙人は、処置なしといった顔になった。笹上は、度の強い眼鏡を光らせて続けた。

「どこかホテルをさがして泊りますから、御迷惑はかけません」

「いや、それなら、うちへ泊れよ」

「しかし……」

「四十日ぶりだからといったって、われわれ夫婦は、別にどうということはない。遠慮は要らん」

「いえ、わたしが、ホテルじゃないと、眠れないんです。外国生活が永かったせいでしょうけど」

「しかし、きみ、ホテルは高いよ」

「承知してます。大丈夫ですよ」

笹上は、微笑して答えた。いい気分であった。財布には、いつも少し多目に金が入れてある。信用販売会社のクレジット・カードも、携帯していた。これは、何かあったとき、身元を明らかにするのにも役立つ。それに、銀行の預金者カードも持っていて、ふいにどこへ出かけても、当座の金に不自由しないようにしてある。いつでも、どこでも、気ままにヤジ馬になり、風来坊に変身できる。歌の文句ではないが、「風の中の羽のように」心任せ、風任せに、とんで行けるのだ。

考えてみれば、諸事拘束の多い時代に、それは、ライターの油の切れるまで旅をするのと同じくらい、すばらしいことなのかも知れない。もっと誇っていいし、もっと肩をそらせていい。

笹上は、にわかに、自分の心が豊かになったのを感じた。竿袋を抱きながら、余裕を持って、住井を見上げた。

「しかし、人生って、たのしいもんですなあ。思いがけないひとに再会して、さらに、こんな風にお伴できるなんて」

「うーん……」

相変わらず、住井の方が「ウーさん」である。笹上をつかみかねていた。

新宿に出て、中央線の急行電車に乗りかえた。にこにこしてついて行く笹上に、住井は気味わるそうに、念を押した。

「きみ、ほんとに、ついてくるの」

「もちろんです。決して御迷惑はおかけしませんから」

笹上は、眼鏡を光らせ、断乎《だんこ》としていった。

住井は、笹上の足の先まで目を走らせ、

「……きみは、変わったねえ。昔とちがって、なんだか、自信を持って生きてるみたいだ」

「うーん、そうだといいんですがねえ」

走り出した電車の中で、笹上は、昂揚《こうよう》した気分を感じ続けていた。むしろ、その気分を満喫するためについて来たのであって、住井のことなど二の次という感じになってくる。

ほぼ二時間後、富士吉田へ着いた。

住井は、大きな荷物ごと、一時間に一本出ているバスに乗って、精進湖に向かった。

駅前のバス停で、笹上は、それを見送った。

日はまだ高かったが、すでに夕方近い時間である。四十日ぶりに帰宅する住井に、寄生虫のようにくっついて、いきなり、その家へ上りこむ気にはなれなかった。気まぐれに生きる、とはいっても、それほど、あつかましくはないし、それでは、物欲しそうに、あるいは、物さびしそうに見られて、笹上の本意ではない。「風の中の羽」のように生きるのであれば、他人に荷重《におも》な存在になってはならない。その夜はまず、夫婦二人で、ゆっくり休ませてやるべきである。笹上には、時間はいくらでもあった。地理は教わっているので、次の日、堂々と訪ねて行けばよい。

駅の案内所で紹介されたホテルは、精進湖とは逆方向の山中湖を見下ろす丘の上に在った。

部屋に入ると、まるで窓に倒れかかって来そうなほどまぢかに、富士の大きな姿があった。眼下には、湖面がひろがっている。笹上は、しばらく棒立ちになって、その風景を見つめていた。

富士については、さまざまの思いがあった。外国に居ると、富士は日本の代名詞である。ポスターやカレンダー、雑誌、映画、テレビなど、日本といえば、富士。帰国のあてのない生活の中では、その富士にヘドが出る。富士がにくい。しかも、富士は、どんな風に写されても、澄まして、よそよそしかった。極めつけの美人と思い上っている。さわがれて当り前という顔をしている。そうした女のつまらなさ。つまらないくせに、いばっていて——と、つのる反感で、胸が火だるまになる。

富士に似た山容の山は、外国にも在った。シアトル近くのレニア山などが、そうである。日系人は「レニア富士」などとさわぐが、アメリカ人は、「ああ、あの山のことか」という程度である。写真の対象にするわけでないし、とくに眺めに行くわけでもない。

なぜ、富士山だけをもてはやすのか。それは、日本の富士だからではないのか。日本人の画一性のせいなのではないか。すでに笹上は、自分だけの老後に備え、自分だけのユニークな生活設計をはじめていた。画一的なものは、ごめんである。

それにしても、ほぼ七年にわたるアメリカとヴェネズエラ駐在を終わって、日本へ帰ってくるとき、夕方ではあったが、雲海の上に、富士だけが小さな盃《さかずき》のように漂っているのが見えた。

そのときには、さすがの笹上も、ときめきをおぼえた。まぎれもない日本へ帰ってきたという安堵《あんど》感《かん》。

「永い間、ごくろうさん」と、まず富士がひっそり声をかけてくれた思いがし、胸の中が熱くなった——。

いま窓の外に、紫紺色の富士は、大きな山男のように、のっそりと立っていた。それは、あまりにも近く親しくて、だれも目をくれない存在であった。威圧感はなかったし、とくに美しくもない。

「ああ、おまえ、そこに居たのか」という感じである。

もっとも、それは、笹上自身の置かれている状況にも、関係があった。笹上は、いまや、その生涯の理想どおりの生活に落着いている。焦りもないし、不安もない。もはや、ひとをうらやむこともない。その心の落着きが、富士を、窓の外の山男程度に感じさせていた。

富士から目をそらし、ソファに腰を下ろそうとして、笹上は、視線のはしに、何かひっかかるものを感じた。

度の強い眼鏡を戻すと、まるく光る湖のちょうど中央あたりに、虹《にじ》が浮かんでいた。湖面には、無数のガラスの破片をまきちらしたような波頭が見える。その湖のただ中から、虹はぐいと伸び上り、ほのかな七色に光っている。それは、乙姫《おとひめ》か竜神が、ひそかに空に駈《か》け上って行く階段の姿を思わせた。

笹上は、ソファに坐《すわ》り直し、虹に向かい合った。思わぬひとに想《おも》われていたという気がした。富士に構いすぎていた。大事なものが、ここに在った。

虹の背後には、薄墨色の雲が流れていた。雲の動きにつれて、虹は消えたり、浮き立ったりする。

湖の沖では、白蛇《はくじゃ》が行き交うように、モーターボートの航跡が、交錯していた。湖岸の道を、白や黄の虫に似た車が動いている。だれひとり、虹には気づいていないかのようであった。

ふたたび空を見上げると、虹は、あとかたもなく消え、やや濃さを増した雲だけが流れていた。

虹は、幻覚ででもあったのか。笹上は、目をこらした。すると、あぶり出しのように、また虹が見えてきた。そして、数秒後には、虹は、いたずらっ子が背伸びでもするように、一気に伸び上り、雲上にのぞいていた青空まで届いた。ついで、また、黒板拭《ふ》きで拭《ぬぐ》ったように、かき消える。

この広い天地で、だれも虹に気づいている様子はない。人間関係や浮き世の束縛に汚れた目には、ひょっとして、この虹は見えないのではないか。笹上は、自分が虹を独占しているのを感じた。

虹は今度は、はね上った魚のように、中空にだけ浮かんで、妖《あや》しいほどの七色に光りはじめた。笹上は、自分の体が、その虹色に染まって行く気がした。

笹上は、うれしかった。久しぶりに、静かな生きがいを感じた。風の中の羽のように生きる身であればこそ、こうして虹とあそぶ陶酔の時間を持つことができるのだ、と。

次の日、笹上は、バスをのりついで、住井の家へ向かった。

そこは、いくつもの湖を越え、樹海地帯のはるか彼方《かなた》にあった。一時間に一本のバスというのに、ほとんど客もない。ひんやりした気候になり、いつのまにか、霧雨が降り出していた。やがて、精進湖。雨の中に、点々と釣り人の姿が見える。その奥まった岸辺の停留所で下りた。

住井の住居については、そのしゃれた性格から、北欧の山小屋風の建物か、それとも、古い農家風のつくりといったものを想像していた。だが、たずね当てたのは、何の変哲もない板ばりの小さな家であった。仮設住宅とでもいった趣きさえある。

住井と顔を合わせたとたん、つい、笹上はたずねた。

「冬は寒くはありませんか」

住井は、うなずき、

「なにしろ、氷点下二十度近くまで下るものだからねえ」

笹上は、その家の中で、自分の体が凍るのを感じた。ここで冬死ぬなら、大型冷蔵庫に入る必要はない。

夫人が顔を出した。ふっくらとして、健康そうであった。白い大輪の花といった感じで、かつての「穴倉の夕顔」といった趣きはない。住井が東京へ出るときなどには、手みやげ用のワカサギを釣るため、その夫人が、冬の夜中の十二時にカンテラ下げて湖面へ出かけ、朝六時まで釣ってくる、という。話だけでなく、夫人の体全体から、たくましいものが、におった。

コーヒーが出たが、ありふれたインスタントものであった。粉末のクリームをとき、住井は、おいしそうにのむ。

笹上は、また、意外な気がした。コーヒー好きが昂《こう》じて、コーヒー店を出し、戦争末期でさえ、本物のコーヒーをのんでいた住井夫婦なのに、と。

ふすまの向うの八畳間は、ひとの通れる幅だけ残して、本や雑誌が山積みになっていた。すべて釣りや魚に関するもので、外国のものも多い。住井は、それを戦前から買っていたという。

「商社に居たおかげで、英語は苦にならなかったが、知らぬ単語が多くてね、辞書を引き引き読んだものさ」

珍しい魚を釣って帰ると、図鑑を見、本を調べる、納得できないと、著者たちのところへ訪ねて行く。若いころから、そうした生活のくり返しであった。

「一年の三分の二は、家に居ませんでしたわねえ。あなたが帰ってくると、小さかった娘などは、『おとうさんが来た』といいましたものね」

夫人の言葉に、住井は苦笑した。

「交通も不便だったからな。バスも一日一便しかなかった。それも、木炭バスで、途中で動かなくなる。近くまで来ていて、帰れなかったことだってあるんだよ」

形はちがうが、商社員の生活を思わせる。

「それに、どこへ行くにも、五万分の一の地図だけをたよりに歩いた。能率のわるい釣りだったが、いまから思うと、あれがほんとうの釣りだったかも知れんな」

電話が鳴った。学生の釣り団体から、講師の依頼であった。それも、夕方から朝の十時まで、しゃべり続けるのだという。釣りは奥行きが深いし、魚の種類も多い。住井には、それだけしゃべり続ける材料があるようであった。

「だって、明け暮れ釣り三昧《ざんまい》。こちらの一月分は、日曜釣師の一年分ですからねえ」

この種の講演依頼は、各種の釣り団体だけでなく、労組や政党の集会などからもあり、次々に質問が出たり、実演を求められたりで、スターなみにもみくちゃにされることもあるという。

釣り名人として、スターなみにさわがれる――住井は、それを、にがにがしそうな口調で話してから、つけ加えた。

「ほんとは、ひとりで渓流に入ってばかりいれば、いちばんいいんだが、俗っぽくならなけりゃ、生活は豊かにならないしねえ」

笹上は、二時間あまり話しこんでから、辞去した。

住井が、バス停まで送ってきた。目の前には、精進湖がひっそりと静まり、その対岸には、雨装束の釣師の姿が、色とりどりの小石を置いたように見えた。ヘラブナ釣りのメッカだけに、全国から来ているという。

住井は、そのメッカに住んでいるのだから、いつでも気ままに釣れるわけで、やはり結構な身分だと思ったのだが、住井の答はちがっていた。

「この湖の魚は、釣る気がしないんだ」

「どうしてですか」

「まるで、自分の池の魚のような気がしてね」

住井は、憮然《ぶぜん》とした口調でいった。

「すると、ここに居て、気ままに釣りに行くときには、どこへ」

「そこなんだよ。そういうところが、もうなくなってしまった」

「というと」

「情けない話だが、おれには、もう気ままに釣りに行くということが、できなくなってしまった」

「どうしてです」

「静岡あたりへ足をのばしてみたところで、たいていの釣り場に、おれの顔を知ってるひとがいる。雑誌の写真なんかで、顔をおぼえていてね。だから、いつも見られている感じになるんだ。しぜん、姿勢から何から、すべて緊張してしまう。能書きほどじゃないといわれては困る。みっともない釣りはできない、と」

「じゃ、たのしくはないでしょうね」

「仕事になったら、決してたのしいものじゃないんだ」

「すると、いまのたのしみは……」

「旅先で早く釣りから上って、映画館にぶらりと入ったりするとき。それに、釣ることを忘れて、山や沢を歩いているときかな」

「うーん……」

笹上は、うなった。感心するというより、（なんだ、それじゃ、おれと似たようなことじゃないか）と、半ばがっかりした声でもあった。

笹上の気持を見抜いたのか、住井は補足するようにいった。

「平凡な話だが、いちばんいいのは、生計の道は別にあって、気が向いたときだけ、釣りに行くというくらしじゃないのかね」

すぐ近くから空に上りかけていた虹が、ふいに消えてしまった感じであった。

一時間に一本のバスが、湖岸の道を近づいてきた。

テレタイプ

苦労してさがしていたかいがあって、ようやく、十万頭養豚の適地が見つかった。

場所は、綾部《あやべ》から十五キロほど南へ入ったところ。雑木林の緩斜面で、山ひとつ向うは、兵庫県になる。過疎《かそ》地帯で、近くに集落はなく、汚水処理も問題はない。地主も四人と少数で、交渉しやすく、しかも、その一人は、叔父が扶桑商事につとめていたというので、好意的であった。一応、下交渉をまとめておいて、沖は東京へ出た。

五億円以上の事業計画《プロジェクト》については、最高経営会議と呼ばれる一種の常務会の決裁を得なくてはならないが、この会議の議案になるためには、業務本部と財務部の連合審査をパスしなければならない。この審査を受ける原案は、所属本部長の了承を得た上で、所属本部の各統轄《とうかつ》部がつくるわけだが、沖の計画については、すでに、本宮の努力で本部長の了承をとり、建設地空白のまま、原案の作成にかかる段階であった。

建設地の下交渉がまとまったのは、沖にとってのよろこびであるだけでなく、本宮たちにとっても、待ちわびた吉報となるはずであった。そのため、沖は電話で食料本部長と本宮の存在をたしかめた上、急いで上京してきたのだが、会社の中へ入ったとたん、（わるい日に来た。しまった）と思った。

会社の空気が、ふだんとちがっていた。緊張というより、こわばっている。エレベーターの中で会った部長は、ひきつったような表情をしていた。本社づとめの経験のある沖は、思い当った。その日は、月に一度、本社が変調を来たす日なのだ。同期入社の男を見かけ、きいてみると、黙って指でVの字をつくって見せた。

「やっぱり……」

沖は、つぶやいた。本社の社員たちが、Vのサインで示すのは、「非常に《ベリ》」重要な会議、つまり、最高経営会議を指す。ついでに、この日をV《ブイ》デーといったりする。和地社長をはじめ、五人の副社長、四人の専務、二十人の常務が、海外出張者をのぞいて全員集まり、扶桑商事の最高の経営戦略を討議し決定している日である。その決定事項については、以後、会議が全責任をとる。二年前、ある巨大投資が予想に反し不成績となったとき、会議のメンバー全員が一年間一割減俸という自己制裁を課した。

会議は、朝の九時半から五時半まで、八時間ぶっ通して行われる。電話その他、外部の一切の雑音をシャット・アウトするため、会議の場所は、都内の超一流ホテル。しかも、その場所は、関係者にしか明かされない。議案は、業務本部長が説明することになっているが、補足的な説明を求められることがあるため、提出議案の立案者や担当部長、統轄部長、本部長など、それぞれ息をつめて社内で待機し、会議の成り行きを見守っている。

沖は、最高経営会議日の日どりを知らされてはいなかった。京都支店長とは、経営の最高戦略とは、まず関係のない存在であった。沖は、自分が会社中枢《ちゅうすう》のメカニズムからはずれたところに居たことを、あらためて思い知らされた気がした。

だが、沖はすぐまた思い直した。藤林などの非難にかかわらず、沖は単なる京都支店長にとどまらず、十万頭養豚の事業計画《プロジェクト》に取り組んできた。土地問題の目安がついたことで、この事業計画《プロジェクト》は一気に練り上げられ、連合審査を通過すれば、早ければ、一月後の最高経営会議にかけられることもあり得る。そのときには、会議の日どりさえ知らない部外者から、一挙に、立案者という名誉ある当事者になることができる。V《ブイ》デーという方には、もちろん、本来の「勝利の日」という意味もある。立案者たちが「可決」という形で勝利することを祈る日であり、「可決」を得て、勝者となる日だからでもある。仮に「保留」や「差し戻し」になるにしても、とにかく、三十人の最高首脳の討議を受けるということは、名誉であり、社内的に、一種の勝者に近い感情を持つことができる。

沖が土地問題を報告に来たというのは、その方向に向かって、たしかな一歩をふみ出したことである。それが、たまたま「勝利の日《ブイ・デー》」であったということは、むしろ、幸先《さいさき》がよいということなのかも知れない。

沖は、気をとり直して、食料本部に入ったが、その空気がまたちがっているのを感じた。Vデーらしいはりつめたものだけでなく、ふだんとちがうあわただしさがある。人の動きもはげしいし、電話やテレタイプの音も、気のせいでなく、いつもより多い。

沖は、食料統轄部長の本宮の前に立って、綾部の土地のことを報告した。

「そうかい、やっと見つかったかい」

本宮は、気のない声でいった。予算での想定よりも、地価が少し割安になりそうだといっても、「うん、そうか」というだけで、とくにほめるわけでも、感想をいうわけでもない。

沖は、少し拍子抜けした。この事業計画《プロジェクト》は、土地問題がカギであった。その土地さがしに、沖がどれだけ苦労してきたか、本宮にはわかっているはずである。それなのに、このそっけない態度は、どういうことなのであろう。

沖は、本宮がその日の最高会議の成り行きを気にしているのだと思った。統轄部長としては当然のことであるが。

沖がきいてみると、本宮は、首を横に振った。

「うちの案件は、もうすんだんや」

「結果は、よくなかったんですか」

「一件は可決、一件は保留や」

最近は金融が逼迫《ひっぱく》していて、新規の事業計画《プロジェクト》は、以前のように簡単には通らなくなっているので、その首尾はまずまずのはずであった。それなのに、本宮はなぜ浮かぬ顔をしているのか。というより、うわのそらなのだろう。

沖がさらに明細を説明しにかかると、本宮は手を泳がせて、

「文書にして出してくれ。それに、担当の者に、よく説明して」

相変らず関心を持とうとしない。そればかりか、椅子《いす》を回転させ、傍《そば》でしきりに音を立てていたテレタイプから、テープをちぎりとって、読みはじめた。

速読術とでもいうのか、本でも文書でも、稲妻の走るような読み方をする本宮だが、このときには、その一片のテープをくり返して読み、一瞬、目を閉じて考えるようにしていた。次に目をあけたときには、本宮の長い指は、インターホンのボタンのひとつを押していた。

「メンフィス出張所へ。フレブユク、アサカラサドラーヲマークセヨ」

相手に復誦《ふくしょう》させ、「そう。すぐ打ってくれ」

メンフィスは、その時刻、深夜の零時すぎのはずであった。そこには、まだ若い社員が単身駐在している。住居も兼ねたそのワンマン・オフィスで、ふいにテレタイプの鳴り出す音が、沖の耳にもきこえる気がした。

サドラーとは、指折りの穀物専門の個人商社のひとつである。ツーソン駐在当時、沖とも数度、交渉があった。

「サドラー商会が、要注意なんですか」

答える代りに、本宮は沖にテープを手渡した。

「読んでみたまえ」

そこには、「ミネアポリスハッ。フレブ　六ヒ二〇ジメンフィスニムカウ」と、あった。

「フレブというと、ソ連の穀物輸出公団のことですね」

沖は首をかしげる思いで、念を押した。うなずく本宮に、

「それが、なぜ、ミネアポリスとか、メンフィスとか、アメリカの穀倉地帯を渡り歩いているんですか」

「そこが問題なんや。まさか、いまごろ、物好きに、アメリカの収穫調査でもあるまい」

沖には、見当がつかない。

本宮は、意外なことをいった。

「フレブは、買付に動いているんじゃないかと思う。十日ほど前、アメリカ入りしてから、あちこちの穀物商社をこっそり個別に訪ねている。市場調査なら、何もかくれるようにして動き回ることはないんだ」

「しかし、まさか、ソ連が……」

ソ連は、たとえば小麦など、穀物輸出国のひとつである。だからこそ、フレブすなわち穀物輸出公団という巨大な組織を置いている。それが買付に回るとすれば、穀物

輸入公団と改称しなければならぬではないか。

沖はいった。

「今年、ソ連では、穀倉のカザフスタンが、記録的な豊作だと伝えられているじゃありませんか」

内外の新聞雑誌に目を通していて、つかんでいる情報であった。本宮は苦笑して、

「きみまで、それを信じているのか。だから、世界中がたぶらかされているんやな」

「どういうことです」

「今年に限って、とくにカザフスタンの豊作だけをはやし立てるところが、くさいのや。うちのモスクワ支店にひそかに調べさせたところでは、カザフ以外は全部だめということらしい。旱魃《かんばつ》とか病虫害とかで、ウクライナあたりは、平年の半分という凶作というんだ。もっとも、ああいう国のことだから、統計が出るわけでも、報告書があるわけでもない。うちの支店に指示して、他の名目でしきりに地方出張をやらせ、目と耳で集めてきた情報が、それなんや」

「しかし……」

「うちの組織は、他の情報も、つかんでいる。バルティックの動きだ」

バルティックとは、ロンドンのシティにある船舶と商品の取引市場である。世界中

の船の用船契約も、そこで行われている。そのバルティックで、最近になって、穀物専用船とタンカーのかなり数のまとまった用船契約があった。タンカーは、穀物輸送に転用できるが、このとき契約されたのは、十万トン以下のタンカーばかり。マンモスタンカーほど効率がよいというのに、十万トン以下に限ったのは、到着地にそれだけの接岸設備がないことを意味する。そこから、ソ連筋の出動という解釈が出てきた。

扶桑商事の情報管理部には、一群の外交評論家や軍事評論家との間で、調査活動を行なっているグループがある。このグループからは、中ソ対立という緊張状態の中で、両国とも、食糧不足の長くにがい経験を持つため、食糧問題が戦略の手段となり得ること、ソ連側が中国側に先手を打って、前例のない大量買付に出る可能性がある——との警告が出された。

ソ連で穀物買付を扱うとすれば、名前こそ輸出公団であっても、フレブしかない。そのフレブ幹部の動静について、扶桑商事モスクワ支店でひそかに注意していたところ、三人の幹部が、そろって長期休暇に入ったというニュースをつかんだ。

穀物買付に出るとすれば、相手国は、アメリカ、カナダ、アルゼンチンぐらい。三カ国の扶桑商事の支店網に直ちに同文のテレタイプがコンピュータに接続して、同時に打ちこまれた。穀物商社の首脳部の動きを監視するようにという指示である。

まず、ニューヨーク支社が、大手穀物商社の社長が、ロシヤ人らしいバイヤー三人を、自家用ジェット機でデンバーへ運んで接待したらしいという情報をつかんだ。そのあと、このロシヤ人三人の動きを追って、扶桑商事の支店や出張所から、次々に報告が入って来ているところであった。

本宮は、今度は、ライトペンをとると、コンピュータに接続している産業テレビの画面に当てた。たちまち、火花の散る音がして、白金色の数字が画面におどり出た。

「シカゴの立会所《ピット》からや。いままではずっと弱気の売り《ベア》一色だったのに、強気の買い《ブル》が出てきた。それも、日ましに強くなって行く。これは、ひょっとすると、世界的な大事件になるかも知れん」

「こういう情報を、アメリカはつかんでいないのですか」

「きみも承知のように、向うには総合商社がないからな。つかむとすれば、中央情報局《シー・アイ・エィ》ぐらいしかないが、とても、そこまでやる能力はないやろう」

「…………」

「ソ連は、個別に買《こ》うて回っている。アメリカの穀物商社は、どこも自分だけが大量に売っていると思っているが、合計すれば、膨大な量になる。いざ現物を集めようとしたら、きっと品不足や。相場、いや、市況は暴騰《ぼうとう》するで。そのはね返りは、アメリカにも日本にも来るはずや」

「………」

「うちでは、ソ連の不作の第一報をつかんでから、すでに買いに入らせている。うちほどの情報をつかんではいなくても、他の日本の商社も、みんな、様子がおかしいと感じて、早目早目に買いに出ている。にぶいのは、かんじんのアメリカや。いや、日本の政府だって、にぶい。なんぼいうても、食糧庁あたりは、のみこめんらしいな」

小麦についていえば、主食ということで、食糧庁の所管。外国から商社が買ったものが、食糧庁に納められる。日本国内の小麦の生産価格は、国際価格の三倍という高さで、これが政府によって支持されている。つまり、外国からその三分の一の値で買ってきた小麦が、重農政策のおかげで、国内産価格なみにひき上げられ、差益は国庫へ入る仕組みになっていた。

本宮は、まじめな顔つきでいった。

「なんぼ高《たこ》うなっても、手に入るうちはまだいいが、これが買えなくなったら、いったい、どうするんやね。何千万人か、この日本で餓死せななららん」

またテレタイプが鳴り出した。

本宮は、すくいとって読んだが、今度は、すぐ投げ出した。そして、机の上から、別の書類をとり上げる。

沖は、部屋の中を見渡した。いつもにないはりつめた空気や、あわただしさが、いまになって、はじめてわかる気がした。この時点では、本宮にとって、十万頭養豚の話など、どうでもいいことなのであろう。

沖は、本宮の話をきいている間は、体の中に、久しぶりに軽やかな戦慄《せんりつ》が走るのを感じた。商社とは、こういうものであったのかという心の張りと自信のようなものも湧《わ》いたのだが、本宮が黙りこんでしまうと、急に奈落《ならく》の底へ突き落とされた思いがした。

本宮の話は、沖には、ほとんど初耳のことばかりであった。京都支店長は、たとえ、本社からくしゃみの届く距離に居るとしても、その中枢の動きからは、きわめて遠いポストなのだ。バスにのりおくれるどころか、バスの路線さえ通っていない。それよりは、神経の端の端かも知れぬが、むしろアリゾナ砂漠の果ての駐在員の方が、商社の中枢につながっていたのではないか——。

沖は、がっくりした。本宮の指示に従い、担当者に土地の件について報告したあとも、その虚脱感は消えなかった。

夕方になったが、その気分のまま、家に戻る気になれない。久しぶりの帰宅だから、さっぱりした気分になって帰りたいし、それに、明るいうちに帰宅するようでは、ますます心が空《むな》しくなるばかりである。のみたかったが、本社の連中が相手では、京都づとめの情けなさを、また思い知らされるばかりである……。

沖は、笹上のことを思いついた。美保の件もあって、一度会ってみるつもりではいた。

笹上のマンションに電話した。ベルが一度鳴っただけで、笹上の声が出た。そして、沖が名のらぬうちに、「やあ、沖君か」

その日電話するなどといってないのに、笹上は、いつも心待ちにして、受話器の横でじっと待機していたという感じであった。沖は、ほとんど電話さえかからなくなっているらしい笹上の生活を思い、ちょっと胸がつまった。「今夜、ちょっと、のみませんか」

ただ、本社の連中と出会いそうな店は避けたい。都落ちの気分をさらにかき立てられたくなかったし、「うだつの上らぬ退職者とのんでいた」などといわれたくなかった。

沖は、笹上にきいてみた。

「このごろ、行きつけの店はありませんか」

「おい、皮肉をいうなよ」

「えっ」

「退職者に、行きつけの店が、あるわけないじゃないか」

「……そうでしょうか。退職者がのみに行っては、おかしいのですか」

「他の職業のひとは知らんよ。会社の帰りがけに寄る店のことだ。だが、サラリーマンにとって、行きつけの店というのは、会社の帰りがけに寄る店のことだ。だから、帰りがけということがなくなれば、行きつけの店までなくなってしまう。新たにできるはずもないし」

笹上は、からむつもりはなく、本当のことをいおうとしていた。

「なるほど……」

沖は、受話器に向かって、うなずいた。退職によって失うものは多いが、そうした店までなくなってしまうのか。

笹上が、気をとり直したようにいった。

「川口か赤羽へ行こうか」

「あなたの貸店舗ですね」

「うん。……おれは、三杯しかのまないが、きみはいくらでものんでくれ」

笹上としては、店々の様子を調べるだけでなく、少しでも店子たちにいい顔もしたいのであろう。

息のつまりそうなせまい店である。ますます気がめいりそうだと、沖が返事もしないでいると、笹上はたたみかけてきた。

「きみ、むだな金つかうことないよ。それに、あそこなら気楽だし、だれに会う心配もない」

沖の心の中を見透かすように、いった。

結局、沖は笹上と、東京駅で待ち合わせ、京浜東北線にのって、赤羽で下りた。

笹上の「駅前貸店」の中では、いちばんましなのみ屋へ、二人は連れ立って入った。

「へい、いらっしゃい」

若いおやじは、いせいのいい声で迎え、笹上と気づくと、一瞬、短かい眉《まゆ》をひそめた。ただ、まだ時間が早いせいで、立てこんではいない。コップ酒と、つまみを二種類たのんだ。

若いおやじは、鉢巻をしめ直し、

「今日はまだ口あけで？」

「そうだ」

おやじは笹上に向かい、「それじゃ、だんな、今日はうちで三杯のみますね」

「うーん」

「そして、三杯だけですね」

「まず、そうなるだろうな」

「長生きのためにと、だんなは意志堅固だから」おやじは、そういうと、小指をわざと大きくかかげ、「もっとも、この前のような別ぴんさんが居られたんじゃ、長生きせずにゃ居られめえ、ってわけですね」

「うーん」

「そうか、美保をここへ連れて来られたんですね」

沖は口をはさみ、美保の目になって、店の中を見回した。いくら便利な場所だといっても、これでは美保の期待はずれだったにちがいない。

おやじが、酒を出しながら、

「関西のひとでしたね」

そっとしておきたいのか、笹上は黙っている。とっさに、沖は思いついて、わざと、さばさばといってのけた。

「祇園《ぎおん》の芸者だよ」

「やっぱりねえ。どこか、ちがいましたよ。あのときもいったんだが、笹上のだんな、にくい、にくいですな。こんなところにまで、くっついてくるんだから」

「いや、それは……」

「会社に居られたときから、よほど、いいことがあったんでしょうな。やっぱ、一流商社に居られると、ちがうもんですな」

「おい、ちがうんだ」

「あの連中のだんなになると、たいへんでしょ」

「おれは、だ、だんななんかじゃないよ。とても、そんな……」

「だって、三月《みつき》だんなというのだって、あるそうですよ」

「いや、そんなこと……」

「金銭抜き？　それなら結構ですが、しかし、だんなの前だけど、そんなこと、ちょっと考えられんとちがいますか」

「どうしてだ」

「あの世界じゃ、愛情というのも、金《かね》に換算できるんでしょ。つまり、本当に好きなら、金をつかわせる。金をうんとつかえば、惜しくなって、他に浮気しなくなる。そういう風に割り切るものだそうですよ。みごとといえば、みごとじゃありませんか、だんな。これこそ、ほんとに、にくい、にくい」

笹上は口をあけたまま茫然《ぼうぜん》と、おやじのよく回る口もとを見つめている。

沖は、コップをのみ干《ほ》した。話は、いい方向に回転している、と思った。おやじに、空のコップを手渡しながら、

「きみ、若いのに、よく知ってるな。全く、きみのいうとおりだ」そこで一息つくと、思い切って、「あのときでも、たしか、花代だけで、四万円とられた」

「四万円も。それをだんなが……」

おやじは、目をこらすようにして、笹上を見つめる。笹上は笹上で、おどろいて、沖を見る。部厚いレンズの向うで、目を二重三重にまるくしていた。

沖は、いってのけた。

「日ごろはつつましいが、そういうときには、ばんとはずむ。そこが、笹上さんのいいところなんだ」

「おいおい……」

叫び出そうとする笹上の膝《ひざ》を、沖は膝頭で押して、黙らせた。そして、おやじに向かい、

「だからねえ、ごくたまに会うのが、お互いにいちばん無理がなくていいんだ。結婚なんて、とんでもないことだし、むしろ、切れるものなら、切ってしまいたい。そう

いうものですね、笹上さん」

押しつけるようにいうと、笹上はようやく沖の話のねらいがつかめてきたらしく、残念そうな顔になりながら、

「うーん、まあ、それはそうだな」

三人連れの客が入ってきた。おやじは、そちらを相手にしはじめる。

笹上は、まだ目をまるくして、沖を見つめている。沖は、酒をのんだ。それ以上の説明ができる場でもなく、また、その必要もない。美保の件については、これで話のけりがついたと思った。

そう思うと、入れ代りに、電車の音にまじって、テレタイプの音がきこえ出した。文字をたたき出している幻まで見えて来そうである。本宮部長だけでなく、食料本部のめぼしい男たちは、まだこの時間、会社に残って、全世界四十万キロに及ぶ通信網を駆使し、あわただしく立ち働いているにちがいない。秒刻みで日本の明日につながるというほのかな自覚に燃えながら。

沖は、うらやましいと思った。神経の端の端でもいいから、そうした中枢《ちゆうすう》につながって生きたい。(それなのに、こんなところで、こんな男を相手に、こんな話をしているなんて)と、自分自身が、情けなくなってきた。

三杯目の酒を注文する。ついでに、笹上の一杯目のコップが、ようやく空になったのを見て、それも注文してやった。

笹上は、美保についての話をあきらめ、新しい酒を一口ふくんでからいった。

「今日はいいときに電話をくれた。実は、きみの電話のほんの少し前に、旅から戻ったところなんだ」

笹上は、目を細めるようにして、山中湖を見下ろすホテルに泊って虹《にじ》を見、精進湖《しょうじこ》のほとりで釣りひとすじに生きる元商社員に会ってきた、という話をした。趣味が仕事になると、たのしみではなくなってしまうという話も、つけ加えて。

沖は、笹上の口調に、落胆に似たものを感じて、

「笹上さんは、わざわざ、その青い鳥を追って、旅に出たというわけですね」

「うん、年甲斐《としがい》もなく……」

「それでいいんじゃないですか。そんな風にできるところが、いまの笹上さんのいいところでしょう」

レンズ越しに、笹上の目がなごんだ。

「そこまでわかってくれるのは、きみぐらいのものだ」

二人は、目と目を見合わせた。

（お互いに、何のために生きてるかなどといわず、はげしいたのしみも求めず、いまの生活のままで、まずまず満足すべきではないか）

そんな風な思いが、無言のうちに行き交った。

笹上は、コップをのみ干した。

「おやじ、もう一杯」

「へい」おやじは、手をのばしながら、笹上のコップを見て「こちらのだんなは、やっぱり、三杯どまりのようですな」

言葉のはしに、軽侮というか、毒がにおった。沖なら、（なにをいってやがる）と、五杯でも十杯でも、のみかねないところであった。

だが、笹上は、おとなしくうなずいた。

「決めたとおりに、やって行きたいんでね」

「りっぱなものですよ」

「それに、いまのおれには、のんで忘れたいようなことがないからね」

本音だが、あざやかな斬《き》り返しにもなっていた。もっとも、酒場では、禁句に近いセリフである。果して、おやじは鼻じろんで、

「いよいよ結構ですな」

沖は、はらはらしたが、おやじはくるりと背を向け、三人組に向き直った。床をゆさぶり、電車が走りすぎた。背中の皮をはいで通るような感じである。沖は、そこに坐っていた美保の表情を思い浮かべた。

笹上がいった。

「どうだ、トップはつかんだか」

またか、という質問である。

「別に……」

言葉をにごした。トップの気に入られたといえるものは、何もなかった。

「事業計画《プロジエクト》の方はどうなんだ」

笹上は、お義理のようにきいてきたが、土地が見つかって、その打ち合わせに上京したことを話すと、声をはずませた。

「そうか。すると、きみも、いよいよ、これか」

右手の指で「V」の字をつくった。

「いろいろ審査もありますが、その方向へふみ出したとはいえるでしょう」

「よかったな。おれには、ついに、一度もその機会がなかった。もっともその気にもならなければ、努力もしなかったのだから、仕様がない。いや、おめでとう」

　コップを沖のコップに打ち当てた。

「京都勤務も、これで生きるわけだ」

「おかげさまで」

「いや、おれがいっているのは、ただ京都に土地が見つかったということじゃない。その先のことだ」

「というと……」

「近いうち、きみが最高経営会議に呼ばれて、説明に当る。そのとき、社長なんかが、きみを見る目がちがってくる。顔も見たこともない社員の説明をきくのとは、うんとちがった受けとめ方をしてくれるはずだ。おれには、その会議の情景が、いまから目に見えるようだな」

「冗談じゃありません。事業計画《プロジェクト》の価値自体が問題なんですよ」

　いい返す沖に、笹上はとり合わず、

「それに、もし、事業計画《プロジェクト》が実際に成績を上げ出したら、きみはまちがいなく三級職に進める。いや、二級職だって……。つまり、本社のBクラスの部長ということで、これなら子会社へも横すべりできる。定年になっても五級職だったおれとは、えらいちがいになる」

笹上の頭脳は、どんな情報でも、定年後の生活設計に短絡させてしまう仕組みになっているようであった。

沖は苦笑しながら、

「わたしは、別にそんなところまでは……」

「いや、よかった。ほんとに、よかった」

笹上は、眼鏡の奥の眼を針金のように細めて、沖を見つめる。本気で、よろこんでくれていた。たて続けにそんな風にいわれると、沖も人間である。やはり、うれしくなってきた。もともと、土地の見通しがついてから、沖は、ひとり、よろこびを抱いてきた。そのよろこびは、本宮部長に報告することで、よりたしかなものになるはずであったのに、かえって水をかけられ、冷却してしまった。

事業計画《プロジェクト》がまとまれば、本宮としても、直轄《ちょっかつ》の部長として功績になるわけで、沖を嫉妬《しっと》するわけがない。ただ、タイミングがわるかった。その意味では、はるかアメリカで潜行しているというソビエトの穀物大量買付が、にくかった。

酒場は満員となり、二人は、押し出されるように、外へ出た。東京には珍しく、高い夜空に、星がきらめいていた。ほの白く天の川まで見える。だが、沖の目には、その星空をかすめて、無数の電波がとび交っているのが、見えるような気がした。テレタイプの音まで、耳にきこえ出す。

「もう一軒行きましょう」

「いや、おれは限度までのんだ」

「それじゃ、あなたは何か食べて、わたしはのみます」

まごまごしていて、また川口の駅前貸店へつき合わされるのは、ごめんであった。

こぎれいな中華料理店を見つけると、沖は大股《おおまた》に入って行った。

その店の中で、問われるままに、もう一度、くわしく美保のことを話した。笹上は、目を閉じるようにして、うなずきながら、きいていた。そのあと、「四万円は払わせてくれ」という。沖はことわった。

「こちらの早のみこみで、御迷惑かけたのですから」

「しかし、きみ……」

「家賃がおありでしょうけど、やはり予定も狂いましょう。いまのわたしの立場なら、多少の金のやりくりはつきますから」

（ふられた上に、金まで払わせては、気の毒ですから）と、続けたいところであった。

「そうか、わるいなあ。……なにか、おれで役に立つことがあったら、遠慮なくいってくれよ。金はともかく、時間だけは、ふんだんにあるのだから」

沖は、微笑して、きき流した。笹上の助けを必要とする事態が、すでにわが家で起っていようとは、知る由もなかった。

外三〇八号室

国分寺の駅を下りると、沖は小走りに家へ急いだ。

すでに、十一時すぎ。夜気は、快く冷えている。半月ぶりの帰宅である。それも、懸案の仕事の目安がついた上での帰りなのだ。思いきりくつろぎ、和代を抱こう。次の日の午後、二つほど約束があり、朝の新幹線で帰らねばならぬが、睡眠の足りぬ分は、列車の中で補えばよい。

その日、東京に来ることは、すでに報《しら》せてあった。ただ、「おそくなるかも知れぬ」とは、いっておいた。いつかのように、和代が大奮発してごちそうをつくっていたりしては、かわいそうだからである。

沖は、いくつも人影を追い抜いて歩いた。

和代は、好物のパパイヤを買っておいてくれたかも知れぬ。スマトラを思い出させるパパイヤ。養豚場計画に一歩ふみ出した夜に食べるパパイヤは、きっと、スマトラの強いにおいを放つことであろう。

家が見えてきた。胸の中が、あたたかく濡《ぬ》れてくる。灯がついていた。玄関にも、台所にも、洗面所の窓にも。まるで満艦飾で迎える恰好《かっこう》である。少し気前よく灯《とも》しすぎる。

玄関に立ち、ブザーを押した。和代の声と足音がとんでくると思ったが、反応はない。ただ、だれかが、ドアの内側まで来ている気配はあった。おかしなやつだと思った。なにか不愉快なことでもあるのかと、少し声をたかぶらせ、

「おい、おれだ。早く開けんか」

「……あ、パパね」

か細い声。カギがはずれた。チェーンをかけたまま、ドアを細目にし、あけみの顔がのぞく。おびえていた。大きくみはった目が、こぼれ落ちそうである。

「どうしたんだ。ママは居ないのか」

玄関に入ると、あけみはとびついてきた。

「パパ、たいへん、にいさんが……」

「忍がどうかしたのか」

「事故よ。車《カー》にとばされたの」

夕方、学校からの帰り、出会いがしらに小型トラックと衝突。オートバイごと、道路下の畑へ転落し、救急車で病院へ収容された。警察からの報せで、和代は病院へかけつけ、あけみひとりが沖の帰りを待っているところであった。

沖は、暗然としたが、けがが足だときいて、少しは救われた。

電話機の横に、病院のアドレスと電話番号を走り書きしたメモがあった。沖は、すぐダイヤルを回した。

かなり長くベルが鳴ったあと、ようやく、ねむそうな看護婦の声が出た。

沖が忍の容態をきくと、看護婦は、

「ああ、大丈夫。足だからね」

「……その足のけがの程度は」

「レントゲンじゃ、たいしたことないらしいよ」

不愛想ないい方だが、まずは、足を折るような大けがでないとわかった。和代に代ってくれるようにいったが、

「ちょっと離れてるし、人手もないものね」

「しかし……」

「明日で大丈夫よ」といって、電話は切れた。この程度のことで、何をさわぐのかと、いわんばかりであった。

とにかく、病院に行ってみる他はない。沖は、家の中を見回した。台所では、あけみが、ひとりで食事をすませたあとがあった。冷蔵庫の上には、パパイヤがのっている。

「おそくなったのね、パパ」

「うん……」

「ママは、会社へ電話《コール》したの。そうしたら、『沖さんは、もう会社を出ました』と、いわれて。だから、じきにパパが帰ってくるから、といってたんだけど」

「……会わなくちゃいかんひとがあってね」

酒くさいにおいについての弁解は、要らなかった。本社勤務のときには、毎度のことだったからである。

沖は、あけみに身支度させながら、

「ひとりで留守番してて、こわくはなかったかい」

あけみは、首を横に振った。

「だって、ツーソンじゃ、よく留守番させられたでしょ。お隣りは遠いし、おにいさんの居ないことだってあったもの」

「なるほど……」

アメリカ生活は、思わぬところで、子供をきたえる功徳《くどく》もあったのだと思った。

「ただ、おにいさんのことが心配だったわ。もう大丈夫ね、パパ」

「うん、大丈夫だ。さあ見舞いに行こう」

沖は、あけみの手をとった。

表通りでタクシーをひろい、病院へ着いた。木造の古い建物で、看護婦は手が足りないなどといっていたが、いくつか病室は空いたままであった。

二人部屋のベッドの一つに、忍は寝ていた。

「パパ、ごめんなさい」

「うん、痛みは」

忍は、首を横に振ったが、なんとなく、こらえている風でもあった。

「ぼく、注意してたんだ」

和代が説明した。相手は、小さな建材屋のトラックで、運転手は、一月前につとめたばかりの男。事故原因は、警官によると、双方の徐行違反だという。

忍にいわせれば、オートバイはスピードをしぼった上、道路の左寄りを走っていた。

そこへトラックがかなりのスピードのまま、いきなり右手から、とび出してきた。だからこそ、道路の下まではねとばされたのだという。

「卑怯《ひきよう》なやつだよ。ぶんなぐってやりたかった」

沖は、うなずいた。忍のいうとおりだとは思うが、その男への憎しみよりも、軽い傷でよかったという安堵《あんど》感が先に立つ。

沖は、忍の肩を軽くたたいていった。

「いまは、腹を立てるよりも、早く治すことだ」

病院の診断によると、レントゲン検査の結果、骨に異常は認められない。右足の一部に内出血しているが、湿布して安静にしていれば、しぜんに散って行くという。

「不幸中の幸いだったな」

「ほんとに。もうオートバイはやめましょうね」

のぞきこむ和代に、忍はにが笑いしたまま答えない。ベッドの一つは、空いたままであった。とりあえず、その夜は和代はそこへ泊るという。

「明日の朝、京都行きのついでに、あけみを学校へ送って行ってくださるわね」

沖は、うなずきながら、

「しかし、そのあと、どうする」

「困ったわ。……けど、何とかしますから」

「ぼく、大丈夫だよ。看護婦さんも居るし、どんどん、よくなって行くと思うんだ」

「わたしだって、平気よ。ひとりで学校へ通うわ」

兄妹が呼応していう。和代は、うなずきながらも、ひとりごとのように、

「こんなとき、身近にだれかひまなひとが居ると、助かるんだけど」

沖も和代も、近くに身内は居なかった。それに、外国生活が永かったせいもあって、深いつき合いの親類や友人は居ない。

ただ沖は和代のつぶやきに、ふっと、笹上のことを思い出した。

「男なら、居るんだけどなあ。時間がふんだんにあるというのが」

「男のひとではだめよ」和代は、そういってから、「でも、だれのこと」

「笹上さんさ」

「ああ……」

「男のひとり者って、案外、使いものにならないんだなあ」

「ほんとよ。……あら、そんなことといっていいかしら」

「ほんとだから、仕様がないさ」

苦笑した顔を見合わせたあと、沖はいった。

「しかし、どうにも仕方がなくなったら、笹上さんにだって、たのんでみるさ。仲人《なこうど》だし、忍の名づけ親でもあるしね」

「でも、まさか、上役だったひとに……」

「いや、彼はなにか、役に立ちたがっている」

美保の花代四万円の件は、和代には話してなかった。

「時間がいっぱいあって、ちょっと、もてあましている感じだな。だから、自分が必要とされてるということであれば、たとえ雑用の類《たぐ》いであろうと、かけつけて来てくれると思うよ」

「でも、男の派出婦だなんてね」

部厚いレンズをかけ、とっつきにくい中年男が、看護婦まがいに坐《すわ》っている姿を想像してみると、ふき出したくなった。

「しかし、笹上さんのことは、おぼえておいていい。彼自身が強調してたからな」

「はい」

「パパたち、何をいってるの。ぼくはすぐ退院するよ」

ベッドから、忍がいった。気をわるくしてるぞ、といった顔である。

笹上の助けを必要とする深刻な事態が、すぐにやって来ようとは、だれも知る由《よし》がなかった。

京都へ戻ってから、沖は、毎夜電話して様子をきいた。

忍の右足ははれたままで、すぐには痛みがひかないらしい。和代は、夜ふけまで看病して、寝るときだけ家へ帰り、また朝早くから、病院へ出かける。あけみは、ひとりで通学。和代が食事の用意などしようとすると、「わたしがやるから、ママは早く病院へ」と、せき立てる。洗濯なども、自分でやる。

「よくやってくれるわ。なんだか、別の子になったみたい」

だが、そうした電話のやりとりも、二晩だけであった。

三日目の午後、血液研究所で労使間のトラブルがあり、所長に応援を求められたため、沖は鞍馬《くらま》まで出かけた。資金の問題がからむので、帰り道、銀行に寄ってその手当をつけ、夕方、支店に戻ると、わるい報せが待っていた。

藤林が、長い無表情な顔で、のんびりといった。

「お帰り。割りと、おそうおましたな」

沖は黙ってうなずいた。この爬虫《はちゆう》類のような男に対しては、厳として、距離を置いて接しようと、このごろ、沖は考えていた。

「帰りに、どちらかへ寄らはりましたか」

「銀行だ」

「さよか。それなら、銀行へ連絡すれば、よろしうおましたな」

相変らず間のびした口調でいう。

「なんだ、何か急用か」

「へえ、女のひとからの電話です」

「女？」

藤林は、にやりと笑って、

「それが、奥さんですのや。それも、三度ほどありましたな」

沖は、不安な気がした。ただ、軽傷でベッドに寝ているはずの忍は、むしろ心配ない。ひとり電車通学をしているあけみの身に何か起ったのかと思ったが……。

「用件は」

「息子さんの具合が、わるうなったとか」

「それで、三度も電話？」

「最初は、支店長が出かけられて、まもなくありましたんや」

「それなら、なぜ、鞍馬へ連絡してくれなかったんだ」

「すぐ電話しましたんや。ところが、所長との重要会議やから、外部からの電話はとりつがんことになっとる、といわれましてな」

「外部？　これが外部か」沖は下唇を噛《か》み、「それなら、メモを入れるなり、何なり……。それに、おれが帰りに銀行へ回ることは、所長にきけばわかったはずだ」

「すんまへんな、気ききまへんで」

沖は、もう藤林にはとり合わず、急いで手帖《てちょう》をとり出し、忍の入院先の電話番号をさがした。そして、ダイヤルを六つほど回したとき、

「支店長、どこへかけはりますんや」と藤林。

「病院だ」

「なんという病院です」

沖がいらいらしながら、病院名をいうと、

「そら、あきまへん。たったいまの電話で、病院を変わったいうてきはりました」

「それを早くいえ」

「だって、支店長はどんどんダイヤルを……」

沖は、藤林の手もとから、メモをもぎとった。書かれていたのは、都心の大学病院名であった。電話番号、それに、病室のナンバー。

沖は、わるい夢でも見ている気がした。軽傷のはずなのに、転院しなければならぬ

ほど病状が悪化したというのが信じられないし、それに、それほどすばやく大病院の病室へ移れたというのも、ふしぎである。

電話をかけると、病院の交換手が出、しばらくして、和代の声に代った。

「あ、あなた……」

和代が受話器にすがりつく姿が、目に見えるようであった。

「いったい、どうした……」

いいかける先を、和代の声が遮った。

「いま、忍が手術中なの。あなた、無事を祈って」

「手術だって。なんの手術だ」

「足の先を切断するんですって」

「切断?」沖は思わず大声を出した。「なんだってまた」

「たいへんなの。ガス壊疽《えそ》が進行してるんですって」

「そんなばかなことがあるか。入院していて」

「変だと思ったの。足がむくむ一方ですもの。今朝になって、院長さんが見て、『すぐ設備のいい大病院へ移せ』ですって」

「そんな無責任な」

「先生がいわれるには、忍があまり痛みを訴えなかったから、気づかなかった。痛けりゃ痛いといってくれりゃよかった、ですって」

「ばかな。とにかく、すぐ行く」

沖は、受話器を口から離すと、女子社員に向かって叫んだ。

「東京へ飛行機一枚、すぐとってくれ」

女子社員がはじかれたようにうなずき、別の電話にかかる。すると、藤林が遮った。

「よしゃ。わしがとったる」

またじゃまする気なのかと、沖はどなりつけたくなったが、和代との電話に戻った。

「ほんとに、いま手術してるのか」

「ええ、十分ほど前から。それに、笹上さんが、親代りに立ち会うのだと、手術室へ」

「えっ」

「笹上さんには、ずっとお世話になったの。だって、あちらの病院の先生には、『近くの心当りをさがしたが、全部満員でだめだ。患者さんの方でもさがしなさい』っていわれて、わたし、どうしようもなくて、あなたにお電話したけど……」

「それで、笹上さんにかけたのか」

「ええ、ふっとこのあいだのあなたの言葉思い出して」

「………」

「そうしたら、笹上さんは、すぐ本宮部長さんに連絡をとって……、扶桑商事の関係者が居るとかで、ばたばたとここの病院の病室をおさえてくださったの。そして、笹上さんと、会社の若いひと二人が見えて、あっという間に、病院車でここへ……」

「そうか」

沖は、大きく息をついた。すばやい動きが、目に見えるようであった。不幸の中で、その手ぎわのよさが、ありがたかった。

和代との電話が終わると、藤林がメモをさし出した。飛行機の時間と、伊丹《いたみ》空港カウンターの係員の名が書いてある。あと、五十五分である。

「この係員は、空港の顔役ですさかい、なんでもやってくれます。万一間に合わなけりゃ、すぐ次の便をおさえてくれますよって」

「そうか、すまん……」

礼をいいながらも、沖としては、半信半疑である。

「車もエンジンかけてますさかい、早《はよ》う」

送り出されるようにして、沖は支店を出た。そして、疾走する車の中で、藤林の意外な親切は何だったろうかと思った。肉親の一大事ということで、思わぬ人情味を見せてくれたのであろうが、少し恩を売られた感じもある。

沖はふっと、コンピュータが記憶していた藤林の性格を思い出した。「コマカイ」「コンキガ　イイ」……。そうした性格で、しかも支店の主《ぬし》といっていいほど、京都づとめが長ければ、あちこち顔がきいて当然である。ただ、航空券についていえば、これまでも、沖がたのまれた便がとれずに困っていたときも、藤林は知らぬ顔で、ついぞ助け舟を出してくれなかった。

それなのに……。やはり、藤林は、さめた男なのだ。親切を乱発しない。いちばん価値の高いときだけ、一種の切り札として、使って見せる。顔のつながりを逆用することもある。いつか、金丸たちに麻雀《マージャン》の宿を世話したように、支店長を窮地に追いこむために使うこともある。いずれにせよ、その切り札の切れ味を、ひとりでたのしんでいるフシがあった。次々にやってくる支店長たちを、悲しませたり、よろこばせたり。一人また一人と手玉にとって、それをひそかな生きがいのひとつにしている男ではないのか――。

幸い、飛行機には間に合った。羽田から高速道路をとばし、お茶の水近くの大学病院へ。戦前からの古い建物である。受付で、病室の所在をきく。ついでに、そこで容態をききたい思いがした。

ゆっくり動くエレベーターの来るのが待てず、階段を三階までかけ上って、「外三〇八」とある病室の前へ。個室で、「沖忍」という名札が、かかっていた。

部屋の中は、静かであった。沖は、一呼吸して、そっとドアを開けた。畳の部屋が目に入ったが、とたんに、沖は棒立ちになった。そこに、顔に白いタオルをかけた男が、横になっていた。

やはり、だめだったのか。沖は、目の前が真暗になる思いがした。あとから考えれば、背丈も体つきもちがうし、背広姿である。忍と見まちがうはずはないのだが、とっさの反応は、そうであった。

鼻先のカーテンが開いて、和代が顔を出した。

「あなた！」

泣いたあとがある。

「だめだったのか」

和代は目を閉じて、うなずく。

「なんていうことだ」

沖は、靴を脱ぎかけた。

「あなた、どこへ行くの」

「えっ」

「忍は、こちらよ」

和代はカーテンの背後を指した。たしかに、病室はそちらであって、畳の部屋は付添人用である。

「じゃ、これは……」

沖の視線の先を見て、和代は小さく笑った。

「笹上さんよ」

「しかし、どうしてこんな風に……」

「手術室で、気を失ってしまったの」

「…………」

「担架でここへ運ばれて。先生も、刺戟《しげき》が強すぎた、しばらく寝かせておきなさいって」

「…………」

「あなた、ひどい勘ちがいね」

「しかし、おまえ、だめだって……」

「そういう意味じゃないわよ。あの子が、不具になった、足首から先がなくなってしまったといってるのよ」

「じゃ、忍は」

「こちらよ。あなたが着くのを、待ってるわ」

沖は、もう一度、笹上の寝姿に目をやった。いろいろやってくれたのはありがたいが、それにしても、なんたることか。

病室に入ると、とたんに、忍と視線が合った。ベッドの上から、忍は、いつもと同様、やや大きめの眼をいっぱいに見開き、沖を見上げていた。

沖は、意外な気がした。まだ麻酔のさめきらぬ眼か、憔悴《しょうすい》した弱々しい眼を、想像していた。

忍は、近寄る沖に、体の深いところから出てくる声でいった。

「パパ」

「うん、たいへんだったな」

「でも、ぼく、平気だよ」

「…………」

「手術も見てたんだ」

沖は、忍の顔を見直した。大文字の夜、いきなり京都へ来たのもそうだが、忍は昔から突拍子もないことをやる子供だった。アメリカぐらしで、それがよけいひどくなった感じであったが。

ベッドの反対側に回った和代が、弱々しく笑っていった。

「この子は、切るところを見せなけりゃ、切らせん、というのよ」

「なんだって、また」

「だって、パパ、十六年間、ぼくといっしょに生きてきた足じゃないか」

「麻酔はどうした。かけなかったのか」

和代が答える。

「壊疽に対する体の抵抗力が弱まるから、全身麻酔は、できないんですって。だから、局部麻酔だけ。それで、ベッドに寝かせて、目かくししたら、この子が『起して見させろ』と、あばれ出したんですって」

「そんなにあばれやしないよ」

「先生が、あとからいってらしたわ。こんな無茶な患者見たことないって」

沖は、忍を見つめ、

「手術中ずっと見ていたのか」

「うん。看護婦たちがおさえてる足を、医者がノコギリのようなもので、切るんだ。ずいぶん原始的だと思ったな」

「……そうか。その途中で、笹上さんが倒れたんだな」

「切る前だよ。ノコギリを持ってきたとたん、どすんという音がして、あのおじさんは……」

三人は、弱々しく笑った。

和代を家へ帰し、やがて目をさました笹上にも、礼をいってひきとってもらって、その夜は、沖が病院に泊った。それも、笹上の寝ていた畳の部屋では、いかにも付添人然として、泊る気がしない。忍のベッドの脇《わき》の床にゴザを敷いて、横になった。そうでもしなければ、気がすまなかった。

沖は、眠れなかった。息子をとりかえしのつかぬ不具の身にした。父親として、代れるものなら代ってみたい。しかも、その手術にさえ居合わせなかった。父親として、失格である。

最初の病院では、簡単な内出血という見立てであったが、実は動脈が切断され、血が溢《あふ》れてかたまり、組織をくさらせていた。足は異様なほど青黒くふくれ上ったというが、もし沖が傍《そば》に居たなら、医者の診断を疑ってかかり、こちらから、いち早く病院を変えたかも知れない。

離れていたのが、不覚であった。もっとも、商社の社員としては、それも、宿命のうちである。海外に出ていたら、本当に命を落とすところまで行っていたかも知れぬと、鳥肌立つ思いがした。

次の朝、あけみといっしょに家を出たあと、和代は病院へ直行してきた。そして、午後には、帰国児学校帰りのあけみが、病院へ来た。三度、道をきいて、わかったという。

その夜は、和代が床の上で、沖とあけみが畳の部屋で寝た。

三日目。朝の回診では、

「油断はできないが、まずは順調な経過」

ということなので、沖は、正午近くの飛行機で大阪へとんだ。午後、大阪支社で関西地区の支店長会議があるためである。それに、夜には、綾部《あやべ》の地主を接待する約束があった。

四日目。沖は、また鞍馬へ出かけた。容態悪化の報《しら》せがあったのが、前回の鞍馬行きのときだっただけに、沖は気が進まなかった。足首から切断したことであり、大学病院で十分な監視を受けていると思っても、不吉な気分は消えなかったが、果して鞍馬へ着き、所長と五分と話さぬうち、藤林から電話があった。忍が再手術することになったとの東京からの報せを伝える。

沖は、すぐ大学病院へ長距離電話を入れた。主治医も和代もつかまらず、笹上が出て説明した。

（有効な血清がなく、体力で戦いながら、壊疽の部分を切り落として、進行を防ぐ他ない。切ったが、さらに先へ進行していたとなると、また切るより仕方がない。今度は、膝《ひざ》から下を切断することになる）

沖は、ふたたび藤林に航空券の手配をたのみ、すぐ研究所を出た。

羽田へ着くと、雨であった。高速道路は混雑すると見て、モノレールと国電をのりついで、お茶の水へ。濡《ぬ》れねずみになって、病院へ走りこんだ。

病室には、いま帰国児学校から戻ったばかりというあけみがひとり、空になった忍のベッドを見つめて坐《すわ》っていた。手を組み合わせ、祈っていた形である。

沖は、あけみを連れ、手術室へ急いだ。薬くさい長い廊下。そこを運ばれていった忍は、帰りには、もう同じ姿ではない。

手術室のドアの前の長椅子《ながいす》に、和代と笹上が、うなだれていた。沖を見て、和代は声にならぬ叫びをあげる。あけみが、その胸に走りこんだ。

手術は、二時間十分かかった。

運び出されてきた忍の顔には、汗がふき出ていた。目を見開いて、沖たちを認めたあと、忍はほっとしたように、また目を閉じた。

和代たち三人があとをついて行き、沖は執刀医に様子をきくため残った。

小肥《こぶと》りで、下り眉をした医者は、沖に会うと、微笑していった。

「どうです、切った足の部分を見ますか」

「とんでもない」

沖は、はげしく首を横に振った。切りとられた足も、残った足も、沖は無残で見る気になれない。膝から下、しかも足首から先のない足というのは、考えてみるだけで、寒気がした。

それにしても、いきなり妙なことをいう医者だと、沖は表情をかたくした。

医者は、にが笑いして、

「実は、忍君が手術のあと、『切りとった自分の足を見せろ』といいましてね」

「……見せたんですか」

医者はうなずき、

「それに、見せるも見せないも、彼は、はじめから手術を全部見ていたんですよ」

「また……」

「そう。今度は手術が大きいからと思ったんだが、どうしても見せろと、いいはりましてね」

「………」

「いや、あんな患者は、はじめてだな」

沖には、いうべき言葉がない。突飛なことをするだけでなく、意地っぱりなところもあると見ていたのだが、それにしても、わが子ながら、あきれる思いである。

絶句のあと、沖は手術の結果をきいた。

「大丈夫だと思います。ただ、数日は注意しないといけない」

「壊疽が、もっと先に進んでいるかも知れぬというのですか」

医者は、無言でうなずく。

「そのときは、また切るのですか」

うなずく医者に、沖はたまりかね、

「そんな風に切って行ったんでは……」

「そうです。体がなくなってしまいますね。命がなくなるか、それとも、体の一部ですむかの追いかけっこです」

「…………」

「残酷な病気ですよ、これは」

「…………」

「しかし、まず大丈夫でしょう。本人が、あれだけ、元気だから」

それは、どこか、とってつけたような慰め方にも、きこえた。

医者と別れてから、沖は、長い廊下を急ぎ足で戻った。

息子の二度の大手術に、一度は間に合わず、一度は遅刻。これで終わってほしいが、万一、もう一度、手術があるなら、そのときには、はじめから居なくては、今度こそ不吉なことが起りそうな気がする。医者のいうここ数日、病院で待機しているべきであろう。だが、そうすれば、今度は、いかにも三度目の手術を予期して待ち受ける感じになり、いまわしい。帰っても、とどまっても、不吉な予感がする。進退きわまった感じでもあった。

気分としては、すべてに目をつむってでも、京都へ行きたい。扶桑商事京都支店長としても、そうあるべきであろう。商事会社は商時会社である。時間をむだづかいしてはならない。京都では、毎日五つぐらいの約束《アポイントメント》が、かなり先の先まで、きめてある。その中には、これまで二度の手術のため、すっぽかした相手も居て、もしまた取り消せば、いよいよ信用を失《な》くすことになる。

沖は、頭をかかえるようにして歩いた。

廊下の先に、外三〇八号室が見えてきた。その部屋のあたりから、姿勢のいい長身の男が現われた。沖を見て、手をあげる。部長の本宮であった。

「えらい目やったなあ」

本宮の一言に、沖の緊張はゆるんだ。（そうだ。ただのけがじゃない。えらい目なんだ）と、みんなにきかせたい気がした。

「いま、忍君にも会ったし、奥さんや笹上さんから、様子もきいた」

本宮は、沖の肩に手をのばさんばかりにして、

「今度は、少しこちらに居たら、どうや」

「はあ……」

「こういうときには、父親が大事なんや。ふだん居るか居ないかわからんような父親でも、ぐんとたよりになるんや。病人の力になるし、家族の力にもなる」

「はい……」

「外国にでも居れば、どうしようもないが、幸い、いまのきみには、それができる」

「………」

「ちょうどといっては何だが、この前の事業計画《プロジェクト》のこともある。時間があるなら、ときどき、本社へ顔を出せばいい」

京都か病院かという沖の迷いを、本宮の言葉は、魔法の黒板拭《ぬぐ》いのように、消して行った。そのあげく、本宮はまた、思いがけぬことをいった。

「社長も、心配していた」

「どうして社長が……」

「雑談のついでに、ちょっと話したんだ」

「…………」

「社長は、戦争で戦友がガス壊疽《えそ》にやられたところを、見てたらしい。ひどい苦しみようだったと。いまは、きっと医学も進歩したろうからと、いっていたが」

「それが……」

本宮は、その先をいわせず、なだめるように、うなずきをくり返した。そして、ふっと視線を上げて、

「しかし、たいへんだな、これから。きみも、忍君も」

「……ええ」

沖も、視線を上げた。目先の症状で、頭がいっぱいになっていたが、これから先、

忍には、片足を失ったままでの長い人生が、はじまるわけである。沖の人生も、当然、暗く長い灰色の道となるであろう。

本宮の言葉は、あらためて、そのことを思い知らせてくれた。

長い廊下を、本宮の後姿が遠ざかって行く。外三〇八号室の前に立ちすくんでいる沖。二人の間には、みるみる距離が開いて行った。

天気図

再手術後二日目。忍の小康状態を見て、沖は本社に顔出しし、ついでに銀行へ寄って、預金を引き出してきた。飛行機代もふくめ、出費がかさんできている。

お茶の水の街は、秋になり、学生たちでにぎわい出していた。色とりどりの服、屈託のない声や笑い。その中をすりぬけるようにして、病院へ戻った。

外三〇八号室のドアを押し、忍の病室へ入ったとたん、沖は、少し空気が変わっているのを感じた。

「おかえりなさい、パパ」

あけみが学校から戻ってきていたが、そのあけみの表情が、いつになく明るい。忍はと見ると、目を細くして、一点を見つめている。その視線の先を見て、沖は声をあげた。

「なんだ、コアラじゃないか」

電灯用スイッチの紐《ひも》の先に、小さなぬいぐるみのコアラが、ぶら下っていた。まるい背をさらにまるめ、紐のはしに、けんめいになってつかまっている恰好《かっこう》である。そして、あるともない風に、かすかにゆれながら、回っている。黒いつぶらな目や、濡《ぬ》れたような鼻が、見えかくれして、生きている気配を感じさせたりする。もっとも、このコアラ、どこかで見た記憶があった。

「どうしたんだ、これ」

あけみが、にこにこして答える。

「先刻《さっき》、笹上さんが持ってきてくれたの。そのバイソンといっしょに」

脇机の上に、大小二頭の木彫りのバイソンが置いてあった。

「アメリカに居たとき、パパの車《カー》で、バイソンの保護区《リザーブ》を見に行ったことがあったわねえ」

あけみは手をのばし、二頭のバイソンの背を、交互になでながらいう。

「上野の動物園《ズー》にも、いくつかバイソンが居るんだって。笹上さんが教えてくれた。それに今度の日曜日《ネキスト・サンディ》、わたしをつれてってってくれるって」

「そうか、よかったな」

沖は、大きくうなずいて見せた。あけみが、それほど生き生きとしゃべるのは、久しぶりのことであった。まだ英語がまじるが、それをとがめる気にもなれない。

洗濯場から、和代が戻ってきた。

「笹上さんは、よく気がついて、いろいろ、やってくださるの。ほんとに助かるわ」

「…………」

「お礼をいう度に、いや、仲人《なこうど》だから、忍君の名付け親だからって。案外、古風なところがあるのね」

「さあ、古風かどうか」

（照れかくしであり、カムフラージュである。好意からにはちがいないが、好意だけではない。あの男自身、役に立つことをよろこんでいるのではないか）

忍のベッドを囲んで、親子が水いらずで集まった形になった。その中心に、ぬいぐるみのコアラが、すましている。和代が、思い出したように、

「いろいろ困ったことはあったけど、いま思うと、ツーソンのくらしは、たのしかっ

たわねえ」

沖とあけみがうなずき、忍はうなずく代りに、うすく目を閉じて見せた。声を出すと、傷口にひびくといって、忍は、ほとんど、しゃべらなくなっていた。

見渡す限りの荒野と砂漠。気の遠くなりそうな高い空。その中にひろがる白が目に痛いような都市。白人、黒人、メキシコ人、インディオ――すべてが、日本から遠い世界であった。そうした中で、親子四人、ひっそり肌を寄せ合うようにして、くらした。しぜん、家庭的、つまり人間的な時間もあった。その駐在自体は出世コースとはいえないし、さまざまの後遺症もあったが、そこだけとり出せば、古き良き時代のフィルムでも見るように、甘酸《あまず》っぱい思いのする生活であった。

「笹上さんは、次のとき《ネキスト・タイム》、岩山羊《マウンテン・ゴート》やコヨーテのミニチュアを持ってくるといったわ」

「コヨーテといえば」

和代が、忍の顔を見る。忍は、小さくうなずいた。あけみが、銃を撃つまねをして、

「兄さん、バン、バンと、射撃《ショット》したのね」

ある年の夏休み、忍はひとりでオートバイにのり、二百キロほど先の牧場へ出かけて行った。友人の祖父がそこを経営していて、招かれたのであった。

週末になって、沖たちも、ドライブを兼ねて、表敬訪問に出かけた。ハイウエイから、かなりの山道を走るため、車はまるで土と同じ色になってしまったが、ようやく牧場の入口にたどりついて、沖たちは、顔色を変えた。

柵《さく》をつくっているとがった杭《くい》の上に、犬の死体のようなものが、突き刺さっていた。よく見ると、狼《おおかみ》の親類であるコヨーテである。日本の農家が烏をつるすのと同じ、見せしめであろう。コヨーテの死体は、三つあった。血糊《ちのり》のついたのもあれば、骨ののぞいたのもある。

蹄《ひづめ》の音がし、土煙りを従えるようにして、馬にのった忍と、その友人が、かけてきた。コヨーテが牧場の牛を襲うため、子牛を餌《えさ》に罠《わな》を仕掛けた。そして、かかってあばれているコヨーテを、二人でライフル銃で仕とめ、さらしものにしたのだ、という。

二人の少年は、何でもないことのようにいった。馬の鞍《くら》には、革ケースから銃身をのぞかせたライフルが、つり下げられていた。カウボーイ気取りというより、コヨーテを殺したことで、カウボーイになりきった感じの二人であった。

和代が、冗談めかしていった。

「忍のけがは、コヨーテのたたりかも知れないわね」

「たたりって、なに」

とあけみ。和代が説明すると、あけみは、眉《まゆ》をつり上げて怒った。「ノー」を連発し、

「そんなことをいっては、にいさんがかわいそう」

はげしく和代を責める。沖もびっくりするほどの兄想《おも》いぶりであった。

和代は、苦笑して、発言をとり消したが、そのあと、話題を変えるように、

「でも、あの帰りは、すてきだったわねえ」

牧場主に礼をいい、忍をつれて、帰途についた。オートバイは、車の屋根にのせた。道中あまりにも悪路だったせいもあって、忍も強いて反対しなかった。

こうして、帰りは、沖の車に一家そろってのドライブとなった。電柱のようなサボテンと、古綿くずのような灌木《かんぼく》の他には、何ひとつ目に入るものもない荒野の中の一本道。車の走って行く真正面に、大きな夕陽が、地平線めがけて、沈みはじめていた。夕陽は、最初は、白金色に近い輝きを帯びていたが、車が走り続けるうち、やがて、燃えるような緋《ひ》の色になり、さらに、地平に近づくにつれ、赤みを帯びたオレンジ色にと変わって行った。

「すてきね。まるで、夕陽の中へ、このまま入って行ってしまいそう」助手席で、和代がつぶやいた。「日本では、とても、見られないわ」

応《こた》えるように、後の座席から、忍がいった。

「ぼく、アメリカが好きだな」

「わたしも」

と、あけみ。沖は、何度もうなずいた。いまは、まぎれもなく幸福な時間だ、と思った。

（いいことばかりあるわけではないが、日本では得られない生活が、ここにはある。しかも、それを、家族がしっかり結び合わさって体験するということは、またとない人生の収穫のひとつではないのか）

沖は、そんな風に説明したい衝動を感じながら、壮大な落日に向かって、車を走らせ続けたのであった――。

「こら、動きなさい」

ふいに、あけみが、コアラに向かって、手をのばした。紐の先に、コアラは錘《おもり》となって静止していた。忍が、寝たまま、低い声を出した。

「あけみ、欲しいか」

あけみがうなずくと、忍は、あごを物うく動かし、

「あっちへ持って行け」

短かくいったあと、目を閉じた。

あけみは、沖と和代の顔を見た。

「いいのかしら」

答える代りに、沖は、紐の先からコアラをはずしてやった。ひとときの慰めになったかも知れぬが、いまの忍には、コアラがうっとうしくなっている気配であった。

忍が眠ろうとする様子に、三人は付添用の部屋へ移った。あけみが、コアラをいじるのを見ながら、和代は不安そうにいった。

「最初は、よろこんでいたのに、やはり、よくないのかしら」

「……少し、わずらわしくなっただけさ」

「それならいいけど、わたし、何だか、こわいわ」

「…………」

「あの子は、辛抱がよすぎて、ほんとうは、ずいぶん痛いんじゃないかしら」

夫婦は、目と目を見合わせた。代れるものなら代ってやりたいと、その一念だけの目の色であった。

電話の呼び出しがあった。京都の藤林からであった。いくつかの業務連絡のあと、藤林はいった。

「相談役がいうてはりましたで。子供のけがぐらいで、何をぐずぐずしとるんや、と」

「しかし、きみ、けがといったって……」

沖は、そこで絶句した。どの程度、忍の容態を知った上での金丸の言葉なのか、わからない。ただ、沖には、金丸のいおうとしているニュアンスは、わかる。（海外に出ていたと思ってみろ。子供がけがしたからといって、一々帰国できるわけがないじゃないか）そんな風に叱咤《しった》する声なのだ。

藤林が、たずねてきた。

「いつ帰られますか」

「わからん」

「そんな無茶な。あんた、支店長さんでっせ」

「……わからんから、わからん。よかったら、明日にでも戻る」

「わるかったら」

わるくなるはずはない、といいたかった。そして、次の日の朝にでも、いきなり京都に姿を現わしてやりたいと思った。

だが、忍は、その夜ふけから、また発熱。あぶら汗を浮かべたまま、朝を迎えた。

そして、診断の結果は、最悪であった。

主治医は、いった。

（ガス壊疽《えそ》は、さらに進行している。このため、残った足をさらに付け根から切断する。もっとも、壊疽はさらに腹部にまで及んでいるかも知れず、手術したからといって、生命の保証はない）

和代は、両手で顔を蔽《おお》い、付添部屋の隅にくず折れた。手術は、一刻を争う。沖は、医者の言葉を、そのまま忍に伝えて、きいた。

「どうする」

「……どうするも、こうするも」忍は、汗のふき出た顔で、

「死ぬか生きるかなら、手術するより仕様がないだろ」

半ばうめき、半ば怒った声でいった。

沖が大きくうなずいて見せると、

「どうせ、最後の手術さ」

「何をいうんだ」

勘ちがいする沖に、忍は顔を歪《ゆが》めて笑い、

「だって、もう一回やろうたって、切りようがないじゃないか」

大手術であった。付け根からの切断とはいっても、皮膚をのばして切断面を蔽えるように、ふつうは少し残すものだが、病状が病状なだけに、ぎりぎりいっぱいまで、細かくていねいにメスを入れ、えぐるようにして切りとる。

このため、手術は、三時間を越した。

「とれるだけのものは、とりましたよ。あとは、運命ですな」

手術室から出てきた主治医は、そういったあと、苦笑して、

「しかし、忍君には、まいったな。目かくしさせたら切らせんと、相変らずだ。とにかく、最後まで見ていたな」

黒くくさった患部を、ピンセットでちぎりとるところまで、忍は、ぼうっとした目つきながら、にらみすえていたという。

沖が声も出ないでいると、医者は、

「忍君は、これから苦しみますよ。猛烈な痛さなんだから」

沖は、うなずいた。

これまでも、血膿《ちうみ》に汚れたガーゼを、一日に二度交換していたが、広い傷口にはりついているガーゼをはがすときの苦しみ方は、凄惨《せいさん》そのものであった。さすがの忍も、こらえかねて、うめき声をあげる。「肺腑《はいふ》をえぐる」という表現そのままのうめきで

ある。

最初の交換のとき、和代は、付添部屋に居て、失神してしまった。このため、二度目からは、廊下に出したが、それでもだめ。

「ごめんね、忍、ごめんね」

目と耳を蔽い、指の間から涙をにじませ、うずくまってしまう。そのままにしておけば、発狂しかねない有様であった。それからは、沖だけが、かろうじて廊下にとどまっているものの、和代には、あけみといっしょに、いつも声の届かぬ他の階へ行かせていた。

今度の傷口は、前二回にくらべて、はるかに大きいだけでなく、体の中枢《ちゆうすう》に近い。どれほどはげしい痛みに襲われるか、沖は考えてみただけで、あぶら汗が出る。だが、痛みは、それだけではなかった。医者は、沖の目を見すえたまま、いった。

「問題は、ガーゼだけじゃありませんよ。足に分銅をつるしておきましたからね」

「分銅というと……」

その場に似合わぬ言葉なので、沖は、きき返した。医者は、手で形をつくって、

「五キロの重さですがね」

ぎりぎりまで切りとったため、皮膚で傷口を蔽えないだけではない。少しでも、ま

わりの肉がちぢむと、骨がとび出してしまう。

このため、肉をちぢませないように、太い針金を八本、そのはしをカギ状にして、肉にくいこませ、もう一方のはしに、分銅がつるしてあるのだという。体に神経など走っていないかのような荒療治であった。だが、それより他に救いがないのであろう。命を失えば、まちがいなく地獄。しかし、この先、生きのびることも、忍にとって、また地獄の連続のようであった。

医者のいったとおりであった。

病室へ戻ってきた忍は、もはや、口を開かなかった。口をきけば、痛みがさらに何倍もに増幅するのであろう。食事もとらずに、忍は、低い声でうなり続けた。夕方も、夜中も、早朝も……。

付添人室で、沖も眠れなかったが、それでも、ときどき、まどろんだ。そして、はっとして目をさますと、忍のうめきが続いていた。やがて何時間も経《た》つうちには、むしろ、うめきが絶えると、容態が急変したのではないかと、あわててベッドへかけつけたりした。

ガーゼ交換は、思いやられた。

忍も覚悟しているのだろう。直前に、沖を呼んだ。きれいなタオルをくれ、という。

りなのだ。

新しいタオルを手渡すと、忍は、それを口にくわえた。少しでも、声を押し殺すつも

和代を遠くへやったあと、沖は廊下に出た。

耳をおさえる構えでいると、うめきがきこえなくなった。三分、五分……。沖は、

胸さわぎをおぼえた。ついに息が絶えたのではないか。

ドアに手をかけようとしたとき、叫びに近い大きなうめき声がきこえた。沖は、思わず、あとずさった。うめきは、吠《ほ》えるような声になり、号泣になる。沖は、部屋の前に居られなくなった。目を蔽ったり、耳をおさえたりしながら、遠ざかり、気がついたときには、外科病棟のはずれ近くまで来ていた。

外三〇八号室から、三人の看護婦が出てきた。大仕事でも終わった感じで、蒼《あお》い顔、赤い顔と、それぞれが平静でない。その一人がいった。

「シーツが汗でぐっしょりですから、とりかえてください」

沖は、小首をかしげながら、うなずいた。忍のシーツは、前日とりかえたばかりであったし、朝見たときも、寝汗などかいた様子はなかった。

だが、ベッドに戻ってみて、わかった。シーツは、手でにぎりしめていたところが、しわだらけ汗まみれになっているだけでなく、体の形どおり、汗に濡《ぬ》れていた。沖は、

そこに激痛のすさまじさを、あらためて見る思いがした。

二度目のガーゼ交換のときも、状況は同じであった。ただ、前後あれほど苦しみながら、交換がはじまってほんの数分の間、何のうめきもきこえなくなるのが、ふしぎであった。

ほとんど食欲のない忍のために、和代はあれこれ好物をつくったが、三日目になって、ようやく忍は、いくらか口にするようになった。少しは気分もよさそうなので、沖は、そのふしぎな静けさについて、きいてみた。

「看護婦が分銅を持ち上げてくれるんだよ」

忍はそういったあと、目を閉じるようにしてつけ加えた。「あのときだけは、ほんとうに、ほっとするんだけど」

「そう……」

沖も和代も、それだけいうだけで、あとの言葉が出ない。いたわりようも、慰めようもないところに居る忍であった。

夜ふけになって、付添部屋に横になる以外は、沖も和代も、ただ黙って病室の椅子《いす》に坐《すわ》り続けた。

忍は、うめいては、まどろみ、まどろんでは、うめく。そうした中では、どんな話題も不適切であったし、いかなる話をする気にもなれなかった。沈黙したまま、ただただ祈るばかりであった。沖は、会社へ出る気をなくした。扶桑商事での自分の立場がどんなになろうと、もう一切構わない。ただ、忍が助かってほしい。ここで、ふたたび、わずかでも目を離せば、たちまち忍を奪われそうな気がして、こわかった。「家庭か、仕事か」と、目に見えぬ神に問われるなら、ためらわずに、「家庭！」と叫びたい気がした。

忍のうめきと、沖たちの沈黙。あけみも、ほとんど、口をきかなくなった。そして、ときどき、指を組み合わせて祈っている。外三〇八号室の入口には、「絶対安静・面会謝絶」の札が下げられ、少しでも体力の消耗を少なくするため、昼間も、窓にはカーテンが引かれた。

ただ、「名づけ親だから」と、笹上だけは、毎日、午前と午後、一度ずつやってきた。病室の入口から忍の様子を見、廊下に出て、沖夫婦と話す。

笹上は、いきいきと、よく動いた。沖のために会社との連絡に当ってくれたり、和代に代って、買物をしてきてくれる。あけみを連れて神保町へ行き、参考書類をさがしてくれたりもした。

足ぶみでもするように、時間は、ゆっくりと流れた。五日目の朝の回診で、ようやく医者はいった。

「どうやら、命はとりとめたようですな」

医者が去ったあと、沖と和代は、手をにぎり合った。「よかった」「よかったわね」

それ以上の言葉が出ない。

もっとも、痛みは相変らずで、ガーゼ交換のときには、また廊下へ逃れねばならない。逃れついでに、沖は、数日ぶりに本社へ行ってみることにした。

たまたま、食料統轄《とうかつ》部は、部会の最中で、本宮はじめ男たちの姿はなかった。会議室で、全世界を相手にくりひろげられているホットな議論を思うと、沖は、あらためて、京都支店長の身が、悲しくもなった。

穀物部へも寄ってみた。一劃《いっかく》には、気象課があり、世界の天気図が、大きく壁面いっぱいにえがかれている。

十人あまりの課員たちが、それぞれ電話やテレックスで、新しい気象情報を集めて、分析している。その中には、「世界の長期気象と農業生産」セミナーを聴講した顔も、いくつかあったが、ほとんど沖に気づかず、また気づいても声もかけず、それぞれの仕事に夢中になっていた。

古い景気理論に、太陽黒点説というのがある。太陽の黒点の動きが、気象に影響を与え、これが農作物の豊凶となって現われ、景気変動を生むことになるという学説で、農業の比重の高かった重農主義の時代の一つの仮説である。気象課員たちの熱心な働きぶりは、彼等がすべて、その昔の学説の信奉者ででもあるかと思わせた。

事実、各シーズンに先立って発表する長期の気象予報は、気象庁のそれよりもはるかに適中率が高く、社の内外で評判であった。

「お役人さんたちとちがって、こちらはクビがかかっているからな」

と、気象課員はいう。予報は、関連の部課に配られ、それにもとづく収穫予想が立てられ、その結果は、シーズン終わりに、一種の成績表として、まとめられ、報告される。予報の精度が、いつもチェックされる仕組みになっていた。気楽な仕事より、責任ある仕事がしたいと、気象庁から移ってきた若い課員もいた。

一方、麦課や雑穀課寄りの壁面には、世界中の穀物相場、いや穀物商況が、刻々と電光掲示板に、きらめき出している。

ここでも、課員たちは、沖には、目もくれない。すでに、小麦は、ほとんど買付をすませていた。食糧庁の買付枠はきまっているが、商社では、安値のうちに少しでも多く買い持ちして、入札に備える。ついでに、船まで安いうちにおさえておく。もし、あまるようなら、そのとき、もうけをとって、転売《リセール》すればいい。利益に向かって、一分の隙もなく、全メカニズムが、フル回転していた。それが、そのまま、日本にとって安値の小麦を確保するメカニズムになっていた。そのメカニズムのないアメリカその他の国々が、まもなく、ソ連の大量買付の波紋に、まともにゆさぶられることになるであろう。

電話が鳴り、テレタイプが鳴る。商況掲示板が、音を立てて、きらめく。そうした中にいると、沖は、それまで眠っていた心臓が、にわかに動き出す気がした。暗くよどんだ水底から、久しぶりに水面に浮かび出て、新鮮な空気に触れた思いである。神経の端々まで、一種軽やかな興奮と緊張が走り、肉体のリズムがよみがえってくる。

無視されてはいても、沖はそうした空気の中にいるだけで、満足であったが、そこへ、社内放送が沖の名を呼んだ。京都へ電話するようにと、告げる。

沖は統轄部へ走りこみ、ダイヤルを回した。藤林が出た。

「ぼんぼんが、一本足になられたそうでンな」

のんびりした声。

「……どうして知ってる」

「四日か五日前、笹上さんが電話で教えてくらはりました。重態だから、よほど重大な用件以外、電話してはならんと」

三度目の手術後、京都からの電話がないので、沖はふしぎに思っていた。それに、笹上が、しきりに会社との連絡をとろうといってきたのも、変であったが……。おせっかいともいえるが、それにしても、あのウーさんがよくそんなところまでと、沖は、首をかしげる思いでもあった。

沖は、気をとり直して、きいた。

「その重大な用件が起ったというのかね」

「まあ、重大か、重大でないかは、支店長の受けとりようですのや」

藤林は、相変らず、ねちねちした口調で、切り出した。長い顔を斜めにして、電話をかけている藤林の姿が、目に見えるようである。

かねて融資の面倒を見ていた取引先の織物会社が、韓国に工場を出すため、八百万円のつなぎ融資を求めてきた。韓国の国内法規の関係もあるので、早急に手当てをする必要がある、というのが、一件。

取引先のお守りをするのも、地方支店のひとつの仕事で、その中に融資の世話もある。「商社は借入金のかたまり」といわれ、扶桑商事も六千億を超す借入金があるが、その一部を、銀行が面倒がったり不安がったりする中小企業に、商社の負担で貸している。扶桑商事の場合、直接の世話と責任は、関連事業本部にあるわけだが、京都支店長も協力しろ、というのである。期限のこともあるが、それほど緊急な問題とも思えなかった。

　すると、藤林は、次の用件を伝えた。さし迫ったことほど、おそく切り出すのが、藤林の流儀である。鞍馬《くらま》の血液研究所の所長が、団体交渉の途中、倒れて入院した。副所長は、まだ大学から移ってきたばかりの学者なので、交渉はストップ。研究所は赤旗に囲まれ、管理職だけで保安に当っているが、このままの状態が三日も続くと、検査を依頼されて預かっている約四千人分の血液が、全部くさってしまうことになる、という。

「どないしやはります」

　藤林は、のんびり他人事のようにいう。

「どないもこないもあるか。なぜ、きみが交渉せんのだ」

「責任者じゃないと、相手にせんいうてますんや」

「…………」

「このまま放っておいて、血をくさらせでもしたら、えらい新聞ダネになるんと、ちゃいますか」

　和地社長になってから、「商社の社会性」とか、「企業のイメジ・アップ」などということが、やかましくいわれている。血液研究所の設置そのものにも、利益の社会還元的な意味があった。その研究所の機能が麻痺《まひ》し、四千人の依頼者の貴重な血液をくさらせては、(商社のやることは本気でない)とか(やはり手抜きがあった)などと書き立てられ、かえって、イメジ・ダウンになってしまう。社内でその責任を問われる心配があった。

ただ、沖は報道されることや、その波紋をおそれただけではない。機能麻痺というそのこと自体が、気になった。分析機器の中を、横すべりしたり、くぐりぬけたりしながら、なめらかに行進していた四千本の試験管。その行進がとまり、みるみる血が黒ずみ、異臭を立てるさまが、目に見える気がした。それらの血の中には、忍を侵したガス壊疽《えそ》のように、一日のおくれで命にかかわるような危険な症状を示しているものも、あるかも知れない。沖は、じっとして居られなくなった。

うちの会社

沖は京都へ戻り、鞍馬《くらま》へかけつけた。解決策の用意はなかったが、策よりも、とにかく誠意を見せることだ、と思った。それに、試験管の列が動き出すまでは、どれほどつるし上げられようと、悪罵《あくば》を浴びようと、交渉の場から離れぬ覚悟であった。

徹夜の交渉が持たれた。

沖は、濃いコーヒーを何度も出させ、組合幹部といっしょにのんでは、議論を重ねた。病室での暗かった夜のことを思うと、同じ徹夜でも、格段に明るく、若やいだものに感じられた。忍の命をとりとめたこともあって、沖の気持自体も、はりがあった。労使交渉のやり切れなさとか、重苦しさといったものを、感じなくなってきている。上部団体の働きかけが強いとわかると、早速、その団体の幹部のところへとびこんで行き、膝《ひざ》づめで交渉した。

こうして、京都へ戻って三日目の夜、ふいに、組合の側から折れて出て、話はまとまった。妥結のあと、組合の幹部はいった。

「支店長、息子さんは大丈夫ですか。早く帰ってあげて下さい」

忍のことは、沖から話したおぼえはなかった。きいてみると、藤林が重態説を流していた。そして、そのことが、いくらかは組合幹部の心を動かし、妥結を早めるのに役立ったようであった。

四日ぶりに、東京へ引き返し、外三〇八号室へ。

病室の中からのききなれぬ声に、沖は一度は足をとめたが、入ってみると、忍が寝たまま、テレビを見ていた。沖は、体中の緊張がゆるむのを感じた。

画面は、料理番組であった。若さのおかげであろう、忍は死線を越えると、元気も出、食欲も回復してきた、という。すべてが、見ちがえるほど、明るくなっていた。カーテンは開けられ、窓辺には、高校の女生徒たちが届けてきたという鉢植えの花が二つ。

もっとも、分銅をつるした切断面の痛みははげしく、起きている間は、痛みから気をまぎらすことだけ考えている、という。片足の部分が、すっかりくぼんでしまった毛布、その先にのぞいている分銅を、沖は痛ましい思いで見つめた。命こそ助かったというものの、慰めようもない。

すると、その沖の気持を察したように、忍の方からいった。

「パパ、ぼく、生きなければと思うんだ」

「うん……」

「こんなに苦しんできたんだもの。いつか、きっと、いいことがあるよね」

「うん、ある。絶対にある」

「そうだよね。神様が、きっと、ぼくのために、何かを用意してくれているにちがいないんだ」

忍の言葉に、沖も和代も、いっしょになって、大きくうなずいた。親が逆に慰められている形であった。忍は、一息ついてから、いった。

「パパ、ぼく、もうオートバイにはのらないよ」

沖は、うなずいた。正確には「のらない」でなく、「のれない」というべきところである。最悪の形での絶縁とはなったが、これで、にくむべきオートバイを、二度とわが家で目にすることはない。

それにしても、いちばん好きで、心の支えにもなっていたオートバイと別れたあと、忍の心の空《むな》しさを、何が埋めるのかと、あわれにもなった。アメリカにいれば、LSDとか、マリファナにおぼれかねないところである。ツーソンでは、高校生の間にも、麻薬がひろがっていて、一度は忍の行っている高校の正門前で、昼休みに立ち売りしていた麻薬の売人が逮捕されたこともあった。オートバイで山野をかけ回るたのしみがあったおかげで、忍は幸い、どの麻薬もおぼえなかったようだ。その意味では、オートバイには、麻薬に代るそれなりの効用もあったのだが……。

沖が考えこんでいると、忍が、その足もとをすくうようなことをいった。

「オートバイの代りに、いつか、車を買って欲しいな」

「車だって」

沖は耳を疑った。忍は、目を細めてうなずき、

「ぼくのように、足が一本しかなくて苦しんでいる人間、シンタショ……」

いいかけて、忍は和代に助けを求めた。

「ママ、何というんだった」

「身体障害者でしょ」

「そう、それそれ。そういうひとでも、オートマチックな車なら、運転免許《ドライバー・ライセンス》がとれるようになってるんだって」

和代が、口を添えた。

「忍のたのみで、笹上さんが調べてきて下さったのよ」

沖は、あきれた。

「ウーさんは、そんなことまで」

おせっかいな、という気分でいったのだが、和代はすなおに、

「ええ、ほんとに、いろいろと動いて下さってるのよ」

忍が、遠隔操作《リモート・コントロール》でテレビのスイッチを切った。

「ぼく少し、ねむくなった」

和代が、そこを出るように、目で沖を促した。沖は、忍にしてやられた、と思った。注文だけしておいて、あとの議論は敬遠する形であった。

夫婦は付添部屋に移った。沖は、声を落とすと、まず、いった。

「ウーさんは、退屈してるからなあ」

「そんなことといってはわるいわよ。一文の得になるわけでないもの」

「しかし、ひまつぶしになるし、ヤジ馬根性も、ほどほどに満たされる。しかも、感謝されて、いい気持さ」

「そうじゃなくって、根は親切で、こまめなひとなんでしょ」

「こまめなことは、認めるよ。ともかく、定年前に、四軒も貸店をつくったんだからな」

「でも、もともと、家庭的で、子煩悩《ぼんのう》なひとよ。だから、奥さんに裏切られて、ショックがひどかったのよ。純情すぎたんだわ」

「おいおい……」

「たしかに、奥さんにも落度はあったけど、それも、ほんのちょっと隙《すき》があっただけのことよ。だって、アメリカじゃ、一度や二度の浮気は、おかしくない空気だったでしょ」

「おい、おまえは大丈夫だろうな」

「もちろんよ」

「それにしても、ウーさんが子煩悩なら、もう少し、自分の子供に構うべきだったな」

「奥さんのこともあって、いろいろ複雑だったんでしょ。だから、自分の子供に構えなかった分を、忍たちに注ごうとしているのかも知れないわ」

病室で鈴が鳴った。夫婦は、そろって付添部屋からとび出して行った。

忍は苦笑して二人を見上げ、「ママたち、二人でコーヒーでものみに行っていいよ」

「うるさいの」

「そうじゃないんだ。もう、ぼくは大丈夫だからさ。久しぶりに、二人で……」

夫婦は顔を見合わせたが、

「そう、それじゃね」

和代は、あまえた視線で沖を見上げた。（おまえは、のんきすぎる）と、沖は叱《しか》りつけたい気分でもあったが、「いいのか、ほんとうに」忍と和代に、半々にいった。

「いいわよね、忍」と、また和代。

病院から少し駅に寄ったところにある小さな喫茶店に、入った。コーヒーをのんでいるうち、二人の足と足がふれた。二人は、そのまま、しばらく寄せ合って、あたたかな感触をたしかめていた。

和代がいった。

「まるで、恋人同士みたいね」

「うん……」

「それにしても、今度のことなどで、子供たちは、どんどん大人になって行くわね。親の方が、ふり回されて、まごまごしているうち、とり残されて行く、という感じよ」

和代の言葉には、実感がこもっていた。沖がうなずくと、

「会社じゃ、すごいお仕事なさってるか知らないけど、家の中では、だめになるばかりね」

「ばたばたするばかりで、勉強するひまがないからな」

沖が自戒をこめていうと、

「笹上さんなんか、うんと勉強できるわね」

「……うん」

「何の勉強されてるかしら」

「さあ、世間の勉強はしてるんだろうけど」

沖は、これといって本もなかった笹上の部屋の様子を思い出していった。あれもまた、アメリカ的な光景だったかも知れない。

「退屈といっちゃわるいけど、たしかに、ひまだけはいっぱいある、という感じなのにね」

「何かあてがなければ、たいていの人間は、勉強する気になれないんじゃないかな」

（おれだって……）と続けたいのを、沖はのみこんだ。

「そろそろ戻ろうか」

「まだ早いわよ。もっと、ゆっくり」

「おまえは、のんきだな」

「あなたが、せっかちなのよ」

「……………」

「いくら病人だからって、ひとりで居たいときもあるわよ。気分がよければ、自分だけで見たいテレビもあるし、痛けりゃ、思いきり、うめきたいでしょうし」

三十分ほどそこに居て病院に戻ると、すぐ後を追うように、笹上がやってきた。細長い棒のような包みを持っている。大きな世界地図であった。十文字からの見舞いの品で、十文字と相談した上で、笹上が代りに買ってきたのだ、という。

片足を失った息子に対し、皮肉というか、残酷な贈り物だと思った。いかにも十文字らしいが、それにしても、笹上も無頓着すぎる。その思いをこめて、沖はいった。

「ありがたいけど、しかし、地図とはねえ……」

「うーん、そうかなあ。十文字君にいわれて、いいアイデアと思ったんだけど」

そういったあと、笹上は壁を指し、

「しみもあるし、落書もある。ずいぶん汚れた壁だから、これを掛ければ、気分が一新するよ」

まだまだ沖の気持がわかっていない感じであった。

笹上は、忍に向かっていった。

「それに、たしか、忍君は地理が好きだときいていた。そうだったな」

「うん」

忍は、うなずいた。忍自身は、皮肉を感じていない様子であった。地図が皮肉にも残酷にも見えてくるのは、まだこれから先のことであろう。

釘《くぎ》をさがすと、笹上は世界地図を掛けた。

「忍君、勉強代りに、うちの会社のオフィスのある場所を、マークしようか。おじさんが店の所在地をいうから、それが、どの国のどの辺にあるか、いってみてくれ」

「うん……」

「ロンドンとか、シカゴとか、わかりきったところは、省略。大学入試にでも出そうなところをいおう」

「うん」

「まず、ボゴタから行こう」

「それは、南米のたしかコロンビアだったかな」

「御名答」

そういいながら、笹上は、地図の上にマークをつけた。

「次は、レシフェ。これは、ひとりしか居ないワンマン・オフィスだが」

「それも、南米くさいな」

「南米のどこかね」

二人は、やり合いをはじめた。ソフィア、オブレゴン、ポートモレスビー、ラゴス……。

そのあたりまでは、まだ沖にもわかった。トリポリとか、デュバイ、アブダビなどは、ハイジャックでも有名になったが、そこにも、扶桑商事の店があり、社員が居る。

ただ、百二十も海外支店があると、沖でも所在を知らぬ地名があった。リエカ、アビジャン、リーブルビル、タナナリブ、ベロオリゾンテ、サンルイス……。考えてみれば、同じ会社の社員でさえ名も知らぬような、そうした土地に、扶桑商事のだれかが駐在しているわけだし、それがまた、明日にも沖の駐在しなければならぬ土地になるかも知れない。

クイズのようにたのしんでいる忍と笹上を残し、沖夫婦は付添部屋に移った。和代が首をすくめ、小声でいった。

「勉強がはじまったわね。まるで、先刻《さつき》、喫茶店でうわさしてたのが、きこえたみたいね」

「たしかに、笹上さんも、よく知ってるな」

「それにしても、ちょっと、おかしいと思わない」

「何が……」

「笹上さんは『うちの会社』といってらしたわ。あなたの話では、あまり会社が好きじゃなかったようなのに、退職されても、相変らず、『うちの会社』なのかしらね」

和代が、紅茶をいれ、ナシをむいた。

ふたたび、ベッドぎわに戻ると、気分がよいのか、忍と笹上の勉強は続いていた。

ただ、クイズには疲れたのか、笹上が世界地図の横にやや前かがみに立って、一方的に話している。

「ニューヨークと、サンフランシスコと、ロンドンのこの三つのうちの店と、本社との間は、インテルサット五号という通信衛星で結んでいる。それから、ほぼ半数の店との間は、オンラインでつながっている。つまり、コンピュータの端末機で結ばれていて、六十の店と即時かつ同時に通信ができるわけだ。さらに、残り五十の店が、テレックスで結ばれ、十足らずが、ケーブルでつながっている」

「ツーソンは、テレックスでしたね」

「いまは、もう、オンラインになっているはずだ。うちに限らず、商社はとにかく通信に金をかけてるからな。ぼくが昔居たカラカスなんて、当時は、地の果てに思えたんだが、いまのうちの通信システムからいったら、銀座のはずれでしかない感じだからなあ。それだけ便利になったが、その代り、また、よく監視され、酷使されることにもなる」

注意してきいていると、笹上は、たしかに「うち」を連発していた。和代の指摘するように、退職者で、しかも笹上のような考え方の持ち主が、いぜんとして「うちの会社」を連発するのは、おかしいといえば、おかしかった。

ガーゼ交換の時間となった。

うめきをかみ殺すための清潔なタオルを、和代が忍のあごのところへ持って行く。

「辛抱してね」

祈るような、許しを乞《こ》うような目で、忍を見つめ、そっと肩をたたく。それに答える代りに、忍は声を上げた。

「さあ、みんな、遠くへ行ってよ」

「それじゃ、ぼくは帰る。明日また勉強しようや」

と、笹上。忍は、その背に向かって、「十文字さんに、よろしくいって下さい」

大人三人は、外三〇八号室を出た。忍のうめきが届くところに居るのは、つらい。沖は、離れるついでに、笹上を駅の途中まで送って行くことにした。

夕陽に長い影を落としながら、二人は歩いた。

「今度わかったんだが、うちほどの会社になると、社員の子弟のためには、いろいろやってくれるんだなあ。病院さがしもそうだったが、忍君と同じ血液型の社員とその家族の名前を、コンピュータでリストアップもしてくれた」

笹上が話し出したところで、沖は口をはさんだ。

「あなたにも、会社にも、お世話になりましたね。ただ、笹上さん、あなた御自身、いまでも、『うちの会社』という感じを、お持ちなんですか」

「どういう意味だね」

「いや、いまだに、その言葉をよく使われますからね」

笹上は、立ちどまった。部厚いレンズが、夕陽を斜めに受けて光った。

「退職した者が、『うちの会社』といっちゃいかんというのかね」

「そうじゃなくって、いまの笹上さんは、全く会社のことは無視して、むしろ、ばかにして生きて行ける身分でしょ」

「うーん、そういうことか」

笹上は歩き出して、続けた。

「それはねえ、やっぱり、『うちの会社』といっていい感じなんだな」

「…………」

「つまり、いろいろあったけど、おれにとって、やっぱり、『うちの会社』といえるだけのものが、あの会社にはあるんだよ」

小首をかしげている沖に、笹上は続けた。

「先刻、忍君に話していたこともそうだが、これほどの会社は、日本にいくつかある他は、世界中、どこにもない。どの国の大会社も、ＣＩＡをふくめどの国の政府機関も、これほどの組織は持っていない。しかも、この組織がいくつも競争し合うことで、日本は生きのびて行ける。やっぱり、すごい会社だったなと、いまにして思うんだ」

沖は、おどろいて、笹上の横顔を見直した。笹上の口から、それほど熱烈な会社賛美をきかされたのは、はじめてのことであった。

沖の視線に気づくと、笹上は、照れくさそうに笑った。

「なんだか、あきれてるみたいだね」

沖がうなずくと、

「いや、実は、おれ自身も、こんな気持になろうとは、思ってもみなかった」

笹上はそういったあと、声を強めて、

「ただ、いっておくが、おれは何も会社に未練が湧《わ》いてきたわけじゃない。むしろ、おれがこういうことをいえるのも、きれいさっぱり会社と縁を切って、客観的に会社を眺められる身になったからだよ」

「…………」

「おれみたいな定年バンザイ人間でないと、やめたあとも、会社に頭が上らないし、そのくせ、内心では、うらんだり、すねたりしている。つまり、会社そのものを冷静に眺める余裕が持てない。今度、忍君のことで、久しぶりに会社に出入りしてみて、それがよくわかった」

笹上は、よくしゃべった。軽い昂奮《こうふん》にかられたようなしゃべり方である。それだけに、話にどこかひとりよがりなところがあって、沖にはよくのみこめない。

沖は、口をはさんだ。

「どういうことなんですか」

「会社へ入って、顔見知りの連中に会うと、きまって、『お変わりありませんか』のあとに『ところで、今日は何ですか』とくる。そういうときの目つきは、いかにも、こちらを物欲しそうな人間に見ている。会社へ何かたのみにきた、会社の設備など利用しにきた――その種の返事を予想している。おれが、忍君やきみのために、こういうわけで一肌ぬいでというと、はじめて目つきが変わって、感謝したり、敬意を払ってくれたりする。ということは、退職後、子会社や関係会社へ出た連中が、ぺこぺこ頭を下げて仕事をもらいにきたりするのが、あまりにも多いということなんだな。昨日の部長も、今日は下請け、というわけだ。こういう連中では、とても『うちの会社』などとはいえないよ」

「しかし、ただあそびに寄る、というひとだっているでしょう」

「うーん、そういうのにも会ったな。月に二度、会社の俳句クラブにくるというんだが、他にも、同好会に顔を見せる連中も居るらしい。ＯＢが参加しても構わないことになってはいるが、実際のところ、若い社員には、煙たがられているようだね。元部長や元課長というので、一応は顔を立ててやらなくちゃいかん。たのしくはないよね。その上、クラブの空気がじじむさくなって、若い女の子なんか、寄りつかなくなる、というんでは」

「…………」

「『今日は何ですか』というのは、つまり、その種の軽蔑《けいべつ》と警戒心をこめた問いでもあったわけだ。その点、おれは定年バンザイで、あっけらかんとしたものだ。今度だって、堂々と人助けに行っただけだからな。ついでに、ヤジ馬根性で会社をのぞいてきたし、会社の空気も吸ってきた。その結論が、やっぱり、うちの会社は大きいし、なかなかよくやってるということなのさ」

笹上が熱心に会社との連絡に当ってくれようとした事情も、それでのみこめた。

ただ沖は、笹上の言い分を、すべて額面どおりに受けとることはできなかった。笹上の中に、会社への未練や懐《なつか》しさが、まぎれもなく芽ぶいているように思われる。理屈はともかく、無性に会社の空気に触れたくなったというだけのことではないだろうか。その気持が、「うちの会社」といわせ、また、会社へのほめ言葉を珍しく連発させることになったのではないだろうか。

少し背をまるめて歩きながら、笹上がつぶやいた。

「忍君も、意外に回復が早そうで、よかったね」

沖には、それが、どことなくがっかりしたようないい方にきこえた。

お茶の水駅が見えてきた。沖は、笹上に礼をいって別れ、ゆっくり病院へと引き返した。

外科病棟の三階に上ると、反射的に耳をすます。うめき声は、きこえて来なかった。外三〇八号室に入ると、ガーゼ交換を終わった直後であった。強い消毒薬のにおいが、鼻につく。

付添部屋では、あけみが蒼白《そうはく》に近い顔で、手を祈る形に組み、坐《すわ》りこんでいた。

沖は、小さい声でいった。

「どうしたんだ」

「わたし、うっかり、お部屋の近く戻ってきて、おにいさんの声、きいちゃったの」

「それで、腰が抜けたというわけか」

沖の冗談は、しかし、あけみには通じなかった。

「それ、どういうこと」

沖はそこで日本語の教授をする気になれず、

「またいつか教えてやる」

病室に入ると、和代が忍のベッドからシーツをとりのけるところであった。相変らず、猛烈な痛みとの格闘であったのであろう、シーツは等身大に汗にまみれ、よじれていた。忍は、ぐったりして、目を閉じている。

シーツをとりかえたあと、和代は、タオルを濡《ぬ》らして、忍の体を拭《ふ》いた。

沖が付添部屋に戻ると、

「パパ、お話があるの」

あけみが、思いつめた顔でいった。

「わたし、もう、あまえない。いまの学校やめていいわ」

「……しかし、おまえの日本語は、まだ十分じゃないだろう。学力だって、追いついていないはずだ」

「でも、平気よ」

「なにが平気だ」

「だって、おにいさんが、あんなひどい目に遭《あ》っても、がまんしてるんだもの。わたしも、公立の学校でがまんする」

「いまの学校とちがって、仲間は居ないぞ。いじめられるし、ばかにされる。また泣きべそかいて、熱を出すんじゃないか」

あけみは、ちょっと、つまってから、

「それは、わからないわ。熱が出るかどうかは、神さまにおききしなくちゃ」

「…………」

「でも、泣いても、毎日、学校へ行くわ。おにいさん、泣きながらでも、ガーゼ交換やってるんだもの」

付添部屋での寝起きは、そろそろ遠慮するよう、病院からいわれていた。和代は国分寺から病院へ通うことになり、あけみの送り迎えを兼ねることもできる。

にもかかわらず、あけみが、その気になってくれたのは、うれしい。教育費が助かる、などということより、健気《けなげ》さが芽ばえたのが、うれしい。沖は、ほろりとさせられ、同時に、心中ふるい立つものを感じもした。

海外研修生

数日後、沖はまた京都へ戻った。

駅から直行して支店へ入ると、藤林が親指を立て、奥を指していった。

「来とられまっせ」

支店長席のすぐ背後に、相談役室がある。和地を社長に選び、相談役へ退くに当り、金丸は、本社に部屋は要らぬが、京都支店に相談役用の個室をつくるようにいった。

だが、いざ、京都で悠々自適の生活をはじめてみると、金丸には、中途半端《ちゅうとはんぱ》であり、無用の長物となった。部屋はともかく、小さな支店機構そのものが、うら悲しい。事実、通信設備ひとつとっても、主な国内支店はもちろん、海外支店の半数までオンラインというのに、京都支店には端末が置かれていない。すべて、テレックスや電話を通し、データ・バンクなどの利用も、準即時といった形になる。その意味では、京都支店は規模が小さいだけでなく、商社の最前線的雰囲気にも欠けるところがあった。

こうしたことから、金丸は自宅をオフィス代りに使い、相談役室へは現われたことがなかった。その開かずの間が開くのは、金丸夫人が長期間留守のときか、あるいは、夫人との間がおもしろくないときだというのが、藤林の説明であった。今度も、そのいずれかであろうが、沖は、せんさくする気はなかった。

部屋の広さは、十坪ほど。大きなデスクと応接セットが、部屋の半分に置かれ、残り半分には、真珠色のじゅうたんが敷きつめられている。

沖がノックして入って行くと、金丸はそのじゅうたんの真中に、靴も靴下もぬぎ、はだしであぐらをかいて坐《すわ》りこんでいた。まわりには、「ウォール・ストリート・ジャーナル」「フィナンシャル・タイムズ」「ロンドン・エコノミスト」など、外国の新聞や雑誌。その切り抜きや、ハサミ。さらにはメモ用紙などがちらばっていて、いたずらっ子が工作でもしているようなかっこうである。

「やあ、おかえり」

金丸は、沖を見上げていい、

「ぼんぼんが、一本足になったんやって」

「……はあ」

「これから、たいへんやな。おやじ、がんばらなあかんで」

「はい……」

沖は感傷的になったが、金丸の同情は、そこまでであった。金丸は、あごでメモを指していった。

「思いついたことや。それぞれ、すぐ手配してや」

書かれたメモは、十通ほどあった。「要至急回答」などと、朱で大書してあるものもある。メモの送付先が書かれているが、これは一々チェックしなくてはならない。

「××課長」と書かれたその××氏が、いまは専務になっていたりするからである。

金丸は、時計を見ると、靴下をはきはじめた。

「六時から、イランの修学旅行生との夕食会がある。きみも、随行せんか」

「……はい」

扶桑商事では、イラン政府の要請を受け、イラン西部の砂漠地帯のまっただ中に、石油化学コンビナートを建設中である。総投資二十五億ドル（七千五百億円）、社運を賭《と》した大事業のひとつであるが、この事業に関連して、毎年、二十人前後のイランの青年を社費で日本へ招き、石油精製、高圧化学、樹脂化学など、関連会社へ預け、一年半にわたって、技術研修を受けさせる。その留学生活が終わるところで、「修学旅行」と称し、伊勢《いせ》、奈良、京都などを遊覧させるしきたりになっていた。

この「修学旅行」は、イランの研修生だけではない。扶桑商事では、その事業計画《プロジェクト》に関連して、さまざまな国から各種各様の技術研修生や学生を招いている。その上、全く事業とは関係なく、開発途上国からの依頼だけで、留学の面倒を見ている学生もある。このため、常時三十カ国前後、約四百人の技術者や学生を受け入れて世話しており、京都へも、髪の色、肌の色のちがう「修学旅行」チームが、次々にやってくることになる。

その度に、「前社長」という肩書の金丸が、歓迎夕食会を催し、留学生活のしめくくりともいうべきスピーチをする。修学旅行最後のハイライトであり、それがまた、金丸のひとつの道楽にもなっているようであったが、それまで沖は同席したことがない。仕事に直接関係がないし、いまさら、金丸の話をきいても、という気がある。一度出たのがきっかけで、くり返しお相伴役をさせられ、同じ話をきかされてはつまらぬ、とも思った。笹上あたりにいわせれば、ごますり精神の不足かも知れない。金丸の言葉に沖が口重い返事をしたのも、そのためであった。

金丸は、そうした沖の気持を見抜いたようにいった。

「引率してきとるのが、きみの同期の男や。顔の長い、珍しい苗字《みようじ》。たしか、大文字とか何とか」

「ああ、十文字ですか」

「そう、その男や」

金丸は靴をはいて、立ち上った。

急いで車の手配をさせ、沖は助手席にのりこんだ。

和地なら隣りに坐らせてくれるが、金丸は、支店長はもちろん、常務や専務クラスでも助手席へ坐らせたりする。金丸の頭の中では、彼等がまだ課長のままであったりするためだが、役員の中には、「相談役は、わざとぼけたふりをして、意地悪をたのしんでるのやないか」という声もある。

車が走り出したところで、金丸はいった。

「養豚の事業計画《プロジェクト》は、どうなっとるんや」

答えるためには、沖は一々、首を回さねばならない。

「ようやく、土地の目安がつきまして、うまく行けば、今度の最高経営会議にかけられると思います」

「そうか、そりゃよかった。も一度、念のためいうとくが、ブタは食うものであって、ブタに食われたらあかんで」

「はい」

「ブタの次は、何やる気や」

「はあ?」

「次の事業計画《プロジェクト》は何か、というとるんや」

「しかし、いまはまだ……」

「あかんなあ。わしのような老人でも、事業計画《プロジェクト》出せいわれたら、即座に十や二十は出せるいうに」

沖は黙った。

車は、夕闇《ゆうやみ》の下りた賀茂《かも》川沿いの道を、北へ走り続けていた。

いつか、大阪駐在の常務が、金丸邸からの帰りに、少しげっそりした顔で、沖につぶやいたことがある。

（おっさん、よう勉強しとる割りに、一向、強気が直らん。景気のええ話だけしとればごきげんや）

そういったあと、常務はしかし、うらやましそうにつけ加えた。

（けど、ついとるおひとや。あのひとの時代は、突っ走るだけですんだ世の中だったからな）

背後から、また金丸がいった。

「穀物が全体に高《たこ》うなっとるようやな」

「はい。アメリカでソ連が大量の小麦の買付をしてますから」

「そうらしいな。けど、それに対して、うちは対抗手段《カウンター・メジャー》をとっとるのやろうな」

「すでに早目に買付をすませていますし、船もおさえてあります」

「それは当然や。わしがいうのは、もっと別にもうける話や」

「…………」

「たとえばの話、アメリカでは、来年は作付面積をひろげるだろうし、反当収量もふやそうとするにちがいない。そこで、農業機械や化学肥料を、いまから売りこみにかかるのや。その辺のとこは、抜け目なくやっとるやろな」

沖には、返事ができなかった。

情報は、即時かつ広汎《こうはん》に、扶桑商事の国内外の主要なポストに流れており、その種の反応がすばやく起っていることは、予想できた。そのための通信網であり、そのための総合商社である。ただ、本社づとめの身なら、ある程度、その辺のところの実感も得られたであろうが、京都支店長のポストでは、触覚の働かしようもなかった。稲妻がとび交う世界から、ひとり、とり残されている。

沖は、答える代りに、いった。

「ソ連では、大量に買ったことはいいが、黒海やバルト海沿岸の港まで運んだものの、乾燥設備や貯蔵設備が足りません。その上、お役所仕事で貨車の手配もはかばかしくないとあって、せっかくの小麦をかなりくさらせたりしているようです」

「それなら、すぐモスクワ支店にいうて、乾燥設備などの売りこみをはじめさせるんや」

金丸社長時代の扶桑商事は「ダボハゼ経営」と書き立てられたりしたが、老いたるダボハゼ、なお健在という感じであった。

金丸はそういったあと、せきばらいして、つけ加えた。

「わしは、もうけだけいうとるんやないで。それが、日ソ両国民のためにもなるし、世界の食糧事情のためにもなる。自信を持って、ぼんぼんとびついてええのや」

そういえば「とびつく」というのも、当時、金丸がよく使った言葉であった。「まず、とびつけ、とびついてから、考えるんや」といい、「とびつく門《かど》に福来《きた》る」と、あおり立てた——。

「小麦が上ると、他の飼料穀物へのはね返りは、どうなるんや」

金丸の問いに、沖はまた首を回し、

「とうもろこしも大豆も、堅調のようです。とくに、大豆はペルー沖の片口いわし《アンチョビ》の不漁もあって、値をとばしてます」

「うちは、手を打ったんやろうな」

「これも、日本向けは、早目早目におさえているようです」

「三国間はどうや」

「そちらも、まずまずのようです」

扶桑商事では、日本向けの穀物の買付だけでなく、オランダ向けのとうもろこしや、イタリヤ向けの大豆の買付もやっている。それらの国の穀物商社よりも、情報が早く、かつ日本向けの買付などと合わせて全体としての買付量を大きくすることで、単価を下げ、安値で供給できるためである。

このために、ソ連の大量買付ときいて、穀物部全体が臨戦体制のように色めき立ったのであった。

金丸は続けた。

「今年は、とうもろこしも、出来がよくないようだな」

「そうなんです」

「スマトラ扶桑は、どうや」

「あの周辺では、半減というところもあるようですが、うちの農場だけは、まず八分作はかたいといってます」

「インドネシア全体として、ブタに食わせるほど、とれるかどうかやなあ」

「はあ？」

気になるいい方であった。沖はきき返したが、金丸は二度といわなかった。あとから思えば、この金丸の直感は正しかった。口惜しいが、沖はそれを認めざるを得ない。

金丸の頭脳は、運動と飛躍をくり返していた。情報をかついだ無数のカエルが、頭の中でとびはねている感じである。沖よりさらに早く、さらに遠くまで、見ることができるようであった。

もちろん、沖も、その気配を感じなかったわけではない。だが、養豚場計画に向かって、いわばこけの一念でとり組んできた沖には、その前提そのものをゆさぶる情報に対し、知らず識《し》らず耳をふさごうとするところがあった。

車がスピードを落としはじめた。寺の山門が、すぐ前に迫っている。料亭は、寺の境内にあった。

「車馬止」の高札が、ヘッドライトの中に浮き上り、続いて、提灯《ちょうちん》をつけた八卦見《はっけみ》の姿が見えた。

そのとき、ふいに、金丸が、「あっ」という声を上げた。

「何か……」

ふり向く沖にとり合わず、金丸は運転手にどなりつけた。

「止まるんやない。もっと突っこめ」

「けど、ここは車馬止になって……」

「構わん、行けるとこまで突っこむんや」

運転手は、金丸の気性を知っている。車馬止を通り越し、前輪が山門の石段に当らんばかりのところで、車を止めた。

とたんに、金丸は自分でドアを開け、下り立った。かつてドアのノブに手をふれる姿さえ見せたこともない金丸である。異様であった。

金丸はそのまま、ふり返りもせず、山門の石段を上って行く。あっけにとられたあと、あわてて追いすがろうとする沖に、運転手が耳打ちした。

「そういえば、相談役は八卦見がおきらいでしたんや」

それにしても、疫病神《やくびょうがみ》でも避けんばかりの振舞いであった。沖はふしぎに思ったが、夕食会のスピーチを、金丸は、早速、そのことから切り出した。

「いま門前に占い師《フォーチュン・テラー》がいたが、わたしは目をそむけて、通り抜けてきた。なぜか。もちろん、占い師がきらいだからだが、それには、実は不吉な思い出がある」

畳の上に長い足を横に投げ出したり、あぐらをかいたイランの青年たちは、金丸の話にひきこまれた。もともと、砂漠の中の遊牧民族である彼等にとって、占星術師のような占い師が、かなり身近な存在であるせいである。

一呼吸置いて、金丸は話し出した。

「わたしがあなたたちとほぼ同年齢のころ、まず米相場をやらされたが、むつかしくて、判断のつかないことがあった。そうしたとき、よく相場を当てる占い師のことが、耳に入った。どうにも判断に苦しむとき、わたしは、そっと、その占い師にきいて、相場をはることがあった。相場とは、それほどむつかしいものだが、こういう逃げ方をしてはいけない。わたしのときは、大きなけがはなかったが、わたしのあと、わたしから、この占い師のことをきいて、同じことをやっていた若者は、大失敗した。そのあげく、一人は首を吊《つ》り、一人は毒をのんで死んでしまった」

どよめきが起った。金丸は、両手でおさえてから、

「ビジネスの世界では、どんなことがあっても、判断を投げてはならない。全智全能《ぜんち》を傾け尽くして、取り組むことだ――これが、この悲惨な事件からわたしが得た教訓であるし、あなたたちにも伝えたい教訓である」

深い青みを帯びた目をした青年たちが、うなずく。

金丸は続けた。

「そのあと、わたしは、ロンドンで小麦相場を扱うようになったが、この教訓を厳守した。ただし、そのおかげで……」

と、金丸は、頭髪がすべて脱《ぬ》け落ち、はげ頭になった話をした。

笑いが起った。たくみな話術であった。

金丸は、すでに配膳されている料理の中から、わかめの三杯酢をとり上げた。金丸の注文であろう、黒いわかめがガラスの器からこぼれんばかりに盛ってある。

「いまは、頭髪の失地回復のため、つとめて、この黒い海藻《かいそう》を食べている。酸《す》っぱい思い出をかみしめながら」

青年の何人かが、珍しそうにわかめを口に入れ、顔をしかめたり、悲鳴を上げたりした。

金丸は、にこにこして見守っている。緊張のあと、座は一度に打ちとけた空気になった。青年たちは、ごくすなおに、この異国の前社長の話をきく気になっている。

笑いが静まるのを待って、金丸はまた話し出した。

一八〇〇年代は、イギリスにおける蒸気機関の発明とそれに伴う産業革命が、世界を動かした時代であった。一九〇〇年代は、アメリカの自動車産業が、世界をリードした。そして、この次の一〇〇年は、コンピュータに連動する遠隔通信網を持つ日本の総合商社が、世界をリードする時代である。情報化の時代に、世界の情報をオンラインでキャッチして、それに対する対抗手段《カウンター・メジャー》をすばやくとることのできるのは、日本の総合商社だけである――。

それは、金丸のかねての持論であったが、金丸個人の見解ではない。「ロンドン・

タイムス」の特集記事が書き立てたことでもあると、金丸は強調した。

ついで金丸は、扶桑商事が、四十万キロに及ぶ通信網を持ち、毎月、百五十万ドル近くを通信費にかけていると、力説した。

各国で日本のまねをして、総合商社をつくろうという動きが出ている。現に扶桑商事でも、二つの国からたのまれて、その国の総合商社づくりを手伝ったが、いまは、いずれもうまく動いていない。それというのも、日本の総合商社には、長い伝統と信用、蓄積された技術と情報、広大な通信網・支店網、関連する多種多様の企業集団、といった裏づけがある。商社の組織だけつくればすむ、といったものではない。それに、一億二千万という大きな人口を基礎購買力として持つという強みがある。さらにまた、日本人の特性である創意と勤勉、組織力、教育水準の高さといったものが、フルに生かされてこそ、はじめて総合商社は、完全な機能を発揮できる。つまり、総合商社は、きわめて日本的なものであり、また、総合商社的なものを除外しては、日本は生きて行けなくなる——と、金丸は、憂国者の面持で熱弁をふるった。

イランの青年たちは、みな、神妙にきいていた。一年半にわたり、彼等はその目と耳で、扶桑商事の機能にふれてきただけに、ある程度、実感を持ってきくことができるようであった。

「率直にいって、あなたたちの国で総合商社をつくることは、得策ではない。むしろ、あなたたちの国のためにも、この日本の総合商社を思う存分、利用し、役立ててもらうことだ。それが、二つの国のためになる」

金丸は、たたみかけた。

「国と国を結ぶものは、何か。あなたたちのイランと、この日本とを、いま、たしかにつなごうとしているものは何か。これは、門前の占い師にきくまでもない。文化か、ノーである。政治か、ノーである。外交か、これもノーである。イランと日本をたしかにつないでいるものは、あなたたちとわたしたち、ビジネスマンしかない。関西旅行であなたたちが見たように、日本の文化は、木でつくったささやかなものばかりだ。古代のあなたたちの国のように、石でつくった重量感のある文明などといったものは、どこにもない。だから、結局、日本で世界に通用するものは、経済活動だけということになる。ビジネスしか生きる道がない。わたしたちがこうして熱烈にあなたたちを歓迎するのも、油も食糧もない日本人に、ビジネスを通し、末長く生きる道を与えて欲しい、とねがうからだ」

金丸の大演説は、終わった。イランの青年たちは、大拍手で、これをねぎらった。

拍手の波がひいたとき、座敷のふすまが開き、和服姿の仲居たちが、いっせいに酒を持って現われた。同時に、庭に照明が入り、泉水を中心にした石組や苔庭《こけにわ》が浮かび上った。

イランの青年たちは、歓声を上げた。興奮して立ち上る者もいる。心にくい演出効果であった。すべて、藤林の采配《さいはい》によるものである。沖は舌を巻いたあと、人間にはとりえがあるものだと思うことにした。

いつか、マージャン宿の落とし穴にはめこまれたのもそうだが、藤林は、京の舞台というものを、陰に陽に、縦横無尽に使いこなしているという感じであった。

沖は、膳部《ぜんぶ》に目をやった。天ぷら、刺身、玉子どうふなど、本来の料理だけでなく、わかめの酢のもの、それに、じゃがいもを添えたヒレ肉のステーキも出ている。金丸の好みどおりであった。こうした点でも、藤林は抜け目がない。

満足そうな顔で酌を受けている金丸に目をやって、十文字が沖にいった。

「いいごきげんだな」

沖がうなずくと、

「修学旅行生相手に、いつも、ああいう話をやっている感じだな。堂に入ってるよ」

「しかし、本気で、そう信じこんでいる強みもあるんだろう」

沖は、むしろ金丸をかばうようにいった。

十文字は、おや、といった顔で、沖を一瞥《いちべつ》してから、

「そうかも知れんが、いまとなっては、手回しの蓄音器のようなものさ。日本じゃ、だれもきいてくれんだろう。だから、毛唐相手に熱を燃やして、しゃべっているのさ。修学旅行生は、いいカモさ。いまや修学旅行は、金丸相談役のためにある、という形だな」

「まさか」

「いや、ほんとうだ。海外事業本部では、この種の関西旅行をもうやめたらどうか、という意見を前から出している。だって、連中に関西を見せたって、ほとんど感心することがないんだ。先刻《さっき》も、この旅行で、何がいちばん印象的かときいたら、新幹線という答なんだ」

「…………」

「石庭見せたって、ぽかんとしている。どこからトラの子が出てくるんだと、きょろきょろしてるやつもいる。考えてみりゃ、あんなものより、見渡す限り白く灼《や》けた砂漠の方が、はるかに感動的だからね」

「…………」

「京都は、日本の若い男にだって、気に入らなくなってるんじゃないかな。まして、

毛唐には。お寺なんていうものも、ひとつ見せれば、結構。それなら、鎌倉《かまくら》あたりで間に合う。むしろ、一律に関西旅行というより、南洋からの連中には、冬の北海道、海のない国から来た連中には、伊豆《いず》七島、といった風に、きめ細かく旅先を考えてやる。それが、ほんとうのサービスじゃないか、というわけだ。社長までその考え方らしいが、それでも実現できないのは、やはり、金丸相談役のせいだというんだな」

沖は、金丸に目をやった。

ヒレ肉をほおばりながら、金丸は得意満面といった顔つきで、研修生たちを眺めている。沖には、その姿が急にあわれに見えてきた。煙たがられているのに、それと気づかぬがんこな一老人といった姿である。

そこへ、十文字が妙なことをいった。

「もっとも、この問題は、ひょんな風にかたがつくかも知れんな」

「というと」

沖は、十文字を見つめた。十文字には、社内の機密情報をすばやく仕入れるふしぎな才能がある。そして、それをきわめて辛辣《しんらつ》に伝えるたのしみを持った男である。

十文字は、細い目をさらに細めて、沖を見返した。

「きみは知らんのか。きみにも大きな影響があるニュースなんだぞ」

長い首をのばし、思わせぶりにいう。

「どういうニュースなんだ。早くいえよ」

「京都支店がふっとぶという、うわさがあるんだ」

「なんだって」

扶桑商事では、ミスを重ねたり、不採算が続く課や支店は、うむをいわさず、まるごと廃止してしまう。課長や支店長以下、退職させられたり、子会社へ出されたりして、全員が配置転換。課ごと店ごと、一人残らず雲散霧消して居なくなる形なので、「廃止」などというなまやさしい表現より、「ふっとぶ」という方が近かった。

金丸社長時代、とくにさかんに、この「ふっとばし」が行われた。中には、本社の課長から、小樽《おたる》出張所長にふっとばされたが、実はその小樽出張所なるものは存在していなかった。つまり、「退職せよ」ということだった、などという伝説まで生まれた。

和地社長になってから、さすがに、そうした荒っぽい「ふっとばし」は、行われなくなっていたのだが……。

「京都支店がふっとべば、足場がなくなって、修学旅行を送りこむわけにも行くまい。それに何より、相談役は手足をもぎとられ、ただの御隠居さんにならざるを得まい」

「……それは、たしかなうわさなのか」

「たしかなうわさじゃないかも知れんが、うわさがあることは、たしかなんだ」

「………」

「きみが赴任するとき、おれがいったように、相対的に見れば、京都は毎日が日曜日さ。質量ともに仕事が少ない。だから……」

沖は、はげしく遮った。

「とんでもない。いくらでも、仕事がある。それに、おれは……」

「そりゃ、何かはあるだろうよ。だが、いずれにせよ、商社としては、主《メイン》な仕事じゃない」

沖が黙っていると、十文字はタバコをくわえ、煙りを沖の顔にふきかけて続けた。

「会社に余裕があるうちは、ひとつぐらい、こういう店を置いておくこともできただろうが、いまは、商売全体がやりにくくなってきたからね。接待費も大幅カットだし。それに、和地社長としても、そういつまでも、相談役の顔を立てる必要を感じなくなっている。とくに、相談役があいう人柄の上、絶えずいろんなことをいってくるんで、役員の間にも、かなり反感がたかまっているというしね」

沖は、口をまるくあけたまま、きいていた。専務を課長扱いしたりする金丸のくせなどは、当の専務には不愉快なことであろう。だが、それはそれだけのこと。金丸は、誇り高く、世話のやけるじいさんだが、根は決してわるい男ではないはずだ。

だが、十文字は続けた。

「部長クラスにも、あまり評判はよくないようだね。相談役は、なにかというと、戦後、十九万五千円の資本金、電話三台しかないところから再出発して――というが、それは、うちだけのことじゃないし、また、相談役や社長の力だけで、こうなったものでもない。過去の話は、もう結構。それより、少しでも早く四十代の役員を、という空気なんだ。金丸相談役の存在は、老人支配の象徴としか映らない。だから、社内に新風を吹きこむ政策の一環としても、京都支店の廃止には、意味があるわけだ」

十文字は、心地よさそうにしゃべった。

(それなら、いったい、おれはどうなるんだ)

沖は、そんな風に叫び出したいのを、こらえた。

宴席は、にぎやかになっていた。いつの間にか、藤林が現われ、金丸に酌をしている。裏方というか、黒子の役割をよく心得ていて、機を見て現われ、機を失せず消える、という感じである。舞台回しの巧みさといい、忍者の如《ごと》き出没ぶりといい、藤林は京都に似合い、京都詰めとしては、最高の人間かも知れなかった。だが、せっかくのその重宝な才能も、京都支店とともに、ふっとぶことになるかも知れない……。

藤林は、膳部越しに、金丸と親しそうに話し合っていた。その背は、沖や十文字の視線を意識している。ただ、その沖たちが、別の思いで金丸を見ていようとは、知る由《よし》もない。

十文字がいった。

「藤林にきいたんだが、相談役もあわれなものだな」

「すると、支店廃止のことは、もう……」

「そうじゃない。これは、あくまで、うわさなんだから。彼等には、口外してないよ」

「じゃ、何があわれなんだ」

「家庭でも、このごろは、とんと夫人に頭が上らんのだそうだ」

「どうして」

「株だよ。夫人にやられっ放しらしい。もともと、相談役は強気好みだ。こんなに景気がかげってきても、やはり、強気強気と出たいらしい。だから、相場をはり合えば、夫人にとっては、いいカモになるというわけだ」

「…………」

「相談役としては、カモられっ放しで、癪《しゃく》にさわって、家に居られない。よく支店に出てくるというじゃないか」

「あの夫婦の間では、相場はあそびのはずなんだが」

「あそびだって、相談役の気性じゃ、負け続けはおもしろくあるまい。いまさら占い師にききに行くわけにも行かんだろうし」

　藤林は、金丸の前を離れた。イランの青年たちに酌をはじめる。（前社長からのお酒です）などといっているようで、青年たちは、その度に、金丸めがけて盃《さかずき》を上げ、礼をいった。

　それにしても、畳の上で、青年たちは長い足をもてあましていた。横向きに投げ出したり、膳をはさんで、長々とのばしたり。いかにも、じゃまそうである。

　それを見ているうち、沖は、自分の目が異様に燃え出すのを感じた。

（忍のために、その足を一本もらって行きたい。だれか一本、その長い足をくれないか）

　沖は、胸の中がかわいてくるのを感じた。

　いまごろ、外三〇八号室で、忍はひとり何を考えているだろうか。分銅が肉にくいこむ痛みに、あぶら汗をかいているのか。暗い将来を想って、涙をにじませているのではないか。それとも、きっと何かいいことがあると、いまも信じ続けているのだろうか。

沖は思い出して、十文字にいった。

「お礼をいうのを忘れていた。いつかは、忍のために、世界地図のお見舞いをありがとう」

「ああ、せめて、地図の上で旅行してもらおうと思ってね」

沖には、言葉が出ない。それは、慰めというより、突き放した残酷ないい方に思えた。(片足だから、もはや永久に旅行などできはしまい)と、きめつけている。

沖は、くそっ、と思った。

(忍がんばれ。片足だって、おまえは、世界中へ、どんどん旅行して見せるんだ)

東山の尾根の上に淡く浮き出ている夜空に向かって、沖はそう叫びたい気がした。

ただ、十文字は、もうそれ以上は、忍のことについて、話しかけて来なかった。自分の娘の精神障害のこともあるのだろうが、十文字は、能弁な割りに、家族のことは話題にしない。まるで妻子など持たぬ人間であるかのようである。

胃腸の弱い人間らしく、十文字は、玉子どうふから箸《はし》をつけている。イランの青年たちの膳部からは、まずステーキが姿を消していた。

沖は、十文字にきいた。

「きみは、イランへ行ったことがあるのか」

「うん、二度ほど。その縁で、今度は案内をやらされた。あまりいい縁じゃないな。むしろ、悪縁の部類だろう」

「どういう意味だ」

「なにしろ、たいへんな気候のところだ。当方としては、縁を切りたい土地なんだな」

十文字は、駐在に出されることをおそれていた。そこにも、十文字のアキレス腱《けん》がある。

沖は、その腱をふんづけるようにしていった。

「しかし、鉱物資源《ミネラル》も石油も、いまは、そういうところからしか出ないだろうからな」

「それも程度問題だよ。とにかく、イランの砂漠はひどい」

「暑いのか」

「四十度から五十度。それが、夜間になると、零度近くへ下ったりする。日中の地表では、八十度から九十度に上る。とにかく、水を貯《た》めておくだけで、塩ができるくらいだ」

「まさか」

「ほんとだぞ」

十文字は怒ったようにいい、

「今度のコンビナート計画でも、塩はそうやって自然につくる計算なんだ」

何がおかしいのか、イランの青年たちの間で、笑い声が起った。一年半の異国での研修が終わったという解放感もあるのだろう。そろって、屈託がない。

十文字が、いまいましそうにいった。

「あの連中は別だよ。先祖代々、砂漠の生活に耐えるように、体ができているからな。ところが、われわれは……。人間の体だって、ほとんど水分だ。どんどん蒸発して行く。それに、水がわるいから下痢《げり》にかかる。おれは、二カ月間の出張で、実に十キロ近くやせてしまった」

「その体で……」

沖は、蛇を直立させたような十文字の痩軀《そうく》を見つめた。十文字はうなずき、

「この体から、十キロ減らしたらどうなる。ミイラ同然さ。もしあのまま居続けたら、骨と塩だけになった。つまり、燐酸《りんさん》カルシウムとナトリウム塩に還元していたはず

だ」

「その点、日本はいいなあ」

「うん、天国みたいなものさ」

同期生二人は、はじめて、うなずき合った。

イランの青年たちは、まだ笑い続けている。

人材銀行

「ウーさん」こと笹上は、いきいきした日々を送っていた。新しい日課ができたのである。

ほとんど毎日、笹上は午後おそく、病院へ出かける。そして、朝、国分寺から出てきていた和代と入れ代り、忍のベッド脇《わき》に坐《すわ》って、夕方まで二、三時間、相手をしてやる。雑談したり、いっしょにテレビを見たり、勉強を教えてやったり、ときにはトランプをしたり。

笹上の日課は、この病院通いを中心に展開する。病院へ行く途中、忍にたのまれた買物をしたり、催し物などを見たり、そして、病院からの帰りがけ、三合の酒をのみ、食事をしたり、散歩したり。「行きがけ」「帰りがけ」のたのしみが、笹上の生活によみがえった。

毎日毎日が白紙ということは、退職して間もないころは、爽快《そうかい》そのものであったが、半年を過ぎると、少しその気分にかげりがさしてきた。

(今日一日、二十四時間をどう過すか)と、毎日、思いまどう気分である。二十四時間のすべてを、とにかく自分で考え、自分で選んで、埋めて行かねばならない。

先の先まで日程表がすべて空白ということは、耐えられないほど空《むな》しく、また陰気な感じを起させる。道路標識のないのっぺらぼうの道を、鞭《むち》を当てられて、あてどもなく歩かされて行く感じなのだ。

笹上の日程表にたったひとつ記されているのは、所属しているゴルフクラブの競技《コンペ》の日である。笹上の腕前では、とても入賞の見込みはないのだが、それでも月に一度のその日を、はるか手前から、舌なめずりする思いで待つ。日程表には、年度末まで、その競技《コンペ》の日を記入しておいて、くり返し眺めている始末であった。

こうした生活の中に、突然、病院通いがはじまったわけである。一日のかなりの時間を、あれこれ考えないで過すことができるようになった。二十四時間のすべてではなく、考えるに値いする時間の分だけ、考えればいい。その意味では、時間に使いでが出てきた恰好《かっこう》であった。

それに、病院通いそのものが、決して、時間の無駄づかいではない。笹上は、そこで、確実に、ひとつの役割を果していた。感謝され、重宝に思われる存在になっている。たよられている存在でもあった。それも、軽くたよられているという感じである。

笹上は、忍の名づけ親で父親代りだ、といっても、本質的には、傍観者であり、ヤジ馬である。

外三〇八号室を中心にした病院の世界は、その笹上のヤジ馬根性を満足させてくれる。生と死をめぐって、ひっきりなしに、ドラマが展開しているからである。

忍だって、ドラマの対象である。忍は、順調に死の危険から遠ざかっているが、笹上にしてみれば、あと二、三度、生死の関頭をさまよってくれてもいい。それに、たとえ万一のことがあっても、笹上自身、嘆くこともないし、心の痛みもない。

その意味では、本気で見舞ったり看病しているとはいえない。つまり、相変らず、何物にもわずらわされない。それでいて、軽くたよりにされたり、感謝されたりしているわけで、その辺のところの感じが、笹上には、実にいい気分なのだ。笹上は、そうした気分で、忍との会話をたのしみにかかった。

「忍君は、将来、いったい何になるつもりだね」

大きな夢をいうか、それとも、打ちひしがれて、みじめな希望しか出ないか。いずれにせよ、軽くきいてみようというだけで、まともに相談にのる気はない。

これに対し、忍は、笹上の思いもかけない答え方をした。

「こんないい方しては、おかしいかも知れないけど」

と、ことわったあと、

「ぼく、日本経済を陰で支える人になりたい」

ウーさんは、うなった。いきなり、病人に胸を突かれた気がした。

新鮮で重い返事であった。健気《けなげ》というか、堅実というか。そういう考え方があったのかと、目を白黒させられる思いである。十文字なら、早速、からかったり、まぜっ返したりするところだが、笹上には、その種の言葉が出て来ない。

「うーん、いいことというなあ」

単純に感心した。

笹上も、結果的には、その範疇《はんちゅう》に属した一人といえる。沖を部下に、ロサンゼルスでミシン輸出に狂奔していたころには「輸出立国」という思いが、頭のどこかにあった。

だが、不正までしての過当競争や、カラカスへの左遷《させん》などから、そうした思いはうすれ、さらに扶桑商事への吸収合併前後からは、まず自分のことを考える人間になった。ひとつには、日本経済など、放っておいても、野放図にのびて行きそうな時代でもあった――。

笹上は、うなずきをくり返しながら、

「すると、商社にでも入る気かね」

「さあ、そこまではまだ……」

（商社はたいへんだ。五体満足でも、ろくにつとまらない。まして……）

笹上は、そんな風に続けたいところであったが、口にする必要はなかった。人づかいの荒い商社のことである。まちがっても、採用するはずがない。

笹上は、忍を見つめた。それにしても、そういう考え方をするというのは、忍の目に、父親である沖の生き方が肯定的なものに見えているからであろう。笹上は、うらやましい気がした。念を押すように、きいてみる。

「きみは、お父さんと同じような人生を送っていい、と思っているんだな」

忍は小さくうなずいたあと、思いついたように、

「ただね、ぼく、父みたいに、妻子と離れてくらすようなことは、絶対にしないつも

りです」

　声に力をこめていった。

「しかし、いろいろな事情で、そうせざるを得ないことがある。その方が、妻子のためになる場合もあるからね」

「そうかなあ。ぼくには、そう思えないんだ」

　忍は、遠くを見る目つきになった。ツーソンで見聞したアメリカ人の家庭のことを思い浮かべている様子であった。そして、笹上の視線に気づくと、はっとしたように、

「笹上さんは、奥さん……」といいかけて、すぐいい変えた。「自分の子供に会いたくないんですか」

「うーん、それは、むつかしい質問だな。うーん」

　笹上は、うなったあと、

「人情として、子供に会いたくない親は居ないよ。ただ、程度の問題じゃないかな」

　苦しい答であった。忍は、その先の言葉を待つように、じっと、笹上を見つめている。

　笹上は、口をつぐんだ。自分が好奇心の対象にされては、たまらない。いちばん話したくないことでもある。

しばらくの沈黙のあと、忍は表情をゆるめて切り出した。

「両親にはいってないけど、ぼく、ひとつ、気になることがあるんだ。何だか、わかりますか」

「うーん、何だろう」

「お嫁さんですよ。ぼくみたいなところへ、お嫁さんが来てくれますかね」

「うーん」と、うなったあと、笹上はあわてて、「もちろん来るよ。いくらだって、来るさ。現に、女生徒が次々に見舞いに来てるじゃないか」

「見舞いと結婚は別ですよ。それに、同情からというか、センチメンタルな気持で結婚されては、いやですからね」

「それもそうだな」

しっかりしていると、笹上はまた思った。何となく日本的でない、という気もする。

笹上自身は、自分の息子とこんな風に話したおぼえがない。会社の仕事と貸店づくりに頭がいっぱいで、子供のことをふり返る余裕がなかったが、息子があっさりアメリカに住みついてしまったときには、(日本人と思っていたのに、アメリカ人になってしまっていたのか)と、いいたいような気分であった――。

忍におどろかされることは、まだあった。

ある日、笹上は、いつもより少し早く病院に着いた。忍がよく昼寝している時間なので、外三〇八号室のドアを静かに開け、足音をしのばせるようにして入って行くと、忍の低い笑い声がきこえた。だれか来ているのかと、笹上は立ち止まって耳をすました。

だが、病室の中は静まり返っていた。

しばらくすると、また忍が笑った。無理につくったような笑いである。ただそれだけで、相手の声もしなければ、忍自身も話さない。笹上は首をかしげたが、病室に入ると、また棒立ちになった。

忍がベッドに上半身を起し、手鏡に自分の顔を映して、笑っているところであった。

「……どうしたんだね」

「別にどうもしませんよ。ちょっと、顔の研究をしてたんです」

「研究?」

「だって、ぼく、それほど成績はよくない上に、片足を失くしてしまったでしょう。あと、まずまずまともに残っているのは、顔だけですものね。顔を大事にしなくちゃ」

「…………」

「はずかしいけど、ぼく、ずいぶん泣いたり、うめいたりしたでしょう。いや、いまだって、ガーゼ交換のときは、こわれそうな顔してると思うんです。もし、そういう顔のまま固まってしまったら、もう、ぼくは、どうにもなりませんよ」

「…………」

「だから、できるだけ明るい顔をしていなくちゃと思って、鏡で研究してるんです」

「うーん、えらいなあ、きみは」

忍にとって、笹上は、母親の和代とはちがう形で、いい話相手になっていた。あまりむつかしいことをいわず、説教もしない。昔話を吹聴《ふいちょう》することもない。「うん」とか「うーっ」とか、すなおに話をきいてくれる。若い病人の相手には、うってつけであった。

それは、笹上が、とくに忍耐したり、悟りを開いているためではない。笹上は、地のまま、ごく自然に生きている。軽く好奇心を持ち、軽やかにたよられることに、はり合いを感ずる。そうした姿勢が、その状況に、ぴったり適合していた。

笹上自身は、外三〇八号室を中心とした日課の中で、ほとんど退屈することがなくなった。このため、ときには、笹上が忍にお守りをされているような気のすることさえあった。二人の間でいちばん多い話題は、アメリカ生活の思い出であった。二人は、父子《おやこ》のように、兄弟のように、先輩後輩のように話しこむ。一部屋の主でしかなかった笹上に、もうひとつの世界ができた。

健康保持のため、笹上は、週に一度はゴルフ場へ出かけることにしていたが、そこで舟崎老人にいわれた。

「あんた、このごろ、いいことがあるのかね」

「どうしてです」

「何かうれしそうだな。再就職でも、きまったんじゃないかな」

「いや」笹上は首を横に振ってから、「再就職すると、様子がちがってきますか」

「もちろん、てきめんだよ。わしだって、現役復帰で、ぐんと元気が出たんだが、このごろはまた……」

ふしぎというか、余得というか、笹上はこのごろ、ゴルフ場でも、見知らぬ人と口をきくことが多くなった。孤立して、ひとり黙々とプレイするという感じではない。庶民的なゴルフ場らしく、パン屋、警官、熔接《ようせつ》工、タクシー運転手……と、さまざまな相手が、プレイしながら、話しかけてくる。笹上の体に人間づき合いのにおいがつくと、人が安心して寄ってくる、という感じにも思えた。

毎日が快適であったが、しかし、日が経《た》つにつれ、ひとつの不安が生まれた。

他でもない、忍が快方に向かい、やがて退院ということになれば、この生活は、ふたたび、元《もと》の木阿弥《もくあみ》に戻ってしまう。二十四時間のすべてが、毎日、空白になり、笹上は小さな一部屋の主に突き戻されてしまう。その意味では、むしろ、傷が治らぬように祈りたいほどであったが……。

ある日の午後、笹上がいつものように外三〇八号室へ入って行くと、忍がかつてない晴々した顔で、笹上を迎えた。まさに「喜色満面」といっていい。

「すばらしいことが起りましたよ、笹上さん」

「えっ」

笹上は、反射的に、ベッドの回りや、部屋の中を見渡した。豪華な贈り物でもあったか、やさしい女友達でも訪ねてきたのか、という思いであったが、忍に笑われた。

「ここですよ、ここ」

忍の指は、片足のない毛布の先を指した。目をやって、笹上も思わず声を上げた。

「なるほど！」

分銅がなくなっていた。

「とうとう、はずしてもらえたのか」

「いえ、はずれたんですよ。針金のかかっていた肉が、全部ちぎれて」

笹上は、耳を蔽《おお》いたかった。痛みが自分の背中を走り、むずかゆいような気分である。

忍が、たのしそうにいった。

「昨夜の真夜中、どかんという音がして」

「痛かったか」

「痛いよりも、すっと軽くなって。体が斜めに浮き上って行くみたいなんです。すごくいい気持だったな」

その様子は、笹上にも、目に見えるようであった。

「だって、これまでガーゼ交換の間のほんの数分間、分銅を持ち上げてくれるだけで、二カ月間というもの、ぼくをしめつけていたんだもの」

「…………」

「そのまま、だれにも気づかれずに、ずっとはずれていたらいいなあと思ってたんだけど、音をきいて、宿直の看護婦さんが、とんできて……」

「また、つけなくていいのか」

「そう、ぼくもそれをひどく心配したんです。でも、先生方が検査された結果、肉が骨を巻き出しているから、もういいだろうということになって」

「よかったなあ」

笹上は思わずいったが、そのあと、さびしくなった。忍の体は、片足を失いながらも、確実に回復に向かっていたわけである。それはまた、笹上のいまの生活形態が御破算に近づいている、ということを意味する。

病院からの帰り道、笹上の足は重かった。すっからかんの生活。白紙続きののっぺらぼうの道が、また、はじまる。

（一日、人に会わないと、十万個の脳細胞が死滅する）などといった十文字の脅迫的な言葉が久しぶりに頭にちらつき出す。

やがて来る忍の退院バンザイの日、笹上もまた、心からバンザイのいえる身になっておきたい。そのためには、空白を埋める用意をしておかなくてはならない。

定年直後、笹上は、無為にして怠惰な生活をよしとしていた。ただ気ままに、長生きだけを心がけよう、と思った。だが、いまとなってわかるのは、「無為にして怠惰」が、「気ままに長生き」と直結してはいないらしい、ということである。「無為にして怠惰」は、いまの日本では、とても黄金の色はしていない。灰色か、せいぜい銅色の生活である。「気ままで長生き」するためには、少しばかり内容があり、働きがいのある生活が必要のようであった。何かひとつ、軽く支えになるものがあり、また、軽くたよりにされるものがあっていい。日程表の先の先まですべて空白というのでなく、適当にたのしい日程ができていて、しかも、空白が多い、という感じがいい。

それに、完全に無為、完全に孤独ということになると、ただ等身大の存在が社会に残留しているだけということになり、不安定であり、妙ないい方だが、地球のお荷物になっている、という感じにもなる。完全に自由になるためには、むしろ、少しばかり、地球に貸しがあった方がいい。

笹上は、釣り名人の住井のことを思い出した。住井の釣り三昧《ざんまい》の生活にふれたときの感動は、日が経ってもうすれない。（趣味は趣味のままがいい。金があって、好きなとき釣りしているような人生がいい）というようなことを、住井はいっていたが、それは気楽だというだけのことであって、住井が本気でそういう人生をよしとしているとは思えなくなった。住井には、無数の釣り好きの読者がいる。読まれ、たよりにされてもいる。趣味を超えて、ある役割を果たすことが期待され、住井もまた、そこに生きがいを感じている。だからこそ、あの重い荷を背負い、苦労の多い釣り場歩きを続けることもできる。そして、その結果、夫妻ともども、いつまでも颯爽《さっそう》と、若さを失わないで生きて行くことができる。これがもし、金持の釣り道楽のようなものであったなら、夫妻はすっかりふやけて、老いこんでしまっていたのではないだろうか。

笹上には、趣味や才能で、世間や他人の役に立つようなものはない。できることといえば、結局、いまの看病生活の延長のようなことしかない。それが、気楽だし、程よく性に合っている。つまり、好奇心まじりの助《すけ》っ人《と》であり続けたい――。

こうした気分の一日、病院への行きがけ、有楽町でおそい昼食をとり、ビル街をぬけて、駅へ出ようとしたとき、ひとつの標識が目に入った。

「あなたを生かす――人材銀行」

その人材銀行が、すぐ前のビルの中にある、というのだ。

笹上は、ビルの中から、目に見えぬ手が突き出て、いきなり心臓をつかまれた気がした。人材銀行については、笹上にも知識がある。だが、それがこうした場所にあろうとは、思ってもみなかった。笹上は、猫背をのばすようにして、ビルの中へ入って行った。

いくつかの会社や官庁の出先機関が入っている巨大なオフィス・ビル、案内板には、人材銀行は一〇階、と出ていた。

エレベーターにのり、一〇階へ。「人材銀行」と記されたくもりガラスのドアを開ける。

目の前に、明るく広々とした部屋がひらけた。熱帯樹の鉢植えがいくつも置いてあり、高級ホテルのロビーにでも迷いこんだ感じである。それに、静かであった。窓ぎわでは面接などもしているのに、ほとんど、人声がきこえない。

部屋の中央が鉢植えで仕切られ、その左右はいくつかのデスクと椅子《いす》。右手では一人、左手には数人、いずれも年輩の男たちが、机に向かって、何か書きこんでいる。どの男も真剣そのもので、笹上には見向きもしない。

「求職ですか、求人ですか」

ふいに声をかけられた。柱のかげに受付があり、小学校の教頭風の男が、笹上を見上げていた。

「うーん」

(求人ってことはないでしょう)といいたいところであったが、考えてみれば、「銀行」である以上、借りにくるひともいれば、預けにくるひともいるわけである。それにしても、笹上は、「求職者か」ときかれると、それは少し勝手がちがう、という気がしてくる。笹上としては、(助っ人になりたくて)とでもいいたいところである。ただ、ここへ来る人は、「求人」か「求職」かのいずれかしかないということであれば、「求職」という分類に入る他はない。

笹上がそう答えると、受付の男は、じっと笹上を見つめていたあと、パンフレットをひろげ、指さしていった。

「あなたは、この中のいずれかに該当されるわけですね」

そこには、

「〇総務、経理、営業などの役職経験者（会社役員、部長、課長など経営、事務管理者と呼ばれる人）

〇電気、機械、化学、建築などの技術者（技術スタッフ、技術指導者、開発、生産管理者などと呼ばれる人）

〇その他のスペシャリスト（医師、薬剤師、通訳、翻訳、編集など）」

と列挙。さらに、「上記以外の職種は都内各安定所で取扱っております」と、付記してあった。

笹上は、突っ立ったまま、もう一度読み返してから、つぶやいた。

「……外地の経験が長いので、多少、通訳とか、翻訳とかは」

（外国貿易の実務なら）といいたいところだが、それは「人材」としては評価されていない。安定所行きの職種ということなのであろう。

受付の男は、じっと笹上を見つめたまま、きいてきた。

「通訳の資格は、お持ちですか。あるいは、翻訳の実績とか」

「そんなものは何も……。ただ、商社にいただけですから」

「では、役職経験者という最初の項目は、どうです。そのお歳だと、部課長など、管理職としての経験は、おありでしょう」

「うーん、それはまあ……」

笹上は、すっかり、ウーさんに戻った。受付の係員は、笹上から目を離さず、たたみかけてくる。

「その点、いかがです」

「うーん、そういえば、ニューヨークの支店長代理などやりました」

一人や二人の店のボスでは、役職者とはいえない。ニューヨーク支店長代理の肩書が、笹上にとっては、唯一《ゆいいつ》の役職者といえるポストであったが、ただし、多勢の部下を直接管理するという仕事ではなかった。そして、本社に戻ってからも、部長席などというあいまいな身分ばかりで、部下を管理するということはなかった。また、定年時の五級職という身分は、本社の機構では、係長相当ということである。

ただ、笹上は思う。商社マンは、たとえ部課長経験者といっても、とかく自分で企画し行動するタイプが多く、いわゆる管理者向きの人間は少ない。現に、京都支店長の沖なども、上下の関係に気をつかうより、十万頭養豚という事業計画《プロジェクト》に熱を上げている——。

「どんな仕事を希望ですか」

　係員にきかれ、

「……とくに希望はありません」

「給料その他についての希望は」

「それもとくに……」といいかけてから、笹上は、あわててつけ加えた。「勤務時間を、随意というか、臨機にして欲しいんですが」

「なんですって」

　笹上がくり返すと、係員は首をかしげて、

「おかしなひとですなあ」

「どうしてです」

「ここにくるひとは、みんな逆ですよ」

「というと」

「毎朝九時出勤。たとえ給料は安くなっても、これまでどおり、きちんと働きたいというひとばかりです」

　言外に笹上をとがめている感じであったが、笹上は笹上で、そのことが、むしろ、ふしぎであった。笹上は、念を押すようにきいてみた。

「定年退職したあとでも、まだ定年前と同じように、朝早くから働きたいんですか」

「もちろん、そうです。全部が全部、そうですよ」

係員は、断乎《だんこ》とした口調でいった。

定年バンザイしたあと、また毎朝出勤することを、希望するなんて——笹上としては、信じられないし、また信じたくないことであった。（どうして、そんな風に……）と、ききたいところだが、場所が場所である。水でもかけて、追い払われかねない。

笹上が茫然《ぼうぜん》として突っ立っていると、係員は、やれやれといった顔つきで、

「とにかく、登録してみますか」

パンフレットと、二、三枚のカードをとり出し、笹上に手渡した。

その一枚は「求職カード」。住所氏名や前職、学歴などを書くもの。

大判の一枚が「求職登録シート」。これには住所、氏名は記さない。また現職の身であれば、現在の勤務先名は書かなくともよい。その代り、学歴、職歴はもちろん、「専門知識・技術・能力の内容」「就職についての希望事項」「資格免許」「セミナー等の受講状況」まで書きこむようになっている。パンフレットには、このシートが「あなたの能力資産の明細書です。正確に明瞭《めいりょう》に詳細にしかも簡潔に御記入ください」と

あり、その記入例がのっていた。

このシートは、公開される。求人者は、登録シートを自由に閲覧して、これはと思う候補者を選び出し、人材銀行を通して、本人を呼び出し、面接選考するという仕組みであった。

「履歴書のようなものですが、大事に書いてください」

係員は、笹上に注意した。

「あなたが自分というものを、どれだけ要領よくまとめて、他人に知らせることができるかという、一種の表現力のテストにもなるわけですから」

そういったあと係員は、熱帯樹に囲まれた一劃《かく》でペンを走らせている数人の男に、目をやった。

彼等は求職者で、登録シートを書いているところなのだ。わき目もふらずといった感じなのも、当然といえた。さりげないカード記入が、実は、重く神聖な試験のはじまり、という恰好《かっこう》である。「正確に明瞭に詳細にしかも簡潔に」というパンフレットの注意を読み返し、笹上は頭が痛くなる気がした。むつかしい注文であったが、人材として職を求める以上、その程度のことは、常識なのであろう。

「老婆《ろうば》心《しん》までに申しますが、字もできるだけ、きれいに書いてください。筆跡も、案外、問題になるようですよ」

自信はなかった。小さな、ウサギのフンのような字しか書けない。

カードを手にしたまたたずんでいる笹上に、係員は、また、声をかけた。とっつきはわるいが、根は親切な男のようであった。

「あなたの持ってる無形の財産を、全部、陳列するんです。資格・免許の欄もそうですが、何か資格があるなら、遠慮なく書いておくことです」

笹上には、思い当らない。馬車馬のように走らされてきた人生に、資格などとる余裕はなかった。その思いをこめて、

「たとえば、どんな資格が、あるというのですか」

「珠算や簿記の何級とか、中小企業診断士、防火管理者、安全管理者……」

「うーん、ひとつも関係ありません」

「自動車の運転免許だって、いいんですよ」

「うーん、それも……」

アメリカでは、車を運転せざるを得なかったが、帰国後、国内免許を申請する気になれなかった。アメリカの道路事情にくらべ、日本のそれは、あまりにもひどすぎ、事故の危険に満ちていた。ひとつ事故を起せば、資金計画に大きな狂いが起きるし、

車の維持費も高い。笹上の人生の目標である貸店舗づくりにとって、妨げになっても、プラスになることは、ひとつもないと見たからである。

カードを持って、笹上は、求職者たちの間に腰を下ろした。

いかにも役職者然とした威厳や貫禄《かんろく》を備えた男たち。そうした男たちが、受験生のように頭をかかえ、きまじめにペンを走らせている。それだけに、よけい、重苦しい空気であった。

笹上は、デスクの上に、求職登録シートと、パンフレットの記入例とを並べて置き、ペンをとった。

まず、「適職」欄。記入例では、第一志望─貿易管理者、第二志望─営業管理者、とあるが、笹上は、その種の文字を見ただけで、頭が痛くなりそうである。書くとすれば、第一志望も第二志望も、「助っ人」としたいところで、従って、空欄としておく他はない。

「希望月収」欄。金が欲しくて働くわけではないので、これまた、どうでもよろしい。従って、空白。「希望勤務地」も、東京がいいとは思うが、とくに、こだわらない。行雲流水。風に誘われ、雲にのって、どこへ出かけてもよい結構な身の上である。従って、この欄もまた、空白。どうも、空白ばかり多すぎる。空白の求職シートである。

ふまじめだと、叱《しか》られそうであった。

ただ、笹上の気持を正確に示すためには、やはり、それらの欄を空白にしておく他はなかった。

笹上は、さりげなく目を走らせ、まわりの求職者たちのシートを盗み見した。どの男も、シートをインクの色で染め変えるほど、びっしり書きこんでいた。それは、彼等と世間とのかかわり合いの濃さを示し、同時にまた、それほどかかわらねば生きて行けない重苦しさを、示してもいた。

笹上には、それがない。空白に近い身軽さで、生きて行ける。空白だからといって、嘆くには当らなかった。(こういうひとたちにくらべれば、おれは、やっぱり、定年バンザイなのだ)と、むしろ、内心ひそかに誇らしくさえ思った。

さて、眼目となるのは、分量的にもシートの半ばを占める「専門知識・技術・能力の内容」欄への記入である。そこへ、笹上の無形資産のすべてを書き出さねばならぬわけだが……。

たまたま、パンフレットの記入例が、某商社の前役員のそれであった。参考にしやすいように見えて、笹上には、ひっかかった。

その記入例は、「輸出入通関その他貿易実務に精通し、管理に自信あり。とくに

(1)海外事情資料研究、市場調査、海外駐在(アメリカ3年)などで、海外事情に詳しい。(2)……」といった風に書きはじめられていた。

笹上も書くとすれば、ほとんど、そのままの文章で間に合いそうであった。「海外駐在(アメリカ3年)」というところを、「海外駐在(アメリカ8年、ヴェネズエラ3年、メキシコ3年、タイ3年)」と書き替えればいい。それがどの程度評価されるかは別として、たいした駐在歴ではある。

ただ、その内容は、たらい回しにされ、追いまくられ、むやみとあわただしい歳月を送ったということであって、とくに「研究」も「調査」もしていない。「精通」してもいないし、「自信あり」などとは、とてもいえない。そんな風に考えて行くと、何も書くことがなくなる。つまり、そこもまた空白で出す他ない。強いて、その間、身につけた「能力」をあげようというなら、「駅前貸店を四軒つくった能力」しかないわけである。五十七年の人生の総決算として、それは貧しすぎるのか、それとも、十分すぎるのだろうか。

その答は、歳月が経《た》つにつれ、はっきりした形をとってくるであろう。ただ、いま、たしかにいえるのは、笹上の心には、まわりの男たちの持つ重苦しさがない、ということである。

笹上は、腕組みし、部厚いレンズを光らせて、窓の外を見た。

いくつものビルが、弱い秋の日を浴びて、静まり返っている。何事もない平凡な一日、という感じなのだが、求職シートを書く男たちにとっては、かけがえのない重い一日である。

男たちは、家庭でも、職場でも、めったに見せないきびしい表情をしていた。冷静さを装いながらも、実は、心中までただならぬ形相なのだ。

笹上は、息苦しくなった。ペンをとり、「長期間、海外駐在の経験あり（アメリカ8年、その他9年）」とだけ書いた。「その他」としたのは、そうした国々へは、いまさら仕事に出かける気になれないからである。それだけである。他につけるべき註はない。このため、「専門知識・技能・能力の内容」欄全体が、空欄のように見えた。

「就職についての希望事項」には、ためらわず、「随意、臨機につとめたい」と、「正確、しかも簡潔」に書いた。「資格・免許」欄、「セミナー等の受講状況」欄は、ともに空白。

笹上は、男たちの中からぬけ出し、このシートを、受付へ持って行った。

係員は一読すると、目を大きくして、笹上を見上げた。

「これじゃ、とても、だめですよ」

「どうしてです」

「もともと、求人より求職が多かったのに、このごろは、とくに求職者が多くなりましたからね。社長をやめて求職したいという中小企業者もふえてきましたし、ここを通して再就職した先がつぶれて、また登録にくるひともある。あれやこれやで、ここだけで、毎月、五百人も六百人も登録されてます。そのどなたも、たいへん熱心に登録シートを書いて行かれますからねえ」

「…………」

「それに、シートは六カ月前のものまで保管されてますから、常時、三、四千枚のシートが公開されてるわけですね。だから、職種にもよりますが、よほど充実したシートでないと、求人者の目にとまらないわけですよ」

　係員は、登録シートを突っ返し、

「もっと、まじめに、それに詳しく書かなくっちゃ」

「でも、わたしは正直に、つまり、正確に書いたつもりなんですよ」

「ほんとうに、他に書き足すことはないんですか」

　笹上がうなずくと、係員は、処置なしといった風に、自分の額を軽くたたいた。そのあと、心を決めたといった顔で、宣告した。

「これが本音だとすると、率直にいって、あなたは、うち向きじゃありません。職業安定所へでも行かれたらどうですか」

係員としては、思い切って衝撃的な言葉を浴びせたつもりであったろうが、笹上には、こたえなかった。

「うーん、そういうものかねえ」

係員は拍子ぬけして、

「それじゃ、職安へ……」

笹上は首を横に振り、

「いや、行きません」

「それなら、これを書き直さなくちゃ」

「いや、書き直しません」

「じゃ、どうするんです」

「そのカードは、破ってください」

「あなた、困らないんですか」

「困るもんですか。ぼくは、定年バンザイの身ですから」

係員は、口と目をあけ、笹上を見上げた。頭がおかしくなったのかと、案じている。

登録シートを書いている男たちも、いっせいに笹上を見た。笹上は、そこでまた、退職の日の「定年バンザイ！」を再演したい衝動を感じた。

もっとも、それは、一瞬のことである。それでは神聖な場を冷やかしに来たことになり、笹上の本意ではない。無言で係員に会釈《えしやく》すると、笹上は、身を翻《ひるがえ》して、人材銀行を出た。一気にエレベーターで下り、ビルを出て、雑踏の街へ。

街には、音と色とにおいと人いきれが、溢《あふ》れていた。笹上は、なんとなくほっとした気分で、出てきたばかりの鳩羽《はとば》色《いろ》のビルを見上げた。もう二度と行くことはない。

(おれは一部屋の主。そして、駅前貸店四軒の主) 自分にいいきかせ、駅に向かって歩き出した。

何となく浮き立つ気分になってきたが、病院に着き、外三〇八号室に入ると、たちまち、さまされた。忍がいった。

「笹上さん、ニュースがあります。父が京都から引き揚げてくるんです」

「なんだって」

それではますます助っ人の出番がなくなってしまうではないか。

「京都支店が廃止になって、とりあえず、東京へ戻るんだそうです。ただ、その先、外国へでも行かされるんではないかと、母は心配していますが」

「おいおい、そんなことが……」

いまのままの生活が、少しでも長く続いて欲しいのにと、笹上まで、にわかにうろたえる気分であった。人材銀行で、少し調子のよい口をききすぎたと悔んだが、もはや、どうしようもない。

戦列外の身

京都支店は、戦場のようなさわぎとなった。

支店閉鎖の指令があってから、すべてをかたづけ、沖が本社に復帰するまでの期限《タイム・リミット》は、二十日間。その点でも、まさに「吹っとぶ」という感じである。

支店の仕事の大部分は、大阪支店にひきつぎ、一部は、直接、本社の担当部課がひきつぐ。そのための人の出入りや、事務の整理で、毎日夜ふけまで残業の連続である。さらに支店長としては、取引先や関連会社に自ら出向いて、説明し、あいさつをして回らねばならない。行く先々で、うらまれたり、条件をつけられたり、冷ややかな目で見られたりして、いい役目ではない。

その上、人員整理がある。支店がまるごと吹っとぶので、全員ばらばらになる。沖をふくめ男子社員三名は本社へ、二名は大阪へ移るが、藤林をはじめとする十五名の男女は、すべて現地で円満に退職させよ、ということで、その再就職先をあっせんしなくてはならない。本社の人事部や関連事業本部の応援はあるが、最終的には、支店長が動き回らねばならないし、さらに、そうした退職予定者に引導を渡す仕事がある。覚悟はしていたが、つらい役割であった。

沖自身は、食料統轄《とうかつ》部の統轄課課長代理になることになっていたが、その部長の本宮に、電話でいわれた。

「しんどい役やろうが、きみには、ええ勉強になるはずや。目つぶって、悪人になってみい。データ・バンクにヒトガイイと記憶されるだけでなく、キビシイという一項目を加えてもらうんや」

キビシイといえば、沖が本社で受けるであろう処遇も、きびしかった。本宮はいった。

「統轄課長代理というのは、部下は一人も居《お》らん。けど、すぐやってもらう仕事はある。まずは雑用の部類だが」

部下が一人も居なくて、しかも、雑役をやらされるとあっては、冷飯食いもいいところである。「やめろ」といわんばかりではないか、と思えた。

本宮は続けて、意外で、またキビシイことをいった。

「いまだからいうんだが、きみを支店長に出すとき、京都を閉鎖してはどうかという考えが、首脳部には出ていた。その意向を受けて、業務本部あたりでは、閉鎖の場合のシミュレーションを何度もやってきた。そして、不景気のせいもあって、最近になって、閉鎖が望ましいというはっきりした結論が出るようになったのや」

沖は、冷え冷えする気分できいた。閉鎖見込みの濃い店へ、見送りまでして、よく送り出してくれたものである。社長も、他の役員たちも、そうである。よくぞ素知らぬ顔で、京都支店を利用し、働かせてくれたものだと思った。

だが、沖はまだいい。

次長の藤林は、医療食センターへ出されることになった。仕出し屋さんのつくった会社で、社長も仕出し屋。前支店長小野の発案とはいえ、扶桑商事は株の一部を持ち、食品材料を供給している程度で、子会社的色彩はうすい。地元の人ばかりの会社で、毎日、黙々と病人の弁当をつくっては、配達するだけの仕事。扶桑商事とは、規模も内容も気風も全くちがう世界である。行先きが思いやられた。京都通を武器にして、新任の支店長たちを次々に手玉にとるようなたのしみは、二度と味わうことはできない。祇園《ぎおん》かいわいに口をきいたり、むつかしい切符を手に入れたりする才能も、役に立たなくなる。

藤林はふさぎこみ、ふきげんになったが、ある日、沖が帰ってくると、投げつけるようにいった。

「相談役がお呼びでっせ」

「このさわぎじゃないか。用があるなら、こちらへ来てもらってくれ」

「なるほど。それなら、支店長、自分でそういうたらええやないの」

藤林は、そっぽを向く。沖は、ダイヤルを回した。

相談役室を失い、手足となる人間が居なくなり、金丸は不満憤懣《ふんまん》のかたまりになっているはず。ぐちをきかされるか、難題でもふっかけられるかと思ったが、電話してみると、意外であった。

「どや、閉店祝いをやろうやないか」

「祝いですって」

「そうや。陽気にパッとさわぐ」

「しかし……」

「開店だから祝う、閉店だから悲しむ。そんな了簡《りようけん》ではあかんのや。勝っても負けても、次に勝つことだけを考える。つまり、その節々《ふしぶし》を大切にして、元気を出すようにするんや」

「…………」

「なにも会社の金でやれ、というんじゃない。わしが設営して奢《おご》る。遠慮はいらん。このごろは、株で当てて、ワイフから、ごっそりもうけとるんや。きみや藤林君、それに支店の諸君には、いろいろ世話になった。一席設けんと、わしの男がすたる」

そうまでいわれては、「ありがたくお受けします」という他ない。日どりは、離任ぎりぎりの発令後十九日目の夜にきめた。

沖の心は重かった。反省も湧《わ》いた。

支店の仕事は、西陣の問屋筋との取引など、ほとんど、きまったルートで動いている。支店として、とくに新しい営業活動を起すことはなかったのだが、それにしても、そうした取引量を少しでも多くし、また利益を高める努力をすべきではなかったのか。閉鎖がある程度予定されていたとはいっても、めざましい利益を上げていたら、支店および支店長に対する評価も、ちがってきたはずである。

十文字に「毎日が日曜日」といわれたことで、かえって養豚計画に熱を上げ、その結果、日常活動が少しおろそかになったのではないか。それにまた、金丸相談役や和地社長など、役員への密着という点でも、ほとんど得るところがなかった。沖自身がトップの肌にふれて、いろいろ教わったことはあったが、トップのおぼえがよくなるというようなことは、なかった。大文字の夜の一件では、むしろ、ミソをつけさえした。

そうして考えて行くと、すべてが、中途半端《ちゆうとはんぱ》であった。その中途半端さへの報いとして、部下一人居ない雑役の仕事が待っている――。

憂鬱《ゆううつ》になる材料ばかりであったが、わずかにひとつ、心の慰めとなったのは、和代からの電話であった。

和代は、子供たちの反応を伝えてきた。「ほんとに、パパが帰ってくるの。バンザイ！　バンザイ！」と、忍とあけみは、病室の中で叫び合ったという。

「栄転とか左遷《させん》とか、子供たちには、そんなこと関係ないのね。もちろん、わたしにも関係ないわ」

と、和代はいい添えた。

妻子からどんなにたよりにされ、また愛されているか、沖には痛いほどわかった。まして、片足失《な》くした忍にとって、父親が戻るということは、大きな心の支えになり、生きる力にもなるであろう。本宮部長のことなら、そこまで読んでいるかも知れぬ、と思った。

ただ、本宮はきびしかった。期限まであと一週間というとき、電話で催促してきた。

「雑用でわるいが、とにかく、至急やってもらいたい仕事がある。期限前だが、五日でも、三日でも早く戻れないか。いや、戻れないかじゃなく、戻るんや」

「しかし、いろいろ約束が……」

「キャンセルするのや。キャンセルをおそれていては、何もできん。支店長でなけりゃできん仕事だけかたづけ、あとは他の連中に任せて帰って来るんだ」

「………」

「ええな、あと三日、少なくとも、五日以内に戻るんだ」

（そんな殺生《せっしょう》な……）といいたいのを、沖はこらえた。

後向きの仕事は早々に処置して、少しも早く前向きの仕事にかかれ、という本宮らしいキビシイ言い分である。雑用とはいいながら、それほど急いでいるのは、重要な仕事が待っているということである。目をつむって、ドライになり、データ・バンクに「キビシイ」という性格を記憶してもらえ、ということかも知れない。

沖は、急遽《きゅうきょ》、日程を組みかえたが、いちばんの問題は、金丸相談役の招宴であった。その日程も、くり上げてもらわねばならぬ。しかも、御室《おむろ》の金丸邸まで出かけて、おねがいすべきところを、それだけの時間もとれず、電話で交渉しなくてはならぬ。最悪の事態であった。沖は命がちぢむ思いがしたが、それでも、くり上げと決めたのは、他でもない金丸の言葉を思い出したからである。

いつか、旅に随行したとき、金丸は社訓をもじって、「ワタシハ、アリニナレル。ワタシハ、トンボニナレル。シカモ、ワタシハ鬼デアル」といい、「仕事の鬼、商売の鬼になれ」と強調した。日程の変更は、その教訓にのっとることになる。

沖は、金丸邸へ電話した。雷が落ちるのを覚悟し、受話器を耳から少し遠ざけ、緊張して待った。

あまい女の声が出た。

「あら、ちょうど、よかったわ。いま、パパとお風呂《ふろ》から上ったところなのよ」金丸夫人は、陽気な口調でいい、「パパァ、お電話。沖さんからよ」

肥ったカナリヤのように、声をひびかせた。バラ色のローブをまとった湯上り姿まで、目に見えるようであった。

金丸が出ると、沖は目をつむる思いで、一気に用件をしゃべった。

沖の話が切れると、金丸は数秒の沈黙のあと、吐き出すようにいった。

「日程を変えることはでけん。きみ抜きでやるわ」

受話器がたたきつけられ、沖の耳が鳴った。

しばらく、沖は茫然《ぼうぜん》としていた。腋《わき》の下から、冷汗が流れた。とり返しのつかぬ大失敗をした、という思い。居ても立っても居られぬ気分である。金丸邸にかけつけ、「すみません。考えちがいでした」と、土下座して、すがりつきたい衝動を感ずる。

先に社長に対してへまをしたが、無事につとめたつもりの金丸からも、これで、決定的な不興を買ってしまった。

十文字に示唆《しさ》されたことだが、社長や相談役について、沖は恥部らしい恥部をまだつかんでいないし、もちろん、それを隠すというほどの努力もしなかった。笹上は、ごわざわざ「ひかり号」にのりこんで、「徹底的にトップに密着し、目をつむって、ごまをすれ。そうすれば、別の堂々たる人生がひらける」ということを、「サラリーマン生活三十五年の教訓」として、忠告してくれた。そのウーさんの切実な忠告にも背いた。大きく背いた……。

京都支店長づとめは、栄達へのチャンスどころか、どん底へころげこむことになるだけではないのか。

金丸がはげしく電話をたたきつけた音が、まだ沖の耳に残っていた。暗澹《あんたん》とした気分である。代表権こそ持たないが、金丸はいぜんとして扶桑商事の誇り高き経営者である。京都支店の廃止問題で和地社長との間に多少のひびがはいるとしても、まだまだ発言力は大きい。沖は、金丸の角縁の眼鏡越しに光る鋭い目や、何でもかみくだきそうながんじょうな顎《あご》を思った。

すぐ駅前なのに、車の迎えを出さなかったと激怒したことのある金丸。その誇り高い気質は、いまも衰えるはずはなく、沖の予定変更を失敬千万と見ているにちがいない――。

沖は、期限より四日早く京都を離れ、東京へ帰任した。

東京駅から、その足で、まっすぐ本社へ向かう。半年ぶりの本社づとめ。鳩羽《はとば》色《いろ》十二階建のビルに入るとき、沖は年がいもなく、胸のときめくのを感じた。

それは、全世界を睥睨《へいげい》する形でそそり立つ現代の最高司令部。六千人の男女の精鋭を、七十八部十五室の機構に配置し、緻密《ちみつ》でダイナミックに動く巨大な心臓。

沖は、まっすぐ、本宮部長のところへ行った。

「ただいま、戻りました」

「やあ、お帰り」

本宮は、それだけいうと、手で遮り、ひとつ電話をかけた。

沖は、はぐらかされた気がした。金丸の不興を買ってまで、日程を早めて着任した。そのくり上げが、どれほどたいへんであったか、一言ねぎらいの言葉があってもよいではないか。それとも、それでもまだ、くり上げ方が不十分、前日にでも着任すべきだった、というのだろうか。

電話が終わると、本宮は、壁ぎわを指さした。「あそこが、きみの席や」

以前、ロッカーの置かれていた場所に、壁に向けて、ひとつだけ、グレイのスチール・デスクが置かれている。いかにもとってつけたような、居心地のわるそうな席である。

沖が浮かぬ顔で見つめていると、

「さし当り、きみにやってもらうのは、いわば遊軍の仕事やね」

「ユウグン?」

「そうや。新聞社にも、遊軍の記者というのがいるじゃないか」

「……それで、何をやるのですか」

「きみ自身の仕事としては、十万頭養豚計画の社内審査のための総仕上げをする」

「はい……」

「次に、ソ連の大量買いで、世界中の穀物市場が大荒れだ。小麦にはじまって、とうもろこしや大豆まで、ゆれている。わが社では、大筋ではほとんど手を打ってあるが、とにかく、どの課も忙しくて、手が足りぬ。そこで、きみが遊軍になって、必要なところを助けて回るんだ」

沖は、うなずきながらも、釈然としない。たとえ、商事会社が商時会社だとはいっても、一日二日を争ってまで着任を急がねばならぬ事情だとは思えない。

すると、本宮は、そうした沖の心中を見てとったように、うす笑いすると、続けた。

「実は、もうひとつ、急ぎの用が起った。雑用めいて気の毒だが、緊急を要する仕事なんだ」

本宮は、沖の目を見すえ、一息ついてから、いった。

「マダガスカルから綿の実を送ってきているが、その船のひとつが、水をかぶって、積み荷の半分ほどをだめにしてしまったというんだ。この船が、二、三日中に、横浜へ入港する」

「それと、わたしとは……」

「もちろん、いままでのきみには、関係ないことだが、これから取り組んでもらう」

「しかし、それは、油脂課と運輸管理室の仕事でしょう」

運輸管理室は、扶桑商事の全取扱商品の輸送や保管業務を監督し、トラブルや事故のときは、その処理に当る部である。もちろん、その商品の担当部課からも出動するが、事故処理そのものは、一種の専門職でもある運輸管理室の要員が主になって活躍することが多い。

沖の疑問に対して、本宮は軽くうなずいたあと、答えた。

「ところが、その両方が忙しい。油脂課は、例の大豆のさわぎで、人が割けないし、運輸管理室は、酒田沖のタンカーの座礁《ざしょう》事故と、広島の冷凍倉庫の地盤沈下という二つの大きな事故が、偶然重なって、主力となる人間が、ほとんど出払ってしまっている。だから、今回は、知恵は貸すから、食料統轄部の方で、主になって処理してくれと、向うの室長がいっている。たしかに非常事態続きのことであり、もっともな言い分だから、こちらとしても、受けざるを得ないんや」

沖は、(何がもっともな話だ) と、思った。そちらはもっともかも知れぬが、沖としては、心外の極みである。

本宮は、落着き払って続けた。

「こちらで主になってやるとなると、責任のある仕事だから、四級職ぐらいの人間を使わなくちゃいかん。そこで、データ・バンクに問いかけてみたところ、三百五十人の四級職の中から、コンピュータは、きみの名前を拾い上げてきたんや」

「まさか」

「いや、ほんとだ。データ・バンクは、すでにきみが京都支店長というポストを失ったことを、記憶している。従って、コンピュータは、目下手すきの四級職ということで、まず、きみを感知したんやな」

「…………」

「それに、ヨクキガツク、マジメ、アイソガイイ、口ガカタイなどというきみの性格も、この際、適性と見たわけや」

それは、沖が京都へ赴任するとき、十文字にいわれたことであった。情報通の十文字は、本当に沖のカードを盗み見したのであろうか。それとも、本宮が十文字から、その種の話を吹きこまれたのではないか。

首をかしげているところへ、さらに、本宮がいった。

「それに、きみはツーソンに居て、綿実を扱った経験もあるし」

「データ・バンクは、そんな細かなことまで、おぼえているんですか」

「いや、これはきみ、ぼくの記憶だよ」

本宮は、にが笑いしながら、手を振って打ち消した。珍しく、少しばかり、うろたえた様子であった。

沖は、そのとき、直感的に、コンピュータに選ばせたという話はうそだ、と思った。

なるほど、四級職は、全社で三百五十人居るかも知れぬが、食料関係となると、四十人足らずである。その中から、手すきの者を選ぶということであれば、コンピュータの力を借りる必要はなかった。コンピュータうんぬんは、口実でしかない。コンピュータは、隠れ簑《みの》であり、現代の虎《とら》の威である。客観的な公平。反駁《はんばく》など許さぬ絶対的なひびきがある。利用されやすい無口な怪物である。

そうした非難をこめて、沖はつぶやいた。

「ずいぶん無茶なお話ですね」

「商社の仕事というのは、無茶の連続さ。少なくとも、その時点では無茶に見える仕事をやらにゃあかんのや」

「しかし、わたしのような人間に、いきなり、そんな……」

本宮は沖を遮り、答にならぬ答え方をした。

「商社マンは、全天候型人間にならんと、あかんのや」

沖が無言で突っ立っていると、本宮はつけ加えた。

「きびしい仕事をやってみるのも、いいじゃないか。きみは、ぼくを人使いの荒いきびしい人間と思っているんだろう。そういうきみに、ぼくがいいたいのは、きみもまた、周囲からきびしい人間に見られ、機械にキビシイ人間と記憶されるようにならにゃあかんということだ」

沖が黙っていると、本宮はまた、意外な方向から斬りこんできた。

「きみは、人生でたしかなのは、妻子を愛することだけだと考えているようだね」

「だれが、そんなことを……」

沖の瞼《まぶた》には、十文字の蛇のような顔が浮かんだ。

「まあ、その穿鑿《せんさく》はよろしい。つまり、そういうことが、ぼくの耳に入るのも、きみは口がカタイようで、自分のことについては、かなり不用意というか、あまいところがある。きみが本気でそう考えているとは思えんが、仮にそうだとしても、それは、自分の腹の中だけにしまっておけばすむことや」

「はい……」

「妻子の愛し方だって、いろいろあるだろう。にこにこやさしくしていればいい、というものではない。このぼくのように、会社の命令でもないのに、二十数年、毎朝五時過ぎに起き、七時には会社へ着いているような亭主は、ワイフを苦しませているかも知れん。だが、ぼくが彼女を愛しているのはたしかだし、ワイフもまた、ぼくのことをきびしいかも知れぬが、わるい亭主とは思っていないはずだ」

「………」

「きみのところの忍君は、これからきびしい人生を歩き、きびしい人間に成長して行くと思う。彼にはそれに耐える健気《けなげ》さがある。もし、きみが妻子を愛しているのなら、いっそう、あまい人間であってはいかんのや。むしろ、忍君を励ますようなきびしい生き方を、きみ自ら実践しなくちゃ。今度の遊軍的な仕事は、そのひとつの機会やと思う。部下も居ないし、いままでの仕事にくらべれば、不満かも知れん。けど、部下が居ないということは、片足を失くしたことにくらべりゃ、どうということもないじゃないか」

「…………」

「それに、もし必要なら、多少、臨時の人間を使っても、ええのや」

沖は、もう何もいえなくなった。コンピュータを口実にしたり、忍を引き合いに出したり。ああいえば、こう、こういえば、ああ、いう。理屈として正しいかどうか、待ってくれ、といいたいところもあったが、押しまくられた。

沖は、一階にある運輸管理室へ行った。

本宮のいったとおりで、二十人ほどの室員は、ほとんど出払い、室長と女子社員が二人残っているだけであった。

沖は、室長から、事故の模様をきいた。船がバシー海峡を通過するとき、発達した低気圧と遭遇。シー・ハンマーの一撃で、ハッチを押し曲げられ、船艙《せんそう》へ浸水。積荷の綿実の約半分七〇〇トンが、水をかぶったまま運ばれてきている、という。

「昔の船なら、予備の木材で、すぐ代りの蓋をつくったものだが、いまの船は、鉄板だから、かえって始末がわるい。波や雨をかぶり放しで、やってくるわけだからね」

珍しい事故ではないのだろう、室長は淡々と話した。

「シー・ハンマー」とは、波による衝撃事故をいう。まさに、巨大な水のハンマーといった形で、大波にこめられた猛烈なエネルギーは、部厚い鋼鉄の板を押し曲げ、ときには、たたき割ってしまう。

このため、数万トンの船が、無電を打つ間もなく、一撃で沈められてしまったケースもあった。

「今度は、全損ではないだけに、あと始末がややこしいな。こんなことをいってはなんだが、いっそ沈んでしまえば、一〇パーセントの利益をふくんだ保険金が、右から左へとれて、きみをわずらわすこともなかったわけだ」

艀《はしけ》六隻《せき》を用意し、本船の入港と同時に、水にくさった綿実を、その艀に積み替える。とりあえず、そこまでの手配はしたが、問題は、その先だという。どこへどう処理するか。そのための手配だけでなく、幾重もの手続きや審査がある。

「きみをおどかすわけじゃないが、日本の食品衛生法ひとつとったって、世界でいちばんうるさい法律だといわれてるぐらいだからね」

そういう室長の口調は、しかし、相変らず軽やかであった。それほど厄介なことを、おれたちはずっとさばいてきているという専門家の自信や誇りといったものが、ちらついていた。

「いまもひとつ、うちがひっかかっているのは、中米からのバナナだ。バナナを入れた袋の表面に、ラベルがついている。そのラベルの印刷インクに、公害の疑いのある原料が使われていると、お役所はいうんだ」

「しかし、ラベルや袋を食べるわけでないでしょう」

「そうなんだ。だが、ラベルにさわった指に、もしインクがつくと、それが回り回って、口の中へ入ってくる可能性がある、というんだな。だから、全量を廃棄せよといってきている」

「きびしいですね」

「きびしいなんてものじゃないよ。一事が万事、この調子だ。まあ、これから、きみにもじっくり味わってもらうことになるが」

沖が暗然としていると、室長は、

「おどかすわけではないが、覚悟だけはしておいてもらわないとね」

大学病院へ寄る。帰りかける笹上と、外科病棟の廊下で行き会った。

「急な異動のようで、たいへんだったな」

笹上はそういったあと、部厚いレンズを光らせ、沖の顔を見直した。

「顔色がよくないな。どうかしたのか」

「いや、別に……」

支店閉鎖ときまってからは、残業の連続。その上、おもしろくない話ばかりが重なった。ただ、それをウーさん相手に話す気にはなれなかった。手ごたえもなく、ただ、うー、うーと、きき流されるだけである。

笹上は、じっと沖を見つめていたが、

「忍君も、元気になったね。若いだけに、回復も早いそうだ」

「回復ですって」

沖は、こだわった。右足が戻るわけでもないのに、何を回復というのかと、突っかかって行きたい気分になったが、毎日のように見舞ってくれているのを思い出し、

「長い間、いろいろとお世話になりました」礼をいってから、「わたしも帰ってきましたから、もう、これ以上、御迷惑は……」

「迷惑も何も。どうせ、ひまなんだから。……きみは、どんどん仕事をやってくれよ。

こちらは、おれが引き受ける」

沖は失笑した。もともと、病院では、完全看護が建前である。それに、いまとなっては、ほとんど笹上をわずらわす用もあるまい。忍の話相手という程度だが、話相手が欲しいのは、むしろ、笹上のようである。

「今度の仕事は何だね」

と、笹上。

「……まだ、よく、きまっていません。というより、一種の遊軍ですね」

「ほう。商社に遊軍というのが、あったのかねえ」

沖はそれには答えず、話を打ち切るようにいった。

「ちょっと病室の方へ」

「ああ、そうだ。早く行ってやりたまえ。忍君は首を長くして待っていたよ」

外三〇八号室。忍は、ガウン姿で安楽椅子《いす》に坐《すわ》っていた。そのガウンの下からは、一本の足しかのびていない。

「パパ、お帰り」

沖を見て、忍は、いかにもうれしそうに笑った。

「今度は、もうずっと東京でしょ」

沖は、大きくうなずいた。そのときはじめて、東京へ帰任した、本社づとめになってよかった、という実感が湧《わ》いた。雑役であろうと、遊軍であろうと、とにかく本社づとめということは、まぎれもなく、自分が望んでいたことのひとつであった、と——。

忍は、ガウンのすそをまくって、症状を報告する。沖はのぞきこむ元気がない。

「左足の内腿《うちもも》の皮膚をはぎとって、右足の付け根へ切手のように貼《は》っているんだけど、もうほとんど終わったよ」

「それも、痛そうな話だな」

「傷口も、皮膚をはいだあとも、ひりひりするけど、でも、ガーゼ交換のときのことを思えば、うそみたいなものさ」

忍は、数日中に大部屋へ移される。そして、皮膚がきれいにつきしだい、義足をつける訓練をはじめる、ということであった。

回復という言葉は、やはり使いたくないが、とにかく、片足のない新しい人生が、それなりに軌道にのりはじめたと、沖は、少しばかり心慰められたような、また、あきらめるような気分であった。

「大部屋に移れば、これまでよりは退屈しなくてすむな」

「そう思うよ。ただ、笹上さんが……」

「どうかしたのか」

「『だんだん、おれの出番が少なくなる』って、さびしそうだったよ」

「そうか。そんなことまで、いってたのか」

忍はうなずき、「あのひとは、いいひとだね、パパ。何でも話してくれるし、ぼくのいうことを、『うん』『うん』って、よくきいてくれるもの。それに、会社の話も、いろいろしてくれたよ」

「会社の話だって」

「そう。地図を見ながら、いろんな話をしてくれる」

壁には、十文字のくれた世界地図が、かけたままであった。その地図に、サインペンで網目のような線がひかれ、数多くの都市のマークがつけられている。

「太い線は、インテルサット衛星で結んでいる都市、細い線が、オンラインの専用線でつないでいる支店だって。△が支店、○が一人しかいない駐在員事務所。ただね、ぼくたちの居たツーソンのところだけは、大きく◎をつけてもらったよ」

たしかに、ツーソンには、まるでそこが全世界の首府ででもあるかのように、巨大な◎がついていた。少年の日の五年間をそこで過した忍にとって、それは、生涯、◎

を記し続けたい土地なのであろう。

不自由な体になって、よけいその気持が強まったかと思ったのだが、忍は屈託なく、意外なことをしゃべり続けた。

「扶桑商事は、世界の七二カ国に一二一の支店や事務所があり、九二〇人の社員が出ていて、一六五〇人の現地人社員もやとっているんだって」

「そんな数字をどうして」

「笹上さんが何度もしゃべるものだから、こちらも、おぼえてしまったよ」

「しかし、笹上さんが、どうしてまた、そんな細かい数字を……」

「最近の社内報に出ていたんだって。退職者にも、会社は社内報だけは送ってくるんだってね」

「そうか……」

「このごろは、郵便物もぐっと減ってしまったから、会社に居たころよりも、かえって社内報をよく読むようになったって、笹上さんは、にが笑いしていたよ」

「定年バンザイ！」といって、後をも見ぬ勢いでとび出て行った笹上が、いまはそういう気分になっているのかと、沖はふしぎな気がした。

いずれにせよ、大部屋に移れば、世界地図はかけられなくなるし、笹上も、これまでのようには会社の話もできなくなるであろう。

沖はなお病室の中を見回した。

鉢植えや、小さな置物、本などが、ふえている。

「このごろ、見舞い客はどうだね」

「高校のガールフレンドなんかが、入れ代りやってきたりするけど」

そういったあと、忍は思い出し笑いをして、

「でも、おかしいんだ。彼女たちは、ぼくのこういう姿を見ると、みんな、とたんに物がいえなくなるみたいだ」

「………」

「そして、そのあと、いうことがきまっているんだな。『痛いの』『毎日何をしているの』って」

沖には、女生徒たちの気持が、よくわかる気がした。親の沖でも、同じことである。

その意味では、笹上は、忍にとって、理想的な話相手をつとめてくれたわけである。

沖は、丼物《どんぶりもの》をとり、忍といっしょに、夕食をすませた。

病室を出ようとするとき、忍は、沖をすくい上げるように見ていった。

「パパ、少し疲れてるみたいだね」

「うん、……かなり忙しかったからな」

「体を大事にしてよ、パパ」

息子にいたわられた形であった。

沖は、うれしかった。この点だけでも、東京に戻った甲斐《かい》があると、また思った。

その思いをかくし、沖は声を励まして、いった。

「おまえも、がんばるんだぞ」

「もちろんだよ」

忍は片手を上げて、沖を送り出した。


国分寺の家へ戻ったのは、夜の十時近かった。

あけみと和代が、玄関へとび出してきた。しばらく見ぬ間に、あけみは、すっかり日やけし、元気そうになっていた。毎日地元の小学校へ通っていると、昂奮《こうふん》気味にしゃべりかけてくる。

「わたし、平気で英語使うことにしたの。けんかのときでも、『クライスト！』なんて、どなってやるの。男の子なんか、びっくりして、『何だい、それは』って、ぽかんとして、きき返すの。おかしくって」

「あんまり調子にのっちゃだめよ」

と、和代が傍《そば》からたしなめる。

夕食は病院ですませる、と電話しておいたが、それでも和代は、酒の肴《さかな》にといって、沖の好物の料理を並べた。

水割りをのみながら、つまむ。あけみが、しゃべる。沖は珍しく陶然としてきた。大きな事故などはさんだせいであろう。家に帰ったのが、まるで数年ぶり、といった感じである。

忍は病院だが、もう心配することはない。片足を失うというとり返しのつかぬことになったが、その重苦しさは、これからゆっくりかみしめることになるであろう。とりあえずは、忍の気持の明るさが、救いになっていた。

さまざまな問題はあったが、ひとまず落着いた。そう思うと、疲れが全身にふき出てくる感じであった。

「新しいお仕事はきまったの」

和代が、遠慮がちにきいてきた。

「ほぼ、きまった。つまり、まずは遊軍とでもいったところさ」

沖のいい方がそれ以上の説明を拒んでいるのを感じて、和代は黙った。だが、あけみがきいてきた。

「ユウグンって、なに」

「あけみには、わからないことよ」

和代が遮ったが、

「だって、ママ、わからない日本語は、すぐその場できかなさいって」

あけみは口をとがらせる。沖は苦笑して、

「……そうだな。直訳すれば、ゲリラとでもいうか」

「ゲリラ？　パパの会社に、ゲリラが居るの」

「だから、あなたには、説明してもわからないのよ。ママにだって、よく理解できないんだもの」

「そうなの。でも、わるい仕事じゃないんでしょ」

沖は、力をこめて答えた。

「もちろんだ。大切な仕事さ」

あけみは、晴れやかな顔になり、

「ユウグン、ユウグン。何だか、英語みたい」

うたうようにいった。

和代が、柿《かき》をむきながらいった。

「十文字さんは、今度は何というのかしら」

「あいつが何をいおうと、気にすることはない」

「でも、京都行きのときは、『毎日が日曜日ですね』って、ひどい言い方だったもの」

「放っておけ。人間の徳なんだ。いつか回り回って、あいつの身の上に……」

「そういえば、あそこのお嬢さんは……」

沖は、せきばらいした。和代も、はっとしたように黙った。

犠牲になった子供に、罪はない。ただ痛ましいだけである。それに、子供を犠牲にしたということでは、十文字とは、同じ傷を背負った仲間なのだ。

沖は、その話題からぬけ出すように、

「ちょっと辞書を持ってきてくれ」

「どうしたの、いきなり」

「……参考までに、引いておきたい」

和代は腰を上げ、広辞林を持ってきた。

沖は、部厚い辞書を繰り、「ゆうぐん」をさがし出した。そこには、〈戦列外にあって、時機を見て味方を援護し、または敵を攻撃する軍隊〉とあった。

和代とあけみが、両方から、その頁《ページ》をのぞきこんだ。

「ゆ、ゆうき……。あ、わかった、『ゆうぐん』を引いたのね」

「ママ、何て書いてあるの。あけみに読んでよ」

沖は、顔をしかめた。そこには、沖には不愉快なひびきの言葉がある。十文字に使われそうな言い方がある。

だが、和代は、沖のそうした表情には気づかず、声を出して読みはじめた。「戦列外にあって……」

沖は、耳をふさぎたかった。「戦列外」とは何事か。ききすてにできぬ言葉であった。

事故処理

横浜港の広い水面には、五十近いブイがある。入港する船は、横浜市港湾局からの指示に従って、接岸するもの以外は、その中のどれかのブイに繫留《けいりゆう》されるわけだが、綿実をのせたマダガスカルからの船は、本牧《ほんもく》沖のブイのひとつにとまった。

早速、荷揚げがはじまった。綿実は搾油《さくゆ》して、良質のサラダ油や、マヨネーズの原料にされる。艀《はしけ》を使って、横浜の倉庫へ揚げるものもあれば、艀のまま、食品会社のある鶴見《つるみ》へ運ばれるものもある。

だが、そうした動きは、沖の関知するところではない。沖が担当するのは、もっぱら、水をかぶった七〇〇トン分の行方である。それは、マヨネーズやサラダ油など連想しようもない水ぶくれした化け物。世が世なら、そのまま海へ蹴落《けお》としたいような、廃品の山であった。

無疵《むきず》の綿実の荷揚げが終わったあと、室長の手配による二五〇トンの艀六隻《せき》が、子ブタが母ブタの乳房に吸いつくように、本船にはりついた。もともと、七〇〇トンの貨物だが、麻袋ごと水をかぶって、ほとんど、その倍近い重さになっており、艀六隻でぴったり納まった。そうしたところにも、室長の専門家らしい老練な手配ぶりがうかがえた。

この室長から、沖は、廃物処理について、つめこみの特訓を受けた。

室長は、沖ひとりを相手に話すのが不満なのか、

「きみひとりでいいのかなあ」などと、失敬なことをつぶやき、「いま教えたのは原則論であって、こういう問題は、ケース・バイ・ケースだ。一件ごとにちがう。複雑

怪奇、千変万化なんだよ」などともいった。

沖はうなずきながらも、肚《はら》の中では、（何をいっている。商社の仕事は、みんな、そうじゃないか）と、いいたいのをこらえていた。そうした沖に、室長は、また、つぶやく。

「臨時雇いでも何でもいいから、早目に応援をたのんでおいた方が、よかないかね」

沖は、きき流した。それほどむつかしいこととも、また手のかかる仕事とも、思えなかった。

室長の説明では、まず、保険会社に被害状況を見させ、委付という形で、貨物は引き渡し、保険金を出させるよう交渉する。この形で一件落着すれば、ほとんど手を汚すこともなく、簡単に解決するわけだが、おそらく保険会社が応じないだろう、という。

第二に、その道はその道で、「ダメジ屋」と呼ばれる専門の事故処理業者に依頼する。

ダメジ屋――たくましく、強烈な名前である。事実、「死体とこわれた玩具《おもちゃ》以外は、何でも扱う」と称するダメジ屋もいて、火難水難その他もろもろの事故に破損したり汚れたりした貨物や商品を、安値で引きとり、なお役に立つものを選別したり、再生したりして、残りはきれいに処理してしまう。このダメジ屋に競争入札させたり、見積りをさせて、引き取ってもらおうという方法がある。

いずれにせよ、この二つの方法で、何とか、かたがつきそうだし、そうだとするなら、会社を代表して、沖ひとりが交渉に当れば、十分足りるように思えた。見知らぬ土地で、外国人相手に、新製品を売りこむわけでないし、法を破ってまではげしい売りこみ競争をするのでもない。ジャングルの奥深く農場をつくるほどのことでもない。そうした営業の第一線の仕事にくらべれば、何でもないと思ったのだが、それは、沖の考えちがいであった。事態は、二転三転して、ジャングルの闇《やみ》より深い闇の中へ迷いこんで行くことになった。それは、あとから思えば、忍を襲った交通事故とも似ていた。最初は何でもない事故だったのが、やがて、目を蔽《おお》いたくなるような深く重い傷になり、絶望的な状態の中に落ちこむことになって行く――。

交渉の結果、まず保険会社は、保険金の請求交渉には応じるが、「分損事故のため、委付には応じられない」と、回答してきた。細かい文字だが、それは約款《やつかん》に明記されていて、交渉の余地はなかった。

そこで、ダメジ屋の出動を求めたが、これが、次々にことわられる。廃棄物処理がむつかしくなり、また食品衛生関係はじめ取締法規が厳重になって、廃品処理専門業者の出番がふえてきた。だが、そうした業者自体、人件費や運送費の高騰《こうとう》ということもあって、どんな仕事にもとびつく、というわけには行かなくなっていた。扶桑商事とは、かねてさまざまな取引があったとはいうものの、今度の場合、貨物である綿実の量が大きすぎた。五〇キロ袋で一万四千袋もあって、処理能力の限界を越えている、という。

最後に、大物食いとして評判のダメジ屋に希望をつないだ。二年ほど前、やはり冠水した大量の小麦を引き取り、どういう手づるからか、米軍基地内のサッカーグラウンドを数日借り受けて、天日乾燥をやってのけた、という豪傑のダメジ屋である。

「あのときは、まるで麦畠《ばたけ》が海の上を動いてきたような有様でしたよ。それにくらべりゃ、今度は……」と、いせいのいい話であったが、最後は腰くだけになった。

麦などの場合、水洗いし乾燥した中から、まだ良質なものを選び出し、加工用食料などとして、全国の各種の食品メーカーに卸したり、少し傷《いた》んだだけのものは飼料用として売るなどということができた。ところが、綿実の場合、サラダ油などの原料として引き取ってくれるのは、ひとにぎりの大手の食用油会社しかない。そうした大会社は、社の信用を重んずるので、とても冠水した綿実をダメジ屋を通して買う、などということはしない。飼料にもならないし、転売の見込みなし、とわかったからである。「タダでもいいから」といっても、相手にしない。「処理に要する費用を払う」といったが、これまた、ことわられた。その間、人手をとられて、採算のよい他の仕事ができなくなるからである。

こうして沖は、七〇〇トンの綿実クズとともに、世間から見すてられた形となった。いや、綿実クズを棄《す》ててしまわない限り、沖自身が浮かばれなくなる。それは、とても、ひとりではできる仕事ではなかった。

そうしたある日、沖が横浜からの帰り、病院に寄ると、忍が鼻をうごめかしていった。

「パパ、どうかしたの。何か、におうよ」

沖は、ぎくりとしながら、

「汐《しお》のにおいじゃないか。今日も半日、港に居たから」

「汐だけじゃないよ、もっと変なにおいなんだな」

「…………」

「何か死体のようなにおいだ。ほら、いつか、ぼくがコヨーテを殺して、野ざらしにしておいたでしょ。あのときのにおいに似てるな」

「そうか、やっぱり……」

七〇〇トンの綿実クズを積んだ艀六隻は、とりあえず、本牧埠頭《ふとう》のB突堤とC突堤の間にある艀溜《だま》りに、つないである。

最近では、コンテナー船がふえたため、艀は本来の荷役作業が少なくなり、倉庫代りに使われることが珍しくない。綿実クズを積んだまま、繋船《けいせん》しておいても、おかしくないのだが、問題は、滞船料と、においである。滞船料は、一日一トンあたり七〇円であるが、一週間を越えると、一〇〇円になり、さらに、そのあと五日を越すごとに、五〇円ずつ上って行く。浮き倉庫だなどと、悠長に構えては居られぬ仕組みになっていた。また、気になるのは、水につかった綿実がくさり出し、何ともいえぬいやなにおいを立てはじめていることである。汐や港のさまざまのにおいにまぎれているとは思ったが、六隻の艀を巡回しているうち、そのにおいが、いつのまにか、沖の体にしみこんでしまっていたのだ。困ったことのはじまりである――。

忍は、物問いたげに、じっと沖を見つめている。

沖は、忍に実情を話した。忍は会社の話に興味を持ち出したようだし、それに、世間にはこんなこともあると知らせておくのも、わるくはない、と思った。

きき終わったあと、忍は思いがけぬことをいった。

「残念だなあ。ぼくが元気だったら、学校休んででも、手伝ったのに」

うれしいことをいってくれると、思ったが、忍の次の言葉でたちまち冷やされた。

「オートバイをぶっとばせば、棄て場なんか、すぐ見つかると思うんだ」

「ばかをいうな。ここは、アメリカとはちがうんだ。それに、おまえ、まだオートバイなんて」

たしなめるのを、忍はきき流し、

「タイミングがわるいよ。あと一年ぐらい後だったら、運転免許とって、自動車でさがし回ることだって、できたのに」

沖は、耳をふさぎたかった。

「おいおい、よしてくれ。こちらの寿命がちぢむ」

忍は安楽椅子《いす》の肘《ひじ》かけに片手をつき、しばらく珍しく考えこんでいたが、そのあと、沖をまっすぐ見つめ、声をはずませていった。

「いっそ、笹上さんを助手にしたらどう」

「しかし、あのひとは、昔、パパの上役だったからな」

「でも、もういまは関係はないでしょ。ぼく、あのひと、いいと思うんだがなあ」

「何がいいんだ」

「だって、あのひと、すごく時間があって、退屈しているでしょ。だから、ずいぶん、あちこち歩き回っていますよ。この前だって、上野で友だちに会って、そのまま富士山の裏まで行ってきた、というし」

「しかし、ウーさん自身が……」

「大丈夫だよ。だって、あのひと、このごろ、よくいってるんだ。ぼくの看病だってそうだが、何か気楽にやって、世間に感謝されるのは、わるくない気分だって」

応援ということで、笹上の名が、沖の頭にひらめかなかったわけではないが、忍の口からそんな風にいわれようとは思わなかった。

沖は、無言でうなずきをくり返した。忍の言い分はもっともだし、忍は忍で、そうすることで、笹上に恩返しでもする気になっているかも知れない。とすると、笹上を使えば、忍もよろこぶ。わるくはないと思った。笹上はかつて上司だったとはいえ、仲人であり、友人でもあり、それに、もともと気のおけない軽量級の人柄である。また、会社の様子もわかっているし、今度の仕事の意義ものみこんでくれるであろう。

沖が考えこんでいると、忍がいった。

「ぼく、このこと、笹上さんにいってみようか」

「なんだって」

忍は微笑して、

「こういう話をきいたときのウーさんの顔を、見てみたいんだもの」

「なるほど……」

「ただねパパ、ウーさんの最初の返事はわかっているよ」

「どうして」

「『うーん、そうか、うーん』って、うなるにきまっているんだ」

父子は笑った。同時に、沖は、忍に教えられる気もした。その調子で、ひとつ、笹上に気楽に相談を持ちかけてみるのもいいではないか、と。

いずれにせよ、応援の人手が必要である。沖は人事部にたのみ、退職者などの中に、事故貨物処理の経験者は居ないか、さがしてもらった。コンピュータでピックアップしてもらおうとしたが、さすがのデータ・バンクも、まだ、そこまでの資料は記憶していなかった。

運輸管理室自体が、できてから十年と経《た》ぬ新しい部である。それ以前は、専門家は居《お》らず、その貨物の取扱いの部署で、事故があれば、それぞれ対処していた。ダメジ屋がよく出入りしていたし、廃棄品処理についても、それほどうるさくない時代であったからである。たまたま管理室のほぼ全員が出払ったことで、事故処理の担当が振り出しに戻された。しかも、かつてとちがい、ダメジ屋には相手にされず、環境問題もうるさいとあって、沖は思いがけぬ貧乏クジをひかされた形であった。

といって、手をこまぬいて嘆いているわけには行かなかった。艀の綿実はくさり、日ましに悪臭が強まっている。その艀溜りに居るのは、気心のわかった船ばかりなので、まだ辛抱してくれてはいるが、船頭は気が気でない、という。繋船料のことまで考えると、いわれるまでもなく、沖も沖で気が気でない。

とりあえず、沖は本宮に話し、臨時の嘱託として、笹上に助けてもらうことにした。

笹上は、二つ返事で引き受けてくれた。病院で忍からもたのまれたため、よけい気をよくしての加勢であった。

沖と笹上は、手分けして、もう一度、ダメジ屋に当ってみた。答は同じであった。むしろ、処理のむつかしさをあらためて思い知らされる気がした。わるいことずくめであった。食品材料なので法的にうるさい。同じ食品でも、他に転用がきかない。輸入品なので、通関・検疫《けんえき》などが厄介。油脂性であるため、廃棄するにしても、問題がある。そして、何より、量が問題である。

水をふくんだ綿実は、一五〇〇トン。これをまとめて、どこへどう処分するか。運送ひとつにしても、一〇トン積みの大型トラックで、一五〇台の行列。黒ずんだ荷を山積みした一五〇台ものトラックが、延々と連なり、棄て場を求めて、地の果てまであてどもなく走り回る光景が、目に見える気がした。

ただ、ダメジ屋との再交渉では、その話し合いの中で、少しでも廃棄についてのノウハウを仕入れようという意図もあった。運輸管理室長や部員たちにも、知恵を出してもらった。こうして、沖と笹上の二人組《ペア》による廃棄作戦がはじまった。

「こんなことやらされようとは、お互い、思ってもみなかったな」

沖の暗い顔に向かって、笹上は部厚いレンズを光らせて笑った。

事故食品の行く先は、食用に不適なら、飼料に。飼料にも使えなければ、肥料に――という形をとる。この場合、食用はもちろん、だめ。飼料会社にも、いろいろ交渉してみたが、これもだめ。最後に肥料。農協などにかたっぱしから当ってみた結果、静岡でミカンの肥料にする、という線が出てきた。

だが、問題は、その手間であった。トラックへの積みこみ、積み下ろし、そして運賃。さらに現地での配給、埋めこみの作業……。それらの手間賃を合計すると、ふつうの肥料の数倍という膨大な金額になった。肥料にも使えなければ、やはり、廃棄する他はない。

横浜市清掃局へ、焼却処分を申し出た。「市民から出るゴミ処理だけで手いっぱいのところへ、とんでもない話だ」と、相手にされない。そのあげく、いわれた。「ゴミを出した先へ持って行って、処分なさいよ」

「それは、海、いや、マダガスカルなんですよ」

「マダガスカルか、マダタスカルか知らんが、そこへ持ってったら、助かるでしょう」

「…………」

「厭味《いやみ》でいってるんじゃないよ。たしか、大阪あたりじゃ、その種のものは、アメリカだろうと、アフリカだろうと、みんな、積出国へ送り返されているはずだ」

とりつくしまもなかった。

マダガスカルまで送り返すことなど、とうてい考えられない。費用の問題は別にしても、腐臭を立てている貨物を運ぶ船がないし、マダガスカルとしても、受け入れてくれるはずがない。それは、マダガスカルの責任で発生したものでなく、運送途中の洋上で起った事故によるものだからである。

海が綿実をゴミに変えたということで、海に返す、ということも、考えられた。

海上投棄については、さまざまの制限がある。沖と笹上は、関係官庁を走り回った。投棄物によって、投棄水域が定められているが、いずれにせよ、大島沖あたりまで、出なくてはならない。

比重も、微妙な問題になった。投棄物が海底に沈むように、比重が一・二以上あることが必要だが、綿実の場合は、一・一五と、わずかに足りない。このため、コンクリート詰めにでもして沈めねばならない。投棄物が沈降型でない場合は、とくに限定された水域で、黒潮にのせる形で投棄するわけだが、そのときには、一カ所にかためてすてぬよう、船は五ノット以上の速度で走り続けねばならない。

運搬には、小型鋼船をチャーターするか、フン尿処理船に少しずつ積んで行ってもらうという方法が考えられた。艀《はしけ》からの積み替えにはじまるそうした作業には、日数もかかり、費用も相当な額に上ることが予想されたが、最後の詰めのところで、また厄介な問題にぶつかった。海に投げるという簡単な作業が、実はきわめて危険で、実行不可能とわかったのである。麦その他のバラ荷の場合は、機械力によって投棄できるが、綿実入りの麻袋は、人力でひとつひとつ放りこむ他はない。季節がわるかった。すでに西風が吹きはじめ、海は時化《しけ》ていることが多い。その荒海で、船を走らせながら、甲板上から、水をふくんだ五〇キロ袋という重い袋を、男が二人で持ち上げて投げすてる、ということは、望みようもなかった。

沖が、会社との連絡などで東京・横浜間をとび回っているのに対し、笹上は毎日のように、横浜へ出かけた。関係の役所や船会社、荷役会社などを訪ねて回る他、艀溜りへも、必ず顔を出して、「どうもすまんが、あとしばらく……」と、頭を下げる。

船頭たちに、どなられたり、ぐちをこぼされたり。

「うーん、ほんとにわるいと思っている。うーん」

しょぼくれた笹上は、謝り役としては、適任であった。「うーん、うん」と、うなっているうちに、船頭たちは、一応は気がすむ。

笹上は笹上で、もちろん、本心から気に病んでいるわけではない。うまく行ってもいいし、うまく行かないのも、おもしろい。いつかはかたづかないと、沖や会社に感謝されることにならないが、といって、早くかたづきすぎては困る。いずれにせよ、笹上は、いきいきしていた。時間があれば、ヤジ馬根性で、横浜の街をあちこち歩いて回る。そこで、ひとつのヒントをつかんだ。

横浜の街を歩くと、仕事のせいでもあろうが、今度は、ふしぎに艀がよく目についた。

港の幾カ所かにある艀溜りだけでなく、運河にも川にも、いたるところに、艀がつながれていた。それも、くろずんだ川の色とほとんど同じになった老朽化した艀が多い。人の姿はほとんど見ないし、棄てられたままになっている艀が少なくないようであった。

本牧埠頭へは石川町駅で下りるが、ある朝、笹上が駅近くの川沿いの道を歩いていると、艀のひとつが、曳船《ひきぶね》にひかれて動き出すのが、目にとまった。

そのあたりも、ほとんど隙間もないほど、古い艀がつながれ放しになっていた。艀の列は、油絵の中の風景のように、固定してしまったかに見えていたのに、その中から、動き出すものがあったというのは、ひとつの発見であったが、さらに、笹上の好奇心を呼びさましたのは、廃船同然の艀の船尾に坐っている中年の船頭の姿である。

船頭は、がっくりしたように肩を落とし、悲しそうな顔をしていた。目はどこも見ていない。それに、おかしいのは、船頭の胸に、一升壜《びん》が大事に抱えられていること であった。それも、白い包装紙に包まれたまま。船頭自身がのむためでなく、どこかへお供えにでも持って行くような神妙な様子である。

笹上は、立ち止まって、見つめた。朝日の光にまぶされながら、艀の姿は、ゆっくり遠ざかって行く。その通ったあとからは、汚れた川のにおいが、立ちのぼってきた。

笹上は、少し先の川岸に、小柄な老人が同じように艀を見送っているのに気づいた。土地のひとらしく、あたたかそうなセーターに足袋、下駄《げた》ばき姿である。ただし、顔は赤銅色で汐やけ日やけしていた。

笹上は寄って行って話しかけた。

「珍しく、艀が動きましたね」

「そうだよ。でも、あれが最後だ」

「どういうことです」

「艀を棄てに行ったんだよ。根岸か、追浜《おつぱま》か、どこか埋立地へ沈めるんだろう。昔のわしもそうだったが、船頭には、やはり愛着があってな。沈める前に、船に酒をふりかけてやるんだ」

「あのまま沈めるんですか」

「土や砂をつめた上でね。艀は、いやがって、なかなか沈まないんだ」

「…………」

「それとも、川崎沖の艀焼き場へ焼きに行ったのかも知れんな」

「艀の焼き場があるんですね」

笹上の眼鏡の奥の眼は、輝き出した。ヒントをつかんだし、またまた歩き回るところが、ふえた。たのまれて、大いばりで、ヤジ馬となって歩き回れるところが……。

現代の助《すけ》っ人《と》稼業《かぎよう》、わるくはない。

悪戦苦闘

沖は、ドアのところに立ちどまった。

病室の中から、耳なれぬ音がきこえていた。こつん。ひと休みして、また、こつん。大きなコマでも床にたたきつけるような、木槌《きづち》で何か打つような音である。

沖は、すぐ、その音の正体に気づき、複雑な気持になった。ほほえましいとか、健気《けなげ》だとかいうより、「とうとう……」という思いが強い。

ドアを開けると、思ったとおり、忍が片手でベッドをつかんで立ちながら、義足をふり上げようとしているところであった。

ガウンの下の革でくるんだ木製品。形こそ足だが、器具であり、玩具に見える。

「先生にいわれて、筋肉をしめて、足を上げる訓練をしてたんだよ、パパ」

忍は、額にうっすら汗をかいていた。

「松葉杖《づえ》は、ぼく、二日でマスターしたけど、義足はむつかしいや」

「……重いのか」

「三キロぐらいだそうだけど」

「痛みはどうだね」

「それが、案外、痛いんだね。肉と擦れるんだよ。でも、昔のことを思えばね」

（昔とは大げさな）と笑おうとして、沖は思いとどまった。忍にとっては、事故以来の一日一日が、耐えられぬほど長い時間の連続であったろう。このため、いまの姿にくらべれば、ガーゼ交換の時期は、「昔」といいたいところかも知れない。

忍は、義足をもう一度ふり上げてから、

「早いひとで、一日一メートル。十メートル歩くのに、十日かかるんだそうだよ。ぼくも、その記録《レコード》に挑戦《チャレンジ》しようと思って」

「無理するなよ」

沖にいえるのは、それだけであった。（いまさら、何もあわてることはないんだ）と、つけ足したいところだが、それは、慰めになるより、残酷な言葉になる。沖は、気をつかった。自分の息子なのに、いや、自分の息子だからこそ、一語一語、気をつかわねばならぬ、と思う。たとえ、忍がそれほど神経質でないように見えるにしても。

忍は、タオルで額の汗をぬぐった。昔、痛みをこらえるため、かみしめたタオルである。

「パパ、気がついた、隣りの三人部屋。窓が半分ぐらい開いてるから、ぼく、トイレの帰りに見たんだけど、廊下寄りのベッドに、かわいい女の子が入ったんだよ」

忍は、声をはずませていう。狭い病院の世界の中では、そうしたことが、大事件なのでもあろう。

「盲腸の手術だそうだけど、ぼくの松葉杖姿をじっと見てた。だからね、ぼく、早く足で歩いて行って、びっくりさせてやりたいんだ。そうすれば、彼女だって、きっと、元気が出ると思うからね」

沖は苦笑した。

「おまえ、相変らず女性《レディ》に親切だな。ここは、校長先生が居ないから、いいけど」

「だって……」

忍は、ベッドに腰を下ろしたあと、鼻をうごめかした。

「パパ、また、においがちがうね。くさいにはくさいけど、汐《しお》のにおいにまじって、ドブのようなにおいがするよ」

「そうか。このごろは、毎日、ドブ川沿いに歩いているからな」

笹上のヒントで、老朽した艀《はしけ》を買い、それに綿実を詰めて、そのまま沈めるなり、焼くなりしようとの作戦を立てた。笹上は沈める場所を根岸・追浜方面へさがしに行き、沖は艀を物色する。

艀は、横浜の海にも川にも運河にも、溢《あふ》れていたが、それでいて、いざさがしてみると、これという出物がなかった。古くても、ふつうに使える艀は、値段が高い。沈めていい艀となると、たいていは、艀溜《だま》りの奥まったところに押しこまれるようになっていて、動きのとれぬ状態にあった。

また、ひっぱり出しても、曳《ひ》いて行けそうもない艀もあるし、さらに、せっかく、適当なボロ艀が見つかっても、持主がつかまらなかった。海運局にある古い船名録がたよりだが、そこにのっている船主の住所が変わっていたり、転売先がわからなくなっている。

それでも、一週間かかって、小さなものまでふくめて四隻《せき》、約六〇〇トン分のめどはついた。残り九〇〇トン分をさがさねばならない。

沖は、ついでに、笹上の仕事ぶりを説明してやり、「たいへんな仕事だよ」とことわったあと、「しかし、笹上さんは、よろこんでやってくれている。あのひとにいわせると、『太陽に当って、汐風吸って、いろんなひとに会って、歩き回って……。絶好の健康法だ』というんだな」

「ウーさんは、のんきなひとなんだねえ」

笹上は助っ人でいいのであって、最終的な責任があるわけではない。たしかに、沖のような深刻な感じはなかった。

沖が黙っていると、忍はいった。

「ウーさんは、長生きしそうね。百五十歳ぐらいまで、生きるんじゃないだろうか」

「そうかも知れんな」

沖は、笹上のマンションの大型冷蔵庫を思い出した。笹上の棺桶《かんおけ》として役立つ前に、冷蔵庫の方が何代も代替りさせられることになるかも知れない。

「でも、あのひと、どこか、さびしそうだね」

「うん」

「ぼく、いつか、ウーさんに、女性関係のこと、きいたことがあるんだ」

「なんだって」沖は忍をにらみ、「何といって、きいたんだ」

「『女のひとが居なくても、平気ですか』って」

「仕様のないことを、きくやつだな」沖は、ため息をつき、「それで、ウーさんは、何と答えたんだ」

「ぼくだって、男だからねえ」というのが、笹上の答だった、という。ただ、女というものは、とかく生活を複雑にする。自分は、生活をできるだけ単純《シンプル》にしておきたいし、自分がこうして気ままなくらしができるのも、単純《シンプル》な生活設計をしてきたおかげだ――忍によれば、笹上は、そういう趣旨の解説をしたという。

沖は黙った。不具の息子相手に、それ以上、女性関係について話す気になれない。それにしても、父子ではできぬ会話が、笹上と忍の間で交わせるとは、ふしぎなような、妬《や》けるような気がした。


国分寺の家に帰りついてまもなく、笹上から電話があった。根岸沖の埋立地では、艀を沈めるのを、断わられた。明日からは、追浜方面へ出かけてみる――という。疲れを見せぬ、屈託のない声であった。

「ごくろうさんでした」

と、くり返しながらも、沖は笹上に感謝するより、軽く嫉妬《しっと》していた。

「お仕事がうまく行かないの？」

和代がいい、あけみも心配そうに、沖を見つめる。沖は、手を振った。

「何でもないんだ」

親子三人、みかんをつまみ、沖は熱い紅茶にブランデーを落として、のんだ。体があたたまるのといっしょに、元気もよみがえってくる。ここは殺風景な単身寮ではない。親子水いらずの生活ということで、心の底からくつろがせるものがある。そのくつろぎのひろがったあとからは、一家の主としての気分のはりが、静かに体に満ちてきた。

(これでいい。明日から、また、がんばるのだ)

沖は、自分自身にいいきかせた。忍が居れば、もっといい。忍の足が戻っていれば、申し分ないのに――。

半月かかって、沖はようやく、一五〇〇トンを積める十一隻のボロ艀を買うめどをつけた。だが、その処分先が、思ったように見つからない。本牧《ほんもく》沖、根岸沖と、ことわられ、笹上がさんざん歩き回ったあげく、ようやく、追浜沖で古艀を沈めていた埋立予定地を見つけた。

だが、一足おそかった。艀に土石をつめて沈めた埋立地で、建築工事の杭《くい》打ちをはじめたところ、この沈船が障害になる、という事故が、大阪で起った。追浜の埋立予定地へも、この事故の報《しら》せが来たため、艀を沈めることは一切中止と、きまってしまった。艀もろとも綿実を沈めるという計画は、御破算にする他はなかった。残るのは、綿実を詰めたまま艀を燃やしてもらうことである。

二人は、手分けして、川崎沖にあるという艀の焼き場をさがした。

焼き場を管理している回漕《かいそう》組合の事務所を、まず見つけた。申込みはそこで受けつけていたのだが、その申込簿を見て、沖はがっかりした。受付済で、焼却の順番を待っている艀が、五十隻近くあった。焼却能力は、一日一隻。休日や悪天候の日を考えれば、月に二十隻が精々のところ。このため沖たちの艀が焼かれるのは、三カ月目ということになる。悪臭のかたまりとなった綿実を、その間どこへ置いておけばよいのか。

「非常措置というか、何とか先にやってもらうわけには、行かんでしょうか」

沖たちは、懇願したが、

「こちらは組合ですから、組合員の方たちの考えに従う他ありません。どうしてもというわれるなら、五十隻の持主の方たちに了解をとったらどうです」

話をよくきいてみると、棄《す》てられたままの艀が多い中で、わざわざ焼却などという処分をしようとするのには、経済上の理由もあった。艀の世界でも、スクラップ・アンド・ビルド方式がとられていて、処分した証明があって、はじめて新しい艀を建造することができる。従って、船主たちにしてみれば、一日も早く焼却したいわけであって、気やすく順番を譲ってくれるとは思えなかった。しかも、それを、五十人の船主にたのんで回るとなると、どれほどの時間がかかるか、わからない。

沖たちが、返事もできないでいると、事務所の係員は、あわれに思ったのか、いい添えた。

「それがだめなら、はじめの方に順番待ちしている艀にたのんで、そこへ綿実とやらを詰めてもらったら、どうです」

いいアイデアに思えたが、実行するには、難があった。

綿実もろとも処分するための古艀を、すでに十一隻、買うよう下交渉をすませている。それを全部解約し、あらためて、交渉のやり直しである。

受付簿に出ている艀の繫留場所《けいりゆう》は、川崎のはずれから、横須賀《よこすか》寄りまで、広範囲にちらばっていた。交渉して回るのも、たいへんだし、交渉が成立したあとも、本牧に繫留してある艀から綿実を積み替えるのに、相当の手間がかかる。それに、それらの艀が、綿実を積んで航行ができるかどうかも、疑問であった。

沖たちは、打ちひしがれる思いがしたが、だからといって、そのまま、ひきさがるわけには行かない。活路は、それしかなかった。

はじめから約二十隻分のアドレスを、笹上が受付簿から拾って、メモした。その日からでも、笹上が交渉に回る、という。

沖には沖の問題があった。艀焼き場で、果して、くさった綿実を詰めたままの艀を焼くことを、承知してくれるかどうか、である。これについては、現場の責任者と直接交渉してくれ、という。現場には電話がないので、交渉するためには、沖が直接、その「川崎沖」とやらへ行く他ない。それがまた、容易ではなかった。「川崎沖」というだけに、艀焼き場は、地図にも記載されていない。海中に生まれつつある埋立地。地図には、点線で縁どられ、扇島とだけ書いてある広大な空白の土地――艀焼き場は、その土地のいちばんはずれにあった。

扇島へ行くためには、川崎の臨海工業地帯のはずれから、一キロ近い海底トンネルをくぐる。扇島の大半は、製鉄会社の工場建設予定地であり、その奥に、石油基地予定地があり、さらに、その先に、艀焼き場があるというわけで、まず海底トンネルを通るために、製鉄会社の通行許可証をもらう必要があった。

製鉄会社の川崎の出先へ問い合わせると、本社の承認をとってくれという。沖は、東京へ逆戻りして、本社の窓口へ二度三度かけ合い、事情を説明して、承認を得た。その上で、川崎の出先へ行き、通行許可証をもらい、これを車のフロントグラスにつけて、はじめて海底トンネルをくぐることが、できた。

「島の中の一本道を見失わぬよう、まっすぐ、まっすぐ、行くのですよ」

と、出先では親切に注意してくれたが、建設途上の埋立地は、たしかに、砂漠の中の一本道を走る感じであった。

人も建物も見えない。ただ砂っ原と砂山ばかりが続く。砂あらしが、道をかき消しにかかる。そうかと思うと、沖の車の数倍もありそうな巨大なダンプカーが、ふいに、砂あらしの中から、うなりを立てて現われたりした。

何度も道を見失ったあと、ようやく石油基地へたどりついたが、そこでもまた道に迷って、うろうろしているところへ、警備員のジープがやってきた。検問されると同時に、道を教わったのだが、その道が、しかし、小さな掘割にかかるところで、通行不能になっていた。その朝、道に迷った工事車が、こわして行ったものらしかった。

艀焼き場の係員たちは、いつも対岸から小舟を仕立てて通っている、という。

艀焼き場は目前というのに、引き返す他はなかった。

車は、空《むな》しく砂漠の道を戻り、海底トンネルをくぐって、川崎へ帰った。

扇島を望む対岸から、沖も舟を仕立てて渡ろうとしたが、一向に、それらしい舟が見つからない。さがし回ったあげく、最後は、横浜の高島桟橋まで戻って、ようやく旧式のモーターボートをチャーターすることができ、海路、扇島の突端に向かうことになった。

その日は、雨もよいで、風もあり、ボートは、よくゆれた。洗濯板の上でおどっているように、尻《しり》は痛いし、しっかりつかまっていないと、海へ振り落とされそうである。ボートのエンジンは、ときどき咳《せ》きこみ、とまりそうになる。風が水しぶきを顔にたたきつけてくる。眼に汐がしみる。

さんざんの航海であったが、一時間ほど走ったとき、薄墨色をした扇島の端に、緋《ひ》の色に燃え上っている炎が見えた。沖は、心臓をつかまれる気がした。それは、まぎれもなく、艀を燃やしている火、沖たちの希望を最後にかなえてくれる火である。

沖は、「バンザイ！」を唱えたい気がした。綿実を積んだ艀が、そこで、次々に焼かれる。そのとき、炎はもっと明るく、盛大に、海と空を染めるにちがいない。古艀もろとも、何万人分かのサラダ油が燃えさかるからである。

艀焼き場には、大きな起重機《クレーン》が一基、そびえていた。その足もとに、陸揚げされた古艀が一隻。さらに、岸壁の下には、仕止められたクジラといった恰好《かっこう》で、焼却を待つ古艀が二隻、波にゆられていた。

起重機《クレーン》からは、ワイヤーが海へのびて、その一隻の胴に巻きついている。陸揚げするところのようであった。

ボートの船頭に助けられて、沖は岸壁に上った。そこには、五人ほどの作業員が、炎の色に染まりながら、小雨の中で立ち働いていた。その中から、鼻筋の通った年輩の男が、沖を見とがめ、近づいてきた。焼き場の責任者であった。

もっとも、焼き場とはいっても、野天で焼いているだけであって、起重機《クレーン》以外に格別に設備がある様子はなかった。艀は、意外に簡単に焼けるもののようであった。

パチパチはじける音、木組みが崩折れる音。炎の舌がきらめき、火の粉がとぶ。

沖は事情を話し、何度も頭を下げてたのんだ。

責任者は黙ってきいていたあと、いった。

「話はよくわかるが、しかし、だめだなあ」

「どうしてです」

「ここは、艀を焼却するところであって、ゴミを焼く場所じゃないんだから」

おだやかだが、しっかりした口調である。

「そこを何とかして……。これは、世間でいうゴミとはちがうんですから」

責任者は、首を横に振って、

「杓子《しゃくし》定規でいうわけじゃないよ。ひとつひとつの艀について、どの程度の炎や煙が出るか、われわれには見当がつくし、焼けたあとの始末もきまっている。だからこそ、ここで、特別に焼かせてもらっている。そこへ、綿実とか何とか荷物ぐるみ燃やしたのでは、どんな煙や炎が出るか、見当がつかないじゃないか」

「…………」

「古艀についているゴムタイヤが燃えても、黒い煙が出ていると、はるか離れた市内から苦情が来る。だから、風向きなども計算して、どれだけ気をつかって焼いているか知れない。油の原料を詰めて燃やすなんてことが、できるわけがないじゃないか」

起重機《クレーン》のウインチが、音を立てて動き出した。水をしたたらせながら、艀がゆっくり宙に浮き上ってくる。見上げながら、責任者はつぶやく。

「いま屋内焼却場を設計しているんで、来年あたりは、もっと簡単に焼けるようになるだろうが、それでも、やっぱり、船体以外の物は、一切焼くわけには行かんよ」

がんこというより、そうした仕事に信念を持って生きている男という感じであった。つけこむ隙《すき》がない。

雨に打たれ、炎に照らされながら、沖が暗然として突っ立っていると、歩きかけた責任者が、沖を手招きした。

「そうだ。まだ、だめな理由がある」

沖を、起重機《クレーン》の運転室に連れこんで、計器のひとつを見せた。

「この起重機《クレーン》は、七〇トンまでの目盛りがある。それだけのものを持ち上げる力がある。いま吊《つる》している艀は、一五〇トン積みクラスだが、目盛りによる自重は四五トン。

だから、吊り上げるためには、残り二五トンしか積めない。そうすると、あんたのいうような十隻どころか、六十隻の艀に荷を分けて積まなくちゃならんわけだ。たとえ、ここで焼くことにしたとしてもね」

沖は、うなだれた。最後の望みも絶たれた、という感じであった。

沖は、ボートにのって、引き返した。扇島をふり返る気力もなかった。小雨の海上では、しきりに艀が目についた。人間でいえば、ほとんど額まで水につかる形で曳船にひかれて行く艀。吃水《きつすい》も高く、二隻つながって行く艀。親鳥から餌《えさ》をもらう子鳥のように、本船に群がって荷受けしている艀……。どの艀も、みんな、健康に生きている。それぞれ、行くべき先があり、帰るべきところがある。沖は、うらやましい気がした。

不法投棄

艀《はしけ》たちは、一様に、赤と灰のにじんだ汚れた黒色をしていた。「艀色」とでもいいたいような独特の色である。いちばん地味で、縁の下の力持ちにふさわしい忍耐の色でもある。だが、くさった綿実を積んだ六隻《せき》の艀は、忍耐の限度に来ていた。船頭たちは、しびれをきらし、扶桑商事の本社へ押しかけかねない剣幕である。

沖は追いつめられた。しかも、投げ出そうにも投げ出しようのない仕事である。すべての作戦で敗退したのに、また新規の作戦を練らなければならない。

次の日、沖は笹上と打ち合わせて、いっしょに、扶桑商事の本社へ出た。

食料統轄《とうかつ》部。部長のデスクのすぐ前、壁に面したスチール・デスクが、二つにふえている。

七時に出勤している本宮は、すでに一働きも二働きもすませているのであろう、部長席には居なかった。統轄部の部屋全体には、いつもながらの活気とあわただしさが、満ちていた。

その動きとは無縁に、離れ島のように壁に寄っている二人は、いかにも「戦列外の身」という形でもあった。

もっとも、沖は空虚さは感じなかった。廃物処理も、やはり果さねばならぬ仕事である。それに、沖の十万頭養豚計画案が、ようやく書類が整い、財務部との連合審査にかけられるところであった。手塩にかけた大きな事業計画《プロジェクト》が、いま陽の目を見るべく、確実にレールの上を走っている——そのことが、沖の心のひそかな支えとなり、誇りともなっていた。

沖は、雑穀課に顔を出してみた。

ソ連によるアメリカ小麦の大量買付、ペルー沖の片口《アンチヨビ》いわしの不漁。そして、最近では、東南アジアの一部での旱魃《かんばつ》が加わって、とうもろこしは、値をとばしていた。スマトラ扶桑のためにはよろこぶことかも知れぬが、あまり高値になっては、養豚計画にとって好ましくない。

沖は、気象課に寄って、顔見知りの課員に旱魃の様子をきいてみた。

「スマトラはともかく、あのかいわいは、ひどい日照り続きですよ。ジャワの水田地帯など、コンクリートみたいにかたくなって……。米がとれぬから、とうもろこしに殺到するのも、当然でしょう」

沖は黙ってうなずいた。熱帯気象のすさまじさを、沖は、スマトラで身にしみて味わってきた。凶作の程度は、日本とはくらべものにならない。その影響が、どんな形でひろがってくるであろうか。沖の気分は、ますます沈んだ。

しおれている沖に構わず、気象課員は、はずんだ声でいった。

「ただ、自慢じゃありませんが、今回の旱魃については、うちの気象課で、ある程度の予報を出していたんですよ」

「ほんとうかい」

気象課員は、大きくうなずき、

「もっと、われわれを高く買ってくださいよ。たいへんな努力をしてるんですから。わたしなんか、ロンドンの気象庁に知人をつくりましてね、身銭《みぜに》を切って人形を買って、クリスマス・プレゼントに送ったりしてるんです。だから、一級の情報が集まっているんですよ」

気象課もまた、商社にとって「戦列外」なのかも知れない。だが、そうした無数の強力な「戦列外」に支えられてこそ、商社の今日があるのである。

沖は、統轄部に戻った。まだ本宮の姿はない。そこへ、長身の男が、部長席めがけ、よろめくような足どりでやってきた。顔を見ると、意外なことに、十文字であった。所管からいえば、十文字は本宮とは関係がない。沖はおどろいたが、そこに沖たちを見て、十文字も、一瞬、ぎくりとした様子になった。

「部長は居ないよ。おれたちも待ってるところだ」沖はそういってから、「しかし、きみがどうして本宮部長に……」

十文字は、声を落とし、

「実は、お祝いをいいにきたんだ」

「何のお祝いだ」

「極秘情報だが、本宮さんが近々、取締役に抜擢《ばってき》されることに、内定したそうだ」

「やっぱり……。あのひとは、まだ四十代だろうに。うーん」

沖の横で、笹上がうなった。すると、十文字は、細い顔を歪《ゆが》めるようにして、

「でも、考えようによっては、役員の任期は二年。これからは、二年ごとに首の座にすえられるわけだ。いわば、二年契約社員だな。それにくらべりゃ、おれたちは、何といったって、定年までは安泰だ」

「祝いにきたのに、相変らずのへらず口だな」

「へらず口でもたたきたくなるさ」

十文字は、急に弱々しい口調になった。

「おれはおれで、イランへとばされることに、内定したんだ」

「本当か」

「うん、これも、おれが極秘情報をいち早くつかんだ。だから、早目に、あちこちへ反対陳情に動いた。だって、おれの家じゃ……」

精神障害を起している娘のことを、いいたいのであろう。

「けど、それが、まずかった。うちの部長にいわれる前に動き出したというんで、部

長は、すっかり、おかんむりだ。『コンピュータが何も彼も計算した上で選んだんだ。文句をいわずに行け』といってね」

「行くのか」

「……行くより仕様がないじゃないか」

「家族はどうする」

「まだ、きめてない。ただ、おれたちのような者は、親子そろって、砂漠のミイラになるのもわるくはない、と思ったりしている」

十文字は、それだけいうと、そうした会話に耐えられぬといった風に、無言で身を翻《ひるがえ》して立ち去った。

沖は、笹上と顔を見合わせた。一息ついて、笹上がつぶやく。

「あの男は、外へ出されやすいタイプだよ。それも、ひとりだけのところへ……。それにしても、やけくそになっているようでいて、所管外の本宮部長にまで、おべっかを使っておこうとする。どこまでも、石を打っておくことをやめないところは、やっぱり、したたかだなあ」

（京都で、手に石まで持たされていて、きみは何をしていたのだ）と、言外に沖をとがめるひびきもあった。入れちがいに、本宮が戻ってきた。早速、祝辞をいうべきかも知れぬが、沖はその言葉が口に出せない。気むつかしいというより、そうまでする必要があるのか、という気がする。

笹上が、横から、督戦するように、部厚いレンズを向けている。はらはらしている様子が、沖にはわかる。といって、もちろん、笹上自身も、お祝いをいおうとはしない。

沖は、それまでの首尾、いや、不首尾について、報告した。きき終わると、本宮は短かくいった。

「何とか早くかたづけなあかん」

非難もしなければ、ねぎらいもしない。ただその一言。言葉にしてみれば、簡単だが、絶対的、そして、絶望的な命令である。

その日一日、沖は、運輸管理室やダメジ屋を訪ね、また知恵を借りて回った。その結果、横浜が完全に手づまりなら、東京へ持ってきて処分できないか――という線が出てきた。もちろん、そこには、法規や輸送費などの難問が待ち受けてはいるが。

気重な一日が終わり、沖と笹上は、久しぶりに、そろって本社を出た。

「のみましょう」沖が誘うと、笹上が珍しくことわった。

「やけ酒なら、のまん方がいいな。それより、早く家へ帰って、晩酌でもやるんだ」

沖は首をかしげながら、

「……それじゃ、病院へ寄って帰るとしますか」

とたんに、笹上が手を上げて、遮った。

「いや、病院はおれが行く。おれに寄らせてくれ。しばらく行ってないからね。忍君の顔が見たいんだ」

「しかし……」

「忍君、元気になったろうな。それに、どれだけまた明るい顔になったか、たのしみだ。とにかく、毎日、鏡を見て笑っているんだろうから」そのあと、笹上は、わざと首をすくめるようにして、「それに、きみにはわるいが、病院帰りに行きつけの店が、できた。そこで、のむ。帰りがけの酒というわけだが、これがまた、うまいものなんだな」

レンズの奥の眼を、細める。

沖は、笹上を見直した。笹上の個人主義とでもいったものに、かちんと、ぶつかった気がした。

二人でのめば、当然、仕事についてのぐちになる。決して、うまい酒には、ならぬ。最終責任を負わぬ笹上には、沖につき合って深刻な思いをする必要はない。それより、沖を突き放した方がいい——。笹上には、そういう判断があるのではないか。

沖は、笹上と別れて、家路についた。見知らぬ飲み屋で、三合の酒をひとりうまそうにのむであろう笹上の姿を、うらやましく思いながら。同時にまた、沖の中には、酒にまぎらすことなく、強く生きて行かねばという気持が、突風のように湧《わ》き起ってきた。

翌日から、沖はまた猛然と動き出した。そして、ようやく照準を定めたのが、埋立工事中の十五号地への搬入である。

ただ、そこへの道程がまた遠く、けわしいものであった。沖は笹上を督励し、役所回りをはじめた。都の清掃局や港湾局、その支所や区の清掃事務所、さらに、その出張所へと、頭を下げて回る。

陳情の壁は、厚かった。(ゴミは、その地方自治体で処分するのが、原則である。東京への越境など、とんでもない)という。

ただ、沖たちにも、言い分はあった。

(たまたま、横浜の艀溜《だま》りに入れたというだけで、まだ外国貨物のままである。それに、ゴミとなった地点も公海上であって、横浜で発生したゴミではない。どこの地方自治体にも属していないゴミである)

懇願をくり返しながらも、沖たちは、頭と足を働かせた。とにかく東京へ陸揚げしてしまえば、東京で発生したゴミということになるのではないか。そのためには、税関や検疫などの手続きが、横浜ではなく、東京で行われねばならない。越境入学に似たもぐり工作が必要で、港湾局、税関、食品衛生監視員事務所、植物防疫《ぼうえき》所など、関連の役所への日参がはじまった。

ひとつの書類に、十人以上の役人の印をもらって回らねばならぬこともあった。役人の中には、沖が合うタイプもあれば、笹上のような人間に動かされる役人も居る。その辺をのみこんで、二人で手分けし、陳情の方法も、あれこれ使い分けた。辛抱の連続であった。辛抱しきれなくなることがあっても、なお耐えねばならない。

「不法投棄を追放しよう」などという立看板が、街角に立っていたりすると、その文字が脅迫するように、いつまでも、沖の目の奥で光った。

棄《す》てたい、棄てたい、棄てたい……。

台風でも来て、艀六隻もみくちゃにして、沈めてくれないか。黒いゴム服を着たフロッグマンが、どこからともなく現われ、船底に無音の爆薬を仕掛けてくれないか。がらんとしたホテルのような建物へ、綿実をそっくり投げこんで、ほっとした夢や、小さな紙クズをすてただけなのに、警官隊にとり巻かれてうなされる夢を見た。

やがて、立ちはだかっていた壁が、少しずつ、くずれ出した。

沖は、曳船《ひきぶね》をやとい、本牧の艀溜りから、六隻の艀を東京港へ回送することにした。ゴミとして棄てるだけなのだが、外国貨物として関税を払い、輸入手続きを一通りすませる。食品衛生法、植物防疫法などによる厳重な検査を受け、さらに、艀のハッチにビニールまではって密封した上で、高い料金を払って、ガスによる燻蒸《くんじよう》消毒を行なった。

「どうせ棄てるのに、うーん、ごていねいなことだなあ」

笹上は、半ばあきれ、半ば感心していう。沖のようにいらいらしたところはない。むしろ、この次どうなるのかと、いくらか観客のような気分で、立ち会っている。

こうして、「外国貨物」は、「東京で発生したゴミ」となった。清掃事務所からは、ようやく、十五号地への持ちこみの許可証が下りた。ゴミ一トンにつき二千円の手数料を納める。埋立地では、地下鉄工事などから出る土砂を運んできて、消毒しながら、ゴミと土砂を交互に積む。そのための費用の一部を持ちこみ者が負担するわけである。

長かった道も、ようやく峠にたどりついた。荷物が着いてから、まる二カ月。すでに、冬のはじまりであった。

沖は、早速、本宮に報告しようと、許可証を片手に、公衆電話のダイヤルを回した。

だが、沖が声をはずませるより先に、本宮がしゃべった。

「ああ、沖君か。ちょうど、よかった。いま、こちらも、きみをさがしてたところや」

「……何か急用ですか」

「うん。あまりよくない報《しら》せやが」

沖は、ぎくりとした。忍の身に何か起ったのか。

仕事関係では、最後の難関をいまのり越えたところであり、わるい報せのあるはずはない、と思ったのだが……。

だが、それは、たしかに、わるい報せであった。目前の仕事に忙殺されていて、かんじんの大きな仕事に見放された形であった。

本宮はいった。

「インドネシアが旱魃で、米など、ひどい不足ということは、きみも、知ってるやろ」

「はい、もちろん……」

「とうもろこしも同じや。食糧危機というので、大統領が、とうもろこしの国外積出しを全面的に禁止する、と発表した。それも、今年だけやない。これから先ずっと、とうもろこしそのものを、輸出禁止商品に指定してしもうたのや」

「そんなばかな……」

大統領は、スマトラ扶桑の努力をたたえて、はるばる開所式にまでやってきてくれた。そのひとが――という思いである。

「うちのジャカルタ支店も、スマトラ扶桑も、あわてている。けど、国の政策として発表された以上、もうどうしようもない」

「………」

「従って、せっかく、きみのつくった十万頭養豚計画、あれを、連合審査から取り下げることにしたから、了解して欲しい」

「そ、そんな、いや、それは……」

支離滅裂な言葉しか出てこない。一度に元気が抜け、立って居られない気分であった。

その耳に、本宮の声がひびいてくる。

「ところで、きみの用件は何や」

沖は、手短かに報告した。胸はずませて報告するつもりだったのに、沈んだ声しか出ない。

「それじゃ、一刻も早く、その十五号地とかへ、かたづけるんやな」

そういって、本宮の電話は切れた。

「いったい、どうしたんだ」

と、笹上。電話の間中、笹上は沖の横顔を見つめていたのだ。

沖の話をきくと、笹上は眼鏡を空に向け、つぶやいた。

「二兎《にと》を追う者は、一兎も得ず、か。やっぱり、おれのいうとおりにしておけば、よかったな」

「どういうことですか」

「京都支店長として、ごまだけすっておればよかったんだ。とにかく、ひとつのことさえ、やって居れば……。形はちがうが、おれなんかも、ひとつのことしか考えて来なかったからな」

沖は、茫然《ぼうぜん》としていた。笹上の言葉に、うなずく気にも、反撥《はんぱつ》する気にもなれない。せっかく綿実処理のめどがついたところだというのに――と、深い苦笑が出た。運がなかったという他ない。悔む気はなかった。

人生で不運を避けて通ることはできない。忍は、もっと大きな不運に耐えているではないか。

その日の帰りがけ、沖は届け物もあって、お茶の水の病院へ寄った。

顔色とか、においとか、沖の運んでくる気配に、とりわけ敏感になっている忍のことである。気どられまいと、内心、緊張していたのだが、その日は、珍しく、忍の方が元気がなかった。ほとんど沖をまともに見ようともせず、ふさぎこんでいる。

「浮かぬ顔して、どうしたんだ。おまえの信条に反するじゃないか」

「仕方がないよ、パパ。今日は、鏡を見る元気もないんだ」

「何かあったのか」

忍は、目を隣りの病室の方向に向け、

「あのかわいい女の子が、手術が終わって、昨日、退院したんだよ」

そんなことなのかと、沖が表情をゆるめると、忍は目を閉じて、

「彼女、かわいそうなんだよ。看護婦が絶対秘密だからといって教えてくれたんだけど、手術してみたら、盲腸でなかった。悪性の肉腫《にくしゅ》が内臓を冒している。だから、死ぬために、家へ帰したようなものだって」

非情な話であった。そういう話を、忍にきかせることも、また非情である。

「ぼく、昨夜、ほとんど眠れなかった」

「………」

「ひどいなあ。神さまは、いったい、どうなさっているんだろう」

忍も不幸だが、その忍よりさらに大きな不幸に襲われている少女。そうした不幸にくらべれば、いまの沖の挫折《ざせつ》など、とるに足りぬことではないのか。

翌日から、沖はまた笹上を督励して、追いこみの作業に入った。陸揚げできる岸壁をさがし、ウインチを用意して、綿実の袋をダンプカーに積み替え、埋立地まで運ぶのだが、二つ返事で現物を見にやってきた業者たちは、申し合わせたように、鼻を蔽《おお》い、目を白黒させた。

「これはまた何というにおいですか。ダンプだって、人間の体だって、蕊《しん》までくさくなって、使いものにならなくなりますぜ」

逃げ出す業者もあれば、ふつうの数倍の料金をふっかける業者もある。艀《はしけ》のある十三号地から十五号地までは、それほど遠い距離ではないのだが、この場合、距離は問題ではなかった。沖は交渉をくり返したが、それでも、最終的に、ダンプの料金は、通常の二十割増、つまり、三倍ということになった。

すべての手続きは、終わった。

「祝盃《しゅくはい》を上げようや」

という笹上の誘いを、沖はことわった。全部を土砂の下に埋め尽くすまで、まだ何が起るか、わからない。

次の辞令

持ちこみ作業を開始したのは、氷雨《ひさめ》のぱらつく寒い日であった。
艀《はしけ》のハッチが開けられた。ウインチが暗褐色の麻袋をつかみ、雨空に高く持ち上げてから、最初のダンプの荷台に下ろした。

岸壁のはしに、笹上と並んで見守りながら、沖は胸を熱くしていた。ようやく終わった、という実感が、身にしみてくる。

それは、スマトラ扶桑当時の苦労にくらべれば、スケールも小さく、また、後向きの苦労だったかも知れない。だが、悪戦苦闘したという事実そのものに、変わりはなかった。

一段落ついた。ただ、これから先も、退職の日まで、まだ幾度か、こうした経験をくり返さねばならないであろう。そう思うと、気が遠くなりそうでもあった。

悪臭は、もはや苦にならなくなっていた。ウインチの音だけが、背骨の奥にまで快くひびいてくる。

最初のダンプカーの荷台が、ほぼ麻袋で埋まったとき、ふいに罵《のの》り声がし、船頭風の男が三人、沖たちをとり巻いた。

「もう辛抱できねえ。艀ごと、とっとと他へ行きやがれ」

血相を変えて、つめ寄る。近くの艀の住人たちであった。

笹上が、背のびして、沖にささやいた。

「きみは、早くダンプにのれ。あとは、おれが話をつけるから」

沖が持ちこみ許可証を持ち、一台目のダンプで十五号地へ行く手はずになっていた。

「しかし……」

「おれのことは、いいんだ。なぐられたって、海へ放りこまれたって、おれはどうということもない身だ」

沖は、笹上を見た。部厚いレンズに雨滴がついて、笹上の目はどこを見ているかわからなかった。

一瞬の迷いの後、沖は笹上の言葉に従った。とにかく機を失せず、一台分でも、二台分でも、棄《す》てられる限り棄ててしまわねばならない。

沖を助手台にのせ、ダンプは走りだした。笹上をのみこんだ船頭たちの後姿が、バックミラーの中で遠ざかる。

笹上は、捨て身のようであった。笹上の立場になって考えれば、ただ漠然と長生きしたいというだけで、この世に格別の未練があるわけでなく、むしろ、けがをして、忍同様、病院入りでも望んでいるのではないか、と思わせるほどであった。

ダンプは、新開地というより、ブタ草だけが生い茂った荒野さながらの風景の中を、走り続けた。

同じように十五号地に向かう清掃局のゴミ収集車や、荷台いっぱいガラクタを積んだ大小のトラックやダンプがふえ、いつのまにか、列になって続いていた。それは、重くわずらわしい荷を背負わされ、少しも早く自由になろうとかけ出している動物たちの行列のようにも見えた。

やがて、その行列のはるか先に、水路をへだてて、黒ずんだ巨大な台地が見えはじめた。数百メートル四方にわたって、家もなければ、一木一草もない。まるで、グランド・キャニヨンの一部を切りとってきたような、裸の土地である。

ただ、よく見ると、その頂上や麓《ふもと》に、無数の昆虫がうごめく形で、トラックやゴミ収集車の群が動いていた。

「今日はいいねえ、だんな。おしめりで、砂ぼこりが立たなくって。いつもは、砂漠の中へきたみたいに、ひどい砂ぼこりなんだ」

運転手が、黙っている沖のきげんをとるようにいった。ときどき鼻をおさえはするものの、二十割増とあっては、わるい仕事ではない。

十五号地からも、すえたようなにおいがただよってきた。その入口には、清掃局関係車と一般持ちこみ車に分けて、ゲートがあり、後者には、高速道路の料金所のようなボックスが、いくつも並んでいた。許可証をチェックする関所である。沖は、悪臭をおそれた。あまりのひどさに、許可証に文句をつけ、追い返されるのではないか。

幸い、検問はパスした。指示に従って走って行くと、ところどころに、ヘルメットにジャンパー姿の係員がいて、次の行先を教える。ゴミをバランスよく棄てるための措置である。

しばらく走って、また止められた。色とりどりのゴミと土砂を、サンドイッチ状に盛り上げた丘が、眼前の視野いっぱいにひろがっている。全体として、ただ墨色にぼかし上げたような荒涼とした風景で、汚れたオレンジ色の大型ブルドーザーが、わずかに点々と、玩具《おもちゃ》のように動いている。

視野のはずれでは、丘のかげのひとつから、藍《あい》と白の小型の収集車の列が、次から次へと現われてくる。同じコースを、同じスピード、そして、ほぼ等間隔で、眼に見えぬコンベアーにのったように、走り去って行く。ゴミを棄て、身軽になって、はずむような走り方である。

見ているうち、そのはずみが、沖の胸では、数倍のものにふくれ上ってきた。ありふれたゴミを、日常業務として棄てるだけでも、これだけ軽快な感じである。まして自分は、はじめて数百トンという未知のゴミを、数十日ぶりに棄てられることになったのだ。

近距離のため、ピストン輸送で間に合うが、計算上は、二百台の大型ダンプが列をつくるはずであった。二百の巨象が、地ひびきを立て、よろこびの歌を奏《かな》でてくれるわけである――。

事業はゴールに来た。他人が何といおうと、社内で評価されようと、されまいと、これは、ひとつの大事業であった。それが、とにかく、終わろうとしている。沖の眼には、うすく涙がにじんできた。

雨滴の伝うフロントグラスの向うで、埋立地の係員が、発車の合図をしていた。運転手はギアを入れながら、横目で沖を見た。

「おや、ゴミが入りましたか」

「うん……」

沖は、顔をそむけた。大型ダンプは、うなりを立てて、最後の目的地に向かって行く。

この日をふり出しに、搬入作業は、順調に進んだ。ただし、船頭たちとのトラブルを避けるため、笹上が走り回って、艀は、ほとんど毎日、繋留《けいりゆう》場所を変えている。

そうした一日、沖と笹上は、本社に出て、経費の清算など、書類整理に当った。横浜沖に到着以来、一トンのゴミを始末するまでに、二万円はかかる計算であった（綿実そのものの代価は、トン当り三万円である）。何万人かの食卓をうるおすはずのサラダ油の原料は、こうして土砂の中に埋まり、さらに、千五百万近いツケを残して行った。仕事を果したという充実感と空《むな》しさとが交錯する、奇妙な気分である。

作業完了後も、しばらく食料統轄《とうかつ》部の遊軍的な仕事を続けるよう、本宮にいわれている。また、どれほど厄介な、それとも、空しい仕事が、やってくることか。

ソ連の大量買付とその波紋もおさまって、統轄部は、ようやく、いつもの空気をとり戻していた。

日本では各商社がフルにその機能を働かせたため、せいぜい、平年の倍程度の相場で小麦の買付をすませたのに対し、出おくれた国では、四倍もの高値をつかまされたところもあった。その戦いも終わり、統轄部は、ふたたび、全世界に向かって、耳をすまし、目を光らせている。ひっきりなしに、電話が鳴り、テレタイプがうなり、電光掲示板がまたたく。

取締役の肩書のついた本宮は、相変らず七時出勤。そして、会議会議の連続で、ほとんど席に居ることがない。

その席めがけて、また、十文字がやってきた。うすい縞の入った黒っぽい背広。あいさつ回りの正装である。

十文字は、沖たちを見て、にやりと笑った。

「それじゃ行ってくるよ。本宮部長に、いや、本宮取締役に、よろしく」

京都か大阪あたりへ赴任する感じであった。はるか地球の果て、一日で水が塩になるようなイラン高原へ赴く風ではない。それに、扶桑商事では、奇妙なことに、社員の転勤を東京駅で見送るのはいいが、羽田空港へ出かけることは、禁止されていた。何より商時会社であり、時間のロスを避けるためである。

沖は、きかずには居られなかった。

「きみ、家族は……」

「半年経《た》ったら、考えるさ。おそらく、荷札《エフ》をつけて、送ってもらうことになる」

十文字は投げやりにいったあと、針金のような身を屈《かが》めて、沖にささやいた。

「そういえば、これは、おれのつかんだ情報だが、きみは、マニラのうちの関連会社へ出されるかも知れんぞ」

「何だって」

「いや、これは、そんなに強い線じゃないんだ。本社に残ることだって、考えられる。だいいち、忍君のけがだって、まだ、コンピュータに打ちこまれてないんじゃないか」

その言葉に、沖は、ふっと、本宮の席を見た。沖には「キビシイ」という特性がない、といった本宮。今度の支店閉鎖や廃物処理でも、やはりまだ「キビシイ」という項目は、打ちこまれてないのだろうか。

沖が憮然《ぶぜん》としていると突然、笹上が十文字に突っかかった。

「きみは、わるい男だな。どこまで行っても、ひとをからかう」

十文字は、不意をつかれて、

「からかうんじゃありませんよ。ぼ、ぼくは、ぼくなりに親切に」そこで立ち直ると、笹上に向かって、攻撃に転じた。「ところで、笹上さん、嘱託の仕事も、そろそろ終わりですな」

「うーん」

「これでまた、本格的に毎日が日曜日になるわけだ。どうです、もう一度、バンザイをいいますか」

「うーっ」

「そういえば、そろそろ年末。退職すると、お歳暮がぐんと減る、といいますが、あなたの場合、どうですか」

「うーん、どうかなあ」

「それに、年賀状も大幅減だそうですよ」

「うーん、それはそうだろう」

ふつうなら、そこで黙ってしまう笹上だが、今度はちがっていた。部厚いレンズを光らせて、笹上は逆襲した。

「けどなあ、かえって、せいせいするんだ。せいせいするっていうことの良さが、きみなどには、わからんだろうが」

「そのあげく、脳細胞が死滅するということでは」

「よけいなお世話だ。大東京の中に居る限り、その心配はないよ。それより、砂漠の中のきみこそ、用心するんだな」

電話が鳴った。沖がとると、思いがけぬ和代の声が、耳の中にとびこんできた。

「たいへんよ、忍が居なくなったって、病院から連絡が」

「居なくなった？　どういうことなんだ」

「それが、居なくなったのよ」和代はくり返し、「義足だから、遠くへ出られるはずがないでしょ。それが、もう四時間近く、姿が見えないんですって。病院では、心当りをさがしてみたそうだけど」

「心当りというと」

「それが、ひどいのよ」和代は声をつまらせ、「近くの川や、鉄道線路なんかを……」

「ばかな」

十文字が、うす笑いして沖を眺め、つぶやいた。

「何だか、おとりこみのようだから、それじゃ、これで」

細い身を翻《ひるがえ》して、去って行った。和代が、涙声でいう。

「病院では、忍君がこのごろ、ずっと沈んでいたからって……」

「まさか」沖はふり払うようにいい、「よし、すぐ病院に行ってみる」

笹上に簡単に事情を話した。そのまま残務整理を続けてもらうつもりであったが、笹上はしかし、沖より先に部屋を出た。

タクシーの中で、二人は、ほとんど無言であった。お互いに、失ったもの、失おうとしているものを、心の中でくらべ合っている恰好《かっこう》であった。もっとも、笹上には、もはや失うべきものがない。沖の横顔を見、窓の外を眺め、また沖の表情をさぐる。

沖は、うつろに、車の前方の一点を見つめていた。

病院前でタクシーを下りたとき、沖は目を疑った。病院の入口で、忍がにこにこ笑って、手を振っているではないか。幻ではなかった。とすると、和代の電話にかつがれたのか。

安堵《あんど》と腹立ちで熱くなりながら、

「おい、どうしたんだ」

「ごめんなさい。ぼく、銀座へテストしに行ってみたんだ」

「テスト？」

「そう。どこまで歩けるか、変な目で見られないですむか、と思って。それに、このごろ、くさくさしてたでしょ」

「黙って行くってことがあるか」

「でも、そういったら、病院では行かせてくれないもの」

「相変らず、突拍子もないやつだ」

沖は、大きく息をついた。

忍は、微笑していう。

「行ってよかった。デパートでは、女の子とはこんなにきれいなのかと、びっくりしたし……。あんまり気分がよかったから、ついでに、映画館へも行った。疲れたから、しばらく足を休ませたいということもあってね」

「仕様がないやつだ」

「帰ってきたら、病院では、大さわぎしてるでしょ。先生や看護婦さんには叱《しか》られるし、ママにも、電話で怒られるし。そのとき、パパがこちらへ向かっていると、きいたものだから……」

「仕様がないやつだ」

沖は、ため息とともに、また同じ文句をくり返した。

笹上が、忍の肩をたたく。

「大都会は、やっぱり、おもしろいだろう、忍君」

「うん」

「退院したら、ぼくと、あちこち、ほっつき歩こう」

沖は顔をしかめた。そんなあまい、無責任なことをいってくれては困る。ここでは、しっかり叱っておくべきだと思うのだが、すぐには言葉が出て来ない。

病室でしばらく話をしてから、沖は、笹上をそこへ残して、帰途についた。

国分寺の家の玄関に入ると、和代とあけみが、とび出してきた。

和代は、沖の両腕にしがみつき、

「よかったわねえ、あなた。わたし、もう、がくがくふるえてしまって。あなたに電話して、家を出ようとしたとき、追っかけて、病院から、忍が戻ったという報せがあったの」

沖は、忍の様子を話した。胸を波打たせながら、和代も、「ほんとに仕様のない子ね」と、くり返す。といって、非難ばかりしている風でもなかった。

沖たちの話し合いを、あけみは目を大きくして見上げていたが、

「パパ、もうひとつ、びっくりすることがあるんだよ」

「何だい」

「虎《とら》が来たのよ」

沖はとまどった。社員のだれかが、酔っ払ってやってきたのかと思った。

「だれが来たって」

「だれ？　虎もだれというの」

「人間じゃないのか」

「虎よ、タイガー。早く見て」

あけみは、沖の手をひっぱった。

リビング・ルームに入って、沖は棒立ちになった。部屋の半ば近くをふさぐようにして、見おぼえのある虎の毛皮が、敷かれていた。牙《きば》を見せ、ルビー色の眼が光っている。

「どうしたんだ、これは」

和代が説明した。

忍が無事とわかり、和代が腰が抜けたように坐りこんでいると、運送会社のトラックが荷を届けにきた。沖忍あてで、発送人が京都の金丸。開けてみると、「お見舞い」として、その虎の皮が出てきた、という。

夜分ではあったが、ともかく、沖は京都へ電話してみた。お手伝いさんが出、次に、受話器越しに、金丸の大きな声が轟《とどろ》いた。

もともと、夫人が、虎の毛皮を好まなかった。いかにも成金趣味で、風格がない、という。たまたま、夫人の希望で、邸《やしき》をとりこわし、北欧風のマンションにつくり替えることになった。そこで、思いついて、虎に思い出のある沖に贈ることにした――ということであった。

沖は、受話器に向かって、うなずきながら、きいた。

あの歳《とし》になって、またマンションをつくる。支店が閉鎖したからといって、相変らずじっとして居られぬらしい金丸の姿が、目に見えるようであった。

それにしても、別れぎわに気まずいことはあったが、金丸はやはり沖を心にかけてくれていたのであろう。ありがたい気がした。

「和地君も、きみのことを心配しとった。きみのようにまじめな兵隊が、多勢居《お》らんと、うちの会社、いや、日本は保《も》たんのやからな」

沖の胸にこたえる言葉であった。社長までもと、深いところから慰められた気もするし、一方、(しょせん、おまえは将軍や参謀の器ではない。多勢の兵隊の一人でしかない)と、きめつけられた形でもある。

黙りこんでいると、さらに、金丸はたたみかけた。

「次の事業計画《プロジェクト》は、どうなんや」

「はあ、それは……」

「まごまごしとったら、あかんで。すぐ次を考えるんや」

電話は切れた。

「虎ににらまれて、コアラがかわいそう。どこかへ動かさなくちゃ。この野牛《バイソン》も、岩山羊《マウンテン・ゴート》も」

あけみが、マントルピースの上の動物のミニチュアを動かしにかかる。笹上からもらった物ばかりである。その途中で、あけみは、ふと思いついたように、手を休め、

「パパ、一度、笹上のおじさんを、お食事にお呼びしたら」

「もちろん」

沖と和代が、同時に答えた。ツーソンでは、毎週のように客を家へ呼んでいた。帰国後、その習慣がなくなってしまったのが、あけみには、さびしくもあるのであろう。

「ありがたいわねえ。みなさんが、気をつかって下さって」

和代が、声をうるませ、虎の頭をなでる。うなずきながらも、沖の耳には、金丸の言葉が、まだ、きこえていた。

きみのようにまじめな兵隊が、多勢居らんと……。

あとがき

余暇社会の入り口まできて、にわかに崩壊しはじめた経済。形こそちがえ、いまの世相には、第二の戦争末期といった感じがある。前途は暗く、混乱はひろがり、生きがいは見つからない。

そうした中で、経済戦争の加害者であり被害者でもある戦士と、その家族たちは、どのように生き、どのように漂って行くのであろうか。

会社を信ずる者と信じない者、のめりこむ者、脱出する者と、そのさまざまな生き方の織りなす中で、現代に生きるよすがとなるようなものを追い求めて行きたい。

右は、本作品を昭和五十年二月より読売新聞朝刊に連載するに当って、記した「作者の言葉」である。

わたしは、中篇『輸出』によって、昭和三十二年春、文学界新人賞を受け、作家として出発した。輸出立国という大義名分と人間との葛藤をえがいたものだが、その主題は、その後も一貫してわたしの中に満ち、あたためられてきた。そして、この作品で、あえて『輸出』の主人公たちを十余年老いた形で登場させ、十余年後の世界と、その生きざまをえがくという形をとった。

わたしの好きなアメリカの作家アプダイクに『走れウサギ』と、その主人公の十年後をえがいた『帰ってきたウサギ』という作品があるが、その意味では、この作品の主人公の沖や笹上は、わたしにとっての「帰ってきたウサギ」たちである。（もちろん、これは『輸出』とは独立し、これ自体で完結した作品である）

歳月の経過の間に、経済は大きく変化し、人間の生きがいについてのとらえ方も、変質を見せている。その変化の中でどう生きるかということは、わたしの内なる世界の問題でもあった。

（昭和五十一年三月）

解説

常盤新平

『毎日が日曜日』は城山三郎氏の作家としての声価をいっそう高めた一冊である。初版は昭和五十一年四月、新潮社より出版された。いま、私の手もとにある『毎日が日曜日』は第三十四刷である。ベストセラーになったことを記憶している。

しかし、この小説について思い出が深いのは、商社に対する非難が集中していたときに、本書が刊行されたことである。昭和五十年から五十一年にかけて、ロッキード事件もあって、商社が諸悪の根源のように非難され、商社マンが悪者扱いされた。デモ隊が商社に押しかけているところを、タクシーの窓から見たことがある。一体、何ということをするのだろうと私は思った。

そのような感想を抱いたのは、しかし、『毎日が日曜日』を読んでいたからである。そうでなければ、私はよくある光景として見すごしてしまったかもしれない。『毎日が日曜日』を読んだとき、私は目をひらかれる思いがした。商社について実は何も知らなかったことを思い知らされたのである。しかし、これは城山氏の小説が情報が豊富だということではない。たしかに情報的ではあるし、いわゆる経済小説としては、城山氏の作品には最も新しい情報が惜しげもなくまきちらされているけれども、たんにそれだけではないのである。ここに城山氏の小説の秘密がある。

城山氏はあるエッセーでつぎのように書いておられる。

「挫折《ざせつ》のない男はつまらない、という。だが、考えてみれば、挫折のない人生というものはあり得ない。挫折を知らないということがひとつの挫折でもある。その意味では、世の成功者といわれている人たちにも、人生は公平に挫折や不幸を配分しているはずである」

『毎日が日曜日』は、商社マンの不遇や左遷《させん》や定年を描いた小説である。それも、作者の共感をこめた小説である。

作者のあとがきにもあるように、城山三郎氏が文学界新人賞（昭和三十二年）を得た中編小説『輸出』の続編として書かれた。もちろん、『毎日が日曜日』は一個の独立した長編小説であって、『輸出』の男たちの十数年後の「生きざま」を描いている。『輸出』を読み、本書を読めば、城山氏の人間のとらえ方が一貫して変らないことがわかるだろう。

長い海外駐在のあと、主人公の沖直之は京都支店長として単身赴任する。それは栄転ではなく、むしろ左遷に近い。沖は不本意な閑職に追われたのである。いまなら、窓際族《まどぎわ》というところだろうか。

「沖君、京都へ行けば、毎日が日曜日だな」と社内の情報に通じている毒舌家は言う。

「けど、ほんとに、そうなんだ。毎日が日曜日のようなもんだ」

これは悪い冗談であるが、しかし、事実でもある。「毎日が日曜日」は一時、流行語になったほどであるが、この小説の題名にぴったりだと思う。この切実な言葉をつぶやく男が『毎日が日曜日』にはもう一人登場する。不遇のまま定年を迎えようとしている笹上である。

沖も笹上も商社とともに生きてきた男であり、輸出立国の尖兵《せんぺい》として戦ってきた。二人は「兵隊」にすぎない。そして、商社マンである前に、彼らは血の通った人間である。

日本経済の牽引車《けんいんしゃ》となってきた総合商社、この巨大な組織とダイナミックな機能を城山氏は明らかにしながら、そこに生きるケシ粒のような商社マンの私生活を丹念に積みあげてゆく。それはまさに私たち日本人の生活であって、沖も笹上も私たちの隣人なのである。

たんに商社の人事や機構を書くのは、もとより、城山氏の本意ではない。あくまでも、組織のなかに生きる人間が、氏にとっては問題なのである。しかも、城山氏の経済小説はつねに私たちの通念をくつがえしてきた。私たちの浅薄な知識や誤解をただしてきた。私は城山氏の読者としては、かなり遅れてやってきたほうで、ここでその不明をはじるのみである。

『毎日が日曜日』をはじめて読んだとき、たとえば、沖の「胸がかわいた」という表現が私には新鮮だった。「胸がかわく」という表現が城山氏のどの小説よりも、この『毎日が日曜日』に出てくる。そのとき、城山氏はかつて詩人だったのではないかと私は想像したのであるが、この想像は当っていた。

この「胸がかわく」は読者の想像力を刺戟《しげき》するだろう。どういう意味なのか、正確には私にもわからないが、何か沖の心情が「胸のかわき」で私たちに迫ってくるような気がする。

『毎日が日曜日』は城山氏の長編のなかでもベストの一冊にかぞえることができる。最も力のこもった作品である。沖や笹上の日常生活がリアルに描かれているので、総合商社の怪物性がいっそうはっきりと浮びあがっている。以下に引用するのは、地球の果ての果てまで転戦した、定年近い笹上の感慨である。
「そうした壮大な事業計画《プロジェクト》（食品コンビナート計画）に取り組めるのは、商社の中でも一部の人間である。彼等は精鋭を集めた一種の前線部隊であって、その後方には、補給や兵站《へいたん》、それに、戦費づくりに当たる膨大な営業部門、さらに管理部門がある。そうした総合戦力があってこそ、前線部隊も活躍できるのであって、その意味では、前線の戦士たちが無名で終わるのも、当然かも知れない。それに、戦士たちの失ったものや、暗い部分を、笹上は身にしみて知ってもいる」

戦争小説のすぐれた書き手でもある城山氏は、商社マンたちを前線の兵士としてとらえて、『毎日が日曜日』を書いたのである。ここに独創がある。ついでながら、本書では海外の生活で日本語が話せなくなった児童の問題が重要な部分を占めているが、これまた城山氏がまっさきに取り上げたのである。『毎日が日曜日』が契機になって、マスコミの話題になったのを私は記憶している。

このように、城山氏の小説で目をひらかれたという読者は、私ばかりでなく、きわめて多いはずである。だから時代を先取りする作家だといえば、あまりに安易にすぎるだろう。私としてはむしろ、プライオリティを数多く持っている作家であるといいたい。それ故《ゆえ》に、城山氏の小説から教えられるところが多いのである。そして、困ったことに、城山氏の小説を読んでいると、メイド・イン・USAのビジネス小説のベストセラーがつまらなく思われてきた。アメリカのその手の小説は人間不在だという気がしてくる。そこには、企業や機構のからくりしかない。所変れど、人は変らずといった白々しさがある。

城山氏は読者から署名を求められたとき、『毎日が日曜日』の扉に「一日一生」と書かれた。私はそれを見て、感動したのである。城山氏の小説には、「一日一生」という人生への熱い思いがあるのではないか、そんな印象を持った。沖や笹上にとって、「毎日が日曜日」のような人生であるが、やはり「一日一生」なのである。

城山氏は組織と人間の関係を書いてきた。それは状況と人間の関係といってもいいのであるが、城山氏が戦争から得たものだ。氏自身、それで苦労された。いや、苦労などという生やさしいものではない。城山氏は何も信じられないところから出発している。氏が取材に時間をかけ、徹底的に調査するのは、ことの真実を見きわめようとしているからであり、深く洞察しようとしているからだ。こうして生れてくる氏の作品は私たちの常識をこっぱみじんに打ちくだいてしまう。これが城山氏の小説の魅力の一つである。

『毎日が日曜日』で、城山氏が商社マンを「兵隊」にたとえたのは、けっして偶然ではない。氏は『輸出』を書いたときから、すでに経済成長、輸出立国を戦争と見ていた。オイル・ショックがあり、高度成長が終りを告げたあとで、城山氏の小説がいちだんと注目されるようになったのは、戦後の日本の実像を正確にとらえてきたからだ。現象の背後にある真実をつかまえて、私たちに教えてきたのである。

そのことを最も明快にわからせてくれるのが『毎日が日曜日』である。これはベストセラーであると同時に、小説として高く評価された作品である。

城山三郎氏は小説で独自の世界を築いてきた。城山氏にしか書けない世界である。もちろん、商社や官僚の世界について書ける人はいるだろうが、しかし、城山氏ほど深部に手が届くだろうか。

戦後の日本を、とくに昭和三十年代や四十年代を描くには、二つの目を必要としたように思われる。詩人の目と経済学者の目と。どちらか一方の目だけでは、『毎日が日曜日』は書けないだろう。城山氏はその二つの目を持って書いたのである。

最後に一つつけ加えておきたいのは、本書のあとで、『輸出』を読んでいただきたいということである。『輸出』がいまも新しく読めることがわかるだろう。城山氏の小説は文学なのである。

（昭和五十四年十月、作家）

この作品は昭和五十一年四月新潮社から刊行された。

新潮文庫の新刊

村上春樹著　街とその不確かな壁（上・下）

村上春樹の秘密の場所へ――〈古い夢〉が図書館でひもとかれ、封印された〝物語〟が動き出す。魂を静かに揺さぶる村上文学の迷宮。

東山彰良著　怪物

毛沢東治世下の中国に墜ちた台湾空軍スパイ。彼は飢餓の大陸で〝怪物〟と邂逅する。直木賞受賞作『流』はこの長編に結実した！

早見俊著　田沼と蔦重

田沼意次、蔦屋重三郎、平賀源内。大河ドラマで話題の、型破りで「べらぼう」な男たちの姿を生き生きと描く書下ろし長編歴史小説。

沢木耕太郎著　天路の旅人（上・下）　読売文学賞受賞

第二次世界大戦末期、中国奥地に潜入した日本人がいた。未知なる世界を求めて歩んだ激動の八年を辿る、旅文学の新たな金字塔。

石井光太著　ヤクザの子

暴力団の家族として生まれ育った子どもたちは、社会の中でどう生きているのか。ヤクザの子どもたちが証言する、辛く哀しい半生。

H・P・ラヴクラフト　南條竹則編訳　チャールズ・デクスター・ウォード事件

チャールズ青年は奇怪な変化を遂げた――。魔術小説にしてミステリの表題作をはじめ、クトゥルー神話に留まらぬ傑作六編を収録。

毎日《まいにち》が日曜日《にちようび》

新潮文庫　し-7-10

昭和五十四年十一月二十五日　発行
平成十四年五月五日　四十四刷改版
令和七年四月二十五日　六十六刷

著者　城《しろ》山《やま》三《さぶ》郎《ろう》

発行者　佐藤隆信

発行所　株式会社新潮社
郵便番号　一六二—八七一一
東京都新宿区矢来町七一
電話　編集部(〇三)三二六六—五四四〇
読者係(〇三)三二六六—五一一一
https://www.shinchosha.co.jp

価格はカバーに表示してあります。

乱丁・落丁本は、ご面倒ですが小社読者係宛ご送付ください。送料小社負担にてお取替えいたします。

印刷・錦明印刷株式会社　製本・錦明印刷株式会社

ISBN978-4-10-113310-2 C0193